知音动漫图书·小说绘
ZHI YIN COMIC BOOK 以梦想之名点燃阅读
小说绘

大唐司天监

萧十一狼◇著

中国致公出版社 知音动漫

知音动漫图书·漫客小说绘出品

目录

第一章 芙蓉之托①

1

“听说了吗？城南柳文庄的芙蓉花成精了！”

“当然听说了。也真是奇怪，那些文人还都稀罕得很，一个个疯了一样跑过去，也不知道在闹些什么。要我说怪吓人的，一把火烧掉就是……”

“你们懂什么！”路旁几个卖菜的妇人和买菜的小娘子正聊着城南柳文庄的怪事，一个路过的穿着土黄色裙子的大娘一脸得意地说，“我家大儿识字，他回来跟我说，那芙蓉花是咱们柳镇的柳大老爷生前养的，那花儿啊，怕是继承了柳大老爷的才华，那些文人便把自己作的诗词文章扔进去，说是不好看的都扔了，好看的就会被留下，还能被邀请进去赏花呢！”

“哎哟哟，这可怪瘆人的，真是那花儿干的？”这事儿说得玄乎，旁边的人顿时发出惊叹的声音。

“当然了！”说话的大娘得了关注，顿时就眉飞色舞起来，滔滔不绝地就要继续说话，身后突然传来年轻男子温柔的声音：“柳文庄的芙蓉花成精了？”

这声音不算大，但自带春风拂面一般的效果，让人听得身上微微一麻。众人不自觉地一起转过头，就看到一个一身白袍滚灰蓝边道袍的年轻男人站在一旁，他黑色的长发梳成发髻，一半用一支雕八卦图案的木簪挽住，一半自然流泻下来，到腰臀的位置，眼眉细长，凤眼红唇，虽然服饰古朴，样貌却有些锋锐，只是脸上带笑，右嘴边有个小梨涡，打破了过于冷厉的相貌，让气质显得柔和可亲起来。

这年轻男子看上去不过十七八岁，样貌又生得这样好，聊着八卦的妇人娘子们顿时都有些不好意思回答。倒是年纪最大的大娘第一个反应过来，疑惑地说："是啊，我大儿跟我说，那芙蓉花会看诗，文人老爷们得了邀请还觉得荣耀呢……不过这和小伙子你有什么关系，你这样年轻，怎么一副这样的打扮？"

"在下乃是司天监少监袁天罡，奉监主之命游历天下，镇压邪祟。至于身上这打扮……这是我们司天监的统一服装。"袁天罡笑眯眯地回答，十分有礼。

"司天监？"年纪小的姑娘们疑惑地问，显然并不知道朝中还有这样一个地方。

年纪大点儿的大娘倒是知道一些，她疑惑地看了袁天罡一眼，说："司天监……那不是给陛下算天气的吗？"

袁天罡还没回答，旁边一脸羞红的绿衣姑娘倒是开口了："是的呢，就在我们柳镇西边，这位道长你往西边走，路边围了许多文士们的庄园就是了。"

"多谢小娘子。"自称袁天罡的年轻人行了个道家平日的抱拳礼，然后斯斯文文地转身，一路慢慢往西边去了。

旁边穿土黄色衣服的年轻媳妇问先头说话的大娘："大娘，什么是司天监啊？"

"司天监啊，我大儿跟我说过，就是给陛下算天气和给皇子娘娘们批命的，平常都待在后宫，哪里会出来哦。大娘可警告你们，别看这小伙子长得好看，你们就信了他的鬼话啊，我看八成是个骗子，来咱们柳镇啊，就为了骗你们这些小娘子们！"年轻人陌生的脸孔让大娘提高了警惕，忍不住对脸红指路的绿衣姑娘说道。

而大娘的话，搭配着袁天罡走路一步三摇、细细弱弱的背影，更有了三分说服力。

"长得这样好，却做这样的事情，真是可惜。"绿衣姑娘有些怅然地轻叹。

"哎，长得好不代表心好，那句话是怎么说的，什么脸长得好看，心如蛇蝎的……"大娘絮絮叨叨，生怕周围这些邻居和小辈吃了亏。

……

她们说话间，袁天罡虽然走得十分缓慢，但转过街角，也渐渐去得远了。

柳文庄今日依然十分热闹，不少文士早已经聚在一起，有些对着围墙大声念着自己的诗句，有些往墙里投自己的诗词；有些是孤身前来，有些是朋友结伴，虽然热闹，但是念诗的声音抑扬顿挫，也有一派别样的风雅。

"敢问兄台，这是在做啥呢？"

吟诗的文士被问题打断，有些讶异地扭头看向身边穿着道袍的年轻人，像是见到了深山出来的老古董般打量了他一番，接着像是明白了什么，一脸了然地道："这位道兄，怕是才来柳镇吧？在下是在吟诵诗句给柳娘子听，看在下的拙作，是否能打动柳娘子。"说着露出些羞赧和向往的样子来，"若能得到柳娘子青睐，指点一番，在下此生也无憾了。"

身穿道袍的年轻人恍然大悟："难道就是那成了精的芙蓉花柳姑娘？"

那文士脸色一变正要说话，就听一旁传来了冷哼声："什么成精的芙蓉花，我看肯定是什么心怀不轨的贼人在装神弄鬼！"这声音洪亮有力，听着很是顺耳，但那话里面的内容，却让围在院外的文士们都皱起了眉。

只见一个体格雄壮的黑衣少年排众而出，他尚带着三分稚气，看着不过十多岁的年纪，一身黑衣，梳着高马尾，眉毛浓密，直飞入鬓。少年右耳垂上有一颗醒目的红痣，像是一块小斑，又像是少女戴的红宝石耳钉，背后背着一柄长剑，一副游侠的打扮，浑身上下满是神采飞扬的少年意气。

此刻他皱着眉，对众人正色说道："这世间根本没有妖魔鬼怪，不过是有人借托着鬼神之名，来欺瞒世人罢了！我今天倒要揭穿这个装神弄鬼的人，看看到底是怎么回事！"说完，他大步走到门口，一把抓住自己的剑柄，竟然是要破门而入的样子。

接着，他就被愤怒的文士们淹没了。

"竟然亵渎柳娘子的居所！""荒唐，光天化日，竟如贼子一般，快拦住他！"

君子六艺，骑射都是必学之课，外加大唐尚武，文人雅士随身携带宝剑也不稀奇，此刻一群人一窝蜂地冲上去，眼看事情就要闹大。

"等等，在下和他不是一起的！"袁天罡被挤得头昏脑涨，好不容易站稳，就发现自己不知为何被挤到了那黑衣少年背后，正是一副背靠背被众人围攻的场面，吓得他声音都颤了。

群情激愤，他那点虚弱的声音完全被众人的怒斥压过去了。身后那黑衣的少年却像是一丝恐惧也没有，反而跃跃欲试地握紧了自己的剑，继续大声地出言激怒这些人："你们是不是疯魔了，这世界上哪有花成精的事情，简直可笑至极！你们如此阻止我……莫不是，这芙蓉花成精……是你们为了沽名钓誉，一起做的局？"

这话一出，拔剑声接连响起。

文人最重声誉，为声誉可以慨然赴死，此时被人如此怀疑，大家都有些失去了理智。袁天罡大急，看着眼前的剑光寒芒点点，只觉得要昏过去了。

就在此时，院子的大门突然打开，一卷卷着的纸卷缓缓飘出，来到了一位年近四十的文士面前。与此同时，像是下了一场小雨一样，无数书卷从院子里抛出来，一一落到众人面前。

那中年文士白面长须，瘦削苍白，此时接了自己的诗作，激动得脸颊发红，一路仿佛脚底打飘一样，跟着那纸卷往大门里走。

一股清淡缥缈的芙蓉花香从打开的院门里飘来，清新香甜，让人的魂魄都似乎随之一轻。对峙着的人都愣了一下，看那被选中的文士一路走进院子。

黑衣少年和袁天罡脚下刚要动，文士们顿时"唰"的一声同时抖剑，极为戒备的样子。

袁天罡刚才一动，好死不死和这背后的黑衣少年再次同步，眼见着马上要跟这游侠一起被打，立马紧张地说："那个……在下不是坏人，乃是司天监少监，姓袁名天罡，奉司天监监主之命游历天下，来这里不过是奉命查探芙蓉花成精一事是否属实而已。"

文士们都没动，倒是有一位站在后方、被同伴隐隐保护起来的年轻人排众而出。他身着锦袍，一身富贵打扮，圆脸，中等身材，看举止显然出身大户人家。周围一干人各个锦衣华服，但却隐隐以这位年轻人为首，此刻见他示意大家收起武器，一个个便收起了手中的剑。

"见过少监。"年轻人一拱手，紧张地自我介绍，"在下清河崔氏崔明，乃太守崔博第三子。在下可为柳娘子作保，柳娘子得柳先生教养，出生以来从未踏出闺阁一步，每日只品鉴诗书，从未作乱，请少监明察。"

袁天罡正要开口，身旁的黑衣少年就抢过话头，冷哼道："还叽叽歪歪什么，反正今日我就要弄个清楚，看看是谁在装神弄鬼！"

他说着就"唰"的一声抽出背上的剑，一路乒乒乓乓打掉面前的武器，冲着大门飞速而去，眼见几个起落就落在了大门口处，显然是打算硬闯。

文士们顿时哗然，猛地一起冲了过去。

激愤之间，群起而攻之的文士们力气不知大了多少倍，袁天罡被裹挟在其中，被人推推搡搡，忽然只觉得腰上一轻，整个人拔地而起，在空中几个巨大的起落："啊啊啊啊啊……我……怕……高……"

袁天罡的惨叫瞬间远去，而柳文庄的大门缓缓关上，抹去了那仿佛云霞般璀璨的粉白花树。文士们义愤填膺，可也追不上那仿佛飞燕一般利落轻盈的黑影。

2

一道黑色的身影在树间跳跃，像是一只轻盈的飞燕。

一落地，袁天罡踉跄了几下，就跪地呕吐起来。黑衣少年把剑背在背上系好，不耐烦地说："你不感谢我把你从那群疯子里面带出来就算了，怎么还吐啊？没见过像你身体这么虚弱的爷们儿，比人家大姑娘还轻，啧。"说完，还不屑地"啧"一声，可以说是非常轻蔑了。

袁天罡大怒，拍地大吼：“怪谁啊？！被人家追着打的又不是我，还不是你连累我！”

“切，好心没好报。”黑衣少年看他一眼，转身就要走，看样子不打算跟他继续理论，衣摆却被拉住了，低头就看到袁天罡一脸死不瞑目的表情：“你要去干什么？”

“回镇上吃个晚饭，然后晚上翻墙，夜探柳文庄……不是，你问我这个干啥？”黑衣少年自然地回答，浓眉皱着，嫌弃地说，“你拉着我干什么，给我放开。”

“我不放！”袁天罡吐干净了，翻身坐起来，手一直牢牢抓着黑衣少年的衣摆，“今天都是你坏了我的事，我不管，你夜探柳文庄必须带着我！”

黑衣少年怔了一会儿，突然拔地而起，一个纵身就站在了树梢上，像是一只轻盈的飞燕，背后的黑色剑穗还微微在脑袋边晃动。他眼里都是得意，俯视着震惊的袁天罡，咧嘴一笑，说：“你不会以为这样就能把我抓住了吧？”

袁天罡抬头看着黑衣少年，才发现他有两颗虎牙，这样得意一笑，看上去就更显得稚气了，像是一只皮毛油光发亮、充满了无穷精力的小老虎。

“无所谓，你现在走，等会儿还是要来接我的。”袁天罡也神秘地一笑，细长的眼睛眯起来，像是一头狡黠慵懒的狐狸。

黑衣少年觉得背后一凉，顿时不想和这个奇奇怪怪的道士继续说话了。他转身，身姿轻盈地在树间跳跃，下了地一路飞速赶路，很快就赶在天色昏黄的时候回到了柳镇上。

柳镇有一家馆子，极其有名，外地的客人来了，大多会去这个地方尝尝那道招牌鸭油青米饭的味道。远远地，就闻到了一股咸香入骨的香气，黑衣少年的口水分泌出来，脚步都加快了，却在突然之间觉得脚步一沉。

常年习武的人素来十分警惕，几乎是瞬间，黑衣少年就条件反射地一脚踢开了脚上的异物，却在接触到那异物的瞬间心中一紧。可是这时候卸力也无力回天，等到黑衣少年一脚踢开异物，再定睛一看的时候，顿时心中大急——那个被踢开的，竟然是一个看上去才两三岁大的孩子！

那孩子穿着红肚兜，胖头胖脑，额前留着一撮头发，看上去像是年画里抱鲤鱼的娃娃一般玉雪可爱。可这样可爱的孩子，却在光天化日之下，被一身煞气的黑衣游侠一脚踢飞了好远！还是在闹市之中！

周围的人顿时都围了过来，黑衣少年心中大急，几步走过去，想查看这个孩子的伤势，顺便在心中回忆刚刚事情的经过：这孩子太奇怪了，怎会如此突然地出现，他夜晚睡觉都不曾这么容易被人靠近，何况是抱住小腿。

然而更诡异的事情发生了，这黑衣少年才走了两步，那孩子就爬了起来，伸出胖乎乎的胳膊，大声哭着要他抱，口里大喊着：“爹爹，爹爹，大宝不淘气了，爹爹不要卖掉大宝……呜呜呜……”

见这样一个可爱的孩子哭得声嘶力竭，之前还被亲爹踢了一脚，周围的人们顿时哗然了。

“我不是，我没有……”黑衣少年只觉得奇冤难白，他想要解释，但又觉得那再次抱住他的孩子甚是诡异。他一脚的力气可以踢碎大石，甚至可以踢碎猛兽的内脏，这样小的孩子被踢了一脚根本不可能如现在这样若无其事。

这一切都太过奇诡，黑衣少年不由得寒毛直竖，可旁边的人却不听他解释，一句句开始数落起来：“又不是早几年战乱的时候，怎么就到卖孩子的地步了，我看小伙子你这打扮也不像是缺钱的人，怎么心肠就这么狠毒啊……”

“就是，自己吃得这么壮，怎么舍得把孩儿卖了，狼心狗肺！”

还有义愤填膺的大娘走过来，哄劝小孩儿：“小家伙，你阿娘在哪儿？怎么就你和你爹？是不是你爹悄悄把你抱出来的？”

“不是，我还没……”黑衣少年想解释，他根本还没成婚，连定亲的对象都没有，怎么会有孩子。可在围观的大叔大娘心中，他已经成了人渣的代表，根本没有人想理他，大家都只顾着问孩子。

“大宝没有阿娘……”偏这孩子还泪眼汪汪，吸着鼻涕火上浇油，让一干围观的大叔大娘心都化了。他奶声奶气地说：“阿娘去天上了，新的阿娘不理大宝，不给大宝饭吃，说是都要省给才出生的小弟弟……”

人群再次哗然，一群不说话的小媳妇们也火冒三丈，轻声对身边人说：“这汉子看着长得人模狗样，却这样没良心，娃才这么大点儿，媳妇也没走多久吧，这就续弦了，续弦不算，还要把前面原配的孩子卖掉，真是一点情分都不顾了……”

“人都说有了后娘就有后爹，所以说还是要好好活着，不然自己的娃活在这世上，没了娘，亲爹都指望不上……”说话的小媳妇抱紧了自己的娃。

还有小媳妇牵着自己的孩子，对孩子说：“你看看，你看看没了娘的娃多惨，你现在知道了吧？你还跟娘闹！”

一群人吵闹得让人头都大了，黑衣少年百口莫辩，只能着急地低头，对着还抱着自己腿抹泪胡编乱造的小孩说：“你到底是哪家的孩子？不要调皮了，快解释清楚啊！”

自称大宝的孩子似乎是在擦泪，却挡住了脸，对着他吐舌一笑，轻声说：“柳文庄外二里地，我说了你会来接我的。”

黑衣少年眼前划过那笑得狐狸一样的年轻道士的脸，顿时只觉得身上一凉。

不、不是这么邪门吧？

他咽了一口口水，一把抄起还抱着他小腿的孩子，脸色黑如锅底地对大家说："大家伙说得是，我这就带着这娃回去。"

再争论解释也没有必要，反正这群人已经把他当成后爹了，赶紧把这事情弄清楚比较重要。黑衣少年这么想着，但是心中还是憋了一口气。他出了镇，单手抱着娃纵身一跃，就跳上了树梢。

本以为孩子会吓得大叫甚至哭出来，可是这娃在他动身出城之后，就一副安安静静的样子，被抱着飞身跃起都毫无反应，自始至终都十分淡定。

和刚才哭闹着冤枉人比起来，他简直就像换了个孩子似的，分外瘆人。

黑衣少年不能把气发在孩子身上，只能憋着一口气赶路，太阳将要完全落山的时候，他终于赶到了把那道士丢下的地方。

一到地方，黑衣少年就惊呆了——不是因为别的，而是那道士竟然生了火在烤，还一副冻得打哆嗦的样子！

此时是秋风寒凉的时候，但是大多数人只穿了单衣，怕只有先天不足的孩子才要穿两三层，但至多也就穿个薄外袍。可眼前这个道士，白日他就曾一只手托起过，非常轻，身上的衣服却一层又一层，只怕不只是棉袍，连夹袄都穿上了。黑衣少年带了他一路，只觉得手上都是汗珠，却没想到这人穿成这样还冷，居然还要烤火。

"你回来了。"黑衣少年正震惊的时候，哆嗦的道士转头道。火焰明灭之下，这道士一笑，细长的凤眼眯起来，衬着那白色滚灰蓝边的道袍领子，怎么看怎么像一头皮毛蓬松的白狐狸。

"这个是怎么回事？"看到他的笑容，黑衣少年瞬间就想起来了自己为何会在这个时候饿着肚子回到荒郊野外，顿时也顾不得惊叹这道士的体弱程度了，气得往前走了几步，指着自己怀里的孩子问道。

"这个啊……谁让你坏了我的事儿，还不肯带我夜探柳文庄。"道士回答得云淡风轻。黑衣少年深呼吸，告诉自己要冷静，半天才憋出来一句："是不是只要带你去就可以了？"

看他点头，黑衣少年深呼吸，咬牙切齿地说："行，我带你去，你把他抱走！"

接着，黑衣少年人生之中最为诡异的事情出现了——那道士见他点头，顿时双手并拢，两手的中指和无名指对折，手中翻飞几下，口里轻喝一声："气布道，气通神，收！"

那手指虚虚点过来，看似儿戏的几下，缠了黑衣少年一路、把他整得焦头烂额的娃娃便瞬间消失，化为一个黄纸剪成的小人飘落在地上。

黑衣少年目瞪口呆。

“你、你、你……”黑衣少年脱口而出，“你是变戏法的？”

正作高深莫测状的道士袁天罡顿时破功，怒吼：“我是司天监的！司天监你知不知道？”

“我知道啊，给陛下算天气的嘛！”黑衣少年理直气壮地回答，继而恍然大悟地说，“难道你们除了看天气，还要兼职变戏法？”

“司天监起源于周，秘史记载，司天监自成立伊始，就以斩妖除魔为己任，斩杀异族、护卫人类安康……”袁天罡额头青筋暴起，一字一句地说，“谁跟你说这是戏法？这是斩妖除魔的技术！技术！”

黑衣少年皱眉，不赞同地道：“世界上本就没有妖魔，你们斩什么妖除什么魔？”

袁天罡被气得抚胸，感觉一口气上不来，差点儿要被气死了，他挥挥手，有气无力地说：“算了，跟你解释是我傻，总之我们赶紧收拾一下，去柳文庄看看到底是怎么回事吧。”

“成。”黑衣少年点头，摩拳擦掌道，“我一定要抓住那个装神弄鬼的家伙！”

3

打更的声音响了第二遍的时候，两道黑影来到了柳文庄的白墙之下。

“说起来我们就要共同历险了，我还不知道少侠你的名字。”袁天罡喘着气，低声对满脸不耐烦的黑衣少年说。

“我家乃陇西李氏分支，家父李让，自中书侍郎之位告老，如今定居桃村，在下行不更名坐不改姓，名唤李乘风，乃是家中老大。”黑衣少年满脸不耐烦，但伸手不打笑脸人，他还是耐着性子，对袁天罡仔细回答。

这是一直以来的风气，但凡出身士族的，都以自己的家族为自豪，以继承这样优秀的血脉而骄傲，因此说起自己的出身都是骄傲而郑重的，就算不耐烦，也必须要好好回答。

这黑衣少年李乘风显然也是如此。他虽然臭着脸，嫌弃袁天罡体力太差，导致他不得不一直当苦力夹着人跑来跑去，但自我介绍时还是十分详细克制。

“在下袁天罡，乃是司天监少监，自小在司天监长大，这番出来，是因为监主让我游历天下、斩妖除魔。幸会幸会。”而袁天罡的自我介绍就简单许多，他拱手行礼，月夜之下，那白蓝道袍和八卦簪子，衬得笑意盈盈的他倒真有点儿仙风道骨。

“行了行了，我先跟你说好，我带你进去，但是进去之后，我们各走各路，你别再来烦我。”李乘风却没心情欣赏，他已经被袁天罡烦了一整天，这会儿眼见着曙光在望，丝毫不想跟他寒暄，而是嫌弃地看了一眼这体虚的道士，一把把他捞过来，夹在腋下，纵身一跳，腰间肌肉紧绷，袁天罡眼睛一晃，就发现他们已经上了围墙。

圆月之下，李乘风夹着袁天罡站在围墙上，两人都惊叹了一瞬——柳文庄太美了，月华如同水银一般流泻，一树树粉、白、深粉的芙蓉铺天盖地，布满了整个院子，房子都被芙蓉花淹没了，只能看到很小的几座屋顶和飞檐。

“都说柳大老爷爱花成痴，家中种满芙蓉花，原来真的这么壮观……”袁天罡呢喃出声。

他们回镇上吃晚饭的时候，因为时间尚早，加上刚巧旁边就有人讨论白日的事情，便听到了一些传言。

传言柳大老爷是一位颇有才华和名望的名士，年少就已经成名，最善咏花，尤其是他所作的关于芙蓉花的诗词，多被儒生们奉为经典。柳大老爷不但善于咏花，而且是一位真正爱花之人，他自号“花痴”，柳文庄内种满了各种各样的花，芙蓉花大约占了一半，所有的花朵都侍候得极好。

柳娘子的事情最开始是附近的人传开的。说是某一日，柳文庄内传出了娇嫩的女童牙牙学语的声音。柳大老爷一生无妻无子，却爱花成痴，自称花为妻儿。家中虽然还算富裕，但柳大老爷不好女色，家中侍候的也就两个小厮并门房一家，连娇嫩的婢女都没有，庄内怎么会突然出现女童的声音？

尤其是那女童这月才牙牙学语，下月就已经开始跑跳嬉闹——有人看柳大老爷买女童的衣服首饰，打了金项圈挂了金锁，还打了两个赤金脚环，上面挂了清脆作响的金铃铛，之后柳文庄就传出了孩子跑动时，身上金锁璎珞和金玲作响的声音。

当时就有人非常惊愕，试探着问柳大老爷家中那女童的嬉笑声是怎么回事。问的人开始还有些吞吞吐吐，但是柳大老爷却十分豁达，朗笑着说：“乃是我院中芙蓉花化人，娇憨天真，十分可爱。”这话说得坦荡，与柳大老爷交好的文士顿时不再遮掩避忌，反而递了帖子请求登门拜访，看看到底是怎么回事。

回来之后，事情就慢慢传开了，原来柳大老爷院子之中开了一园子的芙蓉花，每到花期，深深浅浅的粉白色交叠在一起，层层叠叠，就像铺了花瓣拼成的绒毯一样，十分好看。

其中有几株芙蓉花开得最好。一般的芙蓉花并不大，了不起也就拳头大小，而柳大老爷的花园里面，却有几朵芙蓉花开得格外大一些，甚至有一朵竟有汤盆大小，花瓣挨挨挤挤，一层一层，由浅粉到深粉，真正是花团锦簇，美得让人移不开目光。

就是这朵花，最近竟然开到了脸盆大小，仅仅是一朵花开在花枝上，便把那一整枝枝丫都压得弯弯的，却还是傲气地开在最上方，像是不屑于身边的同类一样。

往日它就最漂亮夺目、最受柳大老爷宠爱，平日每天早晚都要跟它打招呼，还不许任何人靠近，无论捉虫浇水、避风遮雪，都是柳大老爷亲力亲为。

而在某天太阳下山之后，就是这朵花里，忽地长出了一个女童。据拜访过柳大老爷的朋友们说，此女聪慧过人，柳大老爷把她带在身边悉心教导了三年，过世之前叮嘱自己的忠仆封了院子，说是把这个院子留给自己的女儿，不许世人打扰她。

柳大老爷过世后，友人难过，又不想违背柳大老爷的叮嘱，打乱柳娘子的宁静日子，因此院子里面冷寂了一年多。直到一年多后，某天大风，有儒生过路，风把他的诗作卷进院落，黑黝黝的大门悄然打开，儒生被柳娘子请进去对答。第二日再去，再次投入的诗句却直接被丢了出来，才让这件事被大家发现。

柳大老爷在文士里本就极受敬仰，这件事情发生之后，加上柳大老爷好友的一些话，儒生们顿时对柳娘子趋之若鹜。据说柳娘子天生聪慧，深得柳大老爷真传。那些进去过的儒生们也都说，得到柳娘子一番点拨，感觉茅塞顿开，简直深恨自己资质不够，不能得到柳娘子更多指点。尤其是被选中的儒生们大力宣扬，得意于自己的文采受到肯定，往柳文庄投诗书这事便愈发风行起来。

大唐选取官员，除了科举，一般出身士族才能出仕，然而还有一个出仕的办法，就是名满天下。简而言之，有名望就有官做。

因此，这样一个带有浪漫色彩的扬名方法，文人们怎会害怕呢，他们争先恐后，只希望自己能成为被柳娘子青睐的那一个。

士族带着浪漫的向往，而寒族则是带着晋身的期盼。

所有人都以见到柳娘子为荣，那些进去过柳文庄的寒门学子，许多都已经找到了支持自己的士族和老师作为后盾，甚至有些连亲事都已经定好。难怪白日里文士们如此维护柳娘子，原来还有这层原因。

这些事情，李乘风是和袁天罡一起听到的，他皱着眉，脸上带着不屑，轻声说："他们装神弄鬼，也不怕搅了柳大老爷的安宁。拿死人作筏子，简直可耻。"

袁天罡没有回话，事实上他也开始动摇了——这柳文庄除了有很多芙蓉花，其他什么都没有。

没有奇怪的波动，没有恶念……什么都没有。

"奇怪……"袁天罡看了一眼警惕地观察落脚点的李乘风，轻声自言自语，"不会真的是有人在装神弄鬼吧？"

那他岂不是白白累了一天！早知道还不如在客栈睡觉呢！袁天罡有些气急，而李乘风已经观察完毕，没发现有什么动静，便夹着袁天罡悄然落地，行动敏捷，一粒灰尘都未曾惊起。

李乘风把袁天罡往地上一丢，看好了方向，准备离开，却猛地停住了脚步，轻声说："不对劲。"

"怎么了？"袁天罡疑惑地问，他没有感觉到任何不对劲的地方，没有奇奇怪怪的色彩和奇奇怪怪的味道，他自小到大都会看到的那些东西并没有出现过。

"太安静了，这时节虽已经开始寒冷，但夜晚没有鸟叫虫鸣，只有落花之声，不对劲。"李乘风一脸绷紧，自然而然地把袁天罡护在身后，做出戒备的样子。

袁天罡看着他的样子，刚要说话，突然恍然大悟："原来藏在花香里。"

他一直可以闻到那些不是人类的事物的独特味道，看到它们身上带着的那些色彩，可进了这个院子，袁天罡却一直没发现不对劲，这会儿经过李乘风的提点才猛然发现，天地间只有这样浓郁的芙蓉花味道。这本身就是非常不对劲的。

"哎呀，这样都被你们发现了。"不远处突然传来了女孩娇俏清甜的声音，带着微微的不高兴，仿佛都能看到声音的主人嘟起的唇。

"谁？！"李乘风猛地向着右前方厉喝，然后猛地一跺脚，整个人箭一般射了出去。袁天罡伸出手，结果连他的影子都没抓到。

"在这里啊……"袁天罡无奈地喊着，但是李乘风已经跑远了。袁天罡只能原地看着，看着眼前美丽又诡艳的一幕——在花树之中，有一朵隐藏在花枝之中并不起眼的花朵，突然一层层绽开、怒放，那真是美到令人不由自主屏住呼吸的一幕。而令人更惊愕的是，当花朵怒放成盆子大小时，花蕊之中突然钻出来一个寸长的小人，那小人从花枝上跃下，落地见风而长，真正站定的时候，已经变成了身材纤浓有度、眉目如画的清丽少女。

少女穿着粉色半臂上衣和绣粉芙蓉的白缎裙，挽着双环望仙髻，只是额前梳着薄薄的刘海，化着未开脸的少女淡妆，鬓边只插了一朵白粉相间的芙蓉花，大眼粉唇，未语先带笑，清丽之余，带着三分娇憨可爱。

袁天罡收了脸上一直带着的三分轻松，正色问道："你乃芙蓉花妖？"

"芙蓉花妖？"少女疑惑地重复一遍，然后一脸毫不在意的表情，说，"我也不知道，我从花之中醒过来，就遇到了父亲……你还是叫我柳娘子吧。"

很好，性格比较单纯，比起妖，更倾向于自己是人。袁天罡顿时松了口气，说："你不能久居于此，你必须离开，赶往……"

话还没说完，就被对面的少女打断了："我知道！"她一副不开心的样子，说，"我不能和人类住在一起，不能住在镇上，不许伤人，否则就会被杀死……"

显然，出身士族的柳大老爷，已经将古早以来司天监立下的规矩，完全教给了他这位非人的女儿。

但柳娘子之所以还留在这里，显然也不只是出于对父亲的怀念。她看了一眼袁天罡，娇蛮地说："你说的这些我都知道，但是这里是父亲留给我的，我没有伤人，我要是真不愿意走，你也只能跟我耗着。"

话说到这里，柳娘子却又眉眼一转，笑着说："不过嘛，如果你愿意帮我完成一个心愿，我就答应你，离开这个院子，去你们划定的那个地方居住。"

"什么心愿？"袁天罡只能认命地问。柳娘子非但未伤人，还有个人真正愿意承认她、庇佑她，她身上带着逝去的柳大老爷的关怀和认同，司天监是不能对这样的妖下手的，只能祈祷这位柳娘子的愿望最好不要那么困难。

柳娘子突然脸红，露出一副羞答答的样子，从袖中拿出了一本……书？

看着显然十分茫然的袁天罡，柳娘子羞答答地说："那个……我无意间从父亲的藏书里面翻到这本诗集，作诗之人是个心思朗阔的君子……我只希望，能在离开之前，见他一面。"

"你为何不自己去，而是留在这里？"袁天罡显然被这个完全没想到的走向弄得很无奈。

"闺阁女儿，怎能如此、如此……上门去见人！"柳娘子的脸红得滴血，大约也觉得自己这要求太不矜持。但按袁天罡所说，岂不是把她当成了放荡女子，柳娘子拽着帕子，通红着脸恼羞成怒道："反正就这样，你到底答不答应，不答应就滚出去。"

"答应答应。"袁天罡反应过来，也觉得自己刚才所说太孟浪了，连连点头，又问，"那柳娘子可知道这位……才子……他住在何处啊？"

"他是家父挚友的次子，也是家父的干儿子，诗集就是他父亲特地寄给家父指正的。"说到钦慕之人，柳娘子脸色缓和了一些，眼神里都是压抑不住的向往和期盼，"我看过书信，里面提到过，他父亲如家父一般早已致仕，如今只做个闲散文人，现居辰州嘉仪县内，他、他还曾说要来看我……"柳娘子脸颊酡红，把刚才的怒意都忘了，全然一副坠入情网的闺阁女儿作态。

袁天罡只觉得牙都要倒了，但还是忍住牙酸，一脸绝望地讨价还价："柳镇到嘉仪县至少要半月……来回一个月……我可否修书一封……"看着柳娘子的脸色冷下来，袁天罡的声音越来越低。

柳娘子冷脸皱眉，脸上夹杂着哀伤，她轻声说："你莫非以为，我就不会写书信了？家父去世的时候，我就已经发了书信告知家父的好友，家父的后事也是他们带着仆役帮忙处理好的……可他没来……"柳娘子咬了咬唇，显然她这一回的委托，不只是为了自己的心愿，也是想看看父亲的好友一家，可是出了什么问题。

话说到这里，已经无法拒绝，袁天罡只好正色答应下来，又说："我可以替你走一趟，只是柳娘子必须与我击掌为誓，不可害人性命，在此安分等我回来。"

"我答应你。"此话一出，两人击掌为誓，掌间隐有电光雷鸣，松开手掌，又好像一切都是幻觉。

"誓言已经生效，"柳娘子深深地看着袁天罡，"只希望袁先生，早早出发。"

"没问题。"袁天罡点头。气氛正严肃的时候，突然有厉声大喝打破了整个天地的平静，李乘风手上拎鸡仔一般远远拖过来一个人，那人一身长袍发冠，作文士打扮。李乘风一身黑衣立在芙蓉花下，背上黑色的剑穗随风微动，他得意地笑起来，虎牙闪闪发光："看，我就说是有人在装神弄鬼！什么芙蓉花成精，世界上根本就没有那种东西！"

袁天罡看一眼李乘风，再看一眼自己面前娇憨可爱的柳娘子。柳娘子眉眼弯起来，笑着说："那就拜托你了。"

"这……那位文士又是怎么回事？"袁天罡看那位文士一脸斯文，看上去不像是夜晚去他人庄院做偷鸡摸狗之事的样子。

"当时为了扬名，只能先找一个契机。"柳娘子掩袖轻笑着说，"刚巧这呆书生拿着新诗一脸喜色地路过，我就动了动手指……哎，没想到他却起了执念，夜访至此，要让我再见他一面，告知他的诗到底是哪里不如之前那一首。"

袁天罡顿时眉头微皱。李乘风催促，他却不动，轻声问："他只是过来找你点评诗词？"

"对。"柳娘子放下袖子，一脸无奈地说，"可是我要怎么跟他说，第一次我夸他，不过是为了让他把我挑诗的信息放出去而已，他写的那些诗，我是真的一首也看不中。"

袁天罡看着那大约是被李乘风劈晕的书生，只觉得心情一时复杂难言。

"你还在发啥呆？走了，我们快去把这件事情揭发出去！"李乘风志得意满地对袁天罡招呼，仿佛根本没发现袁天罡面前站了一个女孩一样。

"连这一点都跟那帮老头子一模一样啊！这样强烈的波动，一般人怎么都能感觉到一点点不对劲的啊！"袁天罡被他一唤，顿时打断了思路，他一边吃惊地轻声笑叹，一边顺着李乘风的招呼一路走过去。

李乘风生得极高，两人一路穿过芙蓉花树，芙蓉花落了他一头一脸，他却浑然不觉，嘴里还得意地碎碎念："看，我就说世界上哪里有妖邪，不过是人为了私欲装神弄鬼罢了……"

"李兄说得极是，高见高见！"袁天罡一路敷衍附和，其实全是左耳朵进右耳朵出，这技能他从小到大练得可谓是出神入化。

出了院子，身后的柳文庄大门“吱呀”关上，袁天罡忍不住回头，最后一眼看到的是上万朵芙蓉花里面，静静站立的那个少女，她仿佛与花融在了一起，又仿佛遗世独立一般。

袁天罡总觉得，好像在她的脸上看到了哀伤。

然而他马上就甩掉了这个念头，毕竟隔得那么远，除了妖气他根本什么都看不到。

4

柳镇不是个很大的地方，衙门又是最显眼的，虽已经夜深，门口却还是挂着灯笼，李乘风拎着书生到达之后，就敲响了门口的鼓。

估计已经准备入睡的县令慌慌张张换了官袍升堂，李乘风拎着这书生进去，往地上一丢，豪气万千地说：“县令大人，在下路过柳镇，听说柳文庄芙蓉花成精一事之后，就一直怀疑此事乃是有人沽名钓誉，于是夜访柳文庄，果然抓住了潜入其中、正在悬挂自己诗句的书生！”

县令扶了扶自己的帽子，戴正之后往堂下一看，顿时目瞪口呆，他认真地看了一眼英姿勃发的黑衣少年李乘风，歪了歪脖子，疑惑地发问：“这就是你抓到的、柳文庄的沽名钓誉之书生？”

“正是！”李乘风信心饱满地拱手，只是回答的同时顺着县令的目光看过去，顿时目瞪口呆，“怎么是只猫？！”

“你从刚才进门开始，就一直拎着这只猫。”旁边的主簿忍不住了，开口说道。

“半夜三更，你不在家好好待着，竟然戏弄公堂！”主簿还好，被吵醒的县令却是生气了，一拍惊堂木，大声喝道。

“我不是，我没有！”李乘风顿时只觉得脸上燥热，他大声说，“不可能，我刚才真的抓的是个人！”

他四处看，想要找到支持他的人，可是衙门里的衙役都用一种怜悯的眼神看着他，显然都觉得他是个疯子。

李乘风又急又气，手足无措。眼见着县令要出手打板子，李乘风突然发现地上那只瘦弱黑猫被丢在地上竟然不跑，还好整以暇地舔着自己的爪子，不知为何，李乘风就想到了那在闹市之中抱住他的腿哭闹的孩子。

李乘风突然想起来，刚才与那神神道道的道士分别之前，对方曾拦住了他的去路，非说这书生是无辜的，当时自己不愿再跟这道士纠缠，拎起地上还在昏睡的书生转身就跑，竟然还是着了道？

“袁天罡！又是你！”李乘风大声嘶吼完，深呼吸一下，对县令和主簿拱手，大声说：“对不住了，我也是被人戏耍，我这就去找他算账，定把那沽名钓誉之徒抓来！”说完，李乘风通红着脸，一把抄起地上的黑猫，飞快冲了出去。

门口的衙役还想阻拦，只一合之间，就被黑烟一般鬼魅的身影闪开，转身，那黑影已经融入了黑暗的夜色里。

李乘风抱着猫，跑得飞快，夜色寒凉，却无法让他脸上的热度降下来。他自小武学天赋过人，出门游历以来罕逢敌手，这辈子还没丢过这种脸。幸好没有一上去就自报家门，否则岂不成为千古笑谈！

李乘风越想越气，越想越觉得丢人，他闪电一般找了好几个地方，终于找到了在桥上看夜色灯火的袁天罡。

此时已经夜深，路边民居之中，只有星星点点的烛火，这点点烛火在黑暗之中，从层层叠叠的民居廊下照耀出来，河水映出一片灯火辉煌，美得令人窒息，是前朝几乎无法想象的繁荣富庶之景。

“真漂亮啊。”袁天罡袖手长叹。清风徐来，吹动他身上的道袍，一派天人之姿。

李乘风落地，咬牙轻声在他身后阴恻恻地说：“是很漂亮，把你推进去永远留在这里怎么样？”

袁天罡转过身来，就看到李乘风手里拎着一只猫，脸色通红，一身煞气蒸腾，显然是丢脸丢大了。“咳咳……李、李小弟……在下可以解释……”袁天罡尴尬地往后退了一步，试图安抚气得脑袋冒烟的李乘风。

李乘风想一把把黑猫丢到袁天罡身上，黑猫却一个翻身，转身落在了袁天罡的脚边，没有挠他，也没有抓他的道袍，似乎是知道他反应慢，所以自己小心落地，还蹭了蹭他的脚。

“今天谢谢你，快回去休息吧。”袁天罡从口袋里摸出一块肉干，摸了摸黑猫。黑猫喵喵叫着，叼着肉干跑走了。

李乘风看着袁天罡，觉得气得随时要爆炸了：“这又是什么戏法，你还能跟猫说话不成？”

“我是不会跟猫说话的，”袁天罡站起身，叹了口气，说，“它不是猫，所以我能麻烦它帮忙。”

“帮忙？帮忙坑我吗？你知道我刚才多丢人吗？我差点儿自报家门，差点儿就要成为家族之耻了！”李乘风气得大吼。

袁天罡尴尬地笑着说：“不、不会的，你相信我。还有……马上就要宵禁了，你现在吼这么大声，我们会不会被当成奸细……”

好的不灵坏的灵，袁天罡的担忧才说到一半，宵禁的梆子声就响了起来，而李乘风那丹田之气发出的怒吼显然也真的非常响亮，他们身后很快响起了巡逻兵丁的脚步声。

李乘风脸色一变，转身打算上屋顶。

袁天罡眼见他要不讲义气地丢下自己，顿时一把抱住李乘风的腰，低声吼：“你要不带我走，我就说你是我的同党！”

李乘风脸色黑如锅底，但还是把袁天罡一把拎起来，飞快地悄然上了屋顶。

在夜风中起起落落一段路，李乘风一把将袁天罡丢进了一扇窗户，接着动作利落地跃进屋内，点了油灯。房间亮起来，顿时袁天罡的眼睛也亮了。

比起穷得大部分地方都落满灰尘、破破烂烂的司天监，士族出身的李乘风显然有钱许多，看住的客栈就知道，李乘风虽然不怎么豪奢，一副游侠打扮，也没带仆人，但是住的地方是上房，有房间有厅，床上铺着的床褥都是上好的锦缎，一看就知道睡上去会有多舒服。

袁天罡看得眼热，他长这么大都没住过这么好的地方。

李乘风浑然未觉，还在耿耿于怀刚才的丢人事件，他一拍桌，对袁天罡怒喝：“我刚才抓住的绝对是个人，绝对不是猫，你现在、立刻、马上给我解释！”

“如果我说那书生一开始就是被利用了他根本没有被选中才华不怎么样只是传声筒但是他不死心进不去就自己翻墙进去也想要柳娘子点评他后来写的诗……你会怎么想？”袁天罡眼看着李乘风真的要揍他，赶紧一口气都不带喘地回答完毕。

“我懂了！”让袁天罡惊讶的是，刚才还气势汹汹的李乘风沉默一下，突然恍然大悟地说，“你的意思是，其实书生只是上当受骗，设下陷阱的另有其人！”

“对！”袁天罡大喜。

两人异口同声说——

“是芙蓉花妖柳姑娘！”

“一定是几人一起抱团装神弄鬼！”

气氛沉默了一下，李乘风皱眉，严肃地说：“不要打断我的思路。我爹说过，世界上根本没有妖孽，都是愚者在以讹传讹，所以这其中，一定有什么我没想通的地方……”

“嗯，李大人说得对。”袁天罡奔波劳累一整天，又被李乘风吓了几次，这时候困意上来，顿时什么都不想管了。他一边敷衍地回答着，一边在房中自来熟地逛了一圈，开了门叫来了店小二。

“你干什么？”李乘风从沉思里回过神来，看忙来忙去的袁天罡。

“送两壶热水来。”袁天罡吩咐完店小二，才转头对李乘风说：“夜深了，就净面洗脚睡觉吧，今日太晚了，就不沐浴了。”

“等等，你要住在我这里吗？”李乘风突然开始觉得不对劲了。

“那不然你把我送回去？”袁天罡一脸淡定地看着李乘风。

李乘风权衡了一下，比起冒着被发现的风险和夜里的寒风送这道士出去，他觉得还是留下他好一些，反正这么大的床，都是男人，就忍耐地让这个人凑合一晚吧。

洗完脚躺在床上，李乘风看着眯眼打哈欠的袁天罡，皱眉说：“你怎么脱了外袍，里衣还是个道袍模样。”

“因为我冷，所以我把夏衣穿在冬衣里面了！”袁天罡笑得十分得意，“这样睡觉会稍微暖和点。”

“你父母为何舍得把你送去道观？你这样体弱，道士生活又清苦……这样年轻就离开家族，从此也不再能为家族效力，每天还神神道道地追寻着根本不存在的妖怪……”李乘风虽然看上去应该比袁天罡年幼，却是士族继承人的思维，十分不懂袁天罡的选择，此刻放松起来，忍不住问出声。

“才不是，世界上是有妖怪的，只是你们这些凡夫俗子视而不见罢了。妖怪其实比你们想象的多得多……”袁天罡第一次躺在如此舒适丝滑的被褥里面，只觉得整个人都要飘飘欲仙了，大约是太舒适了吧，他竟然像小时候跟司天监的老学究们斗嘴一样，回答了李乘风。

“哦？那你说说，他们是什么样子？和柳娘子一样，长得和人一样？”李乘风发出嗤笑，调侃地问。

“有能化人的，有不能的……本质来说，都是一样的。”袁天罡还在享受被褥的丝滑，大脑迟钝，根本没发现李乘风的嘲弄之意。

“还有不能化人的？”李乘风打了个哈欠，睡前无聊，也就跟着漫无目的地接话。

“都有。”袁天罡一边陶醉地用脸摩擦套了丝绸的枕头，一边随口回答李乘风。

“他们都被叫作妖怪吗？有花妖，那岂不是也有树妖、动物妖……”李乘风困得不行，意识模糊，其实已经根本不知道自己在说啥了。

一年四季都发冷的虚弱体质让袁天罡很难入睡，今日身边第一次躺了一个巨大的发热源，舒舒服服的他很快迷糊起来。

他带着浓烈的睡意，呢喃地说：“都不是，在司天监里，他们被统称为百族……至于具体是为什么，因为书残破遗失，我也不知道……”说着说着，袁天罡的声音越来越低，显见已经睡着了，而身边的李乘风，根本没听到回答，早已经睡得四仰八叉。

5

次日，袁天罡出城，乘坐马车离开柳镇，一路往嘉仪镇而去，怀里还揣着昨夜芙蓉花妖柳姑娘的证明书信。

李乘风则留在柳镇，发誓要把这装神弄鬼、沽名钓誉的骗局黑手找出来绳之以法。

袁天罡深切地祝福了他，然后转身心里嘲笑："要找根本不存在的人，这傻子，怕是要无功而返了。"

李乘风目送这冬夏衣服穿在一起却还是显得纤弱的道士，心想："可怜，如此年少，身体羸弱，还如同八岁稚儿一样相信那些神鬼传奇，脑子也这般不好，以后日子还不知过成什么样子。"

鉴于昨天一起夜闯宵禁的经历，两人还是保持着表面的和平，在客栈门口分道扬镳，转身的同时，都在内心暗骂对方是傻子。

袁天罡坐着马车出了城，痛苦万分地开始颠簸，等到骨头都快散架的时候，才到了柳娘子口中的嘉仪镇。嘉仪镇比柳镇大，也是一样的青山绿水，但是地势起起伏伏，高高矮矮的山川层峦叠嶂，远看秀美奇峻，进了里面才发现行路比较艰难。幸好嘉仪镇是个大镇子，袁天罡的马车才能直接到达目的地。

比起柳镇，嘉仪镇更加繁荣，更像一个县城，人们悠闲富庶，街边茶馆十分热闹，说书的上茶的，一派盛世将兴的景象。

张府和柳文庄一样，都在镇子十分偏僻的角落，要转半个山弯，才能看到坐落在山弯半腰的那处宅邸，白墙黑瓦，样子也和柳文庄差不多。袁天罡也没多想，一路上了半山腰。马车停在张府门口，他才探身，歪着身子对门房说："麻烦通报一声，我受张大老爷结义兄弟、柳镇柳大老爷的女儿柳娘子托付，前来张府探望。"

门房看了他和马车一眼，匆匆进了门。

没一会儿，大门开了，门口来了位穿着深朱色常服的老人，虽然衣服料子也算华贵，但头发花白，看样貌气度，却也不像是主人家。这人走过来，问："客人，我家大夫人请您进门。"

这显然是个管家。袁天罡觉得大约是人家以为他也是管家，所以才派了管家来迎接，但是又觉得不太对劲——这宅邸之中，似乎有血腥之气。

这宅邸之中煞气低徊，应该是在短期内，不只横死了一两个人。

袁天罡心中震惊，但是表面上却还是很镇定，有些羞涩地笑笑，语带尴尬地说："不知管家可否派两个小厮搀扶我一下……累您见笑，我自小有不足之症，平日行走艰难，若是连日乘坐马车，则有两日左右无法自己行走。”

这话一出，管家原本疑惑和淡淡觉得被低看的愤怒顿时消失，他这才发现，面前这个年轻人脸色苍白，唇也是雪白雪白的，仿佛雪人一般，一看就知道所言非虚。

他顿时一迭声吩咐身后的小厮上前，自己也站在一边亲自搀扶着袁天罡，只觉得这年轻人身上冰寒，像是一块低温的玉石一样，都不像是个活人了。管家心底最后一丝怨怼也消去了，一路扶着他进了门，也不去见大夫人了，而是直接搀扶他进了客房，命人飞快上了三个暖盆，把室内熏得暖和起来，又让小厮把袁天罡的外袍剥了，塞进柔软暖和的床褥之中。半晌，待袁天罡嘴唇开始有了血色，管家才从外面进来，轻声说：“方才大夫人说了，让客人先休息，待缓过劲儿来了再说话，你放心歇着吧。”

袁天罡虽然知道这宅子里面不太对劲，可是他的身体已经承受不住，早已经变得昏昏沉沉的，就算没有管家的这番话，他也起不来了。

这一睡就是两天，等到他真正清醒过来的时候，外面刮起了寒风，日头也阴沉沉的。

袁天罡伸了个懒腰，外面的小厮听到动静，拿了衣服进来，要服侍他穿衣。袁天罡笑着拒绝，自己拿了衣服过来穿。虽然管家备了新衣服，但是袁天罡穿惯了自己那身道袍。这道袍是司天监那帮老儒生们请长安的绣娘做的，夹了厚厚的丝绵，又做了反毛的内衬。他这样虚弱畏寒的身体，穿成这样，寒气初起的初冬之日，才能稍微活动开来。

穿好道袍，束好头发，管家就已经来了，一路领着袁天罡往二门里面走，脸上带着笑意都无法遮掩的淡淡忧虑。“客人一副道长打扮，可是懂些这方面的事情？”路上，管家小心地开口问道。

袁天罡面上不动声色，口里回答：“管家不必如此客气，在下乃是大唐司天监的少监，奉命游历天下，斩妖除魔，来此送信也是机缘巧合。至于道袍……此乃司天监少监服饰。”

管家听到斩妖除魔，顿时分外激动，忍不住小声说：“不瞒道长，如今咱们府里确实有些怪异，先是老爷夜里突然大叫一声，就这么去了，老夫人受不了打击，当夜就跟着倒下，接着就是大少爷和二少爷……老爷一向身体康健，出事前一天才得了一幅好字，精神抖擞的，大少爷和二少爷更是健壮，都去得如此不明不白……如今好好的一家人，只剩下了大夫人和一个幼子，这孩子还夜夜啼哭不止，怎么哄都不见好，眼见着一日比一日虚弱，遍请名医都无效……”

管家着急上火，说着说着就眼圈发红，显然是替自己照看了许多年的大小主子难过，才两天不见，眼见着嘴角的燎泡都多长了两个。

“府中确实有些不对劲，可却没有怨孽之气……此事我还需要多问问大夫人，才能定夺。”这府中确实有人横死，并且不止一两个，可是若真的是妖害人，甚至是人害人，都应当有散不去的冤孽之气，但这府中除了煞气别无其他，只怕另有缘由。

进了二门，拐过长廊，这才进了一处院落的正堂里面。此时是早上，正堂宽敞明亮，里面坐着一位面容哀戚的妇人。如今外面寒冻，她却穿着麻衣，虽然里面看样子是穿了素色的厚衣做底，屋内也燃了暖盆烘烤得暖烘烘的，但她整个人却一脸麻木，眼睛肿如桃核。

“夫人请节哀。”袁天罡只看了一眼就垂下眼眸，不再去看。一是不雅，二是不忍，大夫人如此年轻，丈夫、公婆，甚至小叔都接连离去，只剩下她独自支撑着这个家，还得教养稚儿……她是该哭的，生命里最美的篇章已经翻过去了，她往后的苦日子，几乎是一眼看不到头。

“道长请坐。道长大约已经知道了，近日家中发生了许多事情，招呼不周，还请道长见谅。”虽然面容哀戚，但这女子讲话条理分明，态度也落落大方，显见出身不俗。

“在下已经知道了。”袁天罡点头，又从怀里拿出柳娘子给的信，递了过去。丫鬟接了信递给大夫人，大夫人打开看了一会儿，潸然泪下，她放下信，半晌才说：“三月前得了书信，言是柳大老爷已经去了。当年还玩笑，让亡夫和小叔认过干亲，说起来我也应当叫一声义父。公公当日就闷闷不乐，只说什么来了来了，后来得了一幅难得的好字，才开怀一阵，当夜就在书房里去了，接着就是、就是亡夫……柳娘子邀请我们前去柳文庄，我如今这样子，却又如何走……”

大夫人显然已经承受了太多压力，但到底是大家出身，只哭了一阵，就克制住了自己的情绪。袁天罡这才说：“夫人，您说这信中，是邀请你们去柳文庄？”

“是。”大夫人拿起信纸，又看一遍，肯定地说，“柳娘子说，自义父去世之后，自己寂寞度日，所以邀请我带着大郎前去柳文庄居住，一块儿做伴。”

袁天罡的脸色忍不住微微难看起来，他问：“敢问夫人，府上日前所出之事，距离今日最近的是何时，又是何人？”

“乃是七日之前，我的小叔，张家二少爷。”大夫人的话，让袁天罡的脸色顿时发紧。他半月之前从柳镇出发，出发的时候，柳娘子说是让他带着信去邀请张家二少去柳文庄见她，可信中邀请的却是大夫人和她的孩子。

袁天罡舔了舔嘴唇。虽然从书生那件事情开始，袁天罡就隐隐感觉到，柳镇之中的芙蓉花妖柳娘子，看似弱质芊芊，一副大家姑娘的样子，实际上，她的性格并不如表面那么单纯懵懂。但是袁天罡还是不懂，她为什么要把自己支使来这个地方呢？

信里面写着邀请，但谁都不会在这样寒风乍起的时候，带着一个不到一岁的小孩，出发去另一个地方，尤其是在这个孩子体质羸弱的情况下。

那只有一个可能了，这封信送的不是信，而是他袁天罡。

柳娘子希望他来这里，但是袁天罡并不知道，柳娘子希望他来这里，到底是为了什么。

就在这个时候，正堂一侧的厢房里面突然传来了孩子尖利的号哭声，像是遭受了什么巨大的痛苦。

与此同时，袁天罡闻到了一股腥咸的臭味从厢房传来，若不是没来得及吃早餐，差点儿瞬间令他呕吐出来。

“怎么回事？今日大郎怎么哭得这般早？”大夫人的镇定此时全部消失不见，她已经什么都没有了，万万不能失去她的孩子！

大夫人喊着就往厢房冲，袁天罡顾不得避嫌，也一路跟着冲了过去。

一冲进去，袁天罡几乎瞬间就头皮发麻，想要尖叫出声——厢房里面，奶娘把一个孩子抱在怀里，所有侍女嬷嬷都在哄孩子，可没人看得到，一条粗如儿臂的红色长蛇攀着奶娘的身体，伸着巨大的蛇头，正死死咬住了孩子颈边的肉吸血！

这情景可怖至极，孩子痛苦地闷哭，旁边的嬷嬷却在安抚惊恐的大夫人，一迭声说：“快了快了，哥儿哭到发闷就该不哭了。”

袁天罡瞪大眼睛，看来红蛇似乎并不想就这样杀死孩子，孩子哭声越来越微弱时，红蛇才抬起头，长长的两颗毒牙上还滴着血。

周围所有人都忙着哄孩子，奶娘根本没发现她身上缠着一条大蛇，这里似乎只有这个孩子能看到这条长蛇，能感受到红蛇的凶狠和撕咬。

蛇餍足地转身，想从奶娘身上滑下来，猛地，它昂起头，和厢房门口的袁天罡刚好对视……

第二章 芙蓉之托②

1

圆月之下，黑衣少年如蛰伏的猛兽一般小心地趴在房顶上。

近看就可以发现，这黑衣少年浓眉入鬓，眼睛黑亮有神，背后背着长剑，一副游侠打扮，正是和袁天罡分手后，依旧留在柳镇查案的李乘风。

自两人分别后，已经过了十几日，李乘风一直趴在这柳文庄的房顶上过夜，别说如那晚一样，逮到在背后兴风作浪、沽名钓誉的贼，就连一点儿怪异的事情都没有遇到。

眼看今夜又是毫无发现，李乘风翻了个身，跷着二郎腿躺在房顶上，发了一会儿呆，竟不怕更深露重，就这么慢慢睡了过去。

柳文庄的芙蓉花开得艳丽无比，风吹得花朵簌簌落下花瓣，除此之外，天地之间一片安静。

直到一阵喧哗将李乘风吵醒。

往日天刚微亮，就有心急或者害羞的文人前来投诗了。柳文庄这一带历来文风很盛，又出过柳大老爷这样的有名之士，不但向学之风强，甚至一些学子游历也会把柳镇当作拜访之地，因此投诗之人从早到晚络绎不绝，也不是特别难理解的事情。李乘风在这地方待了大半个月，已经知道了这些文人们的习惯。

只是李乘风从未被喧闹声惊醒过。

既然敢在这个诡异莫名的地方睡觉，必然是有所倚仗，李乘风不但自认武功高强，对自己的警惕心也有绝对的自信。

可是，当他被喧闹声吵醒的时候，还来不及为自己居然真的睡到有人过来都没发现而惊讶，就发现了更为可怖的事情——

这十几日来都一片静谧、白天黑夜都被李乘风密切监视的柳文庄，今日竟突发剧变！

往日总是关着的大门，如今竟然被撞得粉碎！那大门是樟木所制，若要拆卸下来，只怕需要几个壮年男子才能搬动，更何况上面的门闩也是粗樟木的，十分结实，此刻竟也断为两截，一派凄凉地和门的碎片一起摔跌在地。

这都不算什么，真正可怕的是，在这一地碎屑之中，躺着一具破碎的尸体。

尸体一身长衫、发冠委地，明显是一副文士打扮。李乘风从屋顶纵身跃下，拨开众人走上前细看，才发现这人竟然就是他前不久抓到又被袁天罡放走的那个书生。

只是和当日相比，这书生面部僵硬，唇色发乌，带着死气。更为可怖的是，书生看上去一切正常，只是胸口竟不知被什么东西开了个大洞！

“这、这不是赵兄吗？”这时候，旁边突然传出惊呼之声。

“真是！这是赵德志啊……怎会、怎会如此……”大家都惊愕得语无伦次，一时不知如何是好。这时候有带了小厮的书生，已经吩咐小厮赶紧报官。

李乘风细细查看，猛地发现这赵德志身上竟有乌青勒痕，十分奇怪，便伸手想解开赵德志身上的儒衫，却被人一把抓住了手。

“你做什么？”是个眼圈发红的文士，显然素日和赵德志关系不错，这时候看李乘风在赵德志身上捣鼓，顿时脸上含着怒意，质问道。

“我想看看他的伤口。他这胸口撕裂的肉十分破碎，绝不是刀剑造成的伤口……倒像是……”李乘风还欲再说，这气愤的文士见他居然一脸冷静、若无其事地分析，顿时怒气勃发，失控地大吼：“闭嘴！我方才看你从屋顶跳下来，身上衣服还半润，说明你在这里待了不少时间，赵兄就死在你面前，你怎么会没看到？除非你就是杀人凶手！”

“没错，这位兄台，我方才也看到你就在柳文庄的屋顶上，此刻你却一副不明所以的样子，难道你未曾看到赵兄是如何被杀的？”旁边有反应快的文士也戒备起来，看着李乘风，“这地上血迹还未干，你若说自己丝毫不知，可就让人无法信服了……”

“他就是前几天和那道士一起，要闯柳娘子居所的人！”有人认出了李乘风，大吼道。

“难道就因为赵兄是第一个被柳娘子认可之人，他就怀疑赵兄，进而杀人？”有书生惊愕出声。

眼看着大家七嘴八舌，越说越要坐实他就是凶手了，李乘风才发现自己处境不妙。

他眼皮子底下发生了凶案，看这尸体的样子，这人死得极其凄惨。胸膛被活活撕开，人不会瞬间死亡，所以是有呼救时间的，而且这样一个大活人，一个被虐杀的大活人，发出的呼救声绝对不小。

往日李乘风听到小厮开院落的门，都能从深眠之中醒过来，所以他在夜里从不让任何人伺候，就是不想有人吵到他休息，而昨夜赵德志就在他的眼皮子底下被杀，他却一丝声音都未曾听到。

按理说，就算是武艺平常的人，哪怕是在场的文人们，听到那样的动静也必然会醒来的。

“我在屋顶上睡着了……”李乘风皱了皱眉，艰难地开口，又急急分辩说，“诸位，没听到呼救确实是我疏忽，错失了救人机会，可你们看，这尸体上的伤口七零八落的，不像是人为，倒像是猛兽撕咬所致！”他一边说着，一边指着地上的尸体。

那尸体胸口破了个大洞，文人们未曾见过血，刚才下意识地都不敢细看，这时候有几个胆大的细细看了一下，也感觉出不对来。

“确实，你们看这里，这、这像不像是猛兽的犬齿撕咬痕迹？”一个佩剑书生指着赵德志血肉模糊的胸口给大家看。

“这、这到底是怎么回事？”大家顿时惊惧起来，这样大的犬齿，可见那猛兽个头必然十分可怖。

“不只是这样，我方才想解开他的衣服，是因为发现了这个。”李乘风把赵德志的衣襟微微拉开一点儿，露出还尚在的一点儿皮肉，沉声说，“看这里，这里的瘀青两边对称，倒像是被什么大家伙死死围了一圈勒住了胸膛。你们看这里，骨头都扎入了脏器，可见赵德志的胸膛被撕咬开前，就被勒断了身上的骨头。我方才就是想看看，这情况是只有肚子这边有，还是其他地方也有。”

“烦请各位文士让让路，”围着的人群外，突然传来大嗓门的叫声，“县衙前来查验尸体！”

围着的众位文士闻言让开了，从外面走过来三个衙役，身后跟着一个背着箱子的年轻男人，最前面则是穿浅绿袍、戴黑帽的县令。

县令已有些年纪，看上去四五十岁的样子，身量颇小，那青袍看上去倒像是挂在他身上一样。他飞快地走过来，在看到李乘风的瞬间皱起眉来，脱口而出：“怎么又是你？”说完，县令移开视线，往地上一看，顿时神色严肃起来。他招呼衙役上前，斥退众人，那背着箱子的年轻男人忙上前开始查验尸体，显见是仵作。

“大人。”李乘风见县令又盯着他，显然是对他出现在此起了疑心。虽然这一连串的事情让他觉得十分丢人，可这情况不解释，万一被下了大狱、惊动家族，那才真叫丢人丢到家了……

这时候李乘风也顾不得面子了，忙上前拱手，轻声自报家门：“在下陇西李氏李乘风，因听说芙蓉花成精一事，觉得十分蹊跷，所以连日来一直在此地暗查到底是谁在装神弄鬼……不想昨夜我在屋顶熟睡过去，竟然出了人命，看样子还不像人为，竟像是猛兽撕咬所致……”

“大人，有结果了。”仵作喊道。

“哦？是怎么回事？”县令顿时转头看向仵作。

“这尸体血迹未干，离断气最多不过一刻钟左右！”仵作表情凝重，看上去竟然有些害怕，“大人，这最让人不解的是……看痕迹，此人不是被人所杀，倒像是被大蛇绞住身体，然后用利齿撕开胸膛……而且此人的心脏和胸膛上的一部分皮肉都找不到了，很可能是被吃掉了……”

这话一出，顿时有几个文士干呕了几声。

地上的尸体、血迹虽然已经够恶心了，但是一想到一个大活人生生被大蛇吃掉皮肉、挖掉心脏吞食……连自小胆大包天的李乘风都忍不住觉得喉咙发紧。

县令的脸色也不好看，手有些微颤，他深吸一下，镇定下来看着仵作，皱紧眉头一脸凝重地问：“你确定是大蛇所为？能咬杀一个大活人，那大蛇得多大？怎可能一大早出没却没有被任何人看到？它吞吃了这位文士的心脏后，又是如何在光天化日之下逃走的……”

一连串的问话让仵作无话可答，可仵作咬死说看这尸体的样子，绝不是人能做出来的。

县令走近，再次确认尸体的情况——从胸下到腿，尸体上那两圈粗粗的、快连接在一起的、盘旋上升的圆柱形瘀青，无论如何，都不像是人能做到的痕迹。之后，县令也沉默地认同了仵作的话。

干呕完，这些文士们见县令和仵作都默认了大蛇吃人的这一说法，顿时顾不得恶心了，惊恐交谈起来。

“这样粗的痕迹，怕不是活了百年的大蛇吧？”

“不只是百年吧！能晨间大摇大摆地进入柳镇，吃了人还这样快消失，我看……怕不是蛇妖……”

“蛇妖？天啊，怎么办？这蛇妖怎么会突然下山吃人？”

大家脸上布满了惊慌，倒是没人再怀疑李乘风了。李乘风皱起眉，看着周围文士们震惊的脸孔，看着惊恐的仵作和衙役，看着面沉如水的县令，只觉得眼前发生的一切像是迷雾一样。

他感应到了危险，可是他毫无头绪，根本不知道该如何防御。

芙蓉花的香味让人迷醉，可此刻怀里揣着诗书的文士们不再有心思投诗。县令让人把尸体抬回义庄，打算细查、确定死因之后再让家人领回。

现在这尸体已经不是最重要的了，毕竟若真的是大蛇吃人，若它并不是偶然路过柳镇，那柳镇百姓可就危险了。

县令匆匆离开，文士们也仓皇离开了。

李乘风站在原地，不知道为什么，总觉得有什么不可控的事情要发生了。

2

事实证明，李乘风的预感是正确的。

第二天早上，又有一个人死掉了。

依然还是投诗的文士，依然是自小生长在柳镇的读书人，就是上次眼圈发红、抓住李乘风不松手的那位。

此人叫赵州，和赵德志是同乡也是同学，甚至还是很亲近的亲戚——两人的父亲乃是亲兄弟。

他们两人大约也是自小一起长大的，一直分外亲厚，没想到连死都是前后脚，死状也是一模一样。

白日柳文庄出了事儿，赵州肯定不会再去柳文庄投诗。赵德志才去世，他也没有和友人相约喝茶饮酒，就这么好好地待在家中，睡在自己的房间内。第二天，给他们家送菜的老板上门，才发现满床是血，赵州躺在床褥中间，瞪大了眼睛，脸上还溅满了自己的热血。

同样，心脏也不见了。

不仅如此，整个赵宅的墙壁上、房间里，都是血迹。

赵州家的人一夜之间被全部杀死，凶手连门房的老两口都没有放过。

而且赵州家的情况和柳文庄也是一样，门被什么东西完全撞开、破碎，一路蜿蜒的、打破东西的痕迹，都显示了有个大家伙，就这么毫无遮掩、一路横冲直撞地进入了赵宅，然后活活绞杀了赵州和赵州的父母，吃了他们的心脏和皮肉，最后把赵宅里的人全部杀死……可能它的毒牙上还沾着赵家人的鲜血，可它就这么顺利地、大摇大摆地离开了。

赵州家虽然算独门独院，但是院子并不是太大，若是真出了命案，吼叫起来，应该整条街都能听到的。

没有一个人听到声音，也没有一个人注意到，整条街的人都睡得很好，直到第二天起床，人们才发现赵宅大门碎了一地，赵家的人都惨死在内，这才匆匆报了官。

小小柳镇居然连续发生两起杀人案，其中一起还是灭门，顿时整个镇子都沸腾了，去茶馆喝茶的人最近说起的唯一话题，就是这两起命案。

“听说县令大人查了一下，发现死者赵德志和赵州，都是当年和柳大老爷一起回乡的一位好友的孙子。”

“我也听说了，就是那个离家去打仗，回来时虽然瘸了腿，却带了整整三马车东西的赵大得啊！”茶馆里面，人们喝着茶唠嗑，面色发光地交换着自己所知的信息。若是听到旁桌的人知道得更多，人们就顺势凑上去，也不管认识不认识，能聊到一起就成。

而他们聊的赵大得，在这柳镇一带颇为有名。

头两个人刚开了腔，旁边就有人拿着自己的茶壶坐了过去，招呼小二把自己的瓜子移到这桌来，挑着眉神秘兮兮地说：“赵大得啊？我知道啊，就是那个回来之后马上买房置地的。据说他家三个丫头，每个出嫁都带了一千两白银！一千两啊！”

“什么？一个丫头带这么多出去，三个岂不是三千两，那他的儿子怎么可能答应？”旁边那刚刚说话的人似乎不太相信。

“有啥不答应的，赵大得那两个儿子，在赵大得和他婆娘去了之后分的家，家里田地庄子什么的就不说了，那都是面上的东西，据说啊……光是老二从家里搬出去的三成东西，就拖了十几车……”那后来之人显然对赵大得家知之甚详，这会儿说起来十分顺畅，他轻声说，“大家都说赵大得当兵时救了个大贵人，这些都是那贵人的赏赐，但是我看倒是不像。”

“怎么说？”他们正说得开心，旁边突然坐下来个黑衣身影，三人一起惊愕地看过去，就看到浓眉背剑的黑衣少年。他整个人强健有力，露出的袖口处可以看到小臂上的肌肉隆起，坐下来之后，仿佛山落在身边一样，让人只觉得胸口一闷。

那黑色剑穗还在他耳朵边晃荡呢，可他自己浑然不觉，一副对这些闲事极为有兴趣的样子，径直坐下来，顺手招呼小二：“来壶好茶，再劳烦去隔壁来东楼跑一趟，给我买四份鸭油饭团，再斩一斤烤羊排来。你家那佐茶的八宝糕也来一份，做得好的酥卷也端两盘来。”

这阔气的出手，让刚才吓到的三人又惊了一下，回过神就看到这黑衣少年笑眯眯地说：“在下李乘风，最近刚巧游历到此，听说这里出了两桩命案，不免有些好奇。听各位所说，像是对这事儿知晓许多。相逢即是有缘，不如李某做东，咱们边喝茶边说？”

“行行行。这位李少侠真是豪爽，我等今日有口福了。”旁边一人笑着答应。

他们怎么可能不答应，李乘风所点的吃食，皆是平日一般人吃不着的东西，别看这茶楼每日开着，一个铜子儿就可以来喝一盏，看上去似乎很便宜，但其实只随意点几个佐茶的点心，就够平常人家吃几顿了。偏那茶点还小而少，最大不过两指宽，有些更是一口就没了，精细倒是精细，可也太不划算了些，因此一般不是特别富裕的人，都不会如此大手大脚，即便是手里有余钱的人，最多也就买个瓜子打发一下。

反正即便李乘风不来，他们闲来无事也打算聊下去的，此刻能蹭着这一看就是出门游历的世家公子一顿好饭，也足够他们吹嘘很久了。

因此三人迅速被收买了，哪里顾得上害怕，顿时十分亲热地招呼，几人寒暄了一下，那人就继续说："其实我开始也相信是赵大得运气好，得了贵人赏赐，后来我看着不像，你们知道为啥不？"

这人卖了个关子，挤眉弄眼一番之后，才轻声说："我那时候跟赵大得住得近。他一回来就买了地盖大院子，又急急地给家里的房子盖了青砖围墙。我原以为他是发财了，怕贼来偷盗，只当是正常的，后来才发现，他啊，大约是心虚。"

这人又喝口茶，在李乘风三人的催促下继续说："他家那院墙是加急盖的，找了很多人去，当时我们乡里的青壮年全去了，女人也帮着干活，连孩子都帮着递东西、跑腿儿。青壮年一天十个铜子儿，女人一天五个，娃娃们只要帮忙了，都可以带着一起吃席面。那席面，光大肥肉就堆了几盆。围墙盖了两天就盖好了，接着就是大宅子，那一个多月，大家伙儿挣的钱比半辈子看到的还多，天天都吃得满嘴流油，跟过年一样。我当时新婚才一个多月，就和媳妇赶上了这活儿，凭着这个，才攒下身家，后来才有机会来了镇上，盘了个小铺面过活。"

这人十分啰唆，追忆起来，似乎对自己的人生际遇也十分感慨。李乘风听得十分不耐烦，但是好歹这人回忆了一会儿，见吊足了胃口，终于说到了重点："当时所有人都说赵大得发财了照顾乡亲，我也是那么认为的。不过赵大得搬家的那个晚上，我起夜看到了……就发现不对……"

那人的眉头皱起来，似乎回到了多年前，又看到了那一幕一样，十分不解的样子，说："我开始听到动静，以为是贼，便小心翼翼地扒在门边看，就看到赵大得带着老婆孩子，还有当时他的大儿媳，一家人在夜里搬家。起初我还嘲笑赵大得提防之心太重呢。当时他大儿媳捧着两个小盒子，大约是被门口的土疙瘩绊到了，又或是盒子太重，总之她一失手把那两个盒子摔在了地上，那盒子没锁紧，'哗啦'一声东西全摔出来了。我的天，那一锭一锭的金子都不算什么，关键是上面那小盒子，摔开了之后，里面是一对玉镯，有一只在泥地里滚了好远，正对着我的方向。那天月亮特别亮，所以我才看清楚，那是一对血玉镯，里面夹着翠色，在月光下细看，里面竟像是裹着一汪细长的河水，两边是树木青山……那血玉镯里面，竟像是藏着真的青山绿水一般！这还不算什么，那大儿媳被骂了匆匆跑过来捡起镯子，我亲眼看到，那镯子被捡起来时，里面的水竟然轻轻流动荡漾，竟如活水一般！”

说话之人似乎又想起了当日的震撼，他喝了一口茶水，平静了一下，才喘了口气，轻声说：“我在乡里长大，只是一个没见识的泥腿子，可是就算从未见过值钱的东西，我也知道那样的东西，只怕连圣人后宫里的娘娘都要拿来当稀罕物的。那被救了命的贵人，给了赵大得不少金银财宝，怎么可能还会拿出这样的传家之宝当作谢礼……我后来越想越怕，只觉得只怕不是救了贵人，而是、而是……”

“而是杀了一位贵人，夺了他全部的家财，包括传家之宝。”旁边的李乘风幽幽接话。气氛一下子仿佛凝滞了，那人听到李乘风说出他多年心中所想，也吓得直喘气。

恰好就在这个时候，一股咸香入骨的香气传来，四人顿时精神一振，抬头就看到小二端了几个碟子过来，上面均盖着碗，可依然挡不住那香气的蔓延，让人瞬间就要流下口水。

“鸭油饭团、烤羊排、八宝糕、鹅油卷儿、红糖糕，加上这壶加了大枣芝麻的煎茶，都齐了，几位客官慢用。”小二放下茶壶，又熟练地把盖碗全部掀起来，那盖不住的香气顿时浓郁了千百倍，连李乘风都觉得饿了。他最近一直在奔波，平日都是随便吃个胡饼填肚子，好久没正经吃一顿了。四人顿时都顾不得说话，埋头大吃起来。

好饭好菜一入肚子，尤其是那肉荤入了肚皮，四人顿时觉得整个人都活了过来，吃饱喝足，再喝一口香喷喷带着丝丝枣甜的煎茶，全身都暖洋洋的，神仙日子也不过如此。

美味的食物让人满足，连刚才的惊恐都似乎随着鲜嫩多汁的羊排消失了。小二收拾完桌子，众人吃着糕点喝着茶，这才继续闲聊起来。

“既然你已经发现这事儿，怎么当时不去告官？”旁边一开始发起话头的年轻人疑惑地问道，然后又补充，“光是你刚才说的，赵大得回乡散的钱，就足够普通人家好好过一辈子了，更别提你那天看到的金锭子，就算是酬谢救命之恩，也绝对够了啊……除非赵大得救了圣人！”

年轻人说完，他旁边那个应当是好友的人也接着说：“就是，可别忘了，你看到的还是赵大得的儿媳搬着的两个小盒子。儿媳那都算是外人了，能拿的东西应该算是最差的，可就这两盒子东西就这么吓人了，那赵大得两口子手上，拿的得是什么啊？”

“我远远看，似乎两人抬着一个大箱子，很重，不过我看不清。”吃饱喝足，那赵大得的同乡似乎也找回了胆气，又或许是说开了，去了多年以来的心中负担，说话就没刚才那么害怕了，他思索了一下，说，“我当日也曾想过要不要把这件事情说出去，可一来赵大得一回来就给了所有人一份好营生，又散了许多钱，托他的福，乡亲的日子顿时好过了许多。二来赵大得一住进大宅，就修桥铺路，又开了免费书塾，聘请了先生给所有的孩子开蒙……我当日是才成婚，家里又没有小孩，不然也得沾他的光……”

难怪出事以来，李乘风虽听说出事的赵州、赵德志是堂兄弟，却一直没有确切的消息，只怕是知道关于赵大得事情的人，都曾受过他的恩惠。赵大得虽死了，可是他修桥铺路，又帮孩子开蒙念书，可以说是对乡里有造化之恩了，多少人家中儿郎因为他一时善念，从此人生扶摇直上……只要赵家说一声，全乡的人都会闭上嘴巴，不仅如此，说不定还会替赵家警惕着外人。

李乘风默然不语，喝了口茶，只觉得味道古怪，他素来不喜喝茶，这会儿思绪混乱，喝了一口，只得默默咽下。

就在这时候，外面突然传来一声声叫喊：“又死人了，又死人了……柳文庄又死人了！”

所有喝茶聊天的人都顿了一下，然后轰然起身，飞快往柳文庄赶去。

这一次，死的又是谁？

3

李乘风也一路往柳文庄赶去。

他身法极快，仿佛一道淡淡黑烟一般，很快就把茶馆的人远远甩在后面，方才和他一起吃茶的三人都目瞪口呆。

李乘风一路飞奔赶往柳文庄，路上经过一片树林。那树林不大，小路从林间笔直穿过，李乘风一路奔出去，却在半途中听到了鳞片刮动树木的声音。

李乘风顿时神色一紧，他捏了捏手，提气往发出声音的地方移动，只见路边突然钻出一条人粗的大蛇来。

那大蛇通体乳白，两只眼睛却是猩红色的，它伸着舌头吐信，看到李乘风的瞬间，便立了起来，咝咝叫着，缓缓挪动脑袋，看上去随时可能发动攻击。

李乘风反手握住了剑柄。

他紧张地看着大蛇，他们离得太近了，李乘风甚至能闻到大蛇身上的血腥气，能看到白蟒两颗巨大的毒牙上还滴着的血。

它刚刚杀了人。

这是去柳文庄的路，柳文庄刚又死了人，这么看来，赵州和赵德志只怕真是被大蛇所杀。

这样大的大蛇，到底要多少年才能长成？

不知道为什么，李乘风看着这大蛇，总觉得它歪头看他的样子，竟好像一个人在思考一般。

“孽畜！你竟然伤人，今天是留不得你了！”李乘风咽了口口水，厉声喝骂。

“嗞嗞嗞……”大蛇发出嘶叫声。它淹没在林中的尾巴微微摆动，树林里同时传来细弱树木倒地的声音。

李乘风瞬间拔剑，裹挟着一缕寒芒猛地朝着大蛇劈过去，大蛇却没有和他正面对上，一个打滚，躲过了李乘风的剑。被剑气劈到的树木应声而断，李乘风回头再次动手。大蛇看上去十分庞大，却身法灵动，此时被激发了凶性，和李乘风厮斗起来。

两人过招之间，树木倾倒无数。

不远处传来了脚步声，正是听说柳文庄又出事之后，跟在李乘风后面一起赶来的人。

李乘风心中一紧，长剑挥起，与大蛇的尾巴相撞，发出金石交割之声，溅起点点火光，一边大吼：“别过来，杀人的大蛇在这里！”

他喊得太晚了，只见“哗啦啦”一片树木倾倒之后，赶来的人正目瞪口呆地看着他们。李乘风一分神，手中的剑被大蛇的蛇尾拍飞，而大蛇犬牙上带着新鲜的血，面对李乘风低下头来。

所有人都吓得屏住呼吸，胆小的甚至闭上了眼睛。

然而让大家惊讶的是，血腥的场面并没有出现，大蛇低下头，却没有吞噬或者撕咬李乘风，而是闭上嘴，十分亲昵地在李乘风身上蹭了蹭。

那冰凉滑腻的触感，让李乘风寒毛直竖。更让人匪夷所思的是，那大蛇蹭了他之后，竟恋恋不舍地“嗞嗞嗞”叫了几声，然后一步一回头地摇头摆尾离开了。

若不是那毒牙上的血，它看上去倒没有什么凶性，反而像是家养的看门狗一样。

大蛇一路远去，留在原地目瞪口呆的人们顿时哗然了。

“是他养的大蛇！”

“天啊，比人还大的大蛇！”

“太可怕了，他刚才还请我们吃饭，打听刚死的那对堂兄弟的事情！”

……

李乘风自己也吓坏了，可是他回过神来，才发现事情竟然比被大蛇咬了还要麻烦，关键是他根本不知道如何自辩！

事实上，他也是第一次见到如斯可怕的大蛇，刚才分神被大蛇拍掉剑，李乘风已经做好用拳头拼死一搏的准备，可是大蛇却像是对待一个拿着树枝耀武扬威和大人玩的小孩一样，克制着力气拍掉了他手中的剑，然后还亲昵地蹭他的脸，像是长辈对爱闹孩童责备后的安慰一样。

是的，李乘风能感觉到大蛇对他毫无恶意，哪怕是他举着剑和大蛇对峙，眼睛猩红、犬齿带血、杀气腾腾的大蛇也只是愣了一下，眼神突然一下子就温柔了起来。

那是一双带着关切的眼睛。

李乘风感觉太混乱了，而在混乱之中，他已经被义愤填膺的人们围住了。这些人其实根本围不住李乘风，可是他没有办法对他们出手，这样岂不是坐实了他的罪名？所以李乘风看自辩不能，只能让这群人围着他，一路走到了柳文庄。远远就看到穿着青袍的瘦削县令正皱着眉头，看着柳文庄那破烂大门上，再次溅到的鲜血。

李乘风还没上前，就有跑得快的人低声和县令说了什么。县令转身，看到李乘风，脸色深沉地怒喝："把这个来路不明的妖人给我抓起来！"

"县令，我真的不知道那条蛇是怎么回事……"李乘风想要自辩，可衙役已经上前捆他，他想要挣扎，可理智告诉他，不能这样，否则眼见就要加重误会。

"无须多说。"县令松缓了脸色，摇摇头，一脸疲惫地说，"大蛇行凶，你既然被看到和大蛇举止亲昵，那你就免不了要去一趟衙门。"

纵然县令不知道为什么，虽然含着怒意，但是似乎对他并无太多怀疑的样子，但李乘风面对众人的怀疑百口莫辩，只能老老实实被捆了，然后被衙役看管着，等待验尸完毕后，一起带回衙门收押。

那时候才是他解释的最佳时机。

想通之后，李乘风也不着急了，反正他没有杀人，行得正坐得端，根本不怕，此刻他反而认真听起旁边人议论的内容了。

听了半天，他得知这次死的人，竟然又是赵家的人，而且是赵大得的女儿……三个，都在柳文庄的进门处，被挖心食肉而死。

"听说赵德志全家昨夜也死了，也是这么死的。赵大得有五个孩子，两儿三女，他三个女儿都嫁得好，二女儿都成了秀才娘子了，三人平日都是待在后宅，有丫鬟和使女伺候，竟然被抓出来活活挖心吃肉……之前他儿子一家也被灭门了……赵家到底是得罪了哪路神灵啊……"说话的人言语里带着惊悸。

柳镇第一次发生这么可怕的事情，大家绕几个圈，基本都是知根知底的人，衙门查到的消息传得很快，这会儿大家都知道赵家被大蛇盯上了。

还有人偷看李乘风，窃窃私语着，只怕是赵大得当年在外面服兵役的时候造了什么孽，如今才被人上门报复。

李乘风简直要为他们的想法折服了，赵大得得罪了什么人他不知道，但是那大蛇一看就不是凡物，能驯服那大蛇的人，估计也没什么机会被人欺辱得罪吧？

可惜李乘风就算这么说了，也没有人会相信他，因此他还是被带回了县衙，下了大狱。

柳镇的大牢里空荡荡的，根本没什么人，可能是因为柳镇的百姓一向安居乐业，也可能是因为这时候秋分刚过，大罪之人已经全部被处斩了。

这样的想法让李乘风心里毛毛的。就在这时候，他听到了锁被打开的声音。

大牢的门被打开了，走进来一个青袍黑帽的干瘦人影，定睛一看，竟是县令。李乘风正在奇怪为什么大晚上县令会来大牢里看他这个杀人嫌疑犯，就见县令轻叹一声，打开了他的牢门，过来亲自给李乘风解了绑。

李乘风被眼前的局面弄得有些疑惑。

县令做完这一切之后，幽幽叹了一口气，轻声说："我早就知道你是无辜的。"

"为什么？"李乘风惊愕极了。说实话，换成他自己，若是看到一个人总是和他一样凑巧出现、总是带着各种嫌疑，他也一定会查探到底，不会相信那个人的辩白。

除非……这县令知道谁是真正的凶手，所以才会如此肯定地相信他并不是杀人者。

想到这里，李乘风顿时着急地说："大人不怀疑我，可是知道这杀人者是谁？"

"我当然知道。"县令叹了口气，轻声说，"我不但知道杀人者是谁，我还知道他为什么要杀他们。我不怀疑你，是知道你大约只是得了那大蛇的眼缘。那大蛇……不是人能驯服的。"

"那大人为何不赶紧动手缉拿行凶之人归案……难道是怕那条刀枪不入的大蛇？"李乘风说到一半恍然大悟，大声说，"在下愿意带人擒杀那条行凶大蛇！"

"……不是。"县令却叹了口气，摇头说，"我来是为了告知你，赶紧离去吧，今夜我已经调开了衙役，你自行离去，我自会处理好之后的事情。这柳镇……等该死之人都死绝了，自然也就安静了。"

"大人这是什么意思？"李乘风十分不解，忍不住追问。

"别问了，你快走吧。我只告诉你一件事，"县令惨笑一声，眼里带了三分泪意，"这柳镇死的，都是该死之人。"说完，他长叹一声转身，口里说着："我早知今日会来，战战兢兢这么多年，总算来了。来了好，来了好啊！"

他口中说着好，但声音却带着颤抖，显然并不如他所说的那般平静。

而就在他走到门口的时候，异变突生，李乘风只看到县令走在大门口处，突然呆呆地站直了。

李乘风见他站了好一会儿也不动，忍不住走过去问：“大人，你没事儿吧？”

李乘风的手伸出去，轻轻一碰，县令就突然直直倒在了地上。

更为可怖的是，从县令的背后，猛地钻出一条一尺长的小白蛇来，小白蛇浑身浴血地破体而出，见风而长，很快变成了白日所见的巨蛇模样。

它看到李乘风，一副惊喜的样子，弯下头似乎是想蹭蹭李乘风。

可李乘风亲眼见它杀人，又惊又怒，拔剑的同时，整个人拔地而起，就往大蛇的眼睛刺过去。大蛇一个扭动，疑惑地看看李乘风。

李乘风气疯了，见一击不成，再次出手，大蛇看了地上一眼，眼神一动，顿时扭头往回跑。李乘风不疑有他，直接持剑追起大蛇来。

而在他的身后，衙役的尖叫划破夜空：“来人啊，大人被那驯蛇的人杀了！那杀人凶手逃走了！”

4

另一边，袁天罡正与红蛇对视。

他赶到张府厢房门口时，大蛇正把尖牙从张府仍在襁褓中的小少爷的颈子里抽出来。

袁天罡推门，大蛇猛地一惊，弓起身体，“唰”的一声直接冲过来，直扑袁天罡的面门。

袁天罡自幼体弱，大蛇如此迅捷，他根本反应不过来，眼见就要被大蛇咬到。但那大蛇刚到面前，袁天罡道袍上的深蓝滚边处，却猛地出现了一个个黄色的小八卦花纹，生生把大蛇弹开。大蛇重重落在地上，身上发出焦煳的肉香。

“啊！”奶娘婢女们这才猛然看到一条猩红大蛇凭空出现，重重砸在厢房的地上，顿时都吓得尖叫起来。奶娘抱着孩子就往门口冲，大夫人一翻白眼，就这么直接昏厥了过去。

那管家扶着大夫人，大吼：“快带着小少爷出去！出去！”

那血红的大蛇翻身，蜿蜒地伏在地上，发出咝咝的吐信声，那同样血红的眼睛里带着深深的恨意，死死地盯着袁天罡。

“有怨报怨、有仇报仇虽是没错，但是稚子何其无辜。”袁天罡看了它一会儿，长叹一声，说，“这女人不过是嫁入张家，那孩子甚至根本还不通人事，不管你和张府之人有何仇怨，又怎能如此迁怒无辜？”

大蛇发出“咝咝”吐信声，一点儿也没有被打动的样子，它伏在地上看着袁天罡，一副积攒劲头要再攻击的样子。

袁天罡打起精神做出防御，那大蛇猛地昂起头来，袁天罡精神一紧，可大蛇却在攻过来的半路上，猛地一个急拐弯，然后“咚”的一声穿破窗户，就这么逃之夭夭了……

大蛇很快失去了踪迹，袁天罡目瞪口呆地站了半晌，待破掉的窗子吹进来的猎猎寒风让他打了个寒战，才回过神来，往厢房外走去。

方才会面的花厅中没有人，袁天罡走出来，就看到听见动静的管家从后厢房的门边伸出头来，脸上还带着惊悸：“道、道长……那大蛇被打死了吗？”

“它暂时离开了。”袁天罡慢吞吞地坐下，笼住了袖子，咳嗽着说，“好冷……管家，窗户弄破了，劳烦你修理了。”

管家这才走出来，匆匆走去厢房门边看了一下，又看了一眼破了个一人合抱粗细的洞的窗户，惊得脸色惨白。他咽了咽口水，这才走过来对袁天罡说：“道长，敢问这大蛇是怎么回事？”

“福伯，你叫人送三个火盆进来，翠儿把厢房的门关上，再换了热茶过来给道长暖暖手……这是我的汤婆子，还是热的，道长你拿着，好歹顶点事儿。”大夫人这时候出来，打断了福伯的追问。

她是个心细的女子，看袁天罡那没有血色的脸，就知道他天生体质极寒，这时候稍微一吹风，就冻得手脚僵硬，必定是没法回答福伯的。

福伯这才发现袁天罡整个人都窝在了凳子上，手上捂着热热的汤婆子，这会儿还没回过神来。

“是老奴的不是，老奴这就去安排。”福伯手脚麻利，才出去一会儿，火盆和热茶就都来了。袁天罡连喝了好几口热茶，才慢慢回过神来。

他放下茶杯，虚弱地笑了一下，说：“让两位见笑了。在下自小畏寒，往日冬天在司天监内倒是好过，现在奔波一番，身体就有些不听使唤了……不然刚才那条小蛇，也不会如此简单就逃走了。”

“那蛇……那蛇到底是怎么回事？为何会突然出现在我家的厢房里？”大夫人看袁天罡唇上有了血色，又听他主动说起那蛇，忍不住问出声。

周围的丫鬟和福伯听到这里，眼里虽还带着惊悸，却也忍不住好奇地看着他。袁天罡抬起头，环视一圈，突然说：“那孩子去哪儿了？”

“方才惊到了，这会儿已经睡过去了。我叫奶娘和几个丫鬟守着，就在我房里。”大夫人捏着帕子，紧张地问，“可是有什么不对？”

“快把那孩子带过来。”袁天罡感觉整个人能活动开了，急忙催促。

跟在大夫人身边的青衣丫鬟早已经快快去了后院，没一会儿就带回了惊慌的奶娘和一干丫鬟婆子。

“把孩子抱在我面前。”袁天罡虽能活动了，但还是没有什么力气，他不敢冒险，怕不小心摔到孩子，于是让奶娘蹲抱着孩子，双手并指，往那昏睡的孩子颈上抹了几下，就见那白白嫩嫩的孩童颈上，竟瞬间出现了斑驳的新旧咬伤来。

都是极深的血窟窿，有些是旧伤，有些伤口已经长出了粉色的新肉，还有两个伤口上有新鲜的血迹。

“这、这是怎么回事？”大夫人的帕子掉在地上，若不是丫鬟扶住，只怕就要吓得跌坐在地了。

好在她知道这时候她不能倒下，她站稳身子，几步走过来，从奶娘手里抢过孩子，细看之下，顿时眼泪唰一下流了下来：“这、这是怎么回事？是那大蛇所为吗？我家大郎不过一岁，怎会惹上这等冤孽？”

“夫人，赶紧叫郎中过来医治吧。我只能把伤口显现出来，并不能治好孩子。”袁天罡面露不忍，对大夫人说道，“至于这冤孽……只怕根源还在你夫君或公婆身上。”

“道长这是何意？”福伯刚吩咐了快腿的小厮去叫郎中来，听到了袁天罡的话，顿时转头，惊愕地脱口质问。

“看来这位管家知道一些。”袁天罡看一眼大夫人，又看一眼福伯，“这大蛇不是普通蛇类，乃是开了灵智的灵物。它咬伤稚儿，张府其他人大约也是因它而死，可它身上的气息却十分干净……显见是因为张府与它，自有一段孽缘。”

袁天罡说完，福伯脸上的表情变幻莫测。

“福伯，你到底知道什么？赶紧说出来！”大夫人脸上带着泪，心疼地抚摸着自己的孩子，原来他每日黄昏会哭叫，乃是因为被大蛇咬着吸血，只要一想到这里，她就恨不得一口一口把那大蛇咬死。

道长还没杀死大蛇，那大蛇一定还会回来，此刻她是一定要把这大蛇的来历弄清楚的，否则张家一脉，从此就要断绝了。

福伯被大夫人这么一呵斥，全身颤抖了一下，脱口而出：“我、我不知道和这事到底有没有关系！”

“无事，若有什么不对劲的地方，你尽管说就是。”袁天罡轻声安慰，“弄清楚到底发生了什么事情，我们心中才好有个底。”

“我、我十几岁的时候，到处都乱着，老太爷被冤死了，张家传到老爷手里时，就只剩下个祖屋……”福伯慢慢说着，一段带着怪异的陈年往事浮现在众人面前。

原来当年张府传承到张老爷手里，已经只剩下个空架子，张老爷年近而立，却没有娶妻生子，正是因为太过穷困的关系。

不过好在张老爷到底是念过书的，他锁了宅子，包袱一卷，直接出去投靠朋友，也就是当时已经颇有名气、在一位知州手下当幕僚的柳乾。

期间发生了什么事情没人知道，但是没过多久，等到张老爷回来的时候，张府就一夜之间回到了当年最风光鼎盛的时候。

张老爷很快娶了美娇娘，连着生了两个儿子，张府一再扩充，眼见着成了一方豪绅望族。大家都在猜测张老爷是在哪里发了这一笔横财，可是张老爷从未跟任何人说过，也不许任何人提起。

“张老爷投靠了柳乾？就是柳文庄的柳大老爷？”袁天罡总觉得好像抓住了什么头绪，可是又飞快地划过去了。他和福伯说了半天，却也只打听到事发之前，张老爷接了三封讣闻，其中包括柳大老爷的。

张老爷当时脸色就变了，连日以来一直醉酒痛饮，偶尔神志不清的时候，还吩咐福伯，说是将来他死了，要拿那个多宝琉璃盏和那几幅他最爱的字陪葬。

当时福伯以为张老爷是心中悲痛、一时难以抑制的缘故，只是好言相劝，哪里知道，这一转头，竟成了真。

“那多宝琉璃盏……因公公当年说过，要把这东西当作传家宝，所以未曾拿出来做陪葬之物。”听到这里，大夫人突然说道。

说话间，郎中已经到了。

大夫人顾不得别的，赶紧拜托郎中医治怀中的儿子，离开前吩咐管家把那多宝琉璃盏拿出来给袁道长看。

那多宝琉璃盏因要当作传家之宝，所以并未摆出来，过了一会儿，福伯匆匆过来了，手里稳稳拿着一个小盒子。

“这盒子……不像是本朝之物。”袁天罡一看那红漆金丝楠木盒，顿时眼皮一跳。

“老奴不知，只知道平日老爷最爱此物，多次说要传给张家子孙。”福伯把盒子拿到袁天罡面前，轻轻打开，里面的东西瞬间让人屏住了呼吸。

纵然福伯不是第一次看这东西，却还是在那一瞬间失态了。

那多宝琉璃盏呈半透明的血色，看上去晶莹剔透，更难得的是，在日光的照射下，琉璃盏散发出莹润的宝光。袁天罡拿着它微微移动，便见那色泽百般变化，看上去几乎要耀花人眼。

“这是一整块三色琉璃雕制而成的……这样看，其实不算珍贵。”袁天罡拿起那琉璃盏，突然提壶倒了一杯凉透的清茶进去。琥珀色的液体一进去，那多宝琉璃盏的色泽就突然一变，杯中猛地出现了一条金黄小龙游弋其间，似乎正在嬉戏，看得人目瞪口呆。

“这、这是怎么回事？”福伯惊愕地说，“老爷也未曾发现这个。”

“这不是多宝琉璃盏，这是金龙盏……乃是前朝宫廷御用之物……”袁天罡皱紧眉头，轻声说，“我也是第一次真正见到实物……这不是人间工匠所制，你家老爷从何处得来这惹祸的东西？”

“这、这老奴不知啊！”福伯顿时吓得脸色惨白。

就在两人说话之间，外面突然传来咝咝作响的声音，像是蛇在吐信。声音离得十分近，似乎刹那之间，就从远处直接到了他们面前。

而且不止一条，像是有千百条一样……

袁天罡在丫鬟们的尖叫声中抬起头，发现方才还透着阳光的窗户上，突然爬满了蛇影，最终一点点淹没掉全部光线，房间里变得一片漆黑。

5

只怕这张府之中，此刻已有千条蛇爬在门外。

丫鬟们吓得尖叫，郎中和抱着孩子的大夫人跌跌撞撞地从厢房跑进来，身后还跟着咝咝吐信的毒蛇。

袁天罡一直十分平和的脸上带了一丝怒意，他猛地并指结印，口中低念，旁人根本未曾听清他念的是什么，就听到爆裂之声响起，从厢房追来的蛇顷刻之间全部被炸成了蛇尸。

袁天罡转身，往大门口走去。

他双手触到门，猛地一震，大门便轰然打开，挂在门口的蛇全部被震飞出去，落在它们的同类之间。门外门廊花园之中，此刻已经挂满了大大小小的蛇，各种颜色花纹、有毒无毒的蛇都纠结在一处，看到袁天罡出来，全部昂起头吐信。

这画面让屋内的好几个丫鬟一翻白眼，直接晕了过去，只有大夫人抱着儿子，缩在凳子边不敢动弹，脸上都是惊恐的泪水。

“何必让它们送死。”袁天罡的声音很轻，但是十分镇定。

他的身形十分瘦削，但这时候不知道为什么，却有种成竹在胸的淡然，让在场之人的惊慌都淡去了许多。

他提高了声音："你们已经杀了张府所有的男丁，只剩下这对孤儿寡母，不管张府老爷从你们手中取走了什么，如今我都会让他们原样奉还，大家从此两清，你们可愿？"

"咝咝咝……"蛇群叫着，突然分开了一点儿，从万蛇之中钻出一张人脸来。

这人是个女子，看上去不过双十年岁，尖脸桃腮，挽着百合髻，脸上不施脂粉，却浓艳妩媚，若不是自腰下拖着长长的白色蛇尾，足以让人惊叹一声丽质天成。

她蹙着眉，眼含恨意地说："不可能！他们当日杀了我的孩子，血债只能血偿！"说完，竟是不再听袁天罡说话，而是发出长嘶，直直扑了过来！

袁天罡震飞攻过来的蛇，可他却没想到，有毒蛇早已绕行到他身后。等他听到大夫人的惊叫声回过头去，竟看到众人倒了一地，一个个都脸色乌青，断气只是时间问题。

就连那襁褓中的小儿都未放过！

袁天罡急怒交加，竟喷出一口心头血来。

这是他第一次离开司天监，第一次和妖类打交道，他根本没把门外的毒蛇看在眼里，只注意着那发号施令的人蛇，提防着她的偷袭，却没想到，她之所以站出来，只是为了让他分心罢了。

身后窸窸窣窣的声音如同潮水一般退去，袁天罡看着流泪咽气的大夫人，动了真怒。

他站起身，一步步往外走，路上，满地都是他刚才震怒之下斩杀的蛇。

除此之外，全是人类的尸体。

前几日照顾过他的小厮，扶着他进门的下人，门外应答的门房父子……

所有人都死了。

袁天罡丝毫不怀疑这一点。

他出了二门，拐道去了他住的小院。他的包裹还好好地放在桌上，袁天罡背起那包裹，从里面拿出了一柄白玉骨、黑丝的拂尘来。

他深吸一口气，背起包裹，顺着众蛇退去的道路走去。他走得很慢，却一直顺着那个方向坚定地走过去。

一路上，无数大小毒蛇阻拦他，可是留在袁天罡身后的，只有尸体。

李乘风就是在这样的时候，遇到袁天罡的。

他远远看到一个穿着脏兮兮道袍的道士时，还没认出来，直到看清楚这道士发髻上插着的古木雕的太极八卦发簪，才认出这人竟是和他一起在柳镇夜探柳文庄的袁天罡。

“喂！道士！你有看到一条大蛇吗？”李乘风是追着那条大白蛇而来的。

原本他第一晚没追到，打算折返，可是柳镇的男丁却打着火把到处寻找他这个杀了县令的“凶手”，还贴了悬赏告示。

李乘风顿时明白，除非杀了大蛇，拿着尸体回去，不然没有人会相信他了。于是李乘风只能风餐露宿，在山野间追寻那大蛇的踪迹。

偏那大蛇忽大忽小，速度极快，有时看李乘风啃饼子，还会丢下野鸡山兔给他，似乎是担心他饿到一样，让李乘风心情极为复杂。

他在山林之中前行了一旬，直到傍晚才猛然看到一个人，纵然之前有些嫌隙，这时候也顾不得了，十分亲热地打了招呼。

没想到，那道士听到“大蛇”二字，本来摇摇摆摆的身体突然转过来，手凭空结印，猛地一挥。李乘风顿时感觉到一股极为可怕的力量劈面而来，他纵身躲过，身后的一排树应声分为两半，倒在地上，眼见那一块地都空了出来。

……这要是劈中了，岂不是人都要被分成两半？

李乘风第一次见到这道士这么凶横的一面。原本他看到的道士，一副弱不禁风、叽叽歪歪、神经兮兮的样子，此刻猛地来这么一下，把李乘风给弄蒙了。

他风餐露宿，过得也不是特别好，本就不太舒心，这会儿也生气了，反手握剑，口中大骂：“你这死道士，要打架是吧？求之不得！”

他握紧剑柄，跃跃欲试地想和道士打一场，却看到道士听到他的声音，摇摇晃晃地停顿了一下，突然松了口气一样，轻声说：“李乘风……原来是你……”话未说完，道士就像是一只飞累的鸽子一般，直接扑倒在了地上。

李乘风惊愕至极，纵身上前，才发现他道袍摆上竟然沾了点点血污，嘴角血渍已经风干，嘴唇发白，已有裂口，再伸手摸一下额头，滚烫无比。

才不到一个月的时间，这道士怎么把自己弄成了这副德行？

李乘风心中大急，突然觉得背上发痒，他心中疑惑，却根本顾不上，正想着有什么办法可以救这道士的时候，却突然感觉到有什么东西从背上掉在了地上。然后，让李乘风怀疑人生的一幕出现了——

一颗小小的黑色种子掉在地上，飞快生根发芽，长成小树，接着以肉眼可见的速度拔地而起，最终成了一棵两人高的大树。

那是一棵芙蓉树。李乘风之所以能确定，是因为那树上只开了一朵芙蓉花，在黄昏的光影下，看上去竟有浴盆大小，从粉到白层层叠叠地一点点展开，看上去竟比牡丹还要雍容美艳。那花展开之后，从花蕊里面，渐渐浸出透明的花汁来。

李乘风觉得自己应该是疯了，因为他觉得那花瓣摇摇摆摆，似乎是在告诉他，把袁天罡抱过去。

他觉得自己应该是想太多了，但还是不由自主地抱着全身高热的道士往那花朵下站过去。然后，让他更加惊愕的事情发生了——

那原本牢牢待在花蕊之中的花汁从花瓣上层层滚落，最终弹在袁天罡的唇上，几乎是瞬间，袁天罡唇上的裂口就恢复了，额上的高热渐渐退去。

大地上的最后一丝光影也收起来了。

李乘风松了口气，正想着今夜还没找到地方过夜，接着，他突然绷紧了身体。

他慢慢地挪动身体，不知为何，直觉地靠在了芙蓉花树上，他抱着的袁天罡突然开始剧烈咳嗽，李乘风根本来不及阻止。

窸窸窣窣的声音越来越大，虽然根本看不到，但是李乘风知道，有什么大家伙来了，像是他一直追的那条大白蛇一样的大家伙。

而且，数量还不少。

"……不会吧，我就算追到蛇窝，那种大蛇也不会有那么多吧？"李乘风喃喃自语，难以置信地说，"我难道就真的这么倒霉？"

"咳咳咳……"回应他的，是袁天罡的咳嗽声，然后，袁天罡拍了拍李乘风的手，轻声说，"放我下来吧。"

李乘风放下他，就听到袁天罡淡淡地说："你还真是挺倒霉的，如果你和我遇到的是同一种蛇的话……它们不但巨大，而且还很聪明。"

"什么意思？"李乘风深吸一口气，慢慢抽出了自己的长剑，轻声问，"你不会告诉我，除了芙蓉花妖外，这个世界上还有蛇妖吧？"

"我告诉你，我可不会信。"李乘风慢慢吐出一口气，握紧了长剑，摆出攻击的姿势，语带轻蔑地说，"不过是长得胖一点儿的大蛇罢了，砍下来，我倒要好好吃个全蛇宴。"

"你不会想吃的。"袁天罡轻声说着，突然"唰"的一下，拉开了火折子，亮起来的火光瞬间把周围照亮了。

瞬间，李乘风的鸡皮疙瘩就起来了。

原来在黑暗之中，他们已经不知不觉地被蛇群包围，地上树上全是密密麻麻蠕动的蛇，只有他们站的这棵芙蓉树是唯一的净土。

更让他惊恐的是，他竟然在那大蛇之下，看到了一条半身是女子的白蛇。那女子若是往日在路上看到，只怕要被风流公子追着念情诗，可此刻摆着蛇尾站在众蛇之前，怎么看，都只觉得可怕。

“这里就是你们的老巢了？”李乘风还在震惊中，袁天罡反而淡淡问出声。

他从怀里拿出方才李乘风顺手塞进去的拂尘，结了一个道印，轻声说：“你们屠杀无辜人族，连孤儿寡母都不放过，我决不能放过你们。”

“对！你们居然生挖人心、噬心食肉，一群孽畜，今日我陇西李氏李乘风，就要将你们全部绞杀，替天行道！”李乘风这一段显然是背得很熟的，这时候也赶紧跟上。

“什么杀人噬心？”袁天罡顿时惊愕了一下，脸上的肃杀之气都顿了一下。

李乘风赶紧跟他匆匆解释自己之前的见闻。袁天罡显然怒极，再也顾不得说什么，手中拂尘一挥，拂尘之上的黑丝瞬间暴涨，往那蛇女直奔而去。

蛇女显然并不善于打斗，倒是身边的大白蛇和大红蛇飞速而上，率领众蛇直奔上前。

几乎是瞬间，两人就被蛇群淹没了。

芙蓉之托③

第三章

1

满地蛇尸。

李乘风眼前的一切，都是猩红色的，他用力挥舞着自己的剑。普通的蛇并不会和那条白蛇一样，有刀枪不入的力量，他已经记不清自己到底杀了多少蛇，可能比他自小到大见到的加起来还要多几十倍。

而当他身边那一贯弱不禁风的道士，面露煞气地挥出手上的拂尘时，李乘风才发现，那软趴趴、他刚才还触摸过的拂尘，竟然可以变成绞肉机一般的存在。

“嗞嗞嗞……”当袁天罡的黑色拂尘以绞杀的力量缠住血色大蛇的尾巴时，人蛇突然发出了巨大的嘶叫声。黑色的拂尘随之暴涨，袁天罡挥舞着它，如臂使指。满地的碎蛇尸体可以证明这看似无害的拂尘的力量。

李乘风感觉到有劲风袭来，猛地挥剑挡住白色大蛇，大蛇的蛇骨被李乘风毫不留情的一剑震得一摆，却借力在空中转向，弹着尾巴往袁天罡扑过去。

“道士！”李乘风吓了一跳，大喊着冲过去，“你们这些孽畜！”

他挥剑，却看到血色大蛇趁着白蛇撞得袁天罡踉跄倒地的瞬间，飞快摆脱了袁天罡的拂尘的控制。

之前李乘风根本砍不断的皮肉，被那细细的拂尘轻易划破，满地都是鲜血，大蛇伤口处白色的肉都朝外翻出来。大蛇受了如此重创，摆脱控制之后也不敢恋战。

李乘风忙跑过去，一把抱起地上的袁天罡，首先检查这个道士的伤势。道士这小身板不禁打，刚才李乘风可是亲眼看到大蛇直接把他撞倒了。

“跟着它们……咳咳……跟着……”李乘风抱起袁天罡，才发现袁天罡还醒着，虽然受了伤，但没有性命之忧，此时他一把抓住李乘风的衣领，低咳着一迭声催促，“快，跟着它们……”

李乘风转头，才发现那白红两条大蛇摆动尾巴，竟然跟着那人蛇一起，往山林之中钻去。李乘风大急，他的清白还系在那两条大蛇身上，当然不能让它们跑掉。事急从权，他一把把袁天罡扛到背上，大声说：“抓稳了！”

袁天罡忙一手拿着拂尘，一手紧紧抓着李乘风的肩膀。李乘风站起来，疾步往人蛇消失的方向追去。

山林之中，人蛇带着两条大蛇东躲西藏，显然并不想让他们发现自己的巢穴。可李乘风别的不行，奔跑追逐这种体力活儿却是不惧的，就算再背两个轻飘飘的袁天罡都不会觉得累，于是他一路死死跟着。

那人蛇只怕把这方圆几百里的蛇都给叫了过来，却依然没能阻挡住袁天罡和李乘风。

不过他们俩也累得够呛，期间还跟丢了几次。一夜过去，太阳升起，袁天罡终于说道：“我们到了。”

不过……这裂开一个大口的山谷，并无一丝异样。眼前这个圆圆的、两人高的山谷裂缝，看上去像是天然形成的洞穴，里面一望到底，也无一丝异常。

“放我下来。”袁天罡喘着气，轻声对十分疑惑的李乘风说，“就是这里。”

李乘风小心地把袁天罡放下来，看他颤颤巍巍的，便顺手扶着他，却被袁天罡推开。

李乘风正在疑惑，却见他从怀中摸出一张符来，纤长两指并起夹着，口中轻念：“上借风云之力，下启地脉之音，司天监少监袁天罡，呈问金符，启引天路。”

他念完，把符纸贴在洞口凹陷处，然后面前的土坯就像是一汪湖水突然被石头击破。李乘风目瞪口呆地看着面前小小的凹陷处突然变得深邃，现出了一条汉白玉石阶来。

“这是什么？”李乘风觉得最近遇到的事情，比他前十几年遇到的一切都更令他震撼。他瞠目结舌地看着袁天罡——这个原本叽叽歪歪、病恹恹的小道士，在他的眼里顿时变得高大神秘起来。

“很简单的障眼法，应当是司天监的前人布下的。”袁天罡本就身体极差，这会儿摇摇欲坠，干脆倒在李乘风身上，继续让他背着，只口里指挥，“这就是那些大蛇的巢穴……我们进去吧。”袁天罡身上已经没什么力气，如果走进去，只怕根本没有一战之力，所以必须得找个苦力背他。

“蛇、蛇窟？”李乘风咽了咽口水。

袁天罡看他脸上的表情，疑惑地问：“你是怕蛇吗？”

“当然不怕！”李乘风心虚气短，大吼着为自己辩白，“我可是追杀那白蛇来的！”

蛇他确实是不怕的，但是昨夜万蛇围攻的场面确实给他留下了极大的阴影，想到这里是那种大蛇聚集的蛇窟，李乘风就有点儿忍不住想绕路走。不过好在李乘风只恶心了一会儿就好了，他深吸一口气，背起袁天罡，提着剑，一脸坚毅地往蛇窟里面走去。

一踏入通道，李乘风就觉得眼前一黑，不是从有光线进入暗处的那种落差感，而是真正的、一丝光线都没有的感觉。李乘风这回不用袁天罡提醒，就从怀里拿出火折子吹亮，然后背着袁天罡，踏着汉白玉阶梯继续往洞穴深处走去。

李乘风做了很多心理准备，还以为一走进去就是万蛇扭动的可怕场面，可没想到，他在里面绕来绕去，绕得肚子都饿了，却一条蛇都没见到。

“我们已经走了两个时辰了，你确定这里就是那些蛇的巢穴吗？”李乘风终于忍不住开始质疑。

“别出声，继续走，往前三步，右转。”袁天罡在他背后继续发号施令。他手指盘动，口中念念有词，竟是聚精会神，根本分不出精力搭理李乘风。

李乘风被呵斥了一下，就见袁天罡口中念着“天干地支”，一副神神道道的样子。若是半月前，他肯定把这道士直接往地上一丢，自己先追上去了，可是这段日子接连发生的事情确实给了李乘风一些冲击，他想了想，颠了颠背上的袁天罡，到底没把他丢地上。

李乘风一路遵从袁天罡的指挥，本以为会遇到埋伏，却没想到，两人绕了许久之后，眼前突然一片开阔，且有习习微风拂面。只是几步之间，他们竟像是突破了什么巨大的桎梏，一瞬之间就从沉闷黑暗的通道到了开阔疏朗的庭院，连刚才颇有些憋气烦闷的李乘风都精神为之一振。

他一手托着背上的袁天罡，一手握剑，小心地环视四周，这才发现，他们所处的地方确实与刚才的通道截然不同。

这地方抬头不见日头，应当还是在山里，可是山谷四周有荧荧微光。这些散发出的光，让这大宅庭院一般的地方沐浴在柔和的光线里面，其中亭台小楼，以及镶嵌在山谷半壁之上错落的房屋，如此巧夺天工，完全不是一个幽暗山谷之中应有的景色，如果是换在山外某处山巅上，只怕会让人错认为是神仙居所。

而除了远处那漂亮的山壁之上的房屋，近前迎客和供以休憩的小阁楼也极其雅致。他们站在院子里，周围都是错落有致的假山池水，李乘风回头看，来时的道路早已消失，眼前迎客的阁楼和山壁上的房屋是一个风格，较大唐的制式来说更矮一些，也更为古拙，细看可以看到雕梁画栋的残骸，十分精致，虽有了年岁，但仍有富贵雍容的风采，非民间所能造出。

虽然能看出这地方风采不俗，但可惜的是，这里的一切像是经历过什么可怕的摧残一般——栏杆上有被人掰走过装饰物的痕迹，门柱上有斑驳的脱落凹槽，房子周围满是垂着的丝带，长长短短，破烂不堪……

山壁之上的亭台楼阁，远观之下比此处华丽许多，高处的金制瑞兽和琉璃隐隐发出宝光，显然这地方作为迎客之所，原本应不是如此破败的模样。

“贵客临门，真是蓬荜生辉……”就在李乘风和袁天罡都在细心观察的时候，突然听到了一个苍老的老妪的声音。

“谁在那里？”李乘风横剑当胸，浓眉竖起，背后反兜着袁天罡的手收紧，对着房屋内厉声喝道。

“吱呀”的声音响起，接着是“哐哐哐哐”接连不断的撞击声，这大宅的十二扇大门连着窗户接连打开，与此同时，廊下的残烛燃起。一瞬间，山壁上的荧光与整个山中府邸的烛光轰然点亮，整个山谷顿时变得明亮辉煌，大厅之内一览无余，再无一丝可避人之处——这府邸大气古拙之中竟又透出一股森然威严。

李乘风定睛一看，顿时心中剧震，倒吸一口凉气，他人生中第一次差点儿拿不稳剑——那灯火辉煌之处，竟有一条庞大的、仿佛洪荒故事中凶狠的灭世野兽一般的白蛇，盘踞在古朴的门厅中。

门厅目测至少有半亩地大小，但那巨大的白蛇竟然满满当当地盘踞在里面，整个门厅里甚至再也无法多站立一个人！

那白蛇因为太过粗大，纵然盘踞有半亩大小，依然堆得老高，导致它的头不得不微微趴着。此刻，它正眯眼看着门外的不速之客。

李乘风天生武学奇才，自诩豪侠，从未害怕过什么，之前被万蛇围攻也不过是让他觉得有些起鸡皮疙瘩，但要是说怕，他肯定是不怕的。可这一次，他看着面前山一般大小的巨蛇，盘踞在烛火与山中荧光之中，鳞片反射出光芒……

更可怕的是，李乘风发现这光芒之中，不仅是大蛇的白鳞反射出流光，更有绿油油的、冷冰冰的光芒。他认真一看，才发现这巨大白蛇的头居然是扇形展开的！它竟然并列着数个大小一样的头，看上去至少有十几个！

李乘风耗尽全身力气，才握紧了手中的剑让自己站稳，没有丢脸地马上软倒在地。

李乘风的声音都有点儿发颤了，他轻声问背后的袁天罡："这、这到底是什么怪物……"

2

"贵客临门，可陋室残破，倒是让客人见笑了。"李乘风还在惊讶，便见大蛇的头微动，中间的那个头张口吐信，却发出人言，与刚才那老妪的声音一模一样。她语气柔和，甚至还微微叹了一口气，若不看那可怕的身形，只听声音，还以为是一位哀悼家道中落、无法招待客人的有礼老人。

"我知道她，放我下来。"李乘风戒备地对着门厅，却没想到背上的袁天罡突然轻轻拍了一下他，对紧张的李乘风说，"先放我下来，你这样也没用。"

李乘风犹豫着，虽然知道自己对上这种上古巨兽一般的大蛇没什么胜算，却不敢真的把袁天罡放下。他虽没有信心从这大蛇手中逃走，但这体弱的道士毕竟是他背进来的。他李乘风自桃村出来历练，自诩豪侠，虽然没办成过什么惊天动地的大事，却也不会丢下自己庇护的人独自逃走。

虽然他们说话的声音很小，但是显然里面的大蛇听到了，那老妪般的声音轻声感慨："这么多年了，小娃娃……难道你听说过我？"

袁天罡又拍了拍李乘风，显然下定决心要下地，李乘风就算再不愿，这时候也只能放下他。袁天罡努力站稳，认真地对大蛇行了个道家礼，恭敬地回答："只在司天监的残卷中看到过……梵天异蛇，十二首蛇身，与天子契，庇佑南齐，天子礼为乳母，天子葬而不知踪迹……司天监以为您早已经回到异蛇之族的居所，却没想到，这么多年，您竟一直隐居于此，未曾离开人间。"

"外面过了多少年？我在山中无日月，不过看你们衣襟已换，想来人间朝代更迭，依是不休啊。"梵天异蛇轻声叹着，十二颗扇形并列的头颅轻轻转动，发出巨大的声响。

她轻声说："老身老啦，当年鸾儿托付我的事情……我终究是没做好啊……"

"不知梵天前辈一直待在此地所为何事？"袁天罡抿了抿唇。和一无所知的李乘风不一样，袁天罡是卜算着进来的，且他能感觉到梵天身上的气息和那些大蛇身上的一样，所以此刻梵天拦在这里，绝不是什么巧合。想到梵天在记载之中的故事，袁天罡皱眉，但还是坚定地轻声说："还有……在下追逐作恶异蛇而入此地，不知梵天前辈可曾见到？"

"作恶？"刚才还在感慨的梵天异蛇听到这句话，突然瞪大眼睛，把头凑近他们。

纵然隔着些距离，梵天大蛇的眼睛却如蹴鞠大小，放着寒光，简直可怖至极，极有威慑之力。她的声音里带着嘲讽，轻声说："论起作恶……哪一个种族，能比得上人族？"

这话说得不客气至极，这样尖锐的语调，让一直安静听着袁天罡与梵天对话的李乘风按捺不住了。他虽然身上寒毛直竖，但仍移步上前，浓眉皱起，大声说："你知道那异蛇干了什么吗？他们在柳文庄灭了几户人家满门，不但咬死人，还全部撕碎胸膛，吞噬人心！所作所为，令人发指！那些蛇是你的什么人？人间尚且讲究天子犯法与庶民同罪，你不能因为那些作恶的大蛇与你是同族，就如此颠倒黑白！"

"那你知道那些人到底做了什么吗？"梵天的声音瞬间尖锐起来，她带着威严厉喝，"所谓有因有果，你只说他们作恶，为何不问为什么除了那些人，没有其他人死去呢？"

"你们报仇我管不着。"李乘风生气，还要再辩，身后的袁天罡却轻声幽幽地说道。他语调轻飘飘的，浑身气势却一丝也不输小山一般的梵天，他凤眼含霜地看着梵天："连女人和不满周岁的稚子都不放过，却是我司天监无法容忍的底线。"

"你们也知道稚子无辜，"梵天惨然一笑，轻声说，"你们也知道稚子无辜啊！"

她的声音沧桑悲凉，虽是在笑，却仿佛百鬼夜哭，让人觉得又凄怆又可怕。

然后，她突然说："你们人类的稚子无辜，我的子孙就不无辜吗？我梵天自幼与人族亲厚，自问从无对不起人族之处，但是你们呢？你们可曾对得起我那救人的孩儿？"

此话一出，李乘风突然想到茶馆之中，那个赵大得救了贵人、得了价值连城的宝藏的故事，他眉头一跳，脱口而出："你什么意思？"

梵天的眼睛微微动了一下，似乎这时候才分出注意力认真看李乘风。她漫不经心地看了李乘风一眼，却突然愣然了，猛地把头更靠近了门厅的柱子一些。她激动了一瞬，但似乎想到如果动作太大，只怕这房子马上就要化为飞灰，便安静了下来，眼里的寒光突然化为温柔。她轻声对李乘风说："我的意思是什么，不是很好猜吗？孩子，你也不必生气，你们今日看到的那群人都是咎由自取，他们……没有一个是无辜的。"

这话，和柳镇县令的话重合了，李乘风心中涌起了不好的预感，他愕然道："难道他们曾对你们下过毒手？"

"不止。"梵天轻叹一声，说，"你那司天监的同伴应当知道，我原本可以不用如此见你们，可我这些年来，却只能以这样的姿态苟延残喘，皆因当年一时不慎，累及全家……还有我那可怜的鸾儿的唯一骨血……”

3

梵天并不是一开始就是这么大的，刚生下来的时候，她也不过儿臂大小。她为异蛇，生而有灵智，大约是异蛇一族迁走的时候，不小心留在此地的血脉。

总之孵出来的一两百年里，梵天每天最大的乐趣，就是摆着小尾巴到处跑。她喜欢喝花蕊上的露水，喜欢偷吃大户人家藏的蜜糖，最喜欢的点心是板栗糕，第一次吃到烤肉的时候，她更是感觉眼睛前面仿佛炸开了烟花。

但是梵天也不会特地为什么停留，她总觉得自己是在寻找什么，似乎是本能地依照一些模糊的预感，一直在寻找——她知道她的同宗在某个地方等着和她再聚，那是刻在她骨血里的记忆。

对一条小蛇来说，就算走走停停，一二十年的时间，那地方也应该能够到达了，可是梵天太调皮了，走了一两百年，才堪堪走了十分之九的路程。

就在她路过一座漂亮宫殿的时候，她闻到了一股肉糜的香味，当时已经是少女的梵天闻到这股香味就走不动了。她的原身已经长得很大，不过她学会了变得很小，最细可以到筷子那么长。她钻进那弥漫着肉糜香味的房间时，才看到哭泣的孩子，还有旁边大口大口吃着肉糜的老妇。

梵天那时候并不知道这是怎么回事，她看着老妇吃光了肉糜，然后恶狠狠地对那孩子说：“不许哭，你父王和母妃都已经死了，你都没人要了，再哭，我把你耳朵揪下来！”

谁能想到，那吓得满脸泪水、瑟瑟发抖的孩童，就是后来的梁武帝萧鸾。

梵天说起往事来，眼神温柔得仿佛要滴出水来，声音也越发柔和。蛇不能微笑，但是李乘风却莫名觉得，他好像感受到了梵天在微笑。

她说起当初的相遇，说她当时未曾想过这个胆怯的小孩，未来能统帅一个国家。

她那时候按照异蛇一族的年龄计算，也不过相当于人类的双十年华，虽然她一直没有找到同族，但是路上也遇到过其他蛇类，也是有过露水情缘，产下过几枚蛋的。

按天性来说，异蛇一族的雌性都不是好母亲，她们怕麻烦又懒惰，一点儿都不想照顾小蛇。梵天生了蛋往窝里一丢就跑了。

但是梵天这些年来，也遇到过看到长着十二颗头颅、好奇吃了毒草奄奄一息的她，不害怕反而温柔抚摸她、给她食物的人类医者；也曾顺手救过被山贼劫掠、差点儿被侮辱的少女。她把昏迷的女孩送下山，却在某天离开山林的时候，发现已经中年的温柔女人阻止孩子踩死面前的小白蛇，还温柔地说："妈妈当年在山中就是被一条好威风的大蛇救了，所以洛儿可不许伤害小蛇，万一它是那大蛇的孩子，咱们岂不是恩将仇报？"

或许是梵天在被异蛇族不小心丢下的时候，就和萧鸾有这么一段缘分，又或许是当时的梵天鬼使神差地想到被她随意丢下的那几枚蛋，算算时间，她的孩子大概已经跑出壳，正在哪个地方茫然地找阿娘……总之梵天心中一动，就在那一瞬间，突然落地化人，第一次摆脱了蛇身。

所有异族化人，大多与心境和境界有关。梵天心境突破，化人之后是个笑起来很妩媚温柔的女人。她梳着从山贼手中救过的那个少女的发型，耳边插着一支简单的步摇。

她好奇地抬手看自己化出的大袖长裙，别扭地走了几步，然后歪歪扭扭地走到愕然的萧鸾面前，笑眯眯地说："你好啊，小家伙。"

"我那时不过是心念一动，却没想到，竟然就被这小家伙黏上了……"梵天说着，微微吐了吐信子。虽然她嘴上说着被黏上，但是语气却是带着欣然和快活的，显然就算其后不得不在山中幽居，她也未曾后悔过。

那么，是什么改变了她呢？

李乘风的浓眉皱着，他看了看梵天，又看了看远处未走过来的袁天罡。袁天罡依然站着，他一身蓝边白道袍，长发挽起，凤目冰凉地看着眼前的大蛇，显然心绪不如李乘风那样起伏不定。这让李乘风愕然了一秒，不过下一刻，梵天的话让他再次陷入了往事，他认真地看着梵天，听她继续说遇到萧鸾之后的事情。

梵天心念一动，化人之后，顺手牵着萧鸾，陪着小孩去厨房找东西吃，小孩吃，她也吃……她以为只是随手帮一个忙，却没想到，被害怕的萧鸾一直捏着袖子，竟再也没有离开过。

梵天陪着萧鸾度过了最为艰难的童年时期。

萧鸾父母双亡，且父母死得仓促，当时有人传言他父亲的死和他大伯、当时的皇帝萧道成有关。仆妇无知，自以为萧鸾没了倚仗，当日就裹了细软打算奔逃，临走还不忘戏辱自己带大的娃娃。

梵天其实也没帮上什么忙，她只是牵着萧鸾去了厨房，两人坐下来吃了几块糕，然后皇帝派的人就来了，把萧鸾接了过去。

萧鸾父母之死虽有蹊跷，但就算是做给臣民看，为王者也不会真的对一个什么事情都不懂的孩子痛下杀手。

当时的萧鸾并不知道自己身边发生的一切到底意味着什么，他只是被平日最温柔的奶娘完全转变的态度吓坏了，抓着梵天不肯松手，并在之后很长的一段时间里，只信任梵天一个人。

被吓坏的小孩子总是惹人怜爱的，于是梵天在回家之路只差十分之一的时候，被这柔弱的孩子一把抓住，就此过了几十年。

萧鸾并不算是个很好的皇帝，甚至作为人的一生来说，他也是功过难定的。他杀过族侄族兄，杀了萧家大半的人；他一路踩着鲜血成为天下之主，直至最后风雨飘摇，撒手而去……

但是萧鸾对于梵天来说，自始至终都不过是个害怕又恐慌的孩子，他曾在少年岁月偷偷抱着她、泪水染湿她的肩膀，他总是在每个受欺负的夜晚抓着她的手不肯离去……

梵天知道，他和她相依为命，他一直没有真正长大，还是那个害怕一无所依的孩子，所以她不敢离去、不忍离去。时日久了，竟好像慢慢养大了自己的孩儿一般，从一条飞扬跳脱的异蛇，变成了萧鸾的母亲。

而萧鸾在这几十年间，从开始的迷茫到尝到权力的美妙后的贪婪，从开始的神采飞扬到疯狂……

这一切，在梵天看来，都不过是因为害怕和自卑罢了。

害怕于被叔父养大，他根本没有其他皇子那么理直气壮。

自卑于行走在一群人之中，他总是被淡淡的轻蔑和取笑包围。

这些情绪都不那么重，但是却挥之不去，时日久了，就变成了他的心魔。

他一生只信任过他的奶娘，临终的时候，两鬓斑白的他看着神态一如往昔的奶娘，老泪纵横地祈求："娘……你最后帮我一次……"

那是他第一次没叫她奶娘，几乎要把梵天的心都揉碎了。

于是，梵天带着萧鸾收拾的财宝，牵着懵懂的、被萧鸾寄予厚望的萧宝儿，跟着萧鸾的棺木，走入了高宗萧鸾的墓穴。

门外，司天监官员结阵锁山，而梵天牵着她的人族孙儿，自此不知人间岁月。

4

这前朝秘辛虽是寥寥数语，但勾画出的过去却磅礴恢宏，让李乘风听得神思悠远。想到眼前巨大的仿佛小山包一样的梵天还有那样的过往，李乘风突然觉得，这条大蛇不那么可怕了，甚至还有点儿可怜，这一刻，她不过是失去了孩子的母亲罢了。

梵天疲惫地眨眨眼睛，轻声说："可惜啊，我本有心避世，养大宝儿，就此了结这一段尘缘，却没有想到……"

她没想到会有人面蛇身的女儿顺着她的气息寻过来，找到了萧鸾生前就规划好的一处生门。那是专门留给萧宝儿和梵天离开的，只有梵天和萧鸾的血脉能够平安无事地走过。

本来萧宝儿长大，梵天告诉他一切，就打算了结这一段尘缘，偏偏她的女儿巴巴地寻了过来。那时候的梵天已经不再是当年没心没肺的模样，看到人面蛇身的女儿不人不怪的样子，想着若无人教导，女儿怕是连幻化都做不到，便心生不忍。

当年她一时贪欢，从未想到后果，如今后果找来，先是女儿，后是儿子……前者人面蛇身，后者更惨，灵智虽俱在，可是与一般蛇类无异……这两个孩子，是她梵天造的孽，若无人教导，只怕很快就会因为不会幻化躲藏而被杀死。

梵天只能留下来，此后多年，教导先天残缺的两个孩子一点一点艰辛地学习。

所幸异蛇的生命很长，就算是两个先天不足的孩子，慢慢努力之下，也还有几百年快活日子过。

却没想到，当年不肯独自离开的萧宝儿，与梵天的女儿相恋了。

萧鸾留下这个孩子，是深知萧宝儿绝不是能稳住他帝位的孩子。所幸他晚年想得开，并不执着于让萧宝儿继承他的江山，而是想留下自己最宠爱的小儿子，为自己留下血脉。

梵天最终拗不过这两个孩子，到底默许他们在一起了。

当时她的女儿刚学会化人，走着走着总会"砰"的一声化为原形，所以两人都没离开这墓穴。萧宝儿自几岁就到了这里，把这墓穴当作自己的家，凡人岁寿太短，萧宝儿一生，竟都在这山林墓穴之中了。但是他并不觉得无趣，墓穴就是他的家，他在这里长大，偶尔和妻子去山林之中打点儿野味，偶尔下山去镇上买些东西，日子过得津津有味。

只是总有些不放心，因为他走的时候，他的妻子刚好怀了孩子。

还不知道是人是蛋，但是一年两年都不肯出来，直到担心的萧宝儿溘然长逝之后的几十年后，他的妻子才生出来一个人类样子的小姑娘来。

这下梵天更不能走了。

因为生产和爱人逝去而身心俱伤的女儿，刚出生的、眉眼还有几分萧鸾模样的可爱小孙女，还有现在还时不时想偷吃生肉、虽有灵智却修行缓慢的儿子……梵天若是离开生门，这地方就会永远封闭。没了这处萧鸾特地给他们打造的家，梵天不敢想象她的孩子和孙女会有什么下场，所以她又延迟了离开的时间。事实上，到这个时候，梵天还以为她能带着她的孩子，一起回到异蛇族所居的地方。

梵天总说等孙女萧球球长大了就一家人一起离开，却没想到，在萧球球长大成六七岁少女模样，他们正打算启程的时候，出了变故。

那天大雨，小小的萧球球被一群人挟持着，踏入了这一片禁地。

萧球球样貌可爱甜美，因为太少接触人，性子一派天真，她被人挟持着走进墓穴之中时，梵天他们才知道，一向乖巧的萧球球听到人的呼救声，偷偷救了禁地之外生命垂危的人。

“那个人，名叫柳乾。他巧舌如簧，哄着球球叫蛇给他送了疗伤草药，又哄着球球把他藏在山洞里。球球还怕他出事，派了大蛇给他守门……”梵天温柔的话语渐渐染上伤痛，她轻轻说着，“可怜我的球球，还未曾长大，未曾感受过任何好玩快乐的事物，就被那群人割了手臂放血破阵，被那群人挟持着闯了进来……那群人闯入我们的家中，不但搜刮走了鸾儿送我的念想，还贪心不足，拿走了鸾儿多年来积攒的皇室宝藏……我一对不起鸾儿对我的嘱托，断了鸾儿的血脉；二对不起我的孩儿，让她丧夫之后又丧女……这一切都是我优柔寡断所致……”

李乘风听到这里，想到县令的话，想到那些人惶恐不安的神色，又想到那些人身死的样子，不由得心中发紧……他心中矛盾两难，一时握紧了面前的剑，一时又松开，他似乎想做很多事情，可是他又无法做任何事。他只能矛盾地坐在梵天身边，继续听她带着愤恨和痛苦的叙述……

“那群人统共不过七八个人，若我有心，只需一合之间，就能让他们全部身死……”梵天的声音如泣如诉，仿佛夹杂着血泪。

她看着抿嘴皱眉、内心激荡的李乘风，轻声说：“你看，你也觉得他们过分对不对？我当时明明可以杀了他们，最多让球球受点儿伤……可我哪里知道，那些人那么狠心，连一个稚儿都不肯放过……我的球球，我的球球……都是我的错，是我一直怀抱妄想，是我错了……”

梵天的话，让李乘风不忍地闭上了眼睛。

他面前仿佛出现了一个可爱天真的女孩——她穿了一身簇新的绸缎衣服，甜美地在宠爱之中长大，她有点未褪去的婴儿肥，笑起来的时候肉会堆在脸上，像是全世界的光芒都在身上，可爱得让所有人都恨不得把全世界捧到她的面前。

她在宠爱之中长大，全无心机，善良得仿佛洁白的缎子。

心善的小姑娘球球毫无防备，她悄悄救了个人，觉得自己很厉害、是大人了，可是她没想到，前一天还跟她笑眯眯讲着故事的人，第二天就带来了许多人围着她。

争执之下，有人看到了她手上戴着的玉环和璎珞金项圈……那都是她还未出生时，她的亡父特地给她挑选的。萧宝儿怎样也是个皇子，出手自然不凡，只是他若地下有知，知道自己的拳拳慈父之心竟然成了女儿的催命符，只怕也要痛苦地化为厉鬼。

就在萧球球还有些茫然、完全没有任何防备的时候，她被抓住了。

她生下来就是人族模样，虽然身体好了些，却没有什么神异之处，竟然就这样被那群人抓着，直接放血破阵。那些人冲入墓穴，然后一番劫掠。

她的祖母梵天赶过来之时，中了这些人的埋伏，连着她的母亲也遭了殃。那些人害怕大蛇们报复追杀，临走时甚至找到并启动了当年萧鸾用来杀盗墓贼的机关——萧鸾被梵天教导，这里面的布置不是一般人类能够承受的，里面甚至还有梵天特地寻来、连异族都能抵御的东西……

可惜梵天感知里的异族没有一个踏足此处，这些机关反而在一夕之间，因为小小的疏忽，成了她全家的催命符。

“我受天火焚身之苦的时候，只听到球球喊我……‘祖母，球球痛，球球怕，祖母救球球……’”梵天说到这里，疲惫地眨眼，只有一只眼睛流下了一颗巨大的泪珠。

听得愕然又痛苦的李乘风此刻才发现，梵天的二十四只眼睛里面，原来只有这一只是浅浅的褐色，眼神带着痛苦的情绪，其他都是泛绿的色泽，像是冰冷的宝石，漂亮却毫无生机。

那一场劫难，对梵天来说远远不只是失去了孙女。

李乘风想到她开始时说的那句“我今日只能以这样的姿态见你们”，想着当年的惨烈，心中一时复杂难言，他轻声说：“他们确实做错了，其心贪婪，手段狠辣，在众人之中也是罕见……”

梵天惨笑，说：“小家伙，多谢你这句公道话……可惜，我们却不能改变那些贪婪的人族的所思所想……”

梵天哽咽着继续说：“那天之后，我再也不能化人，更不能移动。我的儿子女儿差点儿身死，我的孙女球球被他们带下山，血流尽而死……我受伤的时候还心存了一丝侥幸，祈望他们拿了财宝，可以放我的球球回来……”

梵天说到这里，眼里的柔软已经完全逝去，她睁开唯一完好的眼睛，看着站在不远处的袁天罡，厉声问：“可你看看他们干了什么！他们不但翻了鸾儿的墓穴，让我只能盘踞在这阁中一动不动、苟且偷生，甚至将鸾儿给我建的千玲阁和宫殿也洗劫一空，最后更是毁了我一家……”

“千玲阁？”袁天罡瞪大凤眼，愕然地说，“这是千玲阁？”

“没错，这就是！”梵天惨笑一声，“认不出来吧？也是，千玲阁本该垂挂九百九十九只金铃，门廊雕九百九十九只金龙……是鸾儿亲手为我休憩所建，他死后特地将之搬入地下，欲与我黄泉相伴……此刻变成这样，你当然认不出了……”

“我听说过。”袁天罡这才认真环视这地方，他轻声感慨，“因为高宗乳母梵天爱听铃音，于是高宗耗时三年，耗材百万建千玲阁……据说千玲阁巧夺天工，每个铃铛都形貌不一，每条小龙都神态迥然……”

难怪这地方垂挂如此多破碎的丝带，难怪门廊周围都坑坑洼洼的……前朝的瑰丽巨宝，珍贵的岂止是材料，然而却在一夕之间，被破坏殆尽。

李乘风想到了他在茶馆请人吃饭闲谈那日，那赵大得的邻居说在乡野月夜看到落了一地的金元宝，出处看来就在此处……只是前朝瑰宝竟被莽夫熔了化为金元宝，不知是可恨还是可悲。李乘风心绪翻涌，忍不住咬紧了下唇。

那头，梵天说完了一切，却不看李乘风，而是看向对面的袁天罡，眯着蛇眼质问：“现在，你依然觉得我们报仇是不对的吗？”她看着袁天罡，认真补充，“你既是司天监之人，应当能看明白，我的孩子身上并无杀孽！”

“你们报仇可以，不放过稚子妇人尚可说是血脉之仇，但你们连门房等一干下人都不放过，未免太过心狠手辣！”和心绪到现在还没恢复的李乘风不一样，袁天罡自始至终十分平静，此刻面对梵天的质问，他瞪大凤眼，怒喝，“何况你一直说你一儿一女，那条血蛇你又如何解释？吞噬稚童血肉滋养自身已是邪道，你梵天怎会不知？”

“那是他们欠他的！”梵天厉喝，“当年这孩子尚未孵出来，就被天火焚身，他本该好好的，却沦落到吃血肉补全自己的身体！你以为老身愿意吗？老身出自异蛇一族，血脉非凡，老身的孙子却落得以邪道谋生，难道还是老身的错？”

“多说无益！”两人对峙，显然都无法说服对方，眼见着袁天罡握紧了拂尘的白玉骨柄，脸罩寒霜，梵天的语气也不再客气。

她轻声对紧张地看着两人对峙的李乘风说：“孩子，你从我后面的大厅进去，一路往外跑……快跑……不然就出不去了……”

她话音落下，李乘风正想要说什么，突然地动山摇。一直盘踞的梵天突然冲天而起，传唱了几百年的千玲阁瞬间化为乌有，精致的雕花奇景瞬间灰飞烟灭。李乘风仓皇之间，根本无法抗衡这股庞大的力量，他左支右绌地挡住了落下的泥灰石块，好不容易停下来，暂时安全，就看到袁天罡正一脸惨白地握着拂尘，往梵天蛇身刺去。

梵天身体巨大，仿佛高山石像，虽然她因为伤势而行动迟缓了些，但当她疯狂地挥动身体时，山体动摇，根本没有人能站稳。更为可怕的是，随着梵天放肆的攻击，这座山的山体开始簌簌掉落、塌陷……看梵天这样拼命的架势，就知道她在谈判不成之后，下定决心要杀了追在她孩子后面的袁天罡，给自己的孩子们除掉这个心腹大患。

反正据她所说，天火之时，她一心救孙女球球，已经伤到根本，如今拼着一副残躯换袁天罡一条命，在她看来，是十分划算的买卖。

看着袁天罡虽然勉力支撑，但动作越来越慢，李乘风心中惶急，一时觉得梵天情有可原，一时却也不觉得袁天罡维护正义有错，他大声吼着："梵天前辈，你别激动！不要滥杀无辜，否则你与那些劫掠杀害球球的人又有何异？"

他又对正在搏杀的袁天罡大吼："道士！你也别打了！他们就算做错了，可也不是主动害人，咱们想个别的办法不行吗？"

"小家伙，速速离去，免得伤到你！"梵天大吼，攻势不减，"今日我杀了这道士，对你来说只有好处。你且快快离去，不要留恋！"

袁天罡面色含霜，和李乘风前些日子所见的那个喜欢说笑、有点贪图安逸的道士判若两人，他也大声说着："无论谁对谁错，异族杀人乃是底线，司天监人人见而必杀之！"

"好大的口气！老身既然敢报仇，就早已做好杀你们这些不分黑白的司天监道士的准备！"梵天冷笑，咧嘴露出两颗几人高的巨大蛇牙，看上去狰狞可怖。

眼见着袁天罡被逼得无路可退，李乘风来不及再思考何方正义、何方可怜，便冲了上去……他纵然还没搞清楚一切到底该怎么评判，可他绝不能眼看着这道士在他面前死。

李乘风无视梵天给他指的离开之路正渐渐变窄的事，避过掉落的碎石拔地而起，矫健如同黑色的豹子。几个起落之后，终于在一块巨石差点儿把袁天罡逼到绝路的时候，一把拦腰抱住袁天罡，险险避过了这一次危险。

"小家伙，放开他，这人不值得你救！"梵天厉喝。李乘风却不听，抱着袁天罡躲闪，大声说："梵天前辈，你看这道士被震晕了，你现在走吧，我可以帮你糊弄这道士！真的！"

"小家伙，我为何多年盘踞千玲阁一动不敢动，乃因我在天火之下，早已全身俱毁。移动之日，就是我身死之时……"梵天停顿了一瞬，她看着李乘风，说，"小家伙，你听老身一句话，放下这道士自行离去，这对你反而是好事。"

"不行！"李乘风被山一般高的大蛇俯视，压力不可谓不大，可他还是咬牙坚定地说，"前辈，你若真要杀人，我李乘风纵然技不如人，也不能坐视不管！"

"好！"梵天眼睛一缩，变为竖瞳，显然也被激怒了，她怒骂，"既然如此，你们就一起留下陪我吧！”

“梵天前辈，道士说得没错……你的行为虽然情有可原，但你已经入魔……”李乘风眼神坚毅，带着怒意，大声说，“你报仇我觉得情有可原，可如今你连道士都不放过，我李乘风也无须犹豫了！”

说话之间，李乘风挽起剑花，一把捞起袁天罡，起身纵越几下，一剑劈向梵天的身体——剑花四溅，攻势凌厉，可剑却仿佛砍到了钢铁……看来和那几条大蛇一样，梵天的身体也是刀枪不入。

“凡铁还想伤我？”梵天怒笑，大喝之下挥动尾巴，所过之处，乱石俱下。

李乘风狼狈躲藏，带着袁天罡连续纵跃，纵然身手再好，在梵天的扫荡之下，不免也闷哼几声，说话之间，已经受了伤。

“凡铁虽不能伤你，却能护我心中正义！”李乘风喉咙腥甜，呕出血来——在刚才的山石重击之下，他已经受了伤。

“既然你如此冥顽不灵，要帮这个人……”梵天显然也只剩下这最后一搏的力气，她不再浪费体力，厉声说，“那你们就与我一起永远留在这里吧！”

说完，梵天突然身体暴涨，原本就十分可怖的身体突然舒展开来，十二颗头一起猛地重重砸向山壁——那几乎是传说之中共工怒撞不周山、击毁天柱一般的动静，梵天重击之下，山川动摇，山体发出怒吼。

一瞬之间，就是灭顶之灾。

李乘风最后的记忆，是天地动摇、乱石俱下，他下意识地把袁天罡自背后拉到胸前挡住，巨石砸下，他喉咙一甜，一口血喷出，就此倒下。

不知是不是错觉，在李乘风倒下的瞬间，他竟然觉得自己似乎看到了袁天罡心口之上，猛地爆发了巨大的白金色光芒，照亮了整个山洞。

梵天发出嘶哑的吼声，李乘风却听不出她留在人世最后的话是什么了。

而后，漫天粉粉白白的芙蓉花飘来，遮盖了整个世界……

5

李乘风以为自己和道士都要死了。

那样的天地之怒下，他亲眼看到满地落石、巨蛇狂舞，而他怀里的袁天罡本就体弱，摇晃奔逃之间，这个本就唇色发白、昏厥过去的先天体弱之人，又如何能忍受这样的颠簸。李乘风虽然挡住了乱石，但是重击之下，他只怕护不住这道士。

想他李乘风出自千年世家，更是连本家都无比重视的武学奇才，竟然年纪轻轻，就要葬身在一座不知名的深山幽谷之中……

李乘风满脸绝望地闭上眼睛，只觉得眼前的白光和花瓣都是错觉，而真实就是，这山谷怕就是他这辈子的末路。

却没想到，他还能有睁开眼睛的机会。

首先有感觉的，是李乘风的鼻子。他闻到了一阵阵浓郁的幽香，像是芙蓉花的味道，比整个柳文庄的芙蓉花香味加起来还要浓郁，但是不熏人，甚至让人觉得轻飘飘的，极为舒适。

李乘风只觉得随着吸入的花香，他的身体慢慢苏醒了过来。慢慢地，他挪动指尖，疲惫地从全身无力的状态中挣脱开来。

他艰涩地眨眨眼睛，就看到模模糊糊之中，有大片粉白交替的颜色。

李乘风好一会儿才看清楚，原来他躺在一朵巨大的芙蓉花下。那花长在芙蓉树上，满树光秃秃的，仅这一朵巨大的芙蓉花，就把树枝都压弯了。

这情景太过诡异，李乘风翻身坐起来，戒备地环视四周，见四周并没有危险，不由轻轻拍旁边还没醒过来的袁天罡："道士，道士！快醒醒，我是不是在做梦啊？"

虽然他这过去的几天看到了他这辈子从没想到过的诡异事件，能说话的大蛇、能让山川崩塌的梵天……按道理，这朵芙蓉花也没什么神异之处，甚至之前花瓣里流出的汁液还救过昏迷的袁天罡，似乎对他们没有恶意，可李乘风还是觉得有点儿发毛。

在他的晃动之下，袁天罡慢慢地哼了一声，开始恢复意识。

"道士、道士你快醒醒，这芙蓉树能走路啊。这是我们晚上被蛇围殴的时候遇到的那株芙蓉树吧？我肯定没看错，洗澡盆这么大的芙蓉花可不是哪里都能长得出来的……"袁天罡在李乘风一连串说话的声音之中，慢慢地睁开了眼睛。

袁天罡生而体弱，按照他自己的经验，在和梵天对峙之后，他就算侥幸存活，也应当昏过去好几天，还要长期卧床不起，就算醒过来，没休息好时也必然是神志恍惚的……

可是这一次，袁天罡愕然地发现，他虽然身体酸痛，但是竟然还能支撑着坐起来。他睁开眼睛，发现了一切的根源——在李乘风眼里，这里开了一朵巨大的芙蓉花，可在袁天罡的眼里，在芙蓉树下站着一个一身粉色、盘着百合髻的少女，她俏丽地立在荒野之中，鬓边有一朵美丽的粉芙蓉，美丽得仿如山中的精灵。

……不过，她原本就不是人。

“是你……”袁天罡愕然地看着芙蓉花柳娘子，然后动了动身体，半晌才说，“你何必如此？”

柳娘子深深施了一礼，抬头看着袁天罡，轻声说：“虽是我托付先生查明此事，但是我并不想让先生埋骨于此。”

和第一次见面时俏皮可爱的样子不一样，柳娘子这时候更有了落落大方的闺秀之姿，或许这才是她真正的样子。

她眼里含泪而笑：“何况幸得先生给我父亲报仇雪恨，芙儿又怎能看着先生和先生的朋友死呢？”

“可你也不至于用自己的性命，换我们活下来啊！”袁天罡痛心地看着她，说，“生死有命，若我今日葬身于此，也是我的命，何必用你来换？”

袁天罡是真的痛心，当时他在洞窟中昏倒，就已经做好了身死的准备。

他不是梵天的对手，李乘风这个普通人虽然体质强劲，有他的神异之处，但也肯定打不过梵天。袁天罡昏过去前，希望梵天能够对李乘风这个小辈网开一面，他自己如何下场却无所谓。他看到梵天的时候，就知道这事无法简单了结，这是他身为司天监少监的命，他非常坦然。

而现在绝处逢生，眼前芙蓉花柳娘子花魂逸散，显然是柳娘子拼尽性命为他们挡住了梵天的临死一击，救了他们。

袁天罡内心痛楚，摇头说：“何况你父亲临终前安排一切，恐怕也只是想让你喜乐一生，你这样、你这样……”

“父亲做了大错事，我还未化形的时候，他就一直在跟我说……他说他这辈子对不起那个小姑娘，他害了恩人性命，却不敢面对，只能自囚于柳文庄内……”柳娘子眨巴眨巴大眼睛，眼里波光粼粼，“我知道的，都是那些人的错，是他们见财起意，胁迫着父亲和他们一起杀人害命。所有财宝，父亲一分未曾花费过，都封在柳文庄的地下，先生若是有空，可去取用……”

柳娘子声音微颤，轻声说：“我知道父亲不想的，他有错，那些人也罪该万死，可是父亲他罪不至死啊！他只是被人胁迫了！”

是非对错，梵天已死，柳大老爷也已死，如今已经没有意义了。

柳娘子也知道，因此她不再继续说下去，而是擦了擦眼泪，轻声说：“感谢先生助我达成心愿，如今我也没有什么可以作为回报的了……当年张二郎给我寄的那本诗集，还有我回了却再也没寄出去的那本，都一起给先生，当作赠礼吧……都是山野之作，当不得什么，供先生把玩罢了……”她说着，从怀里掏出两本书。

袁天罡挣扎着起身，慢慢走过去，郑重接过，轻声说：“在下一定好好保存，多谢柳娘子。”

他施了个道谢的小礼，躬身还未起，突然狂风四起，漫天芙蓉花瓣飞舞。

最后一抹芙蓉花香飘过天地。

“道士，你又看到什么了？”李乘风在旁边拔剑四顾，紧张地问，“还有你怎么突然凭空接了两本书？这芙蓉花怎么又突然谢了啊？”

袁天罡深吸一口气，抬头认真看着李乘风说：“你不要在意，看不到这些，是好事……只要看到他们，注意到他们，无论看上去是好是坏，最终……只会带来不祥罢了。世人都参悟不透，所以才会有如斯多悲剧。”

“所以那两本书到底是什么啊？”李乘风紧张地问，“你说来说去，是不是现在我们周围又有什么我看不到的鬼东西了？书上写的什么，是不是有什么问题？”

看来经过这一番历练，李乘风虽然还是看不到芙蓉花柳娘子，但显然开始渐渐接受，世界上确实有他看不到的东西存在这件事了。

他紧张地拔剑四顾，然后一迭声追问沉默翻看的袁天罡。

“是两本诗集。”袁天罡轻声回答。

“哦？是你写的吗？”李乘风顿时松了口气，诗集应当是没什么诡秘之处了，他把剑收回背上，好奇地问袁天罡。

他虽然武学天赋极高，但不爱读书，这会儿瞟了一眼，见确实是诗集，就随口问：“你还会写诗啊？怎么还神神道道地突然变出来？”

“不是，我不喜欢念书。”袁天罡摇头说。

李乘风欣赏地看他一眼，说：“道士，我发现你还是有优点的！”

“不过我却觉得这两句写得很好。”袁天罡翻着诗集。

“天下皆爱牡丹色，吾独醉心芙蓉香。”

“两情迢迢应有路，比翼同心一处归。”

“平仄押韵有待提高……哎？你这个道士，这是情诗吧？”李乘风咂摸了一下，愕然地看着袁天罡，“道士可以看情诗吗？”

“我倒是觉得情感质朴动人，非拘泥功底可以抹杀。”袁天罡掩卷，“可惜啊……”

可惜那些暗流款款却永远定格，然后都会慢慢被时间抹杀，直至彻底消失。

那些鲜活的色彩和情感，最终都化为漫天凋落的芙蓉花瓣，碾落成泥，再也不会为世人所知了。

尾声

袁天罡话音才落，突然听到一阵女人的轻笑声。

“谁在那里？”李乘风厉喝之时，袁天罡也猛地转身，在不远处的山林之中，他们同时看到了一位红衣胡服、腰上两把弯刀、高鼻深目的女子。

她明丽似火，番邦的胡服劲装让她看上去干练又艳丽，额上的红宝石点缀在黑色的猫眼之上，看上去神秘悠远。这样的异国丽人走在大唐的街道上，绝对会让人眼前一亮，那些王孙公子哪怕耗费千金，也会想与她把臂同游。

可是她身上没有那种绮丽优柔的气息，也不像是烟花柳巷出身，整个人反而像是她腰上的弯刀一样，有种烈火般的力量。

她轻笑，身后突然钻出来一颗巨大的蛇头。她轻盈地跳上去，在蛇头上坐下，然后那蛇看了他们一眼，躬身往山林一钻。很快，红衣女子的身影就悄然远去。

“追！”李乘风和袁天罡对视一眼，异口同声地喊出声来。

人魔①
第四章

一念成佛，一念成魔。

1

“我想吃点儿好吃的。”袁天罡轻声虚弱地对李乘风说。

李乘风闻言青筋暴起，低声怒吼：“……你马不能骑，路也走不动，现在全靠老子背……你还敢跟我说你要吃好吃的？”

没错，此刻的情况就是如此，路上的行人都诧异地看着这样奇怪的混搭方式——年轻的、一身黑衣的俊朗游侠，背上背着个穿着道袍的年轻道士，并且不时回首和他拌嘴。

和雄壮高大的年轻游侠相比，道士显得十分羸弱。虽然他一派仙风道骨，但面色苍白，一双凤眼似乎有气无力，让人看着都替他难受。

当然，那只是旁观之人的想法。

李乘风一路上背着袁天罡，鞍前马后，此刻袁天罡居然对吃食提要求，且看上去自己还要付钱——这道士和他身后的司天监显然十分寒酸，道士身上根本摸不出一块银子，此刻他暴怒的语气就可以理解了。

尤其是他们两人半月前还完全不熟，现在之所以这样绑在一起，也并非因为什么深厚且不可割舍的友情，而是为了追一个骑着白蛇的红衣女人。

那女人在他们联手对抗异蛇梵天之后，突然出现在山林之中，她盘坐在异蛇梵天后裔的头上，像是传奇书中的山鬼一般，带着妖邪一般的美和不祥感。

李乘风是一定要找到那个女人的——她乘坐的大蛇是李乘风洗脱杀人嫌疑的关键，且李乘风自小的梦想就是握剑荡平天下不义之事，哪能放任那残杀过人类的大蛇在外界游荡。

袁天罡也是一样，他身负司天监“斩妖除魔、护卫天下”的使命，连白蛇的老祖宗梵天都敢冒死直面对抗，当然也不会放过那行踪诡秘的女人。

可说是千里追击那红衣女人，但两人都不肯承认的是，他们虽然跟得死紧，但到了这镇上，还是弄丢了那女人的踪迹。

这也是他们从山林之中走出来，来到这山脚下的城镇的原因之一。

除了看那白蛇和女人是不是进了这镇中作乱，另外一个重要的原因，就是两人需要补给一些食物，还需要休息，尤其是袁天罡。

这一路走来，李乘风可算是对人类的身体到底能弱到什么地步有了深刻的认知。这道士在山林之中根本没走几步就咳得像是要吐血而死，而在李乘风唤来自己的马，让他在马上坐了一天之后，这道士居然彻底无法走路了。

“我在家时，家中三岁的小妹都比你身体健壮！”虽然这道士很轻，但是李乘风背着这个累赘，还是忍不住抱怨，“我的背只背过我的剑！”

“我知道，它硌得我可不舒服了！”袁天罡奄奄一息地在李乘风耳边说，然后又重申，“我得喝一碗热气腾腾的羊奶，最好再来一碗炖得细细嫩嫩的皮蛋肉粥……不然我真的活不过今天晚上了。我这辈子从没这么奔波过，我甚至还骑了马！”

“我要提醒你，你根本就没骑马，你只是勒着我的脖子在马上尖叫，害我们俩差点儿直接纵马跌下了山崖！”李乘风没好气地说。

嘴上虽然这么说，他到底还是脚步一转，往远处挑着布帘的酒家走去。

袁天罡和他结伴半个月，显然慢慢摸准了李乘风这个心口不一的脾气，眼见着马上就能吃到热气腾腾的食物，也不再和他计较。那双死气沉沉的凤眼总算亮起来，他甚至抬起了头，十分期待地闻着越来越近的香气。

酒家越来越近，李乘风也有点儿着急了。他们在山林之中大半个月，又刚好是在冬季最冷的时节，别说袁天罡这个体温低到如果不窝在他身上就感觉和死人差不多的家伙，他自己也确实累得狠了。此刻闻到那热饭热菜的香味，想到热茶滚过喉咙的感觉，两人不约而同地咽了咽口水。

李乘风大步走进门，挑开厚厚的门帘打算进去，就在这瞬间，门内刚好有人要出来，两方都没准备，顿时狠狠撞在了一起。

“他娘的，走路不看路？”李乘风是练家子，晃了一下，到底是兜着袁天罡牢牢站稳了，但仍是吓了一跳。而门内那个男人显然就没那么好的运气，他被李乘风撞得狠狠退了几步，又似乎是接连撞到了桌椅之类的，发出连串的闷闷撞击声，才站稳，就爆发出一连串的破口大骂。

李乘风本想道歉，听到这男人这样的语气，顿时也不道歉了。他一掀帘子走进去，只觉得全身一暖，背上一直冷得直哆嗦的袁天罡也全身一松，显然两人都觉得这地方极为舒服，对来这酒家歇脚的决定满意不已。

当然，如果没有纷争就更好了。

李乘风进了门，身上松快了一些，不欲与这人争辩，便对着那人点头示意，想要就这么各下一个台阶——毕竟撞在一起两方都有错。

李乘风正准备叫小二安排客房，先把背上这道士安顿下来，结果和他撞上的男人却以为他是怕了，顿时不依不饶，站起来恶狠狠地对着李乘风吼道：“是你刚才撞老子是吧？”

李乘风这才转过身去，看这个语气凶狠的男人。

这男人的长相和行事作风一样粗犷，一脸横肉，身材高壮。此刻他的手放在腰间，那里别着匕首。如此行事作风和嚣张气焰，显然并非善类。再看小二远远不敢上前的样子，此人只怕不是第一次来这个地方，估计也不是第一次惹事，一定有些来历，不然怎么会连店家都不太敢靠过来相劝。

不过这些对李乘风来说却毫无意义。

其实若这人态度好一些，他或许已经主动致歉，说不定还会请对方吃一顿酒，交个朋友。可是李乘风是个吃软不吃硬的性子，见到这人此时居然一副要和他比划的样子，顿时也气了。他看着这人，态度加倍嚣张，厉声说：“怎么地，就是你爷爷我撞你了，你待如何？”

这话说得极不客气。当然，任何一个人在外面风餐露宿大半个月，还要在满是饭菜香气的地方和人耽误时间，脾气都不会好到哪里去。

这人估计本身就是个蛮横的人，脾气极其不好，不过他没想到这回居然遇到个脾气比他还像炮仗的人。他抬眼看李乘风，那一身彪悍的气势和高壮的身材，还有背后露出半截的剑穗——虽然不知道他为什么背着个道士，看上去十分怪异，但也无损这游侠一副极不好惹的形象。

“老三，走了，不要节外生枝。”旁边有人按了按和李乘风吵架的男人。这名叫老三的人显然还不想善罢甘休，但劝他的人显然很有威信，只是放低了声音警告了一声：“老三，正事要紧。”

老三狠狠出了口气，厉声说：“算你们运气好，撞上老子忙。”说完，老三和身边的人就掀帘子出去了，一场风波就此消弭。

“此人面金带赤，吊眼薄唇，可见心术不正。”袁天罡在李乘风背上轻声说，“奇怪的是，这人面相如此凶恶，我却没在他身上看到孽气，真是让人摸不着头脑……”

“哦？你看人一眼，就能看出这个人的来历和将来吗？”大半月前还坚定不信世上有妖邪的李乘风，这会儿却对袁天罡说的话很有些兴趣。毕竟在看到一座山一样的大蛇，甚至还和这大蛇说过话之后，李乘风就不得不让自己渐渐接受这个新世界了。此刻听到袁天罡说起来，他不由得一边对小二吩咐要上房泡澡，一边问起来。

“除了身负天命之人，其他人的命运都是灰蒙而驳杂的，看出来也没什么用，是会随着人们的选择而改变的。”袁天罡看到小二过来，饥饿占了上风，根本没心思继续和李乘风讨论这个话题。他转头对小二说：“小二，一间上房，住店。但是先给我们上些热热的羊奶，若有好克化的软糯糕点也送些来……”

“再上些烤好的羊肉和卤肉，”李乘风赶紧跟小二补充，免得等会儿送来的都是甜甜腻腻的东西，“然后上两斤好酒，佐酒的小菜也来一些。”

“好嘞，两位客官请稍等。”店小二看两人在空位坐下，显然是打算先吃了再回房休息，点点头就去后厨了。没一会儿，两人面前就摆好了热气腾腾的吃的。

“哎……”袁天罡喝了一口煮得热热的羊奶，香滑的口感让他忍不住叹了口气，凤眼瞬间涌出泪花，“我恨司天监的那帮老家伙，往年这时候，我只需围着火炉喝羊奶看书，今年却流落野外……”

“我要提醒你，你那不是流落野外，是我在大冬天的山林之中，背着一块冰走了足足大半个月，晚上还得让那冰块把脚伸我肚子上，以免他冻死！”李乘风一边大口吃肉，一边含怒控诉，“你那是什么破身体，大晚上冷得跟冰一样，死人都比你暖和。还什么野食都不能吃，我身上的干粮全给你了，害我还得一边追那蛇女一边打猎！这次我们跟丢还不都是因为你又在我背上吐……”

控诉简直是张口就来，足见李乘风这大半个月过的是什么日子。

他一边说一边吃，话语间夹杂着袁天罡微弱的辩解声：“……可是还不是我给你观星指路……”

“得了吧，就你给我省的时间，还不如你浪费的一半多。”李乘风一口气吃干净了面前的两斤烤羊肉，才算是吃了个半饱。他又喝了一大口热腾腾的酒，间隙还不忘狠狠鄙视袁天罡。

两人吃吃喝喝，夹杂着斗嘴，没一会儿，就把面前的东西吃了个干净，当然，其中大部分都是依靠李乘风才扫了个精光。

酒足饭饱，两人打算休息一会儿就回房间，让小二送些热水泡泡。

正在李乘风伸懒腰打算背袁天罡回房的时候，外面传来了一声凄厉的女人的哭声。

那声音极为可怖，像是母兽失去了幼崽的怒吼，带着惶恐和痛苦，像是从心肺里挤出来的一般，听得人毛骨悚然。

2

李乘风发觉这声音极近，顿了一下，停住了回房的动作，架起窗往外看——不远处的墙根下围了七八个人，其中一个穿着青色布袄、盘着单髻、头扎布带的老妇人正趴在地上，抱着一团黑乎乎的东西一声声地号哭。

她哭得近乎气绝，声音凄厉如同夜枭，旁边的人都驻足观看，显然不明白这老妇人到底在干什么。

“你在此处休息一下，我去看看发生了何事。”寒冬腊月的，一个老妇人哭得如此悲伤，再放任下去，非有个好歹不可，李乘风自诩游侠，惯爱管不平之事，此时再看不下去，对袁天罡说着，关上了窗，起身拿起刚才解下来的剑走了出去。

袁天罡此刻全身酸软无力，只能看着李乘风走出门。没一会儿，窗外不远处就传来了李乘风的问话声：“老人家，为何在此哭泣？”

这老妇人看上去已经上了年纪，双眼浑浊。李乘风走近了才发现，她怀里抱着的竟是一个没有四肢、全身包括脸都黑乎乎的乞儿！

这乞儿身上只穿了夏裤，身上随意裹着些稻草，冻得嘴唇乌青，看上去不成人样。

李乘风何尝见过如斯人间惨剧，他再次问满脸泪水的老妇人：“老人家，你抱着这乞儿又是何故？”

老妇人听到有人发问，这才慢慢止住了哭号，她紧紧地抱着乞儿，抽噎着说：“这是我孙儿。这不是什么乞儿，这是我孙儿啊！”

“不可能吧？我就住在这里，这孩子每年冬天都在这儿乞讨，十多年了……老人家，你怕是认错了吧？”旁边一直围观的一人惊讶地说。

他身边也有人附和：“是啊是啊，我常常见到这孩子，因为见他可怜，每年他来都会给他些吃食，不然只怕早就饿死了。”

“是啊，”旁边一个年轻一些的妇人说，“我刚嫁过来那年就见过他了，每年冬天他都在这酒家门口。这孩子不但天残，还是个哑巴，我可从未听说他有什么家人。”

众人你一言我一语的，旁边还有个男人冷笑：“见过莫名其妙跑到大户人家认亲戚的，没见过认乞儿做亲戚的，莫非是想拿这乞儿做些什么见不得人的事情？”

这话一出，众人都狐疑起来。李乘风往旁边一看，这发话的男人还不是陌生人，正是方才在酒楼门口和他撞上的那个“老三”。

李乘风看他那刻薄嘴脸，心中一怒，大声说：“你这是什么话？老人家说这乞儿是她孙子，定然有所依据，你什么都不问便口出恶言，我看你才是心怀叵测！”

“他是我孙儿，我认得，他是我孙儿晁儿……晁儿、晁儿，我是奶奶啊……”老妇人一边哭一边唤孙儿，可那乞儿一直都木木的，听到老妇人的哭喊声，也只是茫然地看着她。

老妇人哭着哭着又摸了摸乞儿胸口处的乌青，声音哽咽地说：“这块胎记，是晁儿一生下来就有的。还有，我的孙儿生下来嘴角就有颗小痣，算命先生还说、说他这辈子不愁吃喝……”

老妇人见大家起疑，顾不得擦泪，像是怕把怀里的孙儿擦疼一般，也不用帕子，匆忙用手擦了擦怀中乞儿的嘴角，那里果然依稀能看到有颗痣。

众人看老妇人对这乞儿又爱又怜，眼泪都落到了乞儿的脸上，声音也满含怜爱和悲伤，又见她随口便能说出这乞儿的特征，顿时去了疑惑，对这老妇人又信了三分。

“若真是你孙儿，老人家，他为何落到这里乞讨？莫非是你们当时见他残缺，就扔了不成？”旁边又有人问。

这话让李乘风也起了疑，他看着老妇人，显然也对这好好一个孩子竟然被扔在这地方感到不解。

老妇人的眼泪瞬间大颗大颗地涌出来，幸好这儿不是滴水成冰的北方，否则这老妇人如此落泪，怕不是满脸都是冰凌。她本就哭得哽咽，闻言更是伤心至极，拍着大腿大声哭喊出来：“我孙儿生下来是个好娃娃啊！他有手有脚，能跑能跳，还能叫我奶奶……晁儿，我的晁儿，你在外面这十几年，是遭了什么罪啊？奶奶恨不得能替你遭了这罪啊！老天啊，为什么要这么对我们老李家？怎么不冲我这个老不死的来啊！”

老妇人抱着没有四肢的晁儿大声哭喊，哭得围观众人心中十分难受。

李乘风也听得难过，说：“老人家，你、你说得我都糊涂了，你孙儿既然好好的，怎么变成了这样？”他一边说着，一边毫不犹豫地解了身上的披风，递给老妇人，“不管怎样，看他冻成这样，还是先替他裹上暖暖吧。”

“不敢不敢。”老妇人擦了泪，却不敢接。李乘风干脆自己上手，把晁儿整个人裹起来。

老妇人看着，眼中垂泪，还是挣扎着解释说：“多谢这位好心的小郎君。不敢瞒您，我孙儿不但生下来时好好的，还十分聪明。那几年收成好，我们手中有了几个钱，还特地把晁儿送去进了学……”

老妇人抱着孙子，轻声说着往事。

原来这晁儿虽然生在农家，但是父母都勤快老实，老妇人当年当家也是个麻利的，几十年来也攒了一些身家，等到晁儿出生，又是个命中有福气的，那几年风调雨顺，收成特别好，待到晁儿长大，一家人商议，把晁儿送到了学堂启蒙。

晁儿是真聪明，念书一点就透，很快得了夫子的青眼。眼见着晁儿成了家族改换门庭的希望，一家人干活更是有劲儿。结果就在晁儿十二岁那年，他在去夫子家的路上失踪了，家人再也没找到过他的踪迹。

夫子就住在村子里，那条路晁儿也不是第一次走，按道理来说根本就没有什么危险。那天路过柳林的时候，晁儿的大伯还跟这孩子打过招呼，偏偏晁儿转头拐弯走过柳林之后，就再也没人看到过他。

更为可怕的是，就在那一天，村里丢了三个孩子，大的小的都有，且不止他们一个村子，附近几个村子都丢了娃娃。

“晁儿的爹娘就这一个娃娃，晁儿不见了之后，晁儿爹和隔壁村子的汉子说怕是遇到了拐子，于是一边派人报官，一边一起连夜去找。他们打着火把进了山，没想到遇到了大虫……晁儿娘没了娃儿又没了娃儿爹，没几天也跟着去了，就剩我这个老婆子……我心心念念我的孙儿，没想到他竟然就在县城，就在我眼皮子底下，还、还变成了这副不人不鬼的模样……”老妇人说到后来，声音颤抖，再也说不下去。

李乘风看到晁儿在听到爹娘的事情时突然睁大了眼睛，然后慢慢地、慢慢地，眼泪开始在眼睛里面打转。

他似乎从一个漫长的梦魇之中醒过来，突然对着老妇人“啊啊”叫起来。大家这才发现，他的嘴里只有半截舌头，看上去可怕极了。

老妇人却不怕，她惊喜地看着晁儿，大声说：“孙儿、孙儿，你认出我了？我的孙宝！”

两人抱头痛哭。

众人围观，脸上都带着感同身受的悲伤。一旁的年轻妇人从篮子里拿出了两个白面饽饽，用帕子裹起来，蹲下身往老妇人怀里塞，一边塞一边带着泪花说：“老人家，我身上就这个，你别嫌弃，留着你和你孙儿回家路上吃。”

“老人家，我这儿有几个铜子，你拿着，别嫌弃。”

“老人家，我手上没别的，倒是有把子力气，若你不嫌弃，我帮你把孙儿背到雇车的地方。”

众人纷纷表态，有钱的出钱，有力的出力，都想为这对可怜的祖孙做点儿什么。

“老人家，你可要我相送？”李乘风摸了一角银子出来塞给老妇人。他不敢多给，怕给得太多，他们孤寡祖孙反而被人盯上，丢了性命。

“再不敢劳烦小郎君，老妇能找到孙儿，已经是万幸……”老妇人正在说话，旁边却传来了冷笑声，转头看正是那老三。他看到这里，嗤笑着说：“不过一介妇人之言，你们竟然深信不疑。要我说，这老妇若是心怀不轨或是疯疯癫癫，你们怕是要做杀人帮凶。”

“你这人，为何如此血口喷人？不帮忙就算了，竟还一直口出狂言！”李乘风也怒了，厉声对那老三说，“这晁儿明明已经认出他祖母，你看他二人，哪有一点儿如你所说。我看你来历不明、心肠冷酷，心怀不轨的是你才对！”

“我只是说出实话。你们如何知道这老妇所说是真是假，这乞儿是刚巧流泪还是真的认出了祖母？你们让这个老妇带走这乞儿，可曾想过她若是骗人……这乞儿虽瘦，但是劈了来吃，也是好几十斤净肉呢！”老三一开始还说得有理，说到后来越来越荒唐，听得周围的人都皱起了眉，年轻一些的甚至捂住了胸口，简直想要吐出来。

李乘风被噎了一下，他不善与人争辩，这会儿有些讲不过这满嘴歪理、怎么听都不对劲的老三，却又找不到话头来。

幸好这会儿旁边那个矮矮墩墩、正在帮着老妇人抱起晁儿的男人找到插话的时机，赶紧出来替老妇人说话：“我能给这婆婆作证。这婆婆虽不常来县城，可我是货郎，十里八乡都跑遍了，这婆婆我在村里见过，她孙儿丢了十几年，我们都知道！我家一直在县城里，这里也有认识我的邻人，大家可以证明我的身份。”

若是独自一人，这货郎只怕也不敢顶撞老三这样的凶悍人物，这会儿因着在李乘风身后，才敢细细解释。而随着货郎所说，旁边有几人跟着附和，说这货郎确实是在城中长大，说话可信。

“怎么地，这下有证据了吧？我看你鬼鬼祟祟，满口胡言，你现在倒是来跟我说说，为什么一直阻拦这老人家带走她的孙儿？”李乘风得了保证，顿时腰杆也硬了，对着那老三怒声道。

老三瞪着他那双三白吊梢眼与李乘风对峙，周围的人都噤若寒蝉，生怕这两个高大的年轻人一言不合打起来。

这时，老三身后的巷子里传出呼喊的声音，似乎有同伴在叫他，老三这才阴恻恻地和李乘风对视了一眼，然后“呸”了一声，吐出一口浓痰，悻悻地转身走了。

眼见着一直挑刺儿质疑的人离开，这老妇人显然真是这乞儿的祖母，大家便都不再阻碍这对祖孙离开。李乘风想要再帮帮这老妇人，却被她坚辞了。她如今找到孙儿，哭完之后什么都不想思考，只想快快带着孙儿回去。李乘风也不再坚持，赠了一角银子之后，目送老妇人和她的孙儿离去。

看着那瘦小的老妇人，和她不知遭遇了什么、如今只能被人扛着才能离开的孙子，李乘风一声长叹。他人的事情和人生，到底自己也只能在看到时相帮一回……

李乘风回了酒家，与袁天罡在泡澡洗漱间说起这事儿，两人感慨了很久，都在想，这祖孙二人以后的日子也不知如何过。

两人好不容易洗了个澡，高床软枕睡了个好觉，一夜就这么过去了。

大早上喝着热粥吃着肉饼，李乘风几乎快把昨日见闻忘却，正和袁天罡讨论去哪里找那个蛇女的踪迹，突然，那位头发花白的老妇人又来到了酒家。

她进来后不顾小二的询问，惶恐地四处张望。看到窗边的李乘风时，老妇人神色一松，仓皇地跑过来，“扑通”一声跪在了李乘风面前，对目瞪口呆的李乘风大声哭泣，说：“小郎君，求求你救救老妇的孙儿，老妇、老妇实在是不知该去求谁了！”

3

“老人家，你先起来，你不是和你孙儿回乡了吗？”李乘风连忙扶起跪在地上一直磕头的老妇人，细细问起来。

老妇人满脸泪水，仓皇地叙述了她的遭遇。

昨天那好心货郎把她孙儿抬到了雇车的地方，又帮他们雇了马车，老妇人一刻都不肯留，只想把自己的孙儿赶紧带回家再做打算，却没想到，那好心货郎一走，马车行至偏僻处，突然冲出一群黑巾蒙面的人，居然就这么硬生生把她的孙儿从她怀中抢走了。

“当时虽然已经出城，可路上也有三两行人，我没想到贼人竟然如此大胆，光天化日之下，竟然……我想去追他们，可我一个老太婆，没跟几步，就失了晁儿的踪迹……”老妇人说得伤心至极，她捶着心口哭喊，“我上辈子是做了什么孽，好不容易找到孙儿，却又活生生和孙儿失散……”

她哭得一把鼻涕一把泪，李乘风却越听脸色越严肃，他对老妇人说：“此事看来大有蹊跷，晁儿一个乞儿，竟还有人跟出城外也要抓他……老人家，我带你去衙门报官，看究竟是什么歹人竟敢当街抢人，害人骨肉分离！”

“谢谢小郎君，谢谢小郎君！”老妇人大约是常年在乡下生活，虽然还算干练，但是出了这事，顿时像是失了主心骨一样惶然不知所措，此刻听到李乘风安排有素，情绪顿时稳定了一些，她擦了擦脸上的鼻涕和泪，一迭声地道谢。

“道士，我得带这老人家去报官，你和我一起去吗？”李乘风问一旁的袁天罡。

袁天罡点头，说：“我跟你一起去。”说罢，他又安慰那哭泣的老妇人，温声说：“这位老人家，我观你下颚饱满绵长，是有子孙福的样貌，你孙儿应当和你还有段缘分，你且莫慌。”

不得不说，若是光看外貌，袁天罡绝对是一派仙风道骨的模样，此刻只是简单几句话，自有股世外高人的风范。

老妇人听了他的话，顿时收了泪，脸上浮现出希冀来，她一迭声问：“这位道长说的可是真的？”

“自是如此。”袁天罡轻轻颔首，老妇人顿时喜极而泣。

旁边的李乘风目瞪口呆地看着袁天罡只用了两句话，就把他安慰了许久都无果的老妇人的情绪稳定了下来，顿时再次刷新了对这道士在外人面前的形象和信服力的认知。但好歹这道士这会儿干的是好事，让老妇人安心下来了，于是他也没说什么，只背起袁天罡，带着老妇人一路往衙门而去。

路上他们又让老妇人细细说了一下晁儿被抢走的事情。

老妇人重复了一遍之前的话，还是只有那些人穿着短打、蒙面、不像是一般人、像是一伙训练有素的歹人这些信息。

只是歹人为何要劫走一个四肢全无、不能说话的乞儿？实在是让人费解。

三人行走间，没一会儿就到了衙门口。鸣冤鼓才敲了一会儿，县令就已经穿好袍服准备升堂了。

三人一被放进去，老妇人马上就跪下来纳头叩拜，她还没看清堂上之人就开始哭求："请大人为民妇申冤啊！"

县令面白无须，看上去十分年轻，似不到而立年纪，看上去不像是一方父母官，倒像是哪家的世家子。

大约他也知道自己样貌并不太威严，因此板着脸，一副十分严肃的样子。此刻听到老妇人说话，他一拍惊堂木，厉喝："你有何冤情？这两人可是你的亲人，为何见官不跪？"

这话一出，李乘风赶紧自我介绍："在下陇西李氏李乘风，今日到此，乃是为了这位老人家的孙儿被劫一事。"

世家子一贯是见官不跪的。认真论起来，如今能出仕的大多是世家子，寒门之人极少，除非惊才绝艳，否则大多寒门子弟要到一定年纪才能混出头来。看县令这个年纪和养尊处优的样子，想来出身世家，往上推三辈，大家多少有些亲戚关系。

不过真正本家的人可不会往地方上放，如今风气，大家恨不得都挤在朝中，在朝中为官和在地方为官，显然不是一个分量。这人被放到这一方为县令，要么是不得势的偏支，要么是不受宠爱的庶子，真要论起来，说不得李乘风地位还比他高些。

果然，县令听到李乘风这么介绍，脸色顿时缓和了，只是面带疑惑地看着李乘风背上的袁天罡，问道："那你背上的又是何人？"

"在下乃司天监少监袁天罡，奉命游历天下……"袁天罡今日还算有力气，至少能自己轻声回答县令的问题，"县令恕罪，在下不良于行，绝非有怠慢之意。"

"司天监？"这县令显然是听说过司天监的，他听到袁天罡中气不足的声音，愣然了一会儿，才被堂下再次哭喊起来的老妇人拉回了注意力。

听老妇人哭着把从发现孙儿到孙儿被劫的事情都说了一遍，县令的脸色越来越沉。

待老妇人哭着说完，县令才说："此事可当真？"

"千真万确。"老妇人哭着说，"当年我们李家村并旁边的小河沟村等五个村子都报过案，大人可查看卷宗。昨天民妇已经托人回家说过发现晁儿的事情，其他失了孩儿的人家估计也会来县城找寻……届时他们都可为民妇作证！"

这话一说，县令看上去更加严肃了，他表情阴沉地轻声说："老人家，你是说你的孙儿不是唯一的失踪孩童？你们那一带丢失了不少孩子？"

"是，五个村子一共十三个孩子，最多的是我们李家村。这十几年来，民妇日日将此事挂在心间，活着就为这一件事，万万不敢记错。”老妇人磕头，泪水顺着脸颊的沟壑流下来，看起来凄惨又苍凉。

县令沉默了一会儿，突然说：“若是如此，此事便非同小可，只怕与采生折割有关。”

“采生折割？”李乘风和袁天罡都没听过这词，茫然地互相看了看。老妇人显然也没听懂，堂下一片迷惘和沉默。

县令语调愤怒，咬牙说：“你们没听说过是很正常的，这事儿残忍至极，令人匪夷所思……”

在县令的解释下，李乘风和袁天罡才听明白采生折割是什么意思。

采生折割所说的采生，就是趁人不备或是落单，下药或是用别的下三滥手段把人直接弄昏带走。不只是大人有危险，那些歹人还会趁父母不防备，抓走或拐走小童。折割就更为可怕了，如晁儿那般，把健全人给弄成残废还算好的，那些心黑的人手法层出不穷，有些根本让人不忍提起……但不论哪种方法，都残酷到令人发指，非一般人可以做出。因此历朝历代对采生折割都极为重视，一旦发现，最轻都是砍头处死，最重甚至会施以酷刑惩戒。

县令寥寥几句说完，老妇人痛哭失声，她边哭边说：“世上怎会有如此恶毒的人，这是往父母的心窝子扎啊！这些不得好死的！这些畜生！”

见她边哭边拍地，县令面露不忍，说：“此事本官一定会追查到底！”

他一拍惊堂木退堂，然后走下来，让人把老妇人带下去休息，又深深对袁天罡和李乘风鞠躬，说：“此事牵连甚广，还望两位能暂留一些时日，助我一臂之力。”

袁天罡还没说话，李乘风已经上前，豪气干云地拱手回答：“大人不必客气，此事我们责无旁贷、义不容辞！”

“大蛇……”袁天罡在李乘风耳边提醒他，他们来这里还有更重要的事情。

李乘风愣了一下，大蛇在外，只怕也会沿途杀人作乱，且非人力可以阻止，而这里发生的采生折割之事，显然这位县令就能够查探出来，他们在此也不会发挥太大作用。

正在李乘风纠结如何将两件事兼顾的时候，县令也看出了他们两人似有争议，他有些羞愧地说：“不瞒两位，本官初来乍到，来到此地上任不过一月。此事不只是要翻阅大量卷宗，还要查访丢失孩子的人家……”县令的表情严肃起来，神色悲伤地说，“本官一定要破获这桩案子。本官的女儿八岁那年被人拐走，至今未找到……本官整天担惊受怕，无一日不受着焚心之苦，就想知道我家可怜的童童到底流落何方。万一她遇到这些丧心病狂之人……”

县令说着说着，眼圈发红，他擦了擦泪水，面色发狠地说：“本官也是人父，与这些人感同身受，此事竟然在本官的治下发生，本官定不能放任这些人逍遥法外！多一个帮手，就能快些破获此案，因此本官厚颜……请二位助我！”话说到这里，县令深深地弯下腰，语带哽咽。

县令既然已经如此袒露心扉，甚至告知自己的私事，显然下定决心要速战速决、破获此案。李乘风和袁天罡不禁动容，又想到大蛇和那蛇女此时毫无踪迹，他们这会儿也不知从何找起，两人对视一眼，见袁天罡点了点头，李乘风才沉声说：“大人不必如此，既然大人用得上我等，我等必然倾力相助！”

“那就多谢两位高义了！”县令一喜，抱拳以谢。

4

显然县令大人的预判是正确的。他才上任一个月，且第一次为官，对衙门事务根本不熟悉。他和李乘风二人商议好，派人去搜查那群绑人歹人的去向，又派人去查阅历年来失踪孩童的记载，衙门的人手顿时就有些不足了。

因此当老妇人的同乡也进了城，来衙门报告自己家孩子失踪之事的详细情况时，衙门已经没几个人，县令身边只跟着主簿并袁天罡和李乘风三人。

县令就带着他们三人，去见听了消息之后前来的乡民们。

县令确实是个好官，他没让这群人上堂，而是在后衙生了火盆。房内虽然暖和，但这群农人显然并不在意自己的处境，他们看到县令穿着官袍出现，顿时乌压压跪了一地。

李乘风看到这些人，不由得心中震撼。

他们大多很穷困，按照老妇人所说，他们那里风调雨顺，还算富庶，但这群人却面黄肌瘦。这一二十个人有老有少，年轻一些的看上去三十出头，老一些的则比晁儿的祖母还大一些，跪在地上都颤巍巍的，脸上是一模一样的愁苦和痛苦。

“大人，听说晁儿找到了？”领头发话的是个中年汉子，隐隐是这群人之首。他之前显然听晁儿祖母说了晁儿的事情，此时问了一句，声音都在发抖。

他看着县令，眼里有哀求和难以置信的痛苦，这庄稼汉子哽咽了一声，才继续问道：“听说咱们的娃娃……咱们找了十几年的娃娃，都是被什么采生折割的拐子抓去了……是真的吗？”

这个粗犷的汉子，声音颤抖得仿佛要断掉的弦，而他身后那些人听到他的问话，当场就有女人小声哭泣起来。

这是场异常艰难的问话。

李乘风和袁天罡听着县令问话，也渐渐了解了晁儿失踪背后更多的事情。

晁儿不是村子里唯一一个不见的孩子，可那几天村子附近没看到什么生人，孩子就在大白天消失了，完全找不到任何线索。而面前这群人一直没有放弃，他们一次次凑钱来县城，几乎每一任县令都接过他们寻找孩儿的状纸，可一直一无所获。

他们五个村一共丢了十三个孩子，如今来的人不足二十个……寻找期间有些父母放弃了，他们生了新的孩子，生活继续，就好像那些失踪的孩子从未在世界上出现过一样。也有些如晁儿的父母那样，寻找的时候，父亲被山中野兽咬死，葬身野兽之腹；而那些母亲，要么受不了接连打击而死，要么则是改嫁，绝口不再提当年之事。

人们有自己的选择，这群一直未放弃的人，说起来不过只是五个孩子的长辈，他们还在等，还在等自己的孩儿回家。

“我以为她能记事了，就算被拐子拐了，哪天也会自己找回来的……”一个白发苍苍的老妇人说着说着，突然号啕大哭起来，“我一把年纪了，一直熬啊熬啊，我不敢死啊！我要等着我孙女回来……我给她攒了十几年的嫁妆，想着若是她被人卖了，一旦她能托人寄信回来，我拼了这把老骨头，也得把我的乖孙女赎回来……我不敢死啊，就是想亲眼再看看我可怜的大孙女……”

老妇人边哭边拍着自己的心口，眼见着要昏厥过去，旁边一个十几岁的孩子忙哭着拍她的背，一声声地叫：“奶奶，别怕，你还有我，你还有孙子……”

眼前的人哭成一团，可无论怎么问，他们都说未曾看到过任何可疑的人。倒是提起了几个村中闲汉，可无论怎么想，这群闲汉都不像是能带走那么多孩子的人，他们没那样好的身手。

“能快速把孩子掳走，必然身手很好；掳走十三个孩子都没被人发现，必然是练家子……而且估计还不止一个人……”李乘风低声说，“不过此事让人疑惑，若是很多练家子出现在村中，按道理来说大家不会一无所知才对。”

就在这个时候，突然有差役匆匆进来，大声说：“大人，有发现了！”

“什么发现？”县令问。

“我们一路追查那群掳人的贼人，发现他们大约是往破庙方向去了！”差役连忙说，“马上就要天黑，他们定要找地方休息，那方向远近只有那一处破庙可以歇脚……不出意外，他们定会在那儿休息！”

“大人，不如我去把他们带回来！”李乘风主动请命。

他听了这些人丢了孩子之后这十几年的生活，心中越发难受。和晁儿不过一面之缘，已经让他觉得难受，此时听说晁儿身上发生的事情还有可能发生在更多受害的孩子身上，李乘风心中满是愤慨。如今得知了这群人的踪迹，他哪里还肯等待，只想现在就直捣黄龙，把这群人打个半死才好。

“如此，”县令点头，也是一脸肃然，他拱手行礼道，“那就有劳了！”

就这样，李乘风把袁天罡留在衙门，和衙门的兵丁一起，连夜往山中破庙而去。

破庙立于山中，没有名字，里面立的菩萨也因年代久远，变得破破烂烂，根本认不出供奉的是什么，但好在这屋子被一群路过的行商修补过，尚能遮风挡雨，躲避野兽袭击，勉强可以当作休憩的地方。

李乘风连夜摸上山。他自幼习武，耳聪目明，兵丁还没反应，他就做了个手势拦住了大家，然后低声说：“里面有人，我先过去看看，到底是不是他们。”

看兵丁们点头，李乘风才悄无声息地摸过去，从窗边往里看。这一眼看进去，李乘风以为自己看到了地狱。

庙中围坐着七八个人，俱是一身短打，与老妇人口中夺人的人穿着一致，只是脸上没有蒙面。此刻他们围坐一团大口撕咬着烧鸡喝着酒，脸喝得赤红，而在他们旁边，则随地扔着几个人。

没错，随地扔着。

会用到“扔着”这个词，是因为这些人看上去已经不像是人了，反倒像是残破的麻布袋子一般。

李乘风一眼就看到了没有四肢的晁儿，而在晁儿身边，还有许多情况和他差不多，甚至比他样貌更为丑怪可怖的人……

他们全部都躺在地上，要么闭着眼睛，要么双眼发直……不只是晁儿这样的年轻男孩，男女老幼都有，甚至有头发花白的老者和七八岁的小姑娘。

这场景，说是人间地狱都算是美化。

一般人只怕看到其中一个人，就要难过得不忍再看了，而这群人却肆无忌惮地在这群可怜人身边大吃大喝。

吃到一半，那拖着一条畸形腿的小姑娘眼馋地偷看了一眼，肚子发出“咕咕”的声音，其中一个喝酒的人竟然站了起来，大吼着："看这里干什么？你是不是想另外一条腿也废掉？"

李乘风定睛一看，才发现居然是个熟人——正是昨日在酒家和他撞到，然后在街上一直出言讥讽，挑唆大家不要相信晁儿祖母的那个老三！

李乘风和老三吵了几次，几次都差点儿动手，本以为这个人也就是个地痞流氓，没想到这人竟然就是采生折割的行事人之一！看一旁躺着的无声无息的晁儿，这老三显然就是盯着晁儿乞讨的管事。难怪他几次想要阻碍晁儿被带走，难怪晁儿很快又被抓回来——他们一直都在不远处盯着这些可怜的人！

李乘风心念如电，串起一切事情。

破庙里面断腿的小姑娘被老三一吼，吓得像个鹌鹑一样，不敢哭出声来，只是往角落里缩，身体一直在发抖。

旁边另一个人拉了一下发怒的老三，说："老三，你别吼了，这小姑娘本来长得标致，是打算卖到窑子里去的，都是你把她的腿打坏了才折了本，给弄到这儿走街串巷当个乞儿，害我们少赚了不少……今儿又差点儿弄掉一个货，你就别再节外生枝了。"

老三听到旁边有人劝，才慢慢坐下来。他一坐下就狠狠喝了一口酒，带着怒气说："……真是晦气，谁知道这样还能被那老妇认出来。要我说，一不做二不休，干脆跟以前一样，把那老妇也掳过来，砍了四肢，弄个祖孙天残的噱头，让她和她孙子一起乞讨，还能给我们多赚点儿！"

地上原本跟死了一样的晁儿惊恐地瞪大眼睛，发出"呜呜呜"的声音，他艰难地蠕动自己的身体，显然是害怕极了。

坐着的人却都没管他，显然真的在考虑老三的提议。先前劝老三的人想了一下，说："还是算了，他的祖母太老了，说不定熬不过去，到时候白忙一场，还得赔上草药钱……先别惹麻烦，明天我们就启程吧，早点儿出发，早点儿把今年的孝敬银子赚足，不然又跟去年一样，忙了一年，哥儿几个也没拿到什么油水。"

"要我说，我们就该自己干，这样孝敬银子也省了……谁在那里？"老三话才说到一半，突然对着门外厉声大喝。

"是你爷爷我！"李乘风听着这群人的话，早已经火冒三丈。他想到这群畜生把好好的人砍成人棍扔在寒风之中乞讨赚取黑心钱，自己却在酒楼里面大鱼大肉；又想到那天老三各种挑拨阻拦，看着祖孙团聚还出言讥讽，心肝显然是黑透了，不由得气得五内俱焚。

此时见老三察觉到动静，他再也无法忍耐，干脆一把撕开破庙的窗户，纵身跃进去，对这群人大吼：“你们这群猪狗不如的东西，我乃陇西李氏李乘风，今日你们就都给我受死吧！”

与此同时，正在衙门和县令一起翻看积年典籍中记载的孩童失踪案的袁天罡突然愣了一下，猛地开口：“不好，大人，我同伴出事了！”

5

很明显，县令不明白这个司天监少监为何突然口出此言，但在袁天罡的极力催促下，他还是让没上山的四个衙役赶紧出发，赶去破庙。

袁天罡在衙门之中焦急地等待，还要跟县令解释他是如何知道同伴出事了的。

真实原因是第一次遇到李乘风，并且捉弄他之后，袁天罡就没把那符拿走过——开始是为了防备这个家伙再次丢下他偷跑，后来只是忘记了。

但袁天罡不能把所有事都一一说清楚。他放的那符是用来捉弄李乘风的，根本没有攻击或者保护能力。这会儿符在示警，说明李乘风危在旦夕，可是他根本赶不过去，那符咒除了示警没有其他作用，也不知道李乘风可还安好。

袁天罡坐立不安，却不得不应付县令，只能随意地笑笑，习惯性做仙风道骨状。其实他早已经听不进去任何话，这会儿根本不知道县令在说什么。

好在县令很快安静下来。过了好一阵子，派出去的衙役回来了，他们满脸悲痛和惊恐，带回来了一个非常不好的消息——他们去了破庙，发现里面除了衙役的尸体和昏迷不醒的李乘风，其他什么都没有。

也不是真的什么都没有，有吃剩的烧鸡和喝干的酒坛，显然不久前那地方还有人停留过。而且衙役和李乘风都出了事，显然那群人就是采生折割的歹人。

“不可能！”袁天罡被这消息惊得坐不住，他喘着气想站起来，但是最近亏损太过，实在是没有力气。他挣扎了一下，伸手慢慢扶着桌子想站起来，一旁的县令忙扶着他，说：“道长你别急，我们先去看看李少侠到底怎么了。”说完，一群人匆匆赶到衙门口，衙门的灯下早已经闹成一团。

晁儿的祖母正在大哭：“都是老妇害了你，这么好一个小郎君，老天，你拿我这条老命，别取这好心郎君的性命，我求你了啊老天爷！”

袁天罡一口气提到了嗓子口。县令知他心意，忙半抬着他到了门口，远远看到李乘风被人背着，脸色苍白，除此之外，倒也看不出什么外伤。

"大家让一让，让一让。"县令上前，让人让开。

旁边有女人哭喊："不是说去追那群歹人了吗？怎么还没看到我的孩儿？"

袁天罡循声望去，沉下脸轻声说："劳烦大人把我朋友带进去，再请个大夫看看。"

县令连忙吩咐下去。袁天罡不再说话，倒是旁边的人对还在喊着孩儿的女人大骂："都什么时候了，你在这儿号什么丧？先回去，这会儿你就别添乱了！"

"道长，都是老妇的错……"晁儿的祖母满脸泪水，她使劲擦脸，可是满脸皱纹里还是浸满了泪水，擦也擦不干净，只是一迭声说，"老妇一把年纪了，临了这关口……若是因此害死了小郎君，老妇就算是万死也难赎罪啊！"

袁天罡的脸色柔和下来，他轻声说："老人家，没事的，我这朋友天庭饱满，人中宽广，不是短寿之相，你放心吧。"

"哎。"晁儿的祖母哭着点头，"快叫大夫来看吧，若是要人帮忙，我就在外头！"

"行，你先去休息吧。"袁天罡安慰完晁儿的祖母，也不再看周围那几个刚才还在哭天喊地问自己孩子怎么没回来的人，而是匆匆进了衙门。

那头李乘风已经被送回了两人住的衙门客房，那里已经有大夫在等着。大夫把完脉，摇了摇头说："脉息时强时弱，除了有些劳累，并无其他症状……这，恕老夫才疏学浅，实在是看不出来这位公子身上到底发生了何事。"说着，大夫提着药箱，不肯再留，而是径直告辞。

袁天罡被县令扶着坐在床边，低头看李乘风，这人出发之前还是英姿勃发、疾恶如仇的样子，回来后却眼睛紧闭、脸色惨白，虽然什么伤都看不出来，却怎么拍都没反应。

"这、这是什么病？难道是中毒了？"县令对此也大为疑惑。从来没听说过和人打架能打到昏迷沉睡的，且看上去并无一丝外伤，不知为何就这么无法唤醒了……可若说是毒，到底是什么毒，要怎么解毒，不解毒的话什么时候才能醒呢？

或者……能不能醒呢？

"都怪我……"县令大为追悔，"都怪我破案心切，等不及借调人手，让李少侠这位热心人陷入如此险地……"

袁天罡深吸一口气，说道："没事，人还在这儿已经是好事，只需找到那群人，自然就能找到解药了。"

听到袁天罡的话，县令也连连点头，说："最近大家一起加班加点，一定要抓住那群人，为我的手下和李少侠报仇！"

县令说完，一脸坚毅地出了门。

这一夜，衙门的灯火都没歇，县令把所有文书都关在衙门里，最终整理出了十五年来所有的失踪案——光是在常平县内，十五年来，失踪的未成年孩童就有三百多人！

“不只是如此，”县令找到袁天罡，一脸惊惶未定地说，“袁道长，我想起来我前几年在书院时和家父通信，家父偶然说起孩童失踪案件，说光是太原城附近，一年就失踪近百人。于是我翻阅了之前和父亲讨论的信，发现父亲当年所说的失踪案件，基本都发生在太原城周围的县城，偶有外地人，也大多是路过太原城的人……”

“阁下的父亲是？”袁天罡有些迷惑，忍不住问县令。

“家父在户部当值，主要是为考核官员一事做笔录，”县令匆匆解释之后，继续说，“只是每个地方的官员只会偶尔说起这事，并不会报上去，家父和同僚也从未把这事连在一起想过，都以为只是一方之事……只是自从小女走失，家父和我才开始对这些事情比较敏感，多有讨论……”

“所以，你觉得这群人是围绕整个太原行动的？”袁天罡见县令的声音低沉下来，赶紧打断县令的思路，他稍微想一下也觉得骨头发寒，不由得轻声说，“难怪如此……难怪我和李乘风遇到晁儿那天，路边居民都说，每个冬天都能看到晁儿在此地乞讨……他们固定在不同的时间去不同的地方，难怪那些孩童就在眼皮子底下，却过了这么久才被亲人发现……”

若是如此，那这群人的踪迹应当是可以推测的，只要搞清楚他们经常活动的地方就行。

“走，我们赶紧看看他们活动的大致范围。”袁天罡休息了两天，这会儿已经能自己站起来慢慢行走，此时激动起来，一下就站了起来。

“好，不过信件繁多，劳烦少监和我彻夜查看了。”县令说，“一旦找到踪迹，我马上修书送出，务必让这些歹人插翅难飞！”

两人顿时都来了干劲。

因为信件大多是父子间的私密话，不便让太多外人翻阅，于是袁天罡跟着县令到了书房，两人一起翻看书信。不得不说，这位县令的父亲是个能说的，两人翻得头昏脑涨，通常看完一大堆絮叨，才能找到一点有效信息。

但是当把看到的信息都慢慢写下来，和之前查到的资料排列在一起的时候，两人不但没有一点儿睡意，反而还觉得不寒而栗——因为这些失踪的人认真统计起来，是一个太可怕的数字。

更为可怕的是，县令的猜测成了现实——这些失踪的案子中，失踪人数较为突出的，大多是太原城附近的乡县。

“常平县，离太原不过三个时辰路程……中间并无乡县。”熬到半夜，脸色发白的县令讷讷地说，“难道……不可能，不可能吧？”

“何事不可能？”袁天罡问。

“赵大人向来爱民如子，这般大的失踪人数，一年几百人，怎会察觉不到？”县令苦恼地说，“不可能，哪里都有可能，就是不可能是太原城中……”

“太原城也不一定是他们的老巢。不过那地方可能是所有失踪案的中心点，就算不是，也是重要的中转站……”袁天罡倒是没有县令的苦恼，他低声说着，认真考虑。

就在这时候，衙门里突然传出孩子的大哭声。

袁天罡面色一紧，他猛地站起来，往外跑去。

“道长，怎么了？不对……我这衙门里没有孩童，怎会有孩儿啼哭？”县令不明所以，一边一路跟着袁天罡跑出去，一边还在不断发出疑问。

不过他们速度不够快，当他们绕了个弯，快要到那声如洪钟的孩子哭声传出的地方时，远远就看到一身黑衣的李乘风像是麻袋一般被人扛着跳上围墙，他黑色的马尾垂着，生死不知。

“什么人竟敢在衙门劫人？”县令厉声大吼，“来人！府里面的人呢？”

袁天罡愣在原地，讷讷地惊声说：“这是什么鬼东西？”

他只看到一团如同滚滚黑烟的东西，勉强组成一个人的形状，那团黑烟站在围墙上，似乎转头“看”了他一眼，然后夹着李乘风，唰地越过了围墙。

“站住！”袁天罡看着李乘风的身影消失，来不及细思，他一声大喝，抬脚便追！

6

夜已深，大雨倾盆。

如果此时有人能从天上俯视，就能看到非常奇怪的画面——原本应该沉默安静，连野兽都会躲起来冬眠的幽暗的冬日森林里面，今日竟然有细小的光芒闪烁。这可是个连火把都点不起来的冬雨之夜！

凑近了看，能看到那些火光一直在移动，而且并不是黄色的烛火，而是幽暗神秘的蓝绿色光芒。

随着那剧烈移动的奇妙火光，森林之中出现了一个踏着散漫步伐的年轻男人——他凤眼紧闭，薄唇抿着，一脸冷厉。随着他的走动，白底蓝边的道袍发出猎猎声响，而最为奇怪的则是，他移动的动作明明十分缓慢散乱，但是速度飞快，看似闲庭信步，却已经甩了和他一同追出来的衙役县令等人几座山头那么远。

他每走几步就会犹豫一下，然后从袖口掏出符纸抖动，等符纸自燃之后，他似乎就找到了方向，继续往前追去。

看上去仿佛山中漫步一般的意态悠闲，但如果有人能从天上俯瞰，就会惊奇地发现，这道士其实一直紧紧跟着劫走李乘风的神秘人。

这道士看打扮，显然就是袁天罡。只是此刻若是县令等人在场，就会惊奇地发现，袁天罡此时看上去与平日简直判若两人。

平日的袁天罡虽然也是一派仙风道骨，但举手投足间不免有刻意的成分，且稍不注意，说话嬉笑间就会露出私下的鲜活性子来。而此刻的袁天罡虽然闭着眼睛，但他的神态举止慵懒飘逸，一副游刃有余、威严有度的样子，竟不似活人。

若是能再凑近些仔细看，就能看出他虽然意态悠闲，但只不过走了一阵子，额头就已经渐渐有薄汗冒出来，显然这一路过来并不如看上去那么轻松。

幸好这时候跑在前面的黑衣人不知是体力不支，还是终于到达了目的地，他长长地吹了个口哨，没一会儿，就有回应的口哨声在森林之中响起。

黑衣人又往前走了一点儿，从森林之中钻出六七个和他一模一样打扮的人。黑衣人把李乘风往来接应的同伴身上一丢，粗声粗气地说："后面那道士怎么都甩不掉……你们早该听我的，咱们一起冲到县衙，把他们全给杀了。"

"此次还不是你行事莽撞，才惹了这个大麻烦！"其中一人呵斥黑衣人。

李乘风这会儿要是能睁开眼睛，必然会十分惊讶，因为劫持他的人，竟然就是他们追查的拐卖孩子的团伙里的老三。可惜李乘风此刻双目紧闭，被冬雨淋得脸色惨白，大马尾裹成一团垂着，虽然没死，看上去却也去了半条命。

"这道士既然要追上来送死，我们就成全他。"那呵斥老三的人大约是头头，他说完，从背后抽出大刀来，声音之中带着狰狞之意。

随着领头这人的吩咐，李乘风被接手的人丢在地上，众人拔出刀和棍子，眼里都露出兴奋的光芒。

他们说话之间，就见蓝光闪耀，那道士上一眼还在远处，下一刻却已经走到他们面前。

道袍翩飞之间，道士凝神立在他们面前，凤眼紧闭，脸上却露出一个怜悯的笑容来。

他闭着眼睛，却似乎抬头“看”着这些人，轻柔地感慨着：“哎呀呀……多少年了，没想到如此太平年间，竟还有人魔出世。”

他虽然一直双目紧闭，但此刻却又上下“打量”了这群人一眼，接着轻笑着说：“不对，味道太淡了……”

道士话音未尽，老三这个粗暴性子已经十分不耐，他拿着刀就直接大吼着“你这道士，受死吧”，直直朝着袁天罡冲了过来。

袁天罡这一次并没有挽指结印，只拿起拂尘，像是大人对待嬉闹的孩子般轻轻地点了老三一下，然后和老三一起的这群人就都惊恐地瞪大了眼睛——那拂尘轻轻地点在老三的额头上，就像是在沸水之中投入了冰块，老三整个人就像冰块，都融化了。他化为黑水落在地上，留在世界上的最后一个表情就是惊愕……他甚至还没来得及真正地感到恐惧。

“人魔的小喽啰……有意思。”袁天罡闭着眼睛微笑着，身上出尘绝世的冰冷感愈发浓郁，整个人气势慑人。

那领头的老大是个非常敏锐的人，他突然说：“你不是那小道士。”他把刀横在胸口，说话之间有些惊颤。

由不得他们不怕，这人出手太可怕了，完全不知道发生了什么，老三就变成了一滴黑水，连尸体都不存在。

听到老大的问话，这道士神色微动，下一刻却突然面色一变——他似乎竭力想平静下来，可是身体却愈发不稳，额头上的汗越来越多，他整个人微微摇摆，像是自己和自己较上劲一般。

对面那老大敏锐地发现这道士此刻似乎自顾不暇，知道这机会难得一遇，今日不是这道士死就是他们死，他顾不得仔细思考，顷刻间咬牙高呼一声：“上！”

这个选择是十分正确的，他们挥舞着刀一拥而上的时候，袁天罡已经站立不稳，好像刚才那用拂尘谈笑间杀人的样子都是幻觉一般。

只是今天确实不是这群人的幸运日。

在老大的号令之下，这群人挥着武器往眼看着站立不稳的道士冲过去，以双方状态，怎么看死的都会是这自顾不暇的道士。

只是这群人只冲到半路，就突然觉得眼前一花，下一瞬，他们齐齐只觉得腰间一凉。

老大惊讶地低头看着自己，愕然地发现他的身体变成了两半。

不光是老大，所有人的身体都还在惯性地往前冲，只是瞬间从中间分开。这群人这会儿才发现，他们被劈成了两半，却没有丝毫血迹，只看到有红色的身影划过，然后翩然停在了他们的面前。

手握两把弯刀的红衣女子如同山鬼般赤足落地，这才让人看清她的样子。

她穿着利落的红色胡姬衣衫，长着一张明艳锐利的脸，额间缀着水滴形的红宝石。她把那两把弯刀收在背后，不去看那些被她砍断身体的人，而是扶住了摇摇欲坠的袁天罡，担忧地出声：“大人？”

袁天罡闭着眼睛，喘着气问：“都结果了？”

“是，千红知错。”千红额间的红宝石随着她的动作摇动。

明明是出来救了人，可是被袁天罡一问，她却似乎想请罪，因为扶着袁天罡，并不能跪下，只能低着头听训。

“带他们去……”袁天罡握着千红的手，轻声说着。

他似乎已经到了极限，根本说不完想说的话，但是千红却了然地点头，轻声说：“大人放心。”

袁天罡这才气势一散，整个人彻底昏了过去。

千红吹了个口哨，林中发出“唰唰”的爬行之声，没几息，雪白的大蛇脑袋就从林中钻出来，“咝咝”吐着信子。

千红转头，脸上的肃穆消失，她对大蛇眨眨眼睛，有些撒娇地说：“小白，咱们带他们一程，好不好？”

被叫作小白的白蛇歪头，上下拍打着尾巴，发出“啪啪啪”的声音，地上的泥水都被它拍得飞溅起来。虽然它说不出话，但是不知道为什么，任何人都能看得出来，它是在表达不开心的情绪，可见它十分不喜欢这红衣女子的提议。

千红摸了摸它的脑袋，认真地说：“小白，我真的需要你帮忙……”

小白拍打尾巴的动作就这么慢了下来，接着垂下它的大脑袋，尾巴发出“啪啪”的短促击打声，看上去有种不得不妥协的垂头丧气感。

千红“扑哧”一笑，摸了摸小白的脑袋，然后欢呼一声，笑着说：“好，咱们出发吧！”

她把袁天罡抱在怀里，一个纵身跳上了小白的脑袋。

小白嫌弃地用尾巴尖卷起地上的李乘风，随后，一行人往深林之中而去。随着那道红色身影变淡，他们彻底消失在密林之中。

大雨哗啦啦地不断落下，没一会儿工夫，地上的足迹和打斗痕迹就都消失了，只有老三他们的尸体融化后滴落的黑水造成的一片败草，淡淡地述说着这里曾经发生过的故事。

等到袁天罡再有知觉，睁开眼睛的时候，发现自己已经不知为何变成了一个叫周少堂的郎君。

“等会儿见到你表妹，可不许胡乱逗她，她落水好几个月才好，身子肯定还虚着……”一个样貌慈祥的夫人给袁天罡整理着衣服，半晌才整理好，她笑着拍了拍袁天罡的胸口，说，“另外，我知道你心急婚期，但你姨母舍不得柳柳，你也要好生体谅你姨母才是。”

“娘亲说的是。”袁天罡恭敬有礼地笑着回答，然后母子一起，往方家的花会而去。

一路上，袁天罡不住往外面看——外面人声鼎沸，小贩嘹亮的叫卖声、行人讨价还价的声音不绝于耳。

穿过了闹市，最终到达方府之后，袁天罡身边凑过来几个年少公子，笑着打趣：“少堂，方家小娘子身体好了，你可算放下心了吧？”

“就是就是，听说你前段时间不与我们出来玩乐，还特地去庙中为方家小娘子茹素祈福……”

“据说这太原的小娘子们，都说嫁人要嫁周少堂。哎，可把我们衬得成了歪瓜裂枣……”

“哪里哪里……”袁天罡一边笑着和这群人打趣，一边开始打听起来，“所以，最近这太原城可有什么新鲜事？”

在他的记忆里，上一刻明明还是他看到李乘风被一个黑漆漆的人给劫走，他刚想追……再醒过来，就发现自己变成了周少堂。

袁天罡不动声色地打听着，一群人往后院宴会的地方而去。

一路穿花拂柳，袁天罡正认真听着其中一人说太原城的趣事，突然听到耳边有人说：“看，那不是少堂你的表妹吗？”

袁天罡循声望去，就看到一群娇美女娘之中站着一个如同铁塔一般的高大壮汉。他乌黑的头发梳成双丫髻，上面点缀着两朵巨大的牡丹花，身上还穿着鹅黄飞仙裙！

“不愧是太原城第一美人！”

“周兄得妻如此，真是不枉此生啊！”

随着旁边的背景音，袁天罡看到那高大壮汉回过头来，惊喜地朝他奔来。

“凌波微步，罗袜生尘……”旁边的人陶醉而妒忌地说，“我等就不打扰周兄一叙思念之苦了。”

周围人离去，袁天罡强自镇定地看着那壮汉提着裙摆“咚咚咚”地动山摇地跑过来，在他面前站定，涂满脂粉的脸上露出一个娇羞的笑容来：“表哥，你来啦……”

袁天罡抬头，看着比自己高了一个脑袋的“表妹”，认真地点头回答：“李乘风表妹，我来了。”

第五章 人魔②

1

“表哥，你说什么？什么风？我是柳儿啊。”身穿鹅黄色飞仙裙的高大壮汉李乘风，听到袁天罡的招呼，茫然地抬头看了眼袁天罡，又捏着帕子羞怯地垂下头去，头上粉红的牡丹花随着动作轻柔摆动，衬着一身彪壮肌肉愈发无法直视。

“你说你叫什么？”袁天罡逼迫自己直视打扮娇艳的李乘风，内心涌起了不妙的预感。

自己上一刻还在大喊着追挟持李乘风的歹徒，接着眼前一黑，再醒过来时，袁天罡就发现自己竟然换了身份。他不知此间到底是何处，也不知自己为何会来到这里。但他睁开眼后，无论怎么喊叫、吵闹，所有人都似乎看不到他，每日只有被唤为周夫人的女人微笑着对他说一句：“少堂，明日我们去看你表妹吧？”

一开始袁天罡还极力拒绝，并想要问自己到底身在何处，可是一旦他拒绝，那位周夫人就会眼神发直继续喝茶。周围并没有其他人能看到他，就算袁天罡把人绊倒，那些小厮丫鬟也好像看不到他一样，拍拍尘土爬起来就继续走了。

最后形势所迫，既然被安排了一个周少堂周小郎君的身份，干脆就顺势而为。袁天罡为了从那个周府走出来，看看到底是怎么回事，应了周夫人要来看表妹的话。

没想到，那个一直被提起的表妹，居然就是之前被歹人劫走的李乘风！

看到安然无恙的李乘风，袁天罡心中一定，毕竟这人是在昏迷不醒的情况下被人劫走的，自己和县令想了无数办法都没有唤醒李乘风，此刻他能醒过来，是一件大好事。

见到对方这一身女儿打扮之后，袁天罡还以为李乘风和他一样，是因为某种原因，醒过来被迫变成了另一个人——看看李乘风的打扮，穿鹅黄色飞仙裙和大红半臂纱裙，头上一朵粉芙蓉，耳朵上戴着两枚红猫眼儿耳环，把原本黑豹一般的少年人衬得真是花红柳绿，看得人几欲喷饭。袁天罡顿时就觉得自己这周小郎君的身份，比起李乘风真是幸运了不少。于是刚才第一面，袁天罡就起了促狭的心思，忍不住喊了一声“表妹”，想要取笑李乘风。

可李乘风那一脸不似伪装的羞怯和疑惑是怎么回事？

“我是柳儿啊！表哥，你这是怎么了？”李乘风愣了一下，然后好像恍然大悟一般，他摸了摸脸，焦急地说，“表哥，柳儿是不是因为生病变得不好看了？”

不等袁天罡回答，他就开始垂泪，一边拿着帕子遮脸一边说：“竟然让表哥看到柳儿憔悴的样子，柳儿、柳儿……”说到后面，语调已经带了泣音。

他们两人在这儿说话，丫鬟都在不远处站着。眼见着她家小娘子捂着帕子哭起来，穿着桃粉色衣裙的大丫鬟就走过来，扶着李乘风低声哄劝起来：“娘子，想是周郎君很久没看到你，太过惊喜。大夫说了，您身子还没好全，七情伤身，快别哭了……”说着，她给袁天罡使了个眼色，示意袁天罡赶紧哄人。

袁天罡还在目瞪口呆呢，周围就已经有人看过来了。

今日袁天罡能过来和“表妹”相见，是因为方家小娘子举办了赏花会。时下的赏花会，大多是宴会的主角邀请自己的手帕交前来赏花。本朝风气开化，尚未婚配的年轻男女也可在这样的场合里见面相处，故而也会有一些亲友家的年轻男子前来赏花会。

这次赏花会本就是为了庆祝方家小娘子方柳柳落水受寒的身体好不容易好起来，来的都是亲朋，也都是太原城有头有脸的人物，这会儿见宴会的主角竟哭了起来，自然惹来了不少目光。

显然，丫鬟和周围所有人一样，都没觉得这个画面十分诡异——体格壮硕、在上衣的外纱下隐隐可以看到健壮肌肉轮廓的方小娘子，正对着比他矮了一个头、跟他一比简直算孱弱的表哥哭泣。

袁天罡深吸了一口气，半晌才挤出一个温柔的笑容来，他放柔声音赔罪：“柳儿今日打扮十分鲜亮，我只是太过惊艳而已。”他脱去道袍，此刻穿着一身月白圆领袍，那刻意维持的仙风道骨的味道去了一半，倒真有些人间翩翩佳公子的味道。

壮如铁塔的方小娘子顿时破涕为笑，甩着帕子娇嗔：“表哥你真是的！”

随后，众人便看到周家郎君牵着害羞的方小娘子，去了湖中央的小亭。那湖上小亭四面开阔，丫鬟们立在下方，一对儿相配的丽人在凉亭之中细数思念，倒也是幅美景。

只是与众人想象的不同，凉亭中并无什么甜蜜私语，反倒有些怪异。

袁天罡进了凉亭，整个人脸色一正，双手翻飞尝试着结印，可惜气喘吁吁地弄了大半天，面前的李乘风被戳了好几下脑门，竟是毫无反应。袁天罡本就体弱，一番动作下来，已经累得出汗。

李乘风扭着帕子一脸茫然地看着他：“表哥，怎么了？你今天怎么怪怪的啊？”

“没什么，李……柳儿，你认真想想，你还记得你落水之前的事吗？”袁天罡黔驴技穷，拼命地提示李乘风，想引导他自己认真想想。

“落水？”李乘风思考了一会儿，脸上露出恍惚的神色，可是还没等细思，就捂住头痛苦地说，“头疼……表哥，我头疼……”

李乘风自己看不到，袁天罡却看得清楚，方才他一喊头疼，身上就有淡淡氤氲之气冒出，直到他整个人安静下来，那氤氲之气也就没了。然后他茫然地抬起头，问袁天罡：“表哥，我怎么又不头疼了？”

“没事。”袁天罡神情放松下来，似乎确定了什么事情，再次开口问道，“你真不记得了？”

他试图用两人所遇之事唤醒对方的记忆，只可惜李乘风瞪大眼睛，根本听不懂他在说什么。听到袁天罡说起芙蓉花，他还扭身拿起了小性子，攥着帕子真是说哭就哭：“表哥你说什么芙蓉花儿，你是不是想跟我说你迷上什么来路不明的女子，不想娶我了？”

“我没迷上任何女人！还有，我不娶你是因为你是男的，快醒醒，李乘风！”袁天罡一个头两个大，他苦口婆心地对李乘风说，“李乘风少侠，我真的需要清醒的你！”

这话不说还好，一说，顿时把李乘风惹毛了。他扭着帕子难以置信地瞪大眼睛，然后突然哭着跑走：“我知道了，我会跟娘说，让她取消婚约……哇！”

“喂、喂！你等等！”见他居然转身就跑，袁天罡伸手想要拦。可偏偏李乘风虽然完全以为自己就是方小娘子，身手却还是那么矫健，一个侧身就躲过了袁天罡那迟钝的动作，然后跺了跺脚，跺得地上石砖唰唰裂成几块。他恨恨地瞪一眼袁天罡，捏着帕子转身就往亭子外跑去。

袁天罡看着地上的裂缝，正在思考要不要追上去——追上去也拉不住人是肯定的，要是李乘风顺手再给他一拳，只怕他就要交代在这儿了……就在他内心挣扎的时候，一群人拾级而上，李乘风刚好跑到门口，撞到了其中一个妇人打扮的女人怀里。

袁天罡闭上眼睛，不敢继续看，他觉得以李乘风的体格，这群弱质纤纤的女人一定会被他撞得全部滚下湖去。

只是下一刻听到的不是惨叫，而是号啕大哭的声音。袁天罡诧异地睁开眼，看到李乘风居然被稳稳地抱住了！他明明巨大的一坨，却小女儿作派地往一位妇人身上拱，一边撒娇一边大哭："娘，表哥变心了，他不要娶我了，娘……"

"你表哥骗你呢。" 妇人盘着古板的发髻，穿着朱色半臂和黄底印花沃裙，头上戴着套半新不旧的发饰，整个人打扮得十分老气，但其实看上去年纪并不太大，不过而立之年的模样，眼角虽有淡淡纹路，但是整个人气质端庄典雅、挺拔秀丽。女儿大哭，她脸上都是心疼，却行事有度，笑着拍着女儿的背劝她。就这么短短一面，就能看出这妇人涵养极好，出身只怕不低。

妇人一边心疼地替李乘风擦泪，一边看向亭子里的袁天罡，细声细气地问："少堂，你们俩又闹什么别扭呢？看柳儿哭的。"

说话间，方才地上那几块被李乘风蹬得裂成几瓣的地砖已经变得光洁如新。袁天罡若有所思地抬起头，脸上浮现出淡淡的微笑来："我跟柳儿说故事里的芙蓉花小姐很美，她不开心了。"

"柳儿你这脾气，都是大姑娘了，怎么还是这么冒冒失失的。" 妇人笑了起来，点了点李乘风的额头，脸上慈爱满满。

旁边一道上来的是周少堂的母亲，两人是姐妹，一向感情好，这会儿周夫人对着自己的儿子不赞同地说："少堂，这就是你的不是了，柳儿好不容易才好起来，你又惹她伤心！"

"是，是儿子不是。还请表妹宽宏大量，饶恕于我。"袁天罡赶忙道歉，还夸张地对李乘风拱手躬身，总算把李乘风逗得破涕为笑。袁天罡笑眯眯地说："今日天色尚好，表妹不如和我去湖上泛舟？"

"去吧，去吧。"方夫人和周夫人看到李乘风虽然噘着嘴，但是眼睛滴溜溜的，显然是已经过了气性，到底还是想和表哥去玩的。这小女儿情态看得两个夫人都觉得十分好笑，方夫人推了推女儿，打趣说："等会儿可不许又跟你表哥哭鼻子啊！"

"娘！"李乘风不好意思地扭身跺脚，神态娇憨烂漫，如果不是一脚又把地板跺成几段，确实就是个娇憨天真的大小姐撒娇的模样。

而在场所有人，包括李乘风，似乎都完全无视了地上被踩成几段又迅速恢复的地砖。袁天罡细长的眼睛笑得眯起来，让人不知为何想到心思难测的狐狸。

“少堂，可不许又逗柳儿，”两人要往外走，周夫人在身后叮嘱，“听到了没？”

“知道了，柳儿，你看你还没嫁过来，娘就这么偏心，看来我以后要小心点儿了……”袁天罡笑着答应，又对面前的李乘风说。

李乘风脸一红，娇气地低头看着袁天罡，哼了一声，说：“你才知道呀？告诉你，如果你再逗我生气，我就、我就……”到底是闺阁女儿的性子，想不出别的，最后恨恨地说了句“我就让姨母揍你”，惹得袁天罡和身后两位夫人一阵笑。

见两人一路结伴从凉亭往外走，身后这两位母亲摇头笑着说：“看他们俩，都快要成婚了，还跟小时候一样……”

看着他俩结伴而行，笑着的人谁都没想到，这好好的赏花会，转眼竟又出了事。

方小娘子病体初愈，竟又落水了。

据说这回还不是一般的落水。这回方小娘子好好地跟周郎君一起泛舟湖上，原本两人正欢声笑语，却没想到，下一刻湖中涌起黑烟滚滚，呼啸而过，瞬间就掀翻了船。

下人们吓得都下饺子一样往湖里跳，却不知道为什么根本游不到湖心，眼见着方小娘子和周郎君都要交代在这湖里，绝望之际，却看到黑烟忽地被金芒劈散开，这才把两人救起来。方夫人和周夫人都吓坏了，连夜请人来府上驱邪，又请了大量僧侣在湖边做法事超度水中亡灵，闹了一整宿，才算安静下来。

结果方小娘子还是起了癔症，一醒来就怒声暴喝：“老子为什么穿着女人的亵衣？”

闹了一宿好不容易回府喝了口热茶的袁天罡听到下人匆忙来报，顿时一口茶直接喷了出来。

2

袁天罡匆匆赶到方家的时候，方夫人正在擦眼泪，她看到袁天罡就像是看到希望一样，连忙擦干眼泪说：“少堂，这可怎么办，柳儿许是被吓狠了，大夫说若是收惊不管用，只怕以后、以后就……”

不需要听完，袁天罡也知道大夫说的必然不是什么好事。袁天罡赶紧劝住了方夫人，说：“姨母先不要担心，我进去看看。”说完，他不再停留，直接往内室走去。

丫鬟小厮都在门外候着，据说方小娘子醒后暴跳如雷，谁都不许靠近。袁天罡进了门，看到穿着石榴红裙子和青色半臂纱裙的李乘风大马金刀地坐在房内，头发上的金钗被扯得七零八落。他面沉如水，显然正因一时半会儿解不开脑袋上的东西而心情不好，此刻听到有人居然敢在这个时候进门，转过头来的时候，脸上的表情简直像是要吃人。

“袁天罡！你到底在搞什么鬼？” 见到来人之后，李乘风更是恼恨。

袁天罡立即倒退一步，举手说：“你先别生气！我也是一觉醒来就发现自己身在此地，还换了个身份。”

这句话说得又快又急，成功让暴怒的李乘风收住了揍人的冲动，虽然面色不好看，他还是黑着脸问：“我为什么是这副打扮？”

“此事说来话长。”袁天罡看李乘风不打算揍他了，走过去坐下，飞快跟他解释起最近发生的事情来。

李乘风随着他的话，似乎慢慢回忆起了一些事情，脸色越来越难看。当袁天罡说到两人自小订婚之事时，李乘风阴恻恻地说：“道士，你老实告诉我，你是不是故意玩我？”

“李少侠，我可是多次提醒过你，奈何你身中幻术被迷了心智。再说在下的符纸和防身用具一觉醒来全都不见了，在下也是无能为力啊！”袁天罡态度诚恳地解释，并努力遏制住自己因幸灾乐祸而上扬的嘴角。

“既是幻境，你为何不快些想办法逃走，怎么还顺着她们的意思？”李乘风看到自己身上的裙子，就忍不住生气。他未到弱冠，家中大人虽然有在相看定亲对象，但都和李乘风本人没有太大关系。李乘风志在四海，酷爱游历，他的爱好之中绝不包括成婚，何况还是被当成女子嫁人！

他看着袁天罡一脸无辜，但是眼睛眯着的样子，怎么看都觉得对方消极怠工的很大原因就是为了看他的笑话。

毕竟李乘风刚刚都快被镜子里面的自己吓得当场拔剑了。

袁天罡笑得眼睛眯起来，愈发像是志得意满的狐狸：“李兄冤枉在下了，虽然李兄的装扮确实颇有风采，但在下之所以能安心下来，也是事出有因。”

袁天罡看李乘风似乎没有那么暴怒了，赶紧继续解释他自己刚醒过来时候的遭遇。他重述了一遍刚醒过来被人无视，直到试图配合这些人才见到李乘风的事，把李乘风听得一愣一愣的。

李乘风和他的情况完全不同。袁天罡或许能抱守本心、不为幻境所迷，但李乘风却是完全失去了自己的记忆。他真的认为自己是方家小娘子方柳柳，且一心一意想嫁给自己的表哥，袁天罡多次提示，也无法唤醒他。

不过大概是野兽的直觉，李乘风还是觉得袁天罡是在看他笑话。不过他还没来得及说话，袁天罡脸色一正，认真地说：“我还发现了一些线索。我当日看到你跺碎石亭地面，转瞬之间地面就恢复如初……我猜想，我们大约是入了一处幻境。”

原本还紧张两人到底是为什么睁开眼睛就在这陌生的地方，尤其是袁天罡第一天就发现周府居然就在太原城——这地方正是他们昏迷之前调查的人口失踪案的关键……袁天罡以为是什么阴谋诡计，却在看到石亭之中的异象之后，放下了一半的心。

“幻境？”李乘风面上都是不解，“这桌椅、这些人明明都如此真实，怎会是幻境？”

袁天罡看着周围的一切，点头轻声说：“这地方是真实的，世间万物都有来处有去处，罕有超脱。这幻境对我们而言是假，对这里的主人来说，则为真。”

这话说得玄乎，李乘风十分不解。袁天罡只得细细解释，他其实也从未真正遇到过幻境，只是在司天监的记录之中，看到过对幻境、幻术和幻象的解释和记录。

幻象大多是让人看到不存在的东西，或是以前的记忆；幻术多是依托于一些东西化物，比如触摸鹿的头顶让它化为美人、吹一口气让树叶成为小舟……当然，这些袁天罡都是从古籍记录上看到的，他自己根本没碰到过，而且这些古籍上的记载混乱，甚至还互有冲突。

他这次深入局中的，则是记载最少的幻境。

幻境多依托于一个人的执念而生，并且非一般人能做到，只有深刻的执念、无法放下的痛苦和意志力极为强大的人，才会触发这万分之一的机会，画地为牢。

没错，幻境就是这样的存在。简单来说，幻境就像是一个人的梦魇，在他的执念完成之前，幻境永远不会消失。

可是能机缘巧合走入幻境的人太少了，走入之后，能否恰好触动沉睡的幻境主人，能否恰巧完成主人的心愿也不可知，毕竟幻境主人的执念千奇百怪，所以大多数幻境到最后都仿佛一个囚牢，除了不断重复执念和痛苦，没有其他破解方法。

“但我们现在所在的这个幻境不一样。”袁天罡的话让李乘风十分紧张，幸好他接着说，“虽然我是第一次进入幻境，这里面的一切也十分符合记载，但是不知道为什么，我总觉得这个幻境里面哀伤又平和……我只能说，至少在你落水前，我都没有感觉到这里有任何恶意。”

“对了，我再次落水是怎么回事？”说到这里，李乘风顿时想起来了，虽然要不是这场落水，他或许还不会想起来自己的身份，但是这会儿想到落水时的场景，他还是非常紧张，“我看湖面上什么都没有，然后我就突然被撞了一下，直接掉下去了……和我上次落水绝对不一样，这次不是什么意外！”

李乘风看不到那些黑色的雾气，因此在他看起来，这匪夷所思的落水就更为诡异和可怕。

“这就是我跟你说我们要继续假装下去的原因。”袁天罡难得收敛了笑容，认真地说，“我原本还在猜想，这个幻境的主人是不是方小娘子，毕竟周夫人一直提示我去见方小娘子。可既然方小娘子是你……”袁天罡听到李乘风发出不满的哼声，无视他对“方小娘子”这个头衔的抗议继续说，“那幻境的主人必然另有其人。本来我正愁毫无头绪，结果那天和你泛舟湖上，突然幻境不稳，你我一起落水……”

袁天罡的话还没说完，李乘风就明白了他的意思。无论这幻境是因为什么而存在、要如何才能破解，总之目前幻境之外有东西在活动，且出手想杀他们。

这就很有意思了。

他们身入幻境，幻境对他们来说似真似幻，按照袁天罡所说，身入幻境，就和在真实世界一样，也就是说，在这里面被杀，肯定也会死。所以现在外面有人想杀了他们，而幻境却驱逐了这股恶念，他们没有更好的办法，只能走一步看一步了。

“幻境的主人会提示我们必须要做什么，我们倒是不需要再费脑筋。反正我们除了按照这幻境的安排去活动，也没有其他办法。你要是不信的话，”袁天罡笑眯眯地说，“可以试试，从这里跑出去跟所有人说你不要成婚，你不是女人。”

李乘风沉默地看了老神在在的袁天罡一眼，到底是心中不忿，冷哼一声，不信邪地站起来打开门，大声对外面的方夫人喊：“我不是方柳柳！”

话音一落，他瞪大眼睛，发现他面前坐着笑眯眯的袁天罡，就仿佛刚才他走出门是一个幻觉。

“这是怎么回事？”李乘风本就只是稍微尝试一下，但此情此景还是让他感到惊奇。

“欢迎来到幻境……在这个地方，你所做的一切，都必须按照幻境主人的心愿，做错了不用怕，只是从头再来而已。”袁天罡放下茶杯，对彻底死心的李乘风说。

“也就是说，我还是得当方小娘子，对吧？”李乘风没好气地总结道。

袁天罡拢了拢袖子，低声问：“你听过樵夫观棋的故事吗？”

“没听过，那是什么？”李乘风茫然地问。

“有个樵夫拿着斧头上山，见到一位老者和一个年轻人下棋，他一时入迷，站在旁边看完一局棋，下山之后，发现千年已过，当年认识的人和家人早已白骨化灰，铁斧也锈迹斑斑无法再用，就连他的斧头柄也化为朽灰……”袁天罡简洁地说了下这个故事，然后低声说，“这位樵夫不知道，其实他不知不觉间入了一处幻境。”

“什么？”李乘风吓得一震，继而拍案而起，大声怒喝，“那你还这么悠闲？”

袁天罡抬头，眼神平静地看着李乘风，轻声说：“我是提醒你，若是不按照这幻境主人的心愿走，只怕出去了，已不止千年。”

这话让本来浮躁的李乘风顿时愣住了，脸色沉下来，半晌咬着牙说：“好吧，那我再当几天方小娘子！”

袁天罡笑了，虽无拂尘道袍，但还是似模似样地行了个道礼，笑眯眯地说：“李少侠坚毅果敢，衣装不过身外之物，何必介怀。”

“哪里哪里，及不上表哥你风度翩翩，正人君子！”李乘风咬牙，又攥紧了拳头，恨恨地说，“不管是什么，总之我认了。咱们能不能快点儿搞完，我还得去找那几个在破庙给我下迷烟的人！”

“给你下迷烟？”袁天罡倒是真的奇怪了，他说，“你说你在破庙之中是被人下了迷烟？不可能，把你救回衙门之后，大夫用了解迷烟的药，根本无效，我还奇怪你是怎么醒过来的……你知道我和县令用了多少办法都没把你弄醒吗？”

说到这里，袁天罡又说：“还有一点也十分奇怪，你之前是被一个满身黑烟的怪东西绑走的，又是如何走入这个幻境的？”

两人面面相觑，谜团越来越多了。

大约是因为袁天罡进来后，他们沉默得太久，就在两人被这一件件事弄得越来越莫名其妙的时候，门被人推开了。

一推开门，方夫人就发出了短促的尖叫，她身后和袁天罡一起过来、此刻陪着妹妹一起进门的周夫人转身“砰”地关上了门，对着外面大声说：“柳柳大好了，你们快些派人烧水、弄些好克化的吃食来候着。”转头又快又急地对着方夫人说：“妹妹别急，我家少堂和柳儿是定了亲的，不怕不怕……”

周夫人气势汹汹地走过来，一巴掌拍在袁天罡头上，低声怒吼：“你这个兔崽子，让你进来安慰你表妹，你安慰好了还在这里干什么？还、还……”她气得很了，扭着茫然的袁天罡的耳朵，疼得袁天罡“嗷”的一声叫了出来。

周夫人这一连串动作可谓是行云流水，等袁天罡叫出声之后，方夫人一口气才喘匀，她放下捂着嘴的帕子，小步跑到李乘风面前，急匆匆地拉上李乘风的衣襟，一边拉一边着急地说：“快把衣服拉好，你、你们俩也真是太乱来了，这要是传出去……”

李乘风和耳朵被捏得发红的袁天罡这才反应过来——李乘风因为不熟悉女子衣物，想要把身上的装扮脱掉，结果却只是头发凌乱，还露出半个香肩……

他们两人倒是心无芥蒂，毕竟他们这会儿身在局中——李乘风此刻心中戒备又紧张，哪里来得及关注其他，倒是袁天罡对幻境颇有了解，甚至还能一直笑眯眯地看笑话。

但是在两位母亲看起来，这两人这样，那简直、简直就是天塌下来了。

两位母亲一误会，刚才的紧张和迷茫一扫而空。

“啊啊啊，娘，你误会了，误会、误会……”袁天罡被扭着耳朵，疼得他恨不得拔地而起。他踮着脚歪着头，周夫人却拎着他的耳朵继续往上提，袁天罡着急地喊李乘风：“你快帮我解释啊！”

“我、我……哇……”结果，李乘风看着袁天罡绝望的眼神，突然咧嘴一笑，转过脸，拿着帕子遮着脸，似乎不好意思地歪头说，“别打表哥，表哥说是跟我亲近……”

袁天罡第一次发现李乘风还有这样的演技，顿时震惊地瞪大眼睛，接着被周夫人啪啪几下，扇得他满脑子都是：我是谁？我在哪儿？我不是！我没有！

可谓是千古奇冤，恨不得六月飞雪。

3

“周兄，恭喜恭喜。”

“对啊，周兄好事将近，马上就要佳人在怀了，当浮一大白！”

“多谢多谢。”袁天罡举杯回饮，看到酒中粼粼波光后，他突然一拍脑门，放下酒杯说，“不好意思，我不能继续喝了，我与表妹约好一会儿陪她去订首饰，先走了，告辞！”

不顾身后那群友人劝酒的声音，袁天罡站起来，却见周围友人神色一变，表情都狠厉起来。他们阴声说：“周兄一杯酒都不肯饮下，是看不起我等吗？”

“倒也不是看不起你们。”袁天罡细长的眼睛闪出寒光，左手拿酒泼出，右手并指念诀，“呼啦”一声，大火冲着围过来的“友人”冲出去，袁天罡厉声说，“鬼鬼祟祟，这毒酒还你！”

大火扑过去，落地生烟，一群“友人”被大火烧得打滚。袁天罡走出酒楼，回头再望，一群人又坐在酒楼二楼畅饮谈笑，似乎刚才一切皆为幻觉。

喝酒发现酒中有毒、友人突然翻脸、睡觉发现被子上有剧毒的蝎子……这样的事情已经发生了无数起。

袁天罡不再看，加快脚步，往和李乘风约好的地方走去。

穿过两条街，袁天罡远远就看到李乘风穿着一身桃粉色的裙子，头上戴着一朵大牡丹花，正站在首饰店门口等他。身高八尺多的铁塔大汉把首饰铺子的门堵得死死的，偏偏袁天罡走过去，看到的都是目眩神迷的表情，周围甚至还有人在击节赞叹："北方有佳人，一顾倾人城。"

李延年若是在世，听到自己的诗如今被用在这铁塔般的大汉身上，不知会不会气得从坟里爬出来。

显然这个佳人的脾气也不好，他看到袁天罡就粗声粗气地质问："怎么这么慢，我在这儿等了半天！"

"刚才又遇到了。"袁天罡低声说。

李乘风显然烦得不行："我也是。出门前，后院的一个小丫鬟突然把我往水里推，幸好我身手矫健。就是这裙子耍不开，耽误事儿……不过我要是找到那个人，非得跟他打一架。他怎么知道我不会水的，这么三番五次把我往水里推？"

不只是袁天罡，李乘风也遇到了无数次暗杀。幸好他不是真正的闺阁女子，后院的那些暗害对他来说，根本无关痛痒，真要打起来，李乘风罕有敌手。但他自游历以来，第一次对敌时被暗害，还被迫打扮成女子……李乘风心里窝着火，发泄一下也好。

只是这背后之人十分奇怪，他下手的频率越来越高，似乎越来越焦急，可是他再也没有试图撼动过这个幻境。

明明以力破巧，直接摧毁这个幻境，是最为简单地对李乘风和袁天罡下手的方法；或者这人自己身入幻境，也能和两人直接对阵。可是偏偏这人急得恨不得一天谋害他们三次，却一直停留在隔靴搔痒的程度，实在让人不解至极。

两人一路交谈着，进了首饰铺子。

婚期将近，过了今天，按规矩他们这半个月都不能见面，直到成婚当天，所以他们不得不借着采买首饰的由头，出来见面商议一下接下来的行动。

如今一切仍扑朔迷离，虽说他们觉得顺着幻境主人的心愿行动比较正确，但确实也担心背后那股一直想抹杀他们的东西到底是什么。

"反正记得，成亲当天小心点儿，我总觉得一直在阻止我们的东西，那天肯定会出现。"袁天罡认真地说，"现在想太多也没用，且再忍耐几日。"

在这幻境之中，他们说了不算，非得一步步按照这幻境主人的心意走才行，否则无论做什么，下一刻都会回到原点。

李乘风也明白，只是他虽然有拔剑与巨蟒搏斗的勇气，却对这慢刀子磨人的功夫不耐至极。

“希望我们出去之后，那群给我下迷烟的小人还在！”李乘风还惦记着报仇这事，说起来咬牙切齿。

毕竟这群下迷烟的小人也是间接导致他每天要穿裙子的罪人！而且是他唯一能痛快殴打的罪人！

半个月，只要躲过这接踵而来的危机，就是婚宴了。

李乘风看着袁天罡，不知道为什么，他总觉得对方老神在在，似乎早就参透了这个迷局，可是却恶劣地不肯告诉自己。

“小娘子别看了，再过半月您就能永远和周郎君在一起了，现在还看什么呢？”旁边的丫鬟看李乘风一直盯着离去的袁天罡的马车，忍不住开口打趣。

李乘风一阵憋闷，恨恨地说：“谁要和他永远在一起！”

“您又和周郎君置气。”丫鬟发出银铃般的笑声。李乘风憋着气，一路提着裙子往府内走去。

方府里满是红绸，所有人都笑意盈盈地为这次大婚做准备。李乘风一路走进去，远远就听到方夫人带着笑的声音。她声音里面带着从未有过的活力，正柔声吩咐婢女们整理嫁妆单子，有条不紊地检查每一个细节，整个人散发着光芒。

李乘风停住脚步，远远看着方夫人，这个沉浸在满足和快乐之中的母亲。

袁天罡与李乘风两人闲谈的时候，都未曾问过对方身世。李乘风虽然会自报家门，但也不会随意告诉别人自己的家事。

他幼年丧母，从小没有母亲照料。父亲与母亲情深，母亲离世之后，父亲没有续娶，并把所有的精力都放在了照料李乘风两兄弟身上。李乘风虽然也会看母亲的画像，向往地想着如果母亲还在世是什么样子……但大约是母亲去得太早，李乘风也没感觉到母亲的离开对生活到底造成了多大的影响。倒是李乘风他父亲，下人嬷嬷都说，自娘子走后，李郎君脸上的笑容仿佛都被带走了。

不过世事难料，李乘风没想到的是，他在这幻境之中，以方小娘子的身份，大概感受到了母亲和父亲到底有什么细微的不同。

母亲会注意孩子喜欢吃的东西，头天多吃了两筷子的菜，第二天必然还会有；早上的茶水和粥，晚上的汤和饼；喜欢的衣服首饰，院子里面的每一处摆设、每一朵花……

与父亲相比，母亲就像是最温柔的和风细雨，看似不太刚烈果敢，却能滋润干涸的心。

那个道士说过，天下之事都有来处有归处，李乘风和道士插科打诨，有时候也想问一句："那方夫人的来处和归处呢？"

"我的儿，回来了？和少堂选得怎么样，可有合心意的首饰？"李乘风正漫无边际地想着，远处方夫人看到他倚柱而站，眼睛亮起来，对着他笑着招呼。

李乘风摇头一笑，他这想的是什么，毕竟道士可是说过，如果方小娘子不是这幻境的主人，那么幻境的主人很大可能是在方府，毕竟他们一个在方府醒来，成为方小娘子，一个醒过来的第一件事，就是被推着前来方府。

所以，这位看上去温柔关切的方夫人……谁知道她是不是这幻境背后的主谋呢。

李乘风一笑，把思绪抛到脑后，大步走过去，笑着低头抱住方夫人，拍了拍她的背，大声说："娘，我很开心，选的东西都好，一切都很好。"

"那就好，那就好。"方夫人抱着李乘风，眼尾笑出细细的纹路来。

两人在此拥抱，廊下有幽幽细风，吹得廊下扎成花朵的红绸微微翻涌，方府的下人无声无息地穿梭，忙着小娘子一生一度的喜事。

4

半月一晃而过。

李乘风这辈子都没想过，他人生第一次参加婚礼，竟然是以待嫁女子这个身份。

天还未亮就开始绞脸盘发，红色的喜服是早就绣好的，华丽端庄，开了脸盘了个新妇发髻，上面头一次端端正正地戴上整套的首饰。

李乘风只觉得脑袋重了几斤，想要让这群人别忙活，他等会儿可能还要打架，可是到底说不出口，只得憋憋屈屈地忍了。

他一再告诉自己，忍耐忍耐，忍了这么久，也不在乎这一两下，九百九十九步都走了，这一步必须走完。

想到马上就要"出嫁"，李乘风的心情还是久久不能平静，各种憋屈和古怪不算，想起道士叮嘱成婚之日要小心，总感觉背后势力似乎在阻止这件事情，说不定等会儿有大事发生，也不知自己的剑到底去哪儿了……他心里正七上八下的，突然，房门被“吱呀”一声推开。

李乘风望过去，就看到方夫人走进来，让外间的婢女都退了出去。最近方夫人忙坏了，这会儿才有空过来，说点儿娘儿俩之间的私密话。

李乘风想到大婚之前，女子似乎都会被长辈教导敦伦之事，顿时满脸“黑线”——昨儿方夫人忙到半夜，他早早睡了，还以为躲过了这事。他一点儿都不想学习这些，便干脆直接地问：“娘，你怎么来了？”

“我来看看我的宝贝女儿……”方夫人语调中带着笑意和浓浓的温柔，轻声叹息，“人这一辈子过得真快啊，没想到一转眼，你就这么大啦。”

她眼圈发红，眼里有着泪光，显然对于女儿的出嫁又喜又悲。

“娘在家把你惯坏了，以后出去了，做了别人家的媳妇，就不如做姑娘舒服自在……你姨母虽是看着你长大的，最是疼你，少堂也是个稳重性子，但是你要惜福，不可因为他们纵容疼爱，就不知天高地厚……”

李乘风自诩游侠，自小习武，最爱江湖豪侠的话本故事，从不是个悲春伤秋的性子，只是他看着这眼圈含泪的妇人，听着她小心地一点点交代为人处世的道理，恨不得把所有人生的经验都教给女儿，不由得有些动容。明知道或许无用，她却仍想竭尽所能地帮女儿避过人生的每一处凶险。

说了一大堆，似乎是怕孩子听得烦，方夫人擦了擦泪，轻声问：“娘是不是太啰唆了？”

“我知道您是为了我好。”李乘风轻声回答她。

“到底是要嫁人了，如今说话都成熟许多，这样娘也放心了。”方夫人放下帕子，轻轻拍着李乘风的背，从怀里掏出一本图册来，塞到了他的怀里，低声说，“你一会儿有空翻翻，娘先出去招呼客人了。”说完，方夫人拍了拍他，就转身打算离去。

“娘！”李乘风心中一动，突然脱口而出，唤住了离开的方夫人，低声问，“如果我是男子的话，今天您会对我说什么？”

方夫人愕然，然后一笑，大约是以为这是女儿心血来潮问的一句话，但是她思考了一下，还是非常郑重地回答：“我会说很多很多，但是最重要的还是一样——人生在世，要无愧于心。”

“我记住了。”李乘风认真地点头，目送方夫人远去。

方夫人离开不久，天际开始响起雷击。

“好讨厌，小娘子的大喜日子，怎么会有雷声？”小丫鬟在外面嘟嘟囔囔。李乘风看着天际，心中想，搞不好这不是雷声。

当外面传来迎娶的乐声的时候，天际的雷声也越来越大——太阳升起来，阳光璀璨，整个天空碧蓝如洗，然而雷声却越来越重，越来越急，这情景着实诡异。

李乘风这会儿确定了，这绝对不是正常的雷声，就算道士不在这里，他也知道，这是那个一直想对他们下手的人在暴怒，或是示威。

而且那人越来越急。

婚礼照常举行，远处传来喜乐的唢呐喇叭声，声音越来越近，很快就停在了门口。

方府就一个小娘子，门口拦门的都是堂兄弟，只念了几句诗，门外的袁天罡答不上来，就疯狂撒银子，因此进来得倒也顺畅。

当袁天罡要进门的时候，天际的雷声突然伴随闪电，唰地打在袁天罡的面前。虽然门廊在冒烟，可是袁天罡笑眯眯地，一路视若无睹地走了进来。

他的身后是雷声和电击，越来越近，几近癫狂。

“娘，你怎么了？怎么面色这么苍白？”李乘风扶着方夫人，担忧地问。

方夫人身子晃悠了几下，挤出一个笑容来，轻声说：“许是太高兴了，昨夜未曾休息，这会儿头竟有些发晕……”

好在那闪电就几下，当袁天罡走进方府，方夫人和李乘风搀扶着出来，闪电就消失了。方夫人的脸色也慢慢好了起来，她看着李乘风被背着往外走，脸上带着笑容，轻声说：“我的儿，以后好好过日子……”

李乘风人高马大地趴在瘦小的“堂弟”身上，回头看恋恋不舍地跟着一起走出来的方夫人。

方夫人把他送到门口，对他说：“上了喜轿之后不许淘气，不许掀了帘子往外看。往后就是大人了，把任性都收起来，不过也别太忍着委屈，娘会心疼……”说到这里，方夫人已经是泣不成声。

李乘风的眼睛不知为何也有些湿润了，他看着方夫人，轻声说：“娘，我知道。”说完，他最后深深看了一眼方夫人，就被送上了花轿。

唢呐和喇叭又吹奏起来，李乘风感觉到花轿动起来，听到周围百姓的大声说话。

有人大喊着：“方家小娘子这才真是十里红妆，怕不是整个方府都给她陪嫁了吧！”

“这可是太原太守唯一的嫡女，这嫁妆也很正常！”

“能娶到方小娘子，这周家也算是高攀了……”

……

没错，这才是真正的十里红妆。

每一台嫁妆上都绑着红绸，里面都塞得满满当当。

袁天罡骑着高头大马，随着迎亲的队伍前行。随着方府的嫁妆一台台抬出来，周围的景象突然慢慢闪烁，整个世界开始慢慢褪去色彩。

袁天罡抬头看向天际，他身下的马匹慢慢消失。而坐在轿子之中晃动的李乘风只觉得身边的一切像是浓墨重彩的画被泼到了水，他诧异至极，一把掀开轿帘，就看见周围的轿夫、路上的行人，乃至地上古拙的青砖，全部慢慢褪去了色彩。

“阿柔、阿柔，不要走，不要离开我！”突然，一个清癯人影疯狂地奔跑过来，和正目瞪口呆地看着一切的李乘风擦肩而过，他一边跑一边哭着大喊，仿佛闪电一般，直直往那个身影越来越淡的方夫人面前跑去。方夫人的身形和长街一起，越来越淡，越来越模糊。

“阿柔、阿柔……”那人站在方夫人面前，伸手似乎想抓住这个渐渐变淡的身影。

方夫人脸上带着泪意和笑容，她转过头，看着面前的男人，轻声地发出浅浅的声音：“夫君……”

那清癯的男人脸上都是鼻涕和眼泪，他大声哭着，撕心裂肺地对方夫人哀求：“阿柔，你怎么这么狠心，我守了你一百多年！我们说好生同衾死同穴，我们在月下发过誓的，你怎么能这么狠心离开我？”

“夫君……”方夫人脸上带着笑容，可是她的眼泪一串串地往下掉，她伸出手，似乎想抚摸面前的男人。她的眼神带着怀念，轻声说，“夫君……我好想念柳儿啊，还有我们的房子……还有我们窗廊前的那一树桂花……”

她的身影越来越浅淡，手根本无法触摸到哭得一脸鼻涕眼泪的男人。男人小心地扶着她的手，一脸依恋地往她的手上靠，哭着说：“我们就在这里，我们就在这里，阿柔，你别走，你别走！你走了，我苟活在这个世界上又有何用……你看，那是柳儿，她来了……”

随着这男人悲伤的哭泣和说话声，袁天罡和李乘风惊愕地发现，原本随着长街快要褪去的方府，原本已经渐渐展现出寒风飘摇的半山，又一寸寸被染上颜色，几乎是眨眼之间，眼前的景色就变成了一座府邸的后院。

李乘风这会儿已经悄悄地挪到袁天罡身边，他轻声说：“这不是我当方小娘子时的闺房吗？”

“嘘，少安毋躁。”袁天罡轻声对李乘风说。李乘风看袁天罡神色深重，不敢再说话，只能按捺住心中的疑惑，继续看下去。

周围的景色确实是李乘风之前住的方家小娘子的闺房，只是更为古朴老旧一些。门廊之下，半院子的桂花怒放，花树下远远传来小姑娘银铃般的笑声，方夫人愕然转头望去，就看到花树下那个穿着桃色半臂、头上臭美地扎着两朵粉色小花的小姑娘。

小姑娘看上去不过七八岁，穿着桃色半臂、黄色挑花裙子，脸和方夫人有八分像，稚气秀丽，活泼可爱。她在花树下荡秋千，对着方夫人笑着喊：“娘、娘，来推柳儿嘛！”

方夫人的泪水一滴滴往下落，脸上的笑容却从惊喜缓缓变成悲伤，她轻声说：“夫君……柳儿若是在世，只怕我们的曾孙女也这么大了，你我再挽留，也再看不到柳儿长大啦……一步错、步步错，苦海无边，夫君……”

她还想说话，可是她整个人突然从脚底下开始渐渐消失，她说的话已经没有了声音，显然，她已经没有时间了。

“方夫人！”李乘风看着她要消失，不知道为什么，心中一窒，他往前一步，脱口而出。

方夫人似乎听到了，她转过头，笑中带泪，对李乘风点了点头。

一阵风过，方夫人随风而逝，落在那男人怀里的，已经是一具朽坏白骨。

“你们……是你们！”那人转头，李乘风和袁天罡才看清楚这人的正脸。这人形貌清癯瘦削，身上有种文人的儒雅气质，说实话，与方夫人站在一起，倒真是极为登对的一对璧人。

只是此刻，这人的眼睛看不到一丝眼白，一双黑黝黝的巨大的眼睛正流着黑色的泪水，他转头望着袁天罡和李乘风，怀里还抱着一具白骨……真的让人无法仔细欣赏他的风度和样貌。

但他身上气势逼人，带着疯狂和滔天怒意恨恨地说：“是你们……都是你们，害得阿柔离开我……”

“让执念之人消失，从此获得安宁，可不算是害人吧。这位……是方大人？”这人的架势连李乘风都有些怵，偏偏袁天罡却一扫拂尘，率先挑衅。

不过袁天罡显然是带着疑惑的，这男人与方夫人说话，方夫人称呼他为夫君，可是在幻境之中，方大人从未出现过，为何突然出现，还是这副诡异模样？

“我怎么没有见过他？”李乘风显然也对这突然出现的方大人十分不解，这会儿疑惑地问袁天罡，“你怎么知道他是大人的？”

“方才路边的人讨论太原太守的女儿方小娘子，嫁妆富可敌国……”袁天罡悄声说，“所以我猜就是他！”

袁天罡和李乘风正讨论得火热，那一头，方大人却恨恨地看着他们。

“是你们！”显然，袁天罡方才的说法并没有让方大人满意，他小心地抱着白骨，从地上缓缓站了起来，嘴里轻声说着，“我保护了阿柔一百多年，我一直很小心，不让阿柔受到打扰……”

他眼里黑色的泪水不断地往下流，落在地上，滴滴答答化为青烟，让地上的草木都为之颓败。

方府的景色随着方大人的动作流水一般褪去，此地变成了一座破烂古宅。断壁残垣之下，桂花树已经枯死，树下立着两座小小的孤坟，而李乘风似乎看到，大一些的那座孤坟上，整整齐齐地叠放着他的黑衣服和长剑。

寒风吹来，李乘风只觉得全身一哆嗦，他这会儿才分出精力看了自己一眼，这才发现，随着幻境消失，袁天罡又恢复了道袍与发簪的打扮，腰间甚至还插着拂尘。

只有他，却仍旧一身破破烂烂的红色喜服，轻轻一动，就一寸寸破裂朽烂。这喜服虽然年月久远、已经腐朽，可看残迹就知道绣工精美、料子华丽，绝非一般人家可以负担。

“不公平！为什么你和我不一样？”李乘风看一眼自己，再看一眼风度翩翩的袁天罡，悲愤地说。

“我建议咱们先过了这关，再考虑公不公平的事情怎么样？”袁天罡的脸绷得极紧，他横握拂尘，看着一步步走过来，身上皮肉滚落，慢慢成为扭曲浓烟的方大人。

“他、他这是怎么回事？”李乘风虽然知晓这方大人不对劲，却没想到这方大人突然二话不说，变得不似人形！

“不知道！我就知道我们遇上硬点子了！”袁天罡回答之际，这方大人抱着枯骨，已经彻底化为黑色浓烟。他仰天咆哮，黑色浓烟从天空呼啸而下，朝地上的袁天罡砸下来。

袁天罡厉喝一声，扬起拂尘对着天空一抽，拂尘暴涨，往天空绞去。

李乘风是见过这拂尘的厉害的，上次这拂尘落在几人合抱的大蛇身上，就把剑都捅不穿的大蛇抽得皮开肉绽。

这一次，拂尘一抽出去，也飞快地把黑雾割裂。

可是黑雾与大蛇不同，大蛇会痛得满地打滚，黑雾却能无声无息瞬间融合，不过几个起落之间，袁天罡就落了下风。

“让开！我来了！”在袁天罡对敌时，李乘风飞快地冲到孤坟之上，来不及拿衣服，捡起自己的剑直接冲了过去，想挡住偷袭袁天罡的黑雾，可是他一剑挥过去，却穿透黑雾，差点儿摔个倒栽葱。

若不是袁天罡一拂尘把他抓回来，那黑雾就要透过他的胸膛了。

“呃……我、我头晕……”李乘风吸了一口黑雾，正觉得心口一闷，就见袁天罡单手结印，轻喝道：“吐秽除氛，驱邪卫真，破！”

一指点在李乘风额前，黑气化为小蛇嘶嘶叫着扭出来，李乘风精神一振。袁天罡反手并指，绞杀小蛇，又轻喝道：“诸神护卫，各尊法旨，不得稽延，急急如律令！”

令咒一落，袁天罡双指燃起荧荧光亮。李乘风被道士这一波操作惊得瞪大眼睛，看到袁天罡一把拉过他的手，并指一抹，剑上顿时辉煌光亮，像是铺了一层荧光。

“去！”李乘风还在惊愕，袁天罡反手把他一推，李乘风转头，就看到铺天盖地的黑烟冲杀过来。他一咬牙，挥起长剑，大吼一声，直冲过去。

一剑劈下去，黑雾唰的一声，被劈为两半。

“成功了！”李乘风惊喜地大吼，还想挥剑直上，却听到袁天罡虚弱地喊：“蠢货，拦住了就快带我跑！”

李乘风愕然转头，就看到刚才还神通广大的袁天罡此时脸色煞白、摇摇欲坠。

李乘风不明所以地回头一看，刚才劈开的黑雾竟又慢慢地融合在一起，虽然比刚才缓慢一些，但显然还没被伤到根源。

“快！”袁天罡大喊，“我打不过他，先跑！”

李乘风这才明白过来，一刀劈到追过来的黑雾上，转头拦腰抱起李乘风往外面跑去。

5

“打不过人家你还装得那么帅？我刚才反应要是慢点儿，咱们就交代在这儿了！”

“我那是没力气了。 要是早知道我们是在人魔的地盘上，我肯定不敢挑衅他！”袁天罡一边虚弱地在李乘风背上喘气如狗，一边惊魂未定地说，“我还以为是什么执念化为恶灵，没想到是人魔！活的人魔！吓死我了！”

“人魔又是什么鬼？难道比梵天大蛇还可怕？”李乘风背着袁天罡，一边跑还一边不死心地提问，以满足自己的好奇心。

“人魔……”袁天罡声音轻轻的，但是透过猎猎风声，李乘风还是听到了他说的话，“人魔……是世界上最为可悲的存在……”

人魔，听名字就知道，乃是以人身化为魔物。能以人身化魔，千古以来极少有，和化为恶灵的人不一样，不是只要有怨念、愤怒、恨和绝望就能铸就——能成为人魔，必须要心中再无一丝光明。

可是就算是穷凶极恶之人，心中大多有一丝善念，哪怕是一念之善，都不会化为人魔。

所以人魔极为罕见，纵然是司天监的藏书库，也只有随笔提到过关于人魔的消息。且那消息也说得极少，只说过人魔形成的原因，以及上一次出世的时间。

“不对啊，你看那个方大人，刚才还哭得稀里哗啦的，他不是很在意方夫人吗？”李乘风虽然在奔跑，却还是找到了袁天罡话语之中的漏洞，“难道爱不是善念吗？”

“人魔的事情我等会儿和你说……不过你真的还没发现我们现在在哪儿吗？”袁天罡轻声反问李乘风。

这话问得李乘风一愣，他刚要回答，忽然想起来，他们上一刻在方夫人的幻境之中，这一刻呢？

“咦，他怎么没追来？”李乘风打量的时候，才发现身后的人并没有追过来。他站在原地，背着袁天罡，茫然地看着面前刻着“太原城”三个字的巨大城墙。

李乘风愣了，戳了戳背上的袁天罡，惊恐地问：“我们到底在哪儿？这个人魔到底在搞什么鬼？”

“放我下来。”袁天罡拍了拍李乘风。李乘风把他放下来，就看到袁天罡居然往太原城的方向走去。

虽然不明白这道士到底在弄什么，但李乘风还是不敢出声，怕打断他的思路，只能跟着袁天罡一路走进去。

踏上护城河过河的桥时，袁天罡突然往后望去。李乘风顺着他的目光往后看去，就看到他们身后是一望无际的外城山林和百姓，熙熙攘攘，一派盛世景象。

他们来时的路，已经完全消失。

“这是怎么回事？”李乘风抓着袁天罡，整个人的思绪乱得一塌糊涂，“我们刚才在干啥？为什么突然又出现个太原城？”

就在李乘风陷入“我是谁，我在哪儿”的迷局里无法自拔的时候，袁天罡指着桥下的碑石说：“这是一百多年前的太原城，你看这里。”

李乘风低头细看，念出声来：“开平三年，重修……开平三年？”

李乘风算了半天也没算出具体时间来，前朝的岁月，战乱颇多，国号更替纷乱，不但有未换国号的，也有乱换且没有记载的，乡间古城有错乱的记载也为常事。因此李乘风没有继续看碑石，而是看周围擦肩而过的人，这才发现周围的人衣装古朴，确实不似如今打扮。

于是他不再纠结这个问题，而是转而问神秘兮兮的道士，说：“那我们怎么到这儿来了？”

袁天罡环视了一周，轻声说：“恐怕我们只能入城才能知道了。”

按李乘风的想法，进城只怕也是个鸿门宴，但是不进去也不见得多好。先不说他们怎么跑出去，就算出去了，外面还有个人魔方大人在等着，道士打不过他，李乘风一身武艺，遇到人魔也等于白搭。李乘风不久前甚至根本不知道世上还有这种玩意儿，因此只能认命，跟着袁天罡往这一百多年前的太原城走去。

“道士，等我们抓到那大白蛇，就赶紧分道扬镳。”李乘风把剑捆回到背上，他一身破破烂烂的红色喜服十分不自在，想赶紧进城换衣服，“我总感觉跟着你没好事。”

“李少侠可曾听说过一句话？”袁天罡看着他，慢悠悠地说，“相逢即是有缘。谁知道遇到这一切，到底是因为李少侠跟着我受连累，还是我跟着李少侠受连累呢？”

“不可能，没遇到你之前，我在外面游历了三四年，可没遇到过这样的事情！”李乘风表示绝不上当。袁天罡微微一笑，不再和他争吵。于是李乘风跟着他，两人一路进了这神秘莫测的太原城。

他们没有注意到，在他们身后，原本熙熙攘攘正在准备进城的行人、正在城门口讨价还价的小贩、讨论着进城采买的妇人，在他们进城之后，突然都停下了手中的活，全部转头，直勾勾地盯着两人进城的背影。

第六章 人魔③

一念成佛，一念成魔。

1

正是草长莺飞的春季，太原古城人流如织，城门口不远处围了一大群人，正凑在一起不知道说些什么，十分热闹的样子。

走近了，只见所有人都围着告示看，上面贴着个小姑娘的画像，她挽着双髻垂着金铃，看上去圆润可爱。

告示上说，太守府女眷出门踏青，太守夫人才一错眼，就发现被丫鬟小厮围着的女儿不见了，于是张榜悬赏，但凡能提供线索的人，一律赏银五两，确认线索有用之后还会有赏银，若是有身手好的能帮忙救回太守女儿，赏银一千两！

“不得了，连太守家的掌上明珠都被拐子拐了，这些人真是胆大包天……”

“是啊，是啊，这些拐子太过猖狂，这回只怕是要倒大霉了……”

那个正口沫横飞地跟朋友讨论的胖子突然被人戳了戳，胖子一回头，就看到旁边站着一个身量极高、壮如铁塔的年轻男子，此人穿着一身破破烂烂的女子出嫁喜服，头发更是散乱地戴着赤金凤冠。

胖子顿时惊了一跳，差点儿就要开嗓喊人。

幸好这时候，从这打扮怪异的年轻人背后，探出张挽着道髻、戴着八卦发簪的年轻道士的脸。

这道士眉目清冷，一笑之间却十分惹人喜欢，他笑眯眯地打招呼，说："这位大哥你好，我们兄弟初到太原，就看到这告示。这天下竟然有贼人这么大胆，居然连官家小姐都敢拐走？"

胖子虽然觉得两人都十分奇怪，但见道士笑容可掬，想着伸手不打笑脸人，况且也不是不能说的事，干脆就说起来："两位可是不知道，咱们太原这几年也不知是怎么回事，这拐人的事，可不是第一起……"

两人听了一会儿，才发现这拐子的事情，在太原居然早已经到了让人闻风丧胆的地步。虽然历朝历代都无法完全禁止那些黑心肝的人去做那些丧尽天良的事情，可是这几年太原所发生的事，已经不是偶然事件，而是真的已经到了让人害怕的地步。

开始是周围乡县的农人进城找孩子，或是年少夫妻结伴，或是失了孩儿的疯癫父母，还有失了独孙的瞎眼老人，一个个都哭得涕泪横流……看得人心中酸涩，无法言说。

所有人都以为是拐子团伙路过，拐了乡下没什么警惕心的孩子，却没想到，接下来太原城内也开始有孩童失踪。

无论怎么努力防备，人总有不小心的时候，最可怕的是，开始还只是一些小门户的孩子，后来甚至有有钱人家的孩子被奶娘带着出门游玩，一不小心就不见了的。

越是长得玉雪可爱的孩子越是危险。

当时人人都怕了，晚上睡觉都恨不得把孩子带在身边。幸好后来在太守的强力追查之下，处决了一批拐卖孩童的罪犯，又追回一批孩童，才把那些人震慑住。

"莫非是那些拐子记恨太守诛杀了他们的同党，所以拐卖了他的掌上明珠来复仇？"李乘风听得目瞪口呆。那群拐子到底是凭借了什么，竟敢如此猖狂行事，居然连一城太守都不放在眼里？

那胖子看了看李乘风，对袁天罡说："看两位的身量，怕不是有些本事的，这位小……小郎君还背着剑，若是你们有兴趣，可以去太守府毛遂自荐。据说那边不但管吃食，若是找回小娘子，还能一起平分赏钱。"

"多谢大哥！"袁天罡眼睛一亮，拱拱手对胖子道了谢，拉着李乘风就往外走。

两人没有直接去太守府，而是找了一家布庄，先把李乘风那一身破破烂烂的鎏金双面鸳鸯刺绣喜服换了下来。

总算卸了那身出嫁女的装扮，换回了一身黑衣，李乘风把自己的长剑捆在背后，高马尾用发冠梳起来，顿时一身清爽，感觉自己简直是重新活了过来。

他打算把凤冠典当付钱，迟疑了一会儿，从凤冠上抠下了最中间的一颗珍珠。

“去掉这颗大珍珠，价钱要少一百两！”小二在旁边急忙杀价。

“少便少吧。此乃故人所赠，总要留个纪念。”李乘风沉默一下，洒脱一笑，把珍珠揣在了怀里。

拿着多余的找零，与等候的袁天罡一起出了门，李乘风活动活动手腕筋骨，摩拳擦掌地对袁天罡说：“道士，要不咱们先去把太守的女儿救出来，捆了那群人贩子，再细细了解这古太原？”

“不必，先跟我来，我去确定一件事情。”袁天罡笑眯眯地回答，然后看了看英姿勃发的李乘风，打趣道，“李少侠，你这身打扮虽然俊气，到底还是失了一丝娇美。”

“……道士，你好好锻炼身体，多走走路吧。”李乘风被戳中痛处，龇了龇牙，一甩大马尾，转身健步如飞，不管身后那身娇体弱的道士，率先往前走去。

袁天罡之前只是突然动作导致乏力，这会儿休憩好了，也不喊李乘风，只慢悠悠、笑嘻嘻地跟着。

两人一前一后地往那胖子所说的太守府方向走去。

一城太守的府邸一般都是官衙，虽然有可能不是看起来最富庶的，却一定是最威严大气的。

李乘风耐着性子和步子慢如蜗牛的袁天罡一起到了地方，远远就看到廊下飞檐，瑞兽端坐在飞檐之上，一派华丽端庄。

可待走近些，李乘风的脸色慢慢有些惊愕，那太守府门前挂着的“方府”牌匾、廊上的嘲讽兽、长廊朱门，以及门口那两尊守门的雌雄对狮……这明明就是之前幻境之中方夫人所在的方府！

他瞠目结舌半天，转头看着面色平静的袁天罡，哑声说：“……你知道会是这样？”

“只是猜测。”袁天罡抬头看着门前的匾额。

“这是怎么回事，你要确定的就是这个？”李乘风觉得脑子有点儿乱，这就是方府，那这太守……太守就是方大人，方夫人是太守夫人？是了，人魔赶来和方夫人道别之时，方夫人称呼他“夫君”，他们失去过一个女儿，与告示栏前说的太守一家的情况基本吻合。

“当时方夫人说的已经死去的那个女儿，就是这个失踪的太守之女？”

“无须多想，我们走吧。”和李乘风的惊讶不同，袁天罡倒是十分平静，语调也十分平稳，往方府门口走去的时候，脸上甚至还带着笑。

李乘风最烦这道士每次都胸有成竹，但又不肯解释清楚，弄得神神秘秘的样子，不过还是揣着满腹疑惑跟着他一起往方府门口走去。

门口的护卫原本见他们打扮与常人不同，还有些警惕，一听两人是因太守千金失踪之事而来，脸色顿时好了三分。

袁天罡自称精通卜测之术，准确地说出了护卫最近家中难事，又说了解决之法，那护卫便彻底放心，将人带进了前院。

袁天罡和李乘风好不容易混进方府，可刚刚踏进方府大门，他们就看到两个半身都是血的人，如同死狗一样从侧门被拖过去，拖行之处满是血迹，看上去十分可怖。

“最近小娘子失踪，夫人又病倒了，老爷难免焦虑了些。”那护卫面露不忍，口里却这么说着。

李乘风有些怒意，光天化日，如此打杀奴婢，此间主人行事未免太过狠辣。倒是一旁的袁天罡悲天悯人地说：“为人父母都是如此，儿行千里母担忧，何况小娘子遭此大难。”

一行人转道进了前院集合之地，就看到所有人皆穿着短打，拿着长棍或砍刀等武器，正闹哄哄的。而在前院正厅廊下，站着一个一身月白常服、紧绷着脸的中年雅士。

是方大人！

李乘风顿时忘了刚才的事，惊愕地低头给袁天罡使眼色。这里果然就是方府，难道他们现在是在人魔的记忆里？

袁天罡点头，确认李乘风没认错人，轻声说：“不要打草惊蛇，记住，这或许是百年之前的事情了，你我就算再生气，也无法改变任何事情。”

李乘风又何尝不知，他想到方夫人那句“若是柳儿在世，只怕我们的曾孙女都这般大了”，不由低声叹气。

就在这时，方大人朗声说话了。

他语调严厉，大声说道：“各位，我已经得到拐子的线报，他们一行已经准备转水路连夜离开太原城的管辖范围，我们必须马上出发，截下那群人。”说完，方大人顿了顿，语调阴狠地说，“届时大家不用留手，找到之后，降服之人全部砍断手脚，若有人反抗，通通杀之……我方言志为你们担保！”

“是！”所有人高声应答，喊声震天。

2

一行人出城之后，会骑马的跟着方大人一路往前直冲。

方大人这回下了血本，随行带着的人手暂且不提，光是马就准备了二三十匹，显见这回拐子真的是触怒了他。

李乘风因为会骑马，也得了一匹，袁天罡因此也沾了光。虽然又是颠簸劳累，但是他这时候也不敢挑剔，只紧紧抓着李乘风。一行人一路疾驰，路上草草休息了一炷香时间，喝了水，吃了点儿干粮，又再次出发。

太守千金据说已经失踪了七八天，只怕是因为之前方大人搜寻阵势太大，吓得拐子没敢轻举妄动，如今才找了时机打算逃跑。

这一动，就被方大人派出去的人发现了动静。

夜晚，方大人没有喊休息，也没人敢休息，都点着火把一路往前。到了半夜，更深露重，袁天罡虽然在李乘风背后被挡着风，却依然打起了哆嗦。

突然，他们听到不远处有鸟叫声。

三长两短。

方大人飞快喊停队伍，一群人勒马停住。从不远处的草丛中钻出来一个穿着兵丁服饰的人，他打量了一下，赶紧飞快跑过来，跪在方大人面前，激动地说："大人，我和兄弟们一直等在外面，拐子团伙人多得厉害，手里有家伙，但我们一直盯着，他们这会儿还没启程。"

"前面带路！"方大人一脸肃穆，指着那兵丁直接说道。他眉头紧皱，整个人焦虑不堪，显然是没有多的时间再说其他。

一群人跟着兵丁，下了马，灭了火把，钻入长长的芦苇丛，一路往拐子所在的地方潜行。

走近了才明白，为何这群兵丁不敢动作。

原来这一支搜寻的人马不足十人，而另一方的拐子却有三艘大船。此时拐子们都在搬运货物，显见他们不只是拐卖孩童，还用行商的身份做掩护，难怪之前难以找到这些人的踪迹。

太原城附近这条大河，上可入洛阳，下可到苗疆，此时是春季，若是往下行，顺风顺水，半路上拐子换了船或是直接上岸入了哪个城镇，就一辈子再也找不到了。

兵丁指了指大船，轻声说："孩子们都被带上了船，许是换了衣服，黑压压的，不知道小娘子在哪艘船上……"

"所有人听着，救下小娘子的，可以平分一千两白银！第一个找到小娘子的人另赏银一千！护住小娘子的人，各赏银一百！各位记住，我要我的女儿平安无事，知道了吗？"方大人沉声说道，他看着不远处那群拐子，说到后来，声音更是带了厉色，阴森森的，"至于拐子，他们死有余辜，你们大可放开手脚……一切后果，由我方言志承担！"

"是！"众人低低应是，一起随着兵丁们往前摸过去。

这群被招来的人，不但有游侠和专门混江湖的三教九流，也有太守府的家养壮丁，再加上一群训练有素的兵丁，潜伏而去，没几下就放倒了一边守卫的拐子暗哨。

这么悄无声息地往前走了一阵，解决了十多个人，就引起了船边守卫的警戒，守卫并指打了个长哨，顿时直接喊杀着冲了出去！

"等等我！"李乘风素来最爱打架，袁天罡还没来得及拉住他，就见他仿佛疯狗一样冲了出去，没有拔剑，但是剑鞘连着打几下，就能打晕一个敌人。

李乘风在人群里来去如风，像是狼进了羊群，一时之间，竟然无人可挡。

袁天罡看他打得兴起，叹了口气，小心地躲避那些被揍的人，一路捻指屈伸几次，算出方位，便直直往最前方的大船走了过去。

许多人从那大船上蜂拥而下，一时之间刀兵四起。

袁天罡走到一半，差点儿没被扔过来的残肢给吓死。就在他惊恐之际，突然一道黑影唰地掠过他身边，下一刻又唰地半路返回，原来是打得兴起的李乘风这会儿看到道士艰辛躲避，才想起来自己还带了同伴。

"你出来干什么？"李乘风问袁天罡，表情十分嫌弃，显然觉得道士这会儿出来简直是碍手碍脚。

"快带我上前面的船，方家小娘子在那儿！"袁天罡顾不得和李乘风斗嘴，这会儿见到他，顿时大喜，抓着李乘风的衣服不肯放，一迭声吩咐。

"前面？"李乘风皱了皱眉。打架的人都在眼前这小小的码头上，前面那大船已经空了，他这才刚活动了一下筋骨，道士就让他离开。

见李乘风不愿意走，袁天罡顿时急了，他扯着李乘风的衣服，想要晃醒这个本末倒置的人，却仿佛蚍蜉撼树。袁天罡急声说："一日千年，你还想不想出去了？"

想到那樵夫观棋的故事，李乘风大惊失色，一把打横扛起袁天罡，脚步几点往前而去。袁天罡只觉耳旁风声大起，没几个起落，两人就到了大船上。

说是大船，但是能在这个荒僻小渡口停下的，也不是最大的那种，只能说与渔船相比，还是颇大。两人落在甲板上，袁天罡从怀中摸出半路熄了的火折子点燃，往船舱里面走。

李乘风跟着袁天罡，一进船舱就低声说："怎么如此重的血腥之气？"

袁天罡点头，低声说："不只是血腥之气，此船孽气盘旋……只怕方大人今日不出手，这船也会在中途失事。"

李乘风知道，估计袁天罡又看到了什么他看不到的东西，他也不出声，跟着袁天罡往里面走。船舱并不大，走进去之后，除了正厅就是几个货仓，没一会儿，两人就把这船舱走遍了。

"奇怪，失踪之人绝对就在这船上，怎么就是找不到呢？"袁天罡忍不住皱眉，低声轻唤着，"方家小娘子？你在吗？"

一旁的李乘风找了一会儿，旋转了一下他们所在的船舱的一处烛台，随着"吱呀"一声，船舱地板在袁天罡惊愕的目光中打开，露出一个不足两丈宽的楼梯口来。

"这种东西我家也有，一般用来储藏贵重物品。"面对袁天罡的眼神，李乘风咳嗽一声，面露淡淡自豪地回答。

做这些东西，都是要讲究一定的规律的，换了其他人可能要找许久，可这都是世家子弟从小玩剩的东西，因此在勘察完之后，李乘风很快就找到了这开门机关的规律。

一阵风过，两人闻到了浓浓的血腥味，不由脸色一肃，不再说话，拿着火折子就往船板下走去。

走进船舱底部，两人才一站定，袁天罡的手就一抖，差点儿没拿稳火折，李乘风忙接过火折。在火光照耀下，他们看到了令人十分不适的恐怖场景——这甲板之下的空间不是特别大，除了下来的这一条小道，两侧摆满了铁笼，但笼子里面锁的不是奇珍异兽，而是一个个面露惊惶的孩子。

那些孩子大的有十几岁，已经是个成人，小的不过将将两三岁的样子，孩子们被火光照到，都缩在角落，动也不敢动，看上去可怜极了。

可是那些还能移动、还知道害怕的孩子还算好……李乘风惊愕地大步上前，借着火光一照，不远处的那副景象，就连他这样铁骨铮铮的汉子看到都喉咙发紧，只觉得心慌想吐。

里面的几个笼子里关着几个让人不忍细看的孩子——之所以能看得出来，是因为他们的呻吟声还带着稚嫩。

原本这个年龄段的孩子，大的可以帮忙做家事，小的正是承欢膝下、对父母撒娇要糖吃的年纪，可是此刻，他们已经再也回不到那快乐无忧的岁月了。他们的身体被折磨，身上的伤口或许能长好，但是残缺的已经无法被补全。更令人难过的是，看到火光，这些被害得不轻的孩子俱是一脸惊恐，纵使身上没有力气也拼尽最后一丝气力、惊恐地往阴暗处挪。他们或许开始还指望父母带着人来救他们，但是每次有火光到来都是绝望，如今，他们已经哭都不敢哭了……

“这、这就是那县令所说的采生折割？这帮畜生！”李乘风看得目眦欲裂，恨不得拔剑出去杀人。

袁天罡正全神贯注地看着其中一个小小的身影。那是伤得最重的一个孩子，整个头脸完全被毁了，稀稀落落的几缕长发还落在耳边，应该是个女孩。

她窝在稻草上，发出痛苦难耐的呻吟声，微微起伏的小胸脯让人确认她还活着。

袁天罡满脸不忍，对着那小小的孩子说：“小娘子，我乃司天监少监袁天罡，奉命下山巡游天下、斩妖除魔……我已经看到你的往事了，你可愿告诉我，当年你身上到底发生了何事？”

李乘风看了一眼那奄奄一息的小孩，不忍再看，他移开眼神，虎目含泪，抱着自己的长剑站在袁天罡身后。

下一刻，李乘风就听到了仿佛金铃响动的声音，然后是一个娇怯怯的小姑娘的声音，她带着害怕和好奇，问：“司天监，阿娘找来了司天监的大人吗？”

“是，我们见过你的阿娘方夫人了，她很想念你……”

自李乘风见到这道士以来，这道士要么神神道道，要么啰唆烦人，这是他第一次听到道士语调如此温柔地哄着一个孩子。

李乘风忍不住转过头去，愕然地发现，从那垂死的孩子的身体里慢慢坐起来一个挽着双髻、垂着金铃的小女孩。那小女孩不过七八岁，身穿鹅黄的小裙子，头上同色的发带扎着金铃，看上去玉雪可爱，分明就是幻境之中在秋千上嬉戏的方柳柳。

“你，你怎么……”李乘风一路在这幻境之中冲撞，也知道方柳柳大约是早夭，却没想到是这样一个可爱的小姑娘。她一双鹿儿眼甚至还带着懵懂天真，却死得如此凄惨可怖。李乘风一时不能接受。

小姑娘看了看他，又看了看面前的袁天罡，她点点头，脆生生地说：“是阿娘跟我说过的司天监装扮。我等了好久好久啊，你怎么才来？我好疼好疼，只有睡觉才好过一些……”

小姑娘还在撒娇，显然她的记忆停留在死去时的大小，说起话来一团稚气，衬着她身后仿如地狱的幻境，更是让人百般难受。李乘风最看不得老幼受罪，此刻眼圈都红了。

“对不起，我们司天监出了点儿问题，让你久等了，我跟你道歉好不好？”袁天罡低声哄着小姑娘，语调温柔。

小姑娘展眉一笑，摇头乖巧地说：“没关系，你还是来了啊，柳柳很开心。”

这就是真正的方柳柳吗？她被方夫人教导得极好，乖巧又分外讨人疼，可此时方柳柳越是乖巧，就越是让人心痛。李乘风恨不得把那些对孩童弱者下手的拐子给活生生手撕了，一点点折磨至死。

袁天罡低声问着：“你娘跟你说过，要是司天监来了人，你要做什么吗？”

方柳柳歪着脑袋想了一下，然后认真地说：“阿娘说，让你们小心一些……”

此话一出，袁天罡愣了一下，几乎是同一时间，李乘风突然抬头，迅速地抱起袁天罡和方柳柳，一个侧移。

“轰隆”一声，只见电光劈闪，一道粗如水桶的电光直接从天而降，把刚才几人站定的船劈成了两半！

“别管那些，那是幻象！”李乘风几个起落，把两人放在渡口，转身想继续去救船上的孩子，却听到袁天罡厉声喊道。

李乘风一愣，顺着袁天罡惊恐的眼神往天上看，就看到黑夜自空中被劈开，巨大的黑烟组成双翼的模样，方大人从天而降……

不，这不是幻境之中多年前还是正常人的方大人，看他那黑洞洞的眼睛，那是人魔！

“爹爹！”袁天罡怀中的小姑娘方柳柳高兴地叫了一声，突然仿佛想起什么一样，捂住了自己的嘴，往袁天罡的怀里缩。

“怎么了？”李乘风听到方柳柳那一声呼唤，心中刚在想人魔也许会看在女儿的面上有所收敛，就看到了方柳柳的动作，不由有些疑惑。

“阿娘说，要是柳柳醒过来了，一定要一直跟着司天监的大哥哥大姐姐，躲着爹爹。”小姑娘眨了眨眼睛，显然十分听阿娘的话，可是却仍眼巴巴地看着自己的爹爹——虽然父亲的样貌大变，看上去十分可怖，可方柳柳显然对父亲还是有孺慕之心，这时候内心十分挣扎。

三人正在说话，方大人已经落地。码头上方才还打得热闹，满地血腥的尸体，此刻却都消失无踪，连血迹都没留下。

方大人一眼就看到了牵着方柳柳的袁天罡，他冷哼一声，突然对方柳柳笑了笑，轻声说：“柳儿，快到爹爹这边来。”

“爹爹！”方柳柳眼睛一亮，心动了一下，可是又看看袁天罡，小脑袋转来转去，十分犹豫。

“柳儿，爹爹带你去找娘亲，还不快些过来……”方大人再次催促，脸上已经带了些严厉之色。

方柳柳有些害怕，左看右看，陷入了抉择之中。

“道士，咱们打得过他吗？”李乘风怎么看这个人魔都不知其深浅，但是遇到强者想要挑战是武者的天性，他忍不住跃跃欲试地问袁天罡。

“还记得你前不久去庙中抓拐带晁儿的拐子，之后昏迷不醒的事吗？”袁天罡看着李乘风，见他点头，才轻声说，“那你还记得是怎么回事吗？”

“我一进去，就打得他们无力招架，结果他们忽然摇身一变，整个人化为黑雾……”李乘风说到一半，恍然大悟。

袁天罡点点头，紧张地咽了咽口水，轻声说：“我见了人魔之后才明白为什么唤不醒你……我见过当时挟持你离开的人，他那个样子，我当时没明白过来到底是怎么回事，后来一想，那分明是人魔仆役。让你昏迷的，估计是他们身上的恶念。仆役尚且如此棘手，眼前这个……”

袁天罡话没说完，但李乘风很明显已经理解了他的意思。

双方僵持起来，方大人见几次催促，女儿都不过来，轻叹一声：“也罢，等我杀了这两个碍事之人，再带你去找你娘。”说完，方大人转头看向戒备的袁天罡和李乘风。

李乘风脸色一沉，一步走到袁天罡面前横剑而立，低声对身后的袁天罡说：“道士，等会儿你先跑，要是能活下去，记得去桃村给我爹报个信……”

“李乘风，”袁天罡一愣，听到这话，苦笑说，“感谢你的高义，不过今日，只怕我们都得交代在这里了。”

“你这家伙倒是有自知之明。”方大人听到他们之间的对话，冷笑出声，一步步往前走过来。

李乘风自知不敌，却一步不退，捏紧了自己的剑柄。

在他身后的袁天罡深呼吸几下，先把方柳柳藏在身后，然后把拂尘别在腰上，拔下头上的八卦发簪。没了发簪的固定，袁天罡的头发唰地倾泻而下，长发披散，他紧紧握住八卦发簪，慢慢地闭上眼睛。

战斗一触即发，眼见着方大人就要动手，李乘风噌地拔剑。袁天罡并指闭目，正要动手，却没想到下一瞬间，一道熟悉而又清冷的声音从远处传来：“方言志，你住手！”

3

码头上的四人循声望去，就看到那水波之上，方夫人踏浪而来。她和幻境之中差不多的打扮，衣着朴素，端庄优雅，此时立于碧波之上，仿如洛神。

“阿柔……”方大人听到这声音激动无比，转头看到完好的方夫人，顿时激动得有些不知所措。他身上那滚滚黑烟竟一点点绕着他的身体盘旋，而后全部被收回到身体里面。

不过眨眼之间，眼前的方大人就变成了一身月白儒衫、长髯浓眉的男人，月夜之下，看上去竟有风度翩翩的清癯俊朗之感。

“阿柔，你还在，你还在……”方大人看着方夫人，眼里竟然瞬间泛起了泪花，他一脸激动，连女儿也不管了，几步就想上前去方夫人身边。

可是方夫人却一声厉喝，大声说：“方言志，你站住！”

方才还吓得袁天罡和李乘风以为今日就要毙命于此的人魔，此刻被方夫人喝止，整个人一顿，竟乖乖听了话。方大人面色犹疑，看着方夫人，似乎有些不解又有些忐忑，轻声问：“阿柔，你、你在生我的气吗？”

方夫人看着他，也是眼中含泪。她深情地看着方大人，轻声说：“我错就错在一直没生你的气，一直给你找借口！”

方大人一脸不解，方夫人却看着他，像是看到了很多很多年以前。她眼中含泪，轻声说：“时至今日我才知道，当初遇到你的时候，我就该背转身去，看都不看你一眼……”

方夫人这话显然让方大人极为震惊，他大声说：“阿柔，你在说什么？你说过你不悔和我在一起的，你不悔的！”

“我悔了，我悔了啊！”方夫人眼里的泪水一滴滴掉下来，她大声喊着，像是不只是告诉方大人，而是在对某些无法传达的人说出这句话一样。

她哭着大喊：“当年定亲之前，爹爹和阿娘都劝我，他们都劝我，是我不听、是我不听，我以为只要你对我好，只要你对我好就够了……”

方夫人的话听得人心都揪了起来，他们显然已经沉浸在当年往事之中。李乘风戳了戳袁天罡，本想开口问他这时候是不是他们逃跑的好时机——毕竟虽然当年秘辛还是团团迷雾，实在吸引人解谜，可若是命都保不住，满足好奇心也没用。

偏偏他这一动作，让还在和方夫人对话的方言志注意到了，他转身，恶狠狠地看着袁天罡和李乘风，大声说：“我知道了，你是恨我把你留在这里，你不开心了，对不对？我马上杀了这两个碍眼的人，然后带你和柳儿离开这里……”

眼见着说话之间，两人再次被置入险地，袁天罡和李乘风心中大急，想要逃跑。

这时，方夫人却歇斯底里地大喊起来："你总是这样，总是喜欢把事情迁怒到别人身上。我告诉你，方言志，我受够你了，一百多年，我受够了！"

方大人听着方夫人的哭喊，眼睛发红，竟怒气冲冲地转身往李乘风二人扑来。那小小的方柳柳被袁天罡反身抱在怀里急速移动，吓得瞪大眼睛看着自己一脸凶横的爹爹，哭喊着："娘……"

这一瞬间，方夫人也动了，她奔跑过来，大喊着方大人的名字，然后一把拉住了方大人。

其实所有人都觉得方夫人应该拦不住方大人，可是那轻柔得仿佛一片羽毛的方夫人，只是伸出手一握，就紧紧地拉住了方大人，让他一步也不能动弹。

方夫人身上萦绕着淡淡黑气，脸上瞬间闪现出一丝黑色的脉络来。

方大人被她一手拉住，竟一时挣脱不得。

"夫君，当年我屡次劝你，莫要做伤天害理之事，采生折割有伤阴德，我既然嫁给你，就不怕过平凡日子……"方夫人看着方大人，和方柳柳相似的鹿儿眼一团漆黑，她轻声说着，内容却让李乘风和袁天罡惊愕对视，只觉得晴天霹雳。

方夫人温柔又哀伤地看了看小小的方柳柳，又看看紧张的袁天罡和李乘风，她朝他们点点头，才转头看着方大人，轻声说："夫君，我知道你为何要把我们关在这里……"

"阿柔，我爱你……"方大人看着方夫人，轻声说着，眼里有柔情万千，他抚摸着方夫人的脸，惊慌地说着，"阿柔，你别生气，别生气好不好……"

"不，夫君不爱我。"方夫人温柔地笑看着方大人，她脸上的泪水一滴滴落下，如黑雾状，落在地上，蒸腾起雾气在周身围绕。

方夫人看着方大人，轻声温柔地说："阿柔花了一百多年才明白，夫君不是爱阿柔，夫君是懦弱。因为夫君害怕被丢下，害怕我和柳柳会看清楚你心中卑微的地方，然后离开你……"

"不、不是，我不是！"方言志听着这话，怒声大吼，"阿柔！你怎么能这么说我？"

"不，你就是害怕！你横征暴敛，劳民伤财，勾结上下排除异己……你虽不杀人，可是手上亡魂何止百千！"方夫人看着方大人，连珠炮一般厉声呵斥，"你说你做的所有事情都是为了我和柳柳……可是我和柳柳每年才需要花费多少？我从谢氏出来，嫁妆足有千金！我何时需要你昧良心得来的钱？我当年说你上进，你确实上进……上进的都杀人了！

方言志，这一切不过是你的借口，都是你贪婪懦弱的借口！可恨我还相信了你，甘心让你囚困百年……”说着，方夫人脸上的泪珠一串串落下来。

方大人失魂落魄，不断地否认：“阿柔、阿柔，全天下都可以这么想我，你不能，阿柔……”

然而就在下一刻，方大人忽然瞪大了眼睛，只见方夫人手指暴涨，并甲如刀，直接插入了方大人的心脏位置。

方大人没有还手，只是愣愣地看着方夫人，低声喃喃地问：“阿柔，你怎么了？”

“……不是这里，那……”方夫人看着方大人，抽出手一动，反手扎入自己的胸膛。

方大人紧张地伸手想要阻止方夫人，可方夫人却一手扯着跳动的心脏慢慢拉出胸膛，突然笑了。方大人惊恐地低声哄着她，让她快些放回去，而方夫人却抬头看着方大人，轻声说：“这就是当年夫君让我活下来的秘密，对吧？”

“阿柔，你别激动，无论你想做什么都可以，但是你别激动，别伤害你自己……”方大人什么都顾不得了，他紧张地看着方夫人手上那颗心脏——看上去是心脏，剖出来之后却是一颗黑色透明的琉璃。

“人魔心。”袁天罡诧异地低语出声，“不可能！”

“怎么了？”李乘风顿时也紧张起来，赶紧问袁天罡。

“那是人魔的心。化为人魔之后，那就是他的力量本源，也是他唯一的弱点，他怎么会把那么重要的东西放在别人身上……”袁天罡看着那对似乎深爱对方，却又似乎带着深恨的夫妻，一时之间只觉得无比奇怪。

当年到底发生了什么，才让这对看上去一对璧人般的夫妻，一个化为人魔，一个被丈夫强行留在人间，且似乎还互相躲避、互相折磨？

“我不生气……”方夫人心中似乎感慨万千，她看着面前紧张的方大人，脸上的怒色褪去，慢慢凝聚成十分错综复杂的表情，她轻声说，“……百年了……夫君，没想到我们之间，竟真的有百年缘分，只是这缘分……”

方夫人露出苦笑。余音未尽，方大人却一步向前，双手握住方夫人的手。

“阿柔……”方大人声音微颤，他看着自己的夫人，轻声颤抖着说，“百年之中，我从未有一刻怀疑过我的心意……到现在依然一丝也不曾动摇，我方言志不是好人，可是我一生从未负过谢小柔半分！当年我在谢家承诺，要谢小柔一生荣华富贵、平安喜乐……我方言志从未有一刻敢忘怀。”

他看着方夫人，方夫人也看着他。

方夫人握着人魔之心，苦笑着说："……夫君，一百多年前你不懂，一百多年后你还是不懂……我要的从来不是荣华富贵，而是……无愧于心。心若是不干净，又怎么会把人带往幸福的地方呢……"

方言志不解地看着方夫人。

方夫人摇摇头，眼中流下一滴泪来。她长叹一声，用力一握，黑琉璃心片片碎裂，缝隙之中，黑雾化为呼啸的狂风肆意奔跑出来，所过之处，万物枯竭。

袁天罡闭着眼睛并指急咒，将握着的八卦簪就地一插，八卦图隐现，即时展开一个小小的空间。八卦似乎能挡住恶念风暴，却不能挡住实物，颠簸之中，李乘风忙着护住小姑娘，而袁天罡一个不稳，头撞在地上，昏了过去。

4

袁天罡做了一个好长好长的梦。

梦里面有个叫谢小柔的女孩，她从懵懂孩童长到青春年少，再到定亲游园……

谢小柔生于世家，乃是陈郡谢氏族人。陈郡谢氏惯出风流才子和饱学大儒，很得天下学子钦慕，但谢小柔家不过是谢氏分支，还是专管经商的那一支，因此地位并没有那么高。

好在谢小柔的父亲是个争气的，过手的银钱占了主家三分之一的孝敬，因此一双儿女在家养得金尊玉贵，谢小柔更是因此颇有些天真而不知世事。好在谢小柔的父亲给她定了亲，对方是知根知底、门当户对的世交之子。

本来到此，谢小柔的人生都是顺风顺水的，眼见着就是顺遂平安的一辈子，却没想到，定亲之后，游园会上却出了个大岔子。

彼时方大人是游园会的贵客。

方大人出身寒门，本不该有成为他人座上贵客的机会，但据说他少而早慧，被大儒临山老叟亲自收为关门弟子。虽然临山老叟去得早，方大人没被教导几年，但到底有了这层关系。加上他与人论策，次次都能将人辩驳得哑口无言，很快受人赏识，得到了举荐机会。方大人虽然手段严酷，但是颇通俗事，因此一路青云，很快就成了寒门代表人物。

他这天来到谢家的游园会，匆匆一面，就看到了这宴会的主人——有一双如同月夜湖泊般眼睛的谢小柔。

谢小柔那年刚及笄，天真烂漫，和朋友在桃花林之中簪花嬉闹，桃花被这些小娘子弄得片片飘零，惹得众人含笑驻足观望。没有人发现上风处的廊上，方言志狼一样的眼睛，早已经如同追捕猎物的猛兽一样，死死地盯住了她。

那天方言志看了很久很久，没有人知道他当时到底在想什么。

其后是一次次偶遇，无论是踏青还是逛胭脂铺子，他们总会相遇。

谢小柔以为那是命中注定的偶遇，很快被才华横溢又俊朗的方言志哄得晕头转向。她不知道，一个人以为的命中注定，也许是另一个人的机关算尽。

方言志人生中第一次尝到情动滋味，原本只是试探，却在无数次相处之中情根深种，越发放不下这个烂漫开朗的姑娘。可是谢小柔已经定了亲，当她发现自己的心思之后，吓得不敢出家门一步，还让丫鬟传信，让方言志忘了她。

这本不该勉强，可是方言志此生能站在这个位置，能跨越他的出身，就是因为他那一身明知山有虎偏向虎山行的孤勇和偏执。

谢小柔说让他不要勉强，此生缘尽。

她收到的回信，却是方言志简单的两个字："等我。"

谢小柔身在深闺，并不知道发生了什么，而外间，谢父对未来女婿可谓是大伤脑筋。

原本还在徐徐图之的方言志被刺激，连连设套，与人合谋，引得那与谢小柔定亲的小郎君染上了赌瘾，又勾着他去花街柳巷，很快弄得双方父母都不满起来。不但如此，没多久，那小郎君竟然还收了个外室，而外室竟然还怀了孩子。

谢小柔的父亲本就疼她，哪里容得下这样荒唐之事，听到消息的当天就大怒，直接让人上门退亲。

没几天，方言志就上门提亲了。当时他才得了擢升的机会，据说来年就要调去太原城任太守一职。

有人说方言志最近搭上了某位大人物，这一任太原太守任满，回来只怕就真正要成为所有寒门学子的领头人物。

一个是妻子没过门就养外室和庶长子的赌徒废物，一个是未来权柄在握的新贵，谢小柔的父亲本来还在犹豫，却在听说自家小娘子早已和方言志相交了一年多之后，明白了这事事出有因，只怕那方言志是志在必得。

只是越往下查，越是发现这世交之子的荒唐背后，竟有人故意谋划的手笔。

谢小柔不懂这些，听说方言志来求娶，脸庞通红，一脸娇羞，完全无法遮掩。可父母却都忧心忡忡，谢小柔的父亲更是直言说："方言志阴鸷心狠，恐非良人。"

可是谢小柔已经一头栽了进去，方言志做事又干净，未曾留下任何把柄，悄无声息地逼得谢父也没了别的选择。眼见着一天天的，女儿的神思都飞了，一副非君不嫁的态度，且年岁渐长，大家也都隐约知道了谢小娘子和新贵方大人之间那些枝枝蔓蔓，最终，谢小柔的父母只能长叹一声，带着担心看着女儿出嫁了。

大婚是在太原城举行的。

那是场足以让世家嫡女脸上有光的大婚。

谢小柔家中财帛丰厚，虽大半交给了主家，但自家日子也算滋润，因此嫁妆也算是风光。

而方大人娶得心心念念的挚爱，更是一掷千金。他命人以红绸铺地，谢小柔的轿子从太原城门一直踩着红绸进的方府。所有人都惊叹方大人对于新婚妻子的重视和豪奢，这场婚宴在十年之后，仍被所有太原人津津乐道。

谢小柔对于父母的恳劝虽然不信，初时也十分担忧，但方言志成婚之后处处温柔妥帖，不但早早把府中的一切庶务都交由她打理，就连陪嫁的通房丫头都让谢小柔一个个打发了出去。

谢小柔像是掉进了蜜罐子。

五年之后，她怀上了两人的孩子。只是这年方言志因为考核问题，竟被留任太原，没有如别人所提那样直接入都城为官。

那一段时间，方府众人都不敢高声谈笑，乃是因为方言志似乎与上峰有了什么龃龉。他心情郁郁，幸亏谢小柔有了身孕，才换回了方大人的笑脸。

这都是谢小柔看到的事情，而在梦中，袁天罡还能看到方言志在干什么。

他哪里是与上峰有了龃龉，明明是搭上了一条更好的线。王都之中，正在与兄弟夺位的储君需要钱财，太原乃是富庶之地，方言志上任后大肆搜刮民脂民膏，所得拿来孝敬，很得上峰的喜欢。而留任也是方言志自求的，他精通政务、嗅觉敏锐，知道自己回了王都反而出不了头，哪里有坐镇太原这么轻松又容易捞功劳。

储君办了许多漂亮事，眼见声势日盛。

但太原城这一个地方到底油水有限，上峰要孝敬，下面要打赏，方夫人还怀了孩子，府中开支越来越多。方言志不肯委屈方夫人，又不能不给上峰孝敬，更不能随意克扣下属赏钱，否则日后还怎么让人做事？

于是到了这一年，为了谋求连任，他又送了一批礼。恰逢太原粮食歉收，方言志一下子捉襟见肘起来。他连日心情不好，也是因为此事，而不是他人猜测为升迁的事。

当时的窘境很快解决了，因为方大人恰好得了个发财的机会——这机会比搜刮民脂民膏更为可怕，但是方言志根本不在乎。

梦中画面跳跃得十分快，转眼方夫人就生了个女儿。

方大人心情极好，出门见府城柳枝蔓蔓、青嫩怡人，回家就给自己的女儿取名为柳柳，希望女儿与阿柔相似，不负阿柔生她一场。

这话说得方夫人眼中含泪，怀里抱着女儿，身边坐着夫君，她只觉得人生在世再无所求了。

不过谢小柔也是有烦恼的。

这一年年过下来，她从完全不知事的少女到已为人母，偶尔也会嗔怪方大人“你怎么管得这么多”。方大人对她事无巨细地关心，可是也有很多束缚——不许出门、不许太多交际，就连同是后宅夫人的朋友也不能多见，一个月要是见了两回外人，方大人就会在她身边腻歪提醒……一开始她只觉甜蜜，可是时间久了也真的烦恼，尤其是闷得慌的时候。

可是这种话不好对父亲说，谢小柔也没想太多，只把它当成和夫君之间的小秘密。

若是当时说与谢父知道，只怕谢父就能明白，这方言志是真的应了当年他那句“阴鸷心狠”——他横刀夺爱，心胸狭隘，总不肯让方夫人参加游园会，甚至不许她出门与朋友踏青，只怕就是一直未曾忘记他是如何娶到方夫人的……他心中一直担忧，害怕有人重演他的角色。

这事一般人听了只觉得是天方夜谭，毕竟方夫人已经和他成亲，方大人再怎么也不会如此担忧，但大约真如经文所说“因爱故生忧，因爱故生怖”，方大人心中的症结在多年过后，不但没有减淡，反而愈演愈烈。

但是说起来本来也不是什么大事。

方夫人第一次真正崩溃，是在一个非常平凡的下午。

那天方夫人去了方大人的书房，原本只是想找本话本打发时间，却不小心翻到了方大人的密账。那里面记载的银钱数额巨大，方夫人正在纳闷，就听到门口有人进来，还对身边的人漫不经心地吩咐着：“那些来找孩儿的老人都赶走，让他们今夜赶紧出发，把人都出手了。如今是年关，这每年租人的孝敬也……”

话说到这里，进门的方大人才发现书房中有人——也是因为方大人从未防备过方夫人的关系，大门口虽有守卫，但刚巧守卫换岗，没人提醒方大人夫人进来了。

方言志浅浅几句话，把方夫人吓得脸色惨白，几乎魂飞魄散。

“夫君……”方夫人难以置信地看着方大人，轻声说，“你方才说的是什么意思？租人……是什么意思？”

方言志挥手让手下退下，关了书房门，想要哄骗方夫人。可是方夫人虽然娇憨天真，但不傻，方言志那几句话说得简单，却句句让人心惊肉跳。

两人大吵起来，争论之中，方言志反而怒斥方夫人，大声说："我做这一切是为了什么？难道只是为了我自己吗？"

这句话像刀一样捅穿了方夫人的心，她难以置信地看着方大人，不明白他说的什么意思。

那是方夫人没有注意到的细节——前半生是谢父努力为她营造的温柔家庭，后半生是方言志为她撑直了腰杆。

谢氏一直自居世家，而整个谢氏盘根错节、关系复杂，谢小柔家虽还不至于到最外围，但是经商一支算是贱籍，最是为人看不起。

认真来说，她本不该嫁给方大人的。他们两人的身份配成一对，算是不尴不尬的地位。

谢小柔嫁人之后，也遇到过谢氏旁支的女孩，那些送过来的美婢娇奴中也有她们的身影。只是谢小柔不太明白，她不明白那些围绕在身边的妒忌和暗箭，也不明白方言志为什么要那么努力，黑着心肝踩着尸体想往上爬。

"这些都是借口！都是借口！"方夫人完全崩溃了，她哭着摇着方言志的袖子，轻声哀求，"你放了那些孩子，你别做这些，求求你了，夫君，你不要做这些事，我怕……"

"太晚了……"方言志看着她，说出了最为残忍的真相，"你以为，当初你退婚后，你父亲为何最终答应让你嫁给我？"

那年的谢小柔有太多选择，她到底姓谢，且家资丰厚，多的是身份相当的人想要娶谢家姑娘，哪怕是没有嫁妆，也有人看得上她身后庞大的谢氏。

弄倒了一个定亲的小郎君，自然会有下一个补上，总会有一些真正忠直聪明的年轻人出现，跨过那些不入流的伎俩。方言志虽然风头正劲，但根基浅薄，他做的事情虽然没有被人抓到把柄，但到底让谢小柔的父亲心中起了疑。

见谢父又在给谢小柔相看人家，方言志左思右想，心中焦急，没有办法，却也不肯就此放手。

他或许生来就不是个好人，而当一个阴鸷狠辣的人有了想要的东西，是绝对不肯放手的，就像野兽不会放弃快要到口的猎物一样。

于是方言志很快找到了办法，搭上了本不该搭上的线，走上了本不该走上的道路——那道路血腥可怖，每一步都如临悬崖，但是他一直走得平静坦荡。

方夫人惊恐地发现了这一点。

她与这个男人同床共枕到这一刻，已经足足十一年，这一年方柳柳已经六岁多，能跑能跳，可以笑着唤阿娘和爹爹。

可是在这一刻，方夫人才发现，每天和她一起入睡的人，他的血是冰凉的，他微笑着面对所有人，却可以毫无顾忌地对任何人下手。

方夫人怕得直哆嗦，她害怕面前这个男人，他太可怕了，他就是个疯子。

“不许害怕我！”方言志看到方夫人的样子，皱眉大声说，但下一刻，他又温柔地笑着，哄着方夫人，“阿柔，你别怕，我就算杀了全世界的人，也不会伤害你……”

可是方夫人吓得不行，她尖叫一声，直接从书房跑了出去。方大人没有拦她，只是满脸阴寒之气地望着她离开的背影。

5

画面还在变化，袁天罡看到方夫人避而不见方大人，看到方大人如何从追击贩卖人口的拐子团伙之中获得启发，从此收受这些拐子的“孝敬”，看着他食髓知味，给越发嚣张的拐子做庇护伞，看着那数量可怕的银钱，随着一个个乞儿、一个个被卖入脏地方的女人孩子，慢慢累积成沾血的孝敬，从而累积成方大人平步青云的阶梯。

他看着方言志从最初的贪婪到杀人，到随意抓人当作拐子处死以躲过上面的查探，再到最后看到小小的方柳柳被方夫人带着出门，然后被盯着的人拐走……

这一年多，方夫人和方大人相敬如宾。方大人每天行事如故，即使方夫人冷若冰霜，方大人也愿意赔笑细声细气地哄，弄得下人纷纷说起夫人的闲话。没人知道谢小柔心中如同火焚，想到那些人命就吓得一夜夜睡不着觉。

她求也求了，哭也哭了，到头来发现方言志当面赌咒立誓，背地里却什么都瞒着她。这太原城在方言志的治理之下，表面繁荣，实则骨子里面都烂掉了。

因为在家郁郁不乐太久，方夫人差点儿病倒，方言志为了哄她，才让她带着女儿出门踏青。

结果没想到就是那一天，拐子团伙路过，看到戴着金铃的方柳柳，本想捂着她的嘴，抢了金铃就跑，没想到方柳柳大声哭起来，惹得本来在给小娘子取外披的奶娘一眼看到，惊了个魂飞魄散，喊了出声。

这群人当机立断，直接劫了方柳柳就跑，不但如此，到了地点之后，听说了方柳柳竟然是太守之女，他们一不做二不休，一瓢热油对着方柳柳浇了下去，当夜小姑娘就起了高热。

拐子都是亡命之徒，抓到都是剥皮拆骨的大罪，既然已经碰了这官家小姐，他们怕被抓到，把方柳柳割舌泼油，还得意地笑说：“这回就是她亲生父母看到也认不出来！”

但母女同心，方大人连夜找到女儿之后，执意跟来的方夫人一眼就认出那个血肉模糊、一身发炎脓疮的肉团就是她的掌中明珠，她一声尖叫，直接翻了个白眼，昏死了过去。

等方夫人身体稍微好些能醒来的时候，就听到方言志在她耳边低声说：“阿柔，你醒醒，你别走，我只有你了……都是我的不是……那群人不是我治下之人，才累得柳柳遭此横祸，你放心，我已经把那群人都斩了手脚，他们一辈子都得当乞丐。我还扩充了人马，这回一定万无一失……”

方夫人心惊肉跳之下，仔细观察，发现方大人经此一劫竟不思悔过，反而觉得是自己之前太过保守，这回竟主动把手下这些恶心人都编造成册，让他们扩大“生意范围”，言行举止几如疯狂。

“你疯了，你疯了……”方夫人坐在床上喃喃自语，突然哭了出来，大声吼着，“你给我滚出去，滚出去！”

方大人不明所以，但还是怕她太过激动，一边让她好生休息，一边退了出去。

方大人走后，方夫人好半天才擦干眼泪，她慢慢爬起来，打开柜子，拿了一条漂亮的红帔，认真地摩挲。她的眼泪一滴滴地落在红帔上，一翻开，里面竟然裹着一块灿若红霞的喜服料子。

富家女儿的嫁妆都是从小的时候开始攒，这块红色布料一看就璀璨光耀，不似凡品，只怕价格不菲。

方夫人还记得她得了这块料子的时候是如何欣喜，她笑着和女儿说：“据说这料子最经得住保存，保养得好的话，十多年都放得住，以后就拿来给柳柳做嫁衣。”

只是如今，衣料璀璨如新，穿嫁衣的女儿却狼狈而痛苦地离开了人世。

方夫人抽出压在下面的红绫，直接挂在房梁上。临终之前，方夫人只是哭着轻轻呢喃：“都是报应，都是报应……我的柳柳，别怕，阿娘来陪你了……”

大约是门口仆人发现了不对，敲起门来，可里面的方夫人已经没了声息。等方大人闻讯而来，看到的是方夫人的尸体。

方大人沉默半晌，突然慢慢惨笑出声，最初是简短的声音，后来越来越大，下人都怕得直往后退，只觉得眼前的大人只怕是疯了。

他们猜得也没错。

方大人看着方夫人的尸体，轻声说：“你也要离开我吗？”接着他沉默了一会儿，眼泪一滴滴掉下来，过了很久之后，突然厉声缓慢而坚定地说，“你说过这辈子、下辈子、下下辈子，你都是我的人，你休想跑！”说完，方大人抱着方夫人的尸体，他身上的孽气不断地散发出来，四面八方的恶念仿佛都在耳边呢喃。

方大人快要受不住这么多的情绪压迫，他目眦欲裂，眼角流出血来——血液从鲜红慢慢过渡，最终变成浓郁的黑。

天上有惊雷劈下，方大人仰天长啸，一手扬起，单手挡住。惊雷带起火花，劈在方大人身上，而方大人愣怔之下，身上浓烟四起。四周的仆人还没来得及逃走，就被黑烟裹身，那恶念过处，人人都仿佛碰到了毒药一般，皮肉尽裂，化为枯骨。

随着死去的人越来越多，黑雾越来越浓郁，而方言志站得越来越稳当。他抱着方夫人，剖开自己的胸口，把胸口那颗刚生长出的黑色心脏小心翼翼地放到方夫人的胸口。

“砰！”

袁天罡看到的最后一幕，就是方夫人在被放入人魔心之后，身上燃起荧光——那白光慢慢扩大，逼得方大人一步步往外退。方大人正在虚弱之际，满脸都是血迹，他黑洞洞的眼睛看着那幻境成结，看到方夫人睁开眼睛站起身来，顿时露出惊喜的笑容。

幻境成结，一切生灵都被挡在幻境之外，方大人再也看不到任何东西，可是他依恋地靠在那看不见的阻隔外，轻声呢喃着：“你在这里……”

此情此景，悲惨又可怖。

“阿柔！”

袁天罡睁开眼睛，正为梦境之中看到的一切茫然的时候，突然听到方大人的厉喝。袁天罡一惊转头，才看到不远处，幻境摇曳崩塌，人魔之心寸寸开裂，李乘风抱着小姑娘，正一脸紧张地看着对峙的方大人和方夫人。

显然人魔之心对方夫人也造成了改变。方夫人握着那人魔之心，利甲如刀，而方大人捂住了自己的胸口，脸上也有了细细的龟裂痕迹。他惊恐地大声喊：“阿柔，你快放手，你杀了我不要紧，可是这样你也会死的！”

“我知道。”方夫人看着方大人，她显然也不好受，却还是一点点继续用力，那人魔之心慢慢破裂得更多，方大人和方夫人身上的皮肤都开始龟裂。

方夫人看着方大人，眼里的黑雾凝结成泪水，一滴滴落下，她慢慢地笑了，轻声说：“夫君……一百多年了，你还记得我们洞房花烛夜的誓言吗？”

“结发为夫妻，恩爱两不疑。”方大人颤抖着声音，轻声说着。

“生当复来归，死当长相思。”方夫人轻笑着回应。

方大人沉默了许久，轻声问：“阿柔，你决定了吗？你知道如此，你会和我一起魂飞魄散的吧？”

“我知道。我们这样不人不鬼，还不如就此消散的好！”方夫人看着方大人，轻声说。

方夫人看着面前的方大人，这是她少时的恋人，是她的爱人，是她孩子的父亲，也是生前死后都不肯放过她的疯狂凶徒……

所有爱恨情仇、百年恩怨，两人已经说不清道不明，只是从此以后，再也不用分辨了。

方夫人颤抖着，她努力想要笑一笑，却失败了。方大人的手却慢慢握了上来，他看着方夫人，轻声说：“阿柔，我帮你……你知道我总愿意帮你的。”

那只熟悉又陌生的大手覆盖上来，用力一握，黑琉璃心应声而碎，河水拔地而起，乾坤颠倒，山峦倾斜。袁天罡抱着哭喊着“爹、娘”的方柳柳，李乘风则抓着他俩，三人还未来得及躲避，便天塌地陷，所有人顿时眼前一黑。

6

“道士、道士，起床了啊！”扇在脸上的巴掌啪啪又是两下，袁天罡终于慢慢找回了神智，他像是从一摊淤泥里面挣扎出来，慢慢睁开眼睛，就看到李乘风好大一张脸杵在面前。

袁天罡差点儿被吓得厥过去，好在李乘风开口说了句：“是我，是我，你做梦了吗？”

“做梦？”袁天罡还没回神，条件反射地反问。

“对啊，我做了个好长的梦啊，刚才我不敢说，不过现在好像终于都过去了……”李乘风心有余悸地对袁天罡说，“原来方夫人一直都在保护着她的女儿。她死后被人魔留住，却因为太过害怕，不知道如何使用那力量，找到方柳柳之后，就一直把她藏在记忆之中的太原城里。只是时间太长，她躲着躲着，就忘记了那段痛苦的往事，竟又再造了一个幻境，那里没有方大人，却有她的女儿长大成人，待字闺中……”李乘风十分感慨，他神色暗淡下来，也不知在梦中他还看到了什么。

不过李乘风下一刻又开心起来，一扬眉，说：“你们司天监在百年之前是不是很有名啊？我在梦里看到，她一直在等你们司天监的人。她说人魔死去的时候，除非有司天监的八卦阵，否则这一带的人都要遭殃……哎？我们之前在幻境里躲的那个是不是就是她说的八卦阵？看不出来，你这道士手上也有好东西啊……咦？”

李乘风说着坐起来，怀中掉出一个金色小铃铛，他疑惑地拿起来，愕然地说：“这是什么……说起来我之前不是抱着方柳柳吗，小丫头人怎么不见了？”

“她在这里。”袁天罡接过这个被压扁的小小金铃。那是方柳柳最爱的东西，她唯一一点儿残魂被方夫人小心地保护在里面。

袁天罡把金铃给李乘风看了一眼，又揣了回去。

山风夹着雪，袁天罡一抖，身上的高人气质顿时消失，他披散的长发被风吹起，这才想起来刚才李乘风说的八卦阵来。袁天罡茫然地说：“说起这个八卦阵，我其实以前从来没用过，都忘了刚才是怎么突然就会了的……难道我真的是天纵奇才？”他一边说着，一边摸着自己的脑袋四下看来看去。

大雪此时从天而落，袁天罡看到自己的发簪居然穿过薄薄积雪插在冻土之中。走过去他才发现，地面竟被那八卦簪插得出现了巨大的裂痕——这可不是他袁天罡能有的力气。

袁天罡伸手想拔起八卦簪，可那八卦簪却纹丝不动。李乘风本一边感受着寒风凛冽，一边看着眼前的山坟冻土，此刻也走过来帮忙。他拔起簪子站起来，远远就看到古城断壁残垣，一片萧瑟。

李乘风忍不住漫无边际地想，这太原太守方大人怕不是个疯子吧？正常人谁会像他那样对待自己爱的人，让她化身成魔，也要把她从地狱拉回自己身边，百年囚困，最后灰飞烟灭，不得善终……只可惜方夫人那样可怜可爱的女子，错付一生，不得善终，最后还累及孩儿。

在李乘风少侠的人生里面，爱恨都是浓烈且黑白分明的，这种以执念和扭曲手段成就的爱和占有……李乘风有点儿分不清楚，这到底是爱，还是什么。

不过这念头只一瞬，毕竟那都是久远往事了。

“道士，我们是不是要回常平县，看看晁儿和那群人魔仆役到底是怎么回事？”李乘风感慨一秒，转身对接过簪子开始盘发的袁天罡说。

“是。那常平县竟有人魔仆役，想来也是奇怪……”袁天罡盘好头发，拢着手哆嗦回望，古太原满目疮痍，已被大雪覆盖。

昔年那些可怕的往事，竟似乎被白雪给掩埋了一般，幻境已破，除了他和李乘风，再也不会有人知道这块土地上曾发生过什么。

袁天罡轻叹：“上善若水，水善利万物而不争，处众人之所恶，故几于道……”

“你说什么呢？”李乘风催促袁天罡快走，听到他又说着听不懂的话，茫然地问。

看着李乘风茫然的眼神，想起这位少侠不爱读书，袁天罡笑着解释：“是道家书里面的话，大概就是说，一个真正品德高尚的人，就像水一样柔和包容，无论高低，不争长短，只是做自己，这样的人才能活得比较自在。”

“哦，就是我祖母老说的那句话对吧？”李乘风大概懂了袁天罡在感慨什么，“她老人家老是说，一念成佛，一念成魔，人生在世，往往就是一念之间。”说完李乘风咂摸一下，又感慨地总结：“所以方大人还真是每一念都走错，步步深陷，才会妻离子散，最后化身成人魔，真是不思悔改！”

“不是这个意思。”袁天罡想了想，又说，“道法自然，你怎么理解都可以。”

“喂喂，那到底是什么意思啊？”李乘风想破头也不知道这道士到底想说啥，见他又神神秘秘的，顿时就更想知道了。

袁天罡却不答他，只是在想，当年那个桃花盛开的春季，若是初露锋芒的方大人不去想那么多阴谋诡计，而是坦坦荡荡地直接走到谢家人的面前，故事会有所不同吗？

百年光阴已过，再也没有人能知道了。

尾声

李乘风追问不得，看道士已经在发呆，干脆把这事情抛在脑后。

他并指打了几个呼哨，却没有马蹄声传来。李乘风面色一沉，对袁天罡说：“过来！”说完，他一把捞起还在发呆、反应迟缓的袁天罡，顺着地上的马蹄印，一路往来时的道路上跑去。

大雪之下，寒风呼啸，李乘风扛着袁天罡从雪上而过。不过半天工夫，他们就来到了一个破落而且荒僻的小山村，远远地就听到马厩里一个年轻男人哭着说话的声音：“马大哥，马大爷，求求你让我骑一下，求求你带我离开这个鬼地方……啊！这到底是什么鬼地方？祖父，父亲……只怕我没机会孝顺你们了，都是司天监那帮混蛋，非说什么我有福德，把我派到这个鬼地方，你们要给我报仇啊！”

袁天罡听到最后一句，顿时愣了一下。

李乘风脚步没停，两人转过弯道，就看到面前的景象：一个熟悉的、穿着破烂官服的圆润胖子，此刻正哭着拉李乘风的马，一边躲着马踢，一边口中哀求。

虽然性格和初见时大相径庭，但那熟悉的五官、熟悉的微胖身材，让李乘风和袁天罡都愣了，直接脱口而出："县令大人？"

没错，那一脸泪痕、十分没出息的人，正是面白无须又体态丰腴的县令大人。

他怎么会在这里？

县令大人不是在常平县吗？为何会出现在这个荒野小村？

袁天罡和李乘风面面相觑，一时之间，三人对峙，只剩下县令大人的聒噪求救之声。

第七章 媚骨①

1

王含光觉得自己简直倒霉透了。

想他出身琅琊王氏，既是嫡枝，又是幺儿，出生时两个哥哥已经在念书，且都已经展露出了非凡天赋，所以他既不用背负全族期待，也没感受过千年望族的重担，反倒因琅琊王氏千年传承、宰相巨富名人辈出，受用了无数好处。

他不就是懒了一点儿、君子六艺样样不通吗？那最是古板端方的大哥居然趁他踏青时惊了马逮住了他，硬是给训了一个多月。

也是因此，王含光才哭着求爷爷给想个主意。老爷子最疼他，看不得他撒娇打滚，便一封帖子给他求了个小官职，位置还是特地请司天监划的，据说还得了八个字批复："福泽深厚，遇难成祥。"

司天监划的太原地区只剩下县令这个官位空缺，好在王含光也不是为了做官，只是为了能光明正大地离开大哥的势力范围，免得再被拘着念书习武。

王含光知道大哥王珺是为他好，但是他更知道自己想过什么样的日子，他是真不愿意委屈自己。

离别了繁华舒适的家族，前往赴任的王含光一路上游山玩水好不快活，结果没想到就在到了太原之后，因贪恋山中景色，在下山的路上出了事。

其实王含光本可以避过这祸事的，因为路上有当地打柴的樵夫看到他们，还特地提醒：“小郎君，你赏景可以，就是莫再进山啊，山里有大虫，好些人进去了就再没出来过喽！”

王含光胆子不算大，听了这个樵夫的话之后也没打算进山，偏偏下山的时候他肚子疼，不得不钻到林子里蹲了一会儿，他的小厮檀香就在不远处陪着说话。可等王含光好不容易解决完拉肚子这事，站起来时，突然发现刚才还在说话的檀香居然不见了！他左顾右盼，心里发毛，忙一路摸着往外走。

这一走就是好几天。

王含光又累又饿，却一直在山中打转，不但没看到自己的小厮，也没看到任何行人，快坚持不住的时候才发现一个村子。

等他兴奋地跑下来，看到村中炊烟袅袅，觉得自己终于得救了，正一边喝着水一边和淳朴的中年大叔哭诉自己的遭遇，并请求他送自己出山时，突然听到了山崩地裂的声音。

然后王含光就看到了极其可怖的画面——面前豪爽笑着的大叔、路过的巧笑倩兮的少女、提着水桶的婶子，突然一瞬之间七窍流血，而后扭曲消失……

王含光见这场面，差点儿没厥过去，吓得一把丢掉盛水的碗，大叫着，慌不择路地跑起来。天上雷鸣阵阵，王含光跑着跑着，突然听到一声巨响，地面猛地倾覆、江河倒灌，像是共工怒撞不周山的天地之怒一般，他站立不稳，大声尖叫起来。

一睁开眼，王含光发现自己居然身处一栋残破幽暗的小屋里。

“还好，只是个噩梦。”王含光正在感慨，突然觉得不太对劲，他左右一看，吓得差点儿头皮乍起——他居然睡在一屋子的尸体之中！

这不大的屋子里面居然有几十具尸体，并且尸体的装扮和腐烂程度还不一样！

王含光吓得腿软，就在这时候，他突然听到轻快的马嘶声，顿时一个激灵，猛地往外冲去！

一出门他才发现，这个村庄竟然和刚才梦中见到的村庄一模一样，只是房屋残破不堪，路上都是腐烂的残肢。

王含光不敢往路边看，只一路往外跑。他这辈子都没跑这么快过，多亏了他哥那一个多月的冷酷训练，否则他只怕还跑不动。

总之，在极限爆发的奔跑之下，王含光看到了一匹洁白健壮的高头大马。那马没有系缰绳，浑身洁白，唯有四蹄为黑色，像是踏着黑云的天马一般。在此刻的王含光眼中，这马简直是菩萨派来解救他的使者。

“马大哥、马大爷！求求你快让我骑一下，我以后一定天天给你上供顶级豆子和饼子……”王含光都快哭了，可是那马似乎十分灵性，本在悠闲地吃青草，见王含光翻身要骑它，居然勃然大怒。它鼻子喷着气，嘶叫着想摆脱王含光。

王含光哭求着，几乎要绝望了：“爷爷、爹、娘，我怕是回不去了，你们记得一定要替我报仇！啊啊啊！都怪司天监那帮混蛋，说我有福德，让我来这个地方……”

王含光气喘吁吁，依然无法翻身上马，深恨自己好逸恶劳，如果这时候待在家，哪里会遇到这种事情！哪怕是被大哥天天盯着练武呢，至少还有条命在不是！

王含光正痛哭流涕着追忆自己的一生，突然听到身后传来陌生的声音：“县令大人，你怎么在此地？”

居然有人！

2

王含光惊恐地转身——他被方才那人溶解成残破血肉的场面给吓到了，此刻猛然听到人声，第一反应不只是喜悦，还有深深的惊恐。

转过身，撞入王含光眼帘的是两个年轻男人，一个身着道袍，腰挂拂尘，仙风道骨，一个一身黑衣，身背红穗宝剑，一身煞气。不管怎么看，肯定都是非常有本事的人！而且其中一个还穿着道袍，一定不是什么奇怪的山鬼幽魂！

王含光心中一定，继而大喜，他纳头便拜，带着哭腔喊：“两位壮士，救命啊！”

“县令大人，你这是怎么了？这里又是怎么回事？”王含光还没来得及说话，就被袁天罡扶了起来。

弄了半天，王含光才弄明白一件事情——他明明没见过这两个人，但这自称袁天罡和李乘风的两人都说见过他，而且还说他们遇到他时是在常平县，之后追查采生折割的事情，他们二人才来到太原。

“不可能，虽然我确实是要去常平县任职，但是我已经在这山林之中迷路了好几天，之前更是还在路上，怎么可能遇到你们……”王含光十分疑惑，越想越觉得可怕的时候，那名叫袁天罡的道士突然伸手撕开了他的衣服。

半晌，王含光听到袁天罡对李乘风说：“我们见到的县令不是他……”

“那是谁？”一旁的李乘风一脸严肃，浓眉皱了起来，把王含光给吓得直发抖。

“还能是谁！”王含光看着道士突然抽出腰间的拂尘，倒转过来，在他身上写写画画起来。王含光一脸茫然，但在最后一笔结束的瞬间，他突然觉得一阵恶心，猛地推开面前的道士，弯腰呕吐起来。

黑色的汁水从喉咙中喷出来，王含光听到身边那黑衣少侠嫌弃的声音：“这是怎么回事，他怎么在吐黑水？”

“但凡人魔，都要靠鲜活生命供养。人魔在太原活了一百多年，这一带被他祸害得草木不生。不但如此，只怕这位不小心走入人魔势力范围的王郎君也一样，成了人魔的养料了……”袁天罡说着，往山里面走去。

王含光吐到一半，看那两人居然说着说着就往村子里面走去，顿时大急，顾不得自己身上的脏污，忙追赶着一路跟着往回走。

“那里面都是尸体！”王含光颤抖地提醒他们，想让他们回转，那两人却置若罔闻，只说了句“知道”，脚步却没停。

王含光是不敢一个人站在外面的，只能心惊胆战地跟着进去。

走进去逐间推开门，他们发现里面大多是腐烂程度不一的尸体。王含光不敢多看，只一路跟到最后，来到最大的那间屋子，就听到背剑少侠李乘风疑惑的声音：“这是怎么回事？”

“怎么了？”袁天罡问。

李乘风从一具腐烂程度还很轻微的尸体旁捡起一枚印章，说：“这是官印！怎会有官员死在乡野之间，竟然还无人知晓？”

“是前几年被派来太原上任的太守伍志良大人……”李乘风从那尸体身上翻出文书，小心打开看完，然后又搜查旁边的尸体，竟然接连翻出好几个官员来！

但这都比不上最初那个死人让王含光惊恐。

王含光打断李乘风继续报告死亡官员的话，难以置信地说：“什么？你说这尸体是伍志良世叔？”

见二人盯着他看，王含光看看尸体，又看看文书，带着哭腔抖着嗓子说：“你们看这尸体，像是死了多久了？”

“太原四季寒凉，山中更是阴冷，这尸体最少应当死了两三年……”两三年前，大约正是伍志良来此地上任的日子。

王含光心中再无侥幸，他真的快要吓尿了，抖抖索索地说：“可是我出发前，我爹还跟这位世叔通过信，让他照顾我……”

那不过是两月前的事情，当时这位世叔还回了信，说让家里放心，他定会照顾好王含光。如果这位世叔已经死了两三年，那回信的是谁？

“应当是人魔。”见王含光还在抖，一旁的袁天罡说话了，他叹了口气，轻声说，“人魔画地为牢，固守太原，他在幻境之中可以幻化成任何人的样子……”

王含光目瞪口呆地听着袁天罡说人魔的事情。

“人魔等待期间，大约是把奉命来到这里的官员当成了敌人，一进来就毫不留情地杀死吞食，而对于路过的人，则大约是游戏一场……再慢慢吞吃掉……”

就像猫在不饿的时候，逮住猎物会玩弄一阵才吃掉一样。

只是他一开始以王含光的形象出现，陪他们调查采生折割之事时，大约没想到袁天罡和李乘风运气如此好，竟然会误打误撞进入了方夫人的幻境，甚至唤醒了方夫人，从而绝处逢生。

不过那些事情王含光并不知道，他只是看到袁天罡和李乘风说完话之后，李乘风突然独自转身往后走，还把他拎着在旁边角落站定。

“怎么了，怎么了？”王含光胆怯地问这个一身煞气的少侠，他有点儿害怕李乘风，但是目前的他更怕未知的东西。

“闭嘴，长得跟个白面馒头一样，怎么胆子还没针尖儿大？”这位少侠却不是个好脾气的，斜看他一眼，开口就是嘲讽。

王含光十分委屈，换成以前，他一定已经招呼小厮揍人了，但是此刻却只能安静且憋屈地闭上嘴。

然后他看到了非常震撼的一幕——穿着道袍的道士方才还面容可亲，此刻整个人却极为肃穆，他抽出腰间的拂尘，开始跪地画一些看不懂的符文。

王含光看不懂那些符文是什么意思，正想开口问身边的少侠，就见符文最后一笔落下，一道狂风刮过，落地化为迷惘的普通下人打扮的男子！那男子似乎不可自控地被符文吸引，他走过去，踏入符文。那符文骤然泛起淡淡金光，然后如碧波一般金鳞点点，唰地荡漾出去。

“吼”的一声虎啸响彻山林，威严无匹，若有实质，王含光腿一软，被吓得半跪在地。他愕然地看着那金色波纹震荡之下，万千身影出现在他们面前，满山满谷都是年纪、穿着不一样的人。这些人围绕着他们，有些一脸戾气、黑气环绕，有些则茫然无措……这些人的共同点就是身影飘忽。

一时之间，山中鬼影重重，王含光吓得大气不敢喘，跪在地上死死捂住了自己的嘴。

虎吼之下，金色波纹震荡出去，身有黑气的人发出凄厉的吼声，那些金光竟如大风，刮去了他们身上的黑气，黑气浓厚的大多都被当场绞杀，轻一些的则神情骤然一松，眼神也清明起来。

王含光眼角瞄到从他身后走出来一群人，显见就是方才和他一起待在村屋之中的尸体。他壮着胆子看了好一会儿，赫然发现从房屋里面飘飘然走出来的其中一人，正是他的世叔伍志良。

王含光顿时瞪大眼睛，但他的世叔显然没认出他。毕竟虽是世交，却各居一方，若不是有文书，王含光也认不出这位世叔。那世叔并没有看他，只见金波荡过，他的面色从茫然疲惫变得放松，之后竟有些熏熏然之意。

王含光再转头看那道长，发现他不只打算画一个符文，而是接二连三地在地上画着，虎吼之声交叠，到了十几响之后，满山人影突然都行礼作揖，漫天大雪突然消失，日光得现。

金色的阳光在冬日并不能给予多少温暖，但还是让王含光有种大梦初醒又仿佛大病初愈的庆幸和虚脱。

他看到这万魂重现的时刻，才知道自己刚逃过了什么——假如他刚才真的上了马，只怕还等不到道长度魂，就会被活活弄死在山林之中。

“这位仙长，请您务必帮我！”王含光看到袁天罡忙完，疲惫得摇摇欲坠，忙上前想献殷勤，却被背剑的少侠给抢了先，他赶紧谄媚地说，“太原这边出了这样大的事情，还死了这么多官员，我必须得把事情报上去……”

在这位袁道长茫然的眼神中，王含光发挥了缠着爷爷买东西给钱的精神，厚着脸皮说了半天，只说必须要两位作证才能洗脱他的嫌疑，总算是缠着这两位一起下了山。

下了山，王含光马上用出发前他娘特地给他贴身藏的银票雇了豪华马车，一路小心伺候，总算缠得二人答应进梅山镇，等去了王含光叔叔家写了帖子，再自行离去。

王含光这辈子第一次受到如此大的惊吓，就像是雏鸟缠着第一眼见到的生物一样，真是片刻不敢离开这二人身边。尤其是袁道长，王含光恨不得上茅房都缠着他一起去，毕竟他上一次出事就是因为蹲在山林之中解决内急。

好在虽然一路出了不少尴尬好笑之事，但总算挨到了梅山镇。

这里有他王氏一脉的亲戚，说来也是他父亲的庶兄弟一脉，与他父亲在家的时候就关系良好。王含光打算在此地休息一下，然后直接写家书回去说明自己的遭遇，再顺便跟爷爷说他不要当官了，谁爱当谁当吧！

当初上任路上拜访，还觉得稀松平常，现在死里逃生，想到叔叔家的高床软枕，王含光只觉得骨头缝都累得发酸。

眼见一路奔波终于到了地方，王含光兴奋不已，远远见到门房就大声喊：“快去通知你们老爷，他的侄儿又回来了！”

想到马上能休息吃喝，王含光顿时心情松快。哪知道门房见到他，脸上却惊疑不定，等听到他说话，顿时脸色大变，一脸惨白、惊恐地转身往门里面跑，不但不招呼这位贵客，反而还扯着快破的嗓音大喊着：“小郎君来了，小郎君的魂魄来家里了啊——”

喊声凄厉，仿佛被恶鬼追命一般。

3

王含光愕然地呆立原地，被这变数给吓了一跳，一时没有反应过来。

而在这凄厉吼声之中，一旁的另一个门房也悄悄躲到圆柱之后，一脸惊恐地大声喊：“小郎君，你上任去时我家主人好酒好肉招待，可未曾薄待你半分啊！”

“是、是啊……”王含光反射性地回答，“所以我这不就带朋友来了嘛……”

“小郎君，你竟然还带了朋友！”门房顿时吓得两股战战，张口结舌。

他憋了半晌，突然双膝一软，直接跪倒在地，哭着说：“小郎君，你可不能这样忘恩负义啊，你上任路上出事乃是你的命数，为何要找我家大人……”

“哎，不是，你等等！”被下人的话给震惊到的王含光这会儿反应过来了，他尴尬地看看一脸正直望天的李乘风和憋笑的袁天罡，不好意思地赔了笑，才走过去一把抓起要磕头的门房，大声说，“张四，你看清楚，小爷我还活得好好的！我这回是有事来的！”

“啊？”张四顿时不哭了，但又有些不敢相信，他看看王含光，又看看王含光身后的两个朋友，这会儿才看清楚门外站着的两人之中，竟有一个是道士打扮。

这人成了魂，最怕的应当就是僧道，如今见小郎君能和道士在一起，张四顿时就从惊恐之中回过神来。他又看了看，见阳光之下小郎君和两个朋友都有影子，顿时期期艾艾地问：“那、那小郎君您还是活人？”

看到王含光黑着脸点头，张四眼珠子一转，马上拍着大腿喊：“都怪檀香那臭小子，他带着郎君您的行囊和仆从过来，哭着进门给主人报丧，说是郎君您在山中拉屎，才一眨眼就没了踪迹，他们找了一天一夜都没找到……我家主人还加派了人手……大家都以为您遇害了！”

“檀香这混账！”王含光被那一句“拉屎”给羞得不行，赶紧扯开门房张四的注意力，“我是遇害了……不是，我是差点儿就遇害了！”

王含光说到这个就心酸，正感慨之际，门内忽然传来喧哗声，一个上了些年纪的中年男人从门内往外走，口里还大声问着：“含光在哪儿？含光在哪儿？”

看到王含光站在门口，那中年男人虎目含泪，一副站在门口要出来又不敢出来的样子，似乎怕吓到王含光一样，说道：“含光啊，你是不是找不到投胎的路了？你别怕，告诉叔叔你的尸体在哪儿，叔叔一定好生给你安葬……”

“不是！叔叔，我没死！”王含光又是感动又是好笑，余光看到仙风道骨的袁天罡已经笑得整个人快翻下廊，又感觉十分丢人，他赶紧阻止自己的叔叔继续说下去，大声说，“我没事，这位袁仙长和这位李少侠刚巧路过救了我！”

“那、那你还活着？”王含光的叔叔惊了一瞬，顿时冲过来一把抱住王含光，触手果然是温软人体，他大喜至极，连声说，“好、好、好！”

叔侄二人在门口好一阵腻歪，直到身后的李乘风咳嗽了几声，才唤回了王含光叔侄的神智。

“这、是我王某人怠慢了，二位义士救了我家含光，就是我王家的恩人，快请进！”王含光的叔叔一迭声说着。

三人被一路迎进去，进门方一坐定，王含光的叔叔就让人筹备酒食。王含光喝了两盏茶，觉得自己终于活过来了，这才左顾右盼，疑惑地问：“叔叔，怎没见到叔母和长恩弟弟？”

“你叔母在后院，一会儿你去见见她。”王含光的叔叔踌躇一下，显见是有什么不好当着外人说的话。王含光是个识得眼色的，估计是家事，也不多问，刚巧这时候酒菜备好，一行人便直接入座吃饭。

王含光是个受不得苦的人，路上风餐露宿，啃了一路的馒头，但因为在山上被吓怕了也就忍了，如今看到这一桌酒肉，顿时再顾不得和自家叔叔说话，忙招呼袁道长和李少侠吃饭，自己也当头夹了一筷子炖肉。一口咬下去满口流油，鲜得他发出哼哼声，然后大口大口吃起来。

李乘风是长子嫡孙，虽然豪迈却不粗俗，而袁天罡因身体所限，不能吃大荤大油之物，因此这桌上的鸡鸭鱼肉，基本都落入了王含光的肚子里。他叔叔还嫌不足，一迭声地追问着：“可吃饱了？可还要加些肉菜？”

“吃得差不多了，再来些炖得烂烂的羊肉就可以了。”王含光匆匆回答，一顿饭竟吃了寻常两三个人的量。

王含光这饭吃得久，一旁客人早已经放下了筷子，他还在吃。王含光的叔叔见状就说："两位且先安置吧，含光你看如何？"

王含光点点头，说："叔叔你把他们的客房与我安排在一个院子里。"他又朝袁天罡和李乘风讨好地笑笑，十分谄媚地说："我再吃会儿，明儿一早就带两位到处逛逛。"

看袁天罡点头，王含光放下心来，打算继续吃，结果本打算就这么离开的袁天罡不知想到了什么，走几步就返回来，从袖子里摸出一个三角形的叠纸来，递给他，然后说："揣在怀里吧。"说完无视王含光茫然的眼神，跟着带路的管家往待客的客房走去。

王含光茫然，不知道袁道长是什么意思，不过想着是道长所赐，应该是好东西，于是便乐滋滋地直接揣在自己内兜放银票的地方，还小心地拍了拍。

他继续大快朵颐，不知道那道长和少侠进了院子就说起他来。

李乘风进了门就问："好好的，你给他符干吗？"

"我说心血来潮你信吗？"袁天罡似笑非笑地回答，见李乘风一脸怀疑，他看看四周，然后轻声说，"好吧好吧，你最近疑心病真是越来越重……这地方确实有点儿不对劲，不过……也许是我想多了。"

这道士每次都说自己想多了，但最终的结果却告诉李乘风，一旦这道士真的有这方面的预感，那么就绝对有问题。

李乘风原本已经解剑放在桌上，闻言顿时一手抓起剑，紧张地低问："怎么，这地方也是幻境吗？还是这房子里有大蛇？"

"都不是。"袁天罡看着李乘风紧张的样子，摇头说，"你别紧张，就是我见王含光那小胖子的叔叔眉宇之间有桃花劫，又见这屋内暗香涌动，有一股浓郁的桃花之香，就干脆给那小胖子点儿防身的东西。"

李乘风点点头，但是脸色并不好看，刚巧侍女进门送水，这话题就这么停下了。两人洗漱之后，又泡了个热水澡解乏，这才打着哈欠躺下。

半梦半醒间，李乘风一直辗转反侧，半晌之后，他似乎终于忍不住了，翻身过来使劲儿地摇晃袁天罡，粗声粗气地问："那我呢？为什么我没有？"

"啊？"袁天罡本来都快睡着了，突然被摇醒，十分茫然。

李乘风黑着脸继续追问："为什么那白馒头有防身符，我却没有？"

袁天罡愣了半晌，突然"扑哧"一声笑了。李乘风耳朵根有些发红，但还是十分坚强地没有放弃，死死盯着袁天罡。

袁天罡很想嘲笑他“你不是第一次见我还说我装神弄鬼吗”，但是看看这人的样子，显然是内心挣扎很久才憋出这个疑问，于是不敢惹他发脾气，而是打了个哈欠，说：“你有啊，不然你被掳走、差点儿被人魔当成补品的时候，我怎么能发现你？”

“什么？”李乘风内心挣扎许久才问出口，到头来却得知自己身上居然有防身符，可他怎么从未发现过？想到这里，他又问打着哈欠、显然已经处于半梦半醒状态的袁天罡：“什么符，我怎么不知道？”

“你的体质一般小喽啰近不了你的身，防身符你不需要，所以我放的是……”说着说着，袁天罡居然慢慢地没了声音。

李乘风刚想继续追问，就发现这家伙居然没一会儿就小声打起了呼噜，显见连日奔波，这道士确实累了。

李乘风气闷，很想不管不顾地把他吵醒，但是想了一会儿，到底没这么做，而是翻了个身，认真想起这道士说的桃花劫之事。

根据话本故事所说，桃花劫一般都是女色之事，跟旁人无关。李乘风松了口气，但是却没有把枕边的长剑挪开，而是就这么想着想着睡了过去。

两人这边早早歇下，另一边王含光吃喝完，洗漱完，就换了衣服，打算去看自己的叔母。

他原本也没那么急，但叔母的侍女当夜来请，说叔母听说他出事哭了许多次，这会儿听说他平安无事，哪里等得，一定要今天看到他才好。

王含光虽然四体不勤五谷不分，但是素来讨长辈喜欢，乃是因为他有个优点，就是确实有孝心，每次出门胡混玩耍，都会记得给长辈带些礼物，也爱凑到长辈跟前撒娇卖乖，这会儿听到叔母来请，哪里会耽搁，匆匆洗漱就赶去了后院。

王含光的叔叔虽是庶出，但是与一般庶子不同，他的姨娘本就是良家子，算是贵妾，又因为姨娘生产之后就去世了，因此他自小被嫡母带在身边，在族谱中记了名，和嫡子一般待遇。他不但与嫡母如同真母子一般，与他的兄长，也就是王含光的父亲、如今王家当家的老爷也是自小一起长大，虽不是亲兄弟，但是比一般的亲兄弟还亲厚。

也是因此，王含光出事之后，他们一家才如此挂念。如今距离得知王含光出事都快一月了，他叔叔今天得了他回来的消息，才让人把一遍遍搜山的人找回来。

他叔叔的亲事也是他祖母千挑万选的，虽不是按照世家主母样样俱全的路子，但也是世交之家千娇万宠的嫡小姐。据说他小时候很喜欢这位叔母，叔叔一家离开老家时他还哭着不肯放开叔母的衣角，闹了半个月才消停。不过王含光自己倒是没记忆了，他记事的时间晚，只记得叔母身上总是香香的，房里总有许多许多甜蜜蜜的果子和淡淡的茶香。

叔母如今年岁渐大，自己也有了孩儿，见到王含光的时候，就像是待自己的孩子一般慈爱。因此他虽不记得和叔母相处的时光，虽然上次只是匆匆几天的相处，他却很喜欢这位慈爱的长辈。此刻听说她病得厉害，王含光也心中着急。

几人匆匆走到后院，王含光老远就听到叔母的奶娘陈婆子尖锐的嗓音大骂着："要你猫哭耗子假慈悲，给我滚回你的梨香苑去！"

伴着陈婆子的骂声，门里面被推搡出一主一仆来。那主仆二人皆是后宅女子打扮，仆人倒是一般，穿着简单的婢女服侍，面貌身段皆与常人无异，倒是那主子打扮的女子，远远看去身段婀娜，衣着规整，但自骨子里透出一股媚态，走近一看如梨花带露。此刻她正拿帕子擦着脸上的泪珠，轻声细语地分辩："奴婢只是担心娘子的身体……"

"担心娘子的身体？你这糟心的狐狸精不在这里转悠，我家娘子的身体就好得很……"陈婆子骂到一半，看到王含光走过来，顿时眼睛一亮，笑着招呼："小郎君来了，快快进来！"然后她转身低声咒骂："你这倒霉催的丧门星，还不快滚出去，杵在这儿装什么可怜，看着就晦气！"

"是。"那女子低泣着回答，一副柔媚委屈的样子，让人忍不住就先心软三分。

"陈妈妈，"王含光看不下去了，忍不住拦了一下陈婆子那准备掐人的手，笑着说，"先带我看看叔母吧，她身体可还好？"

陈婆子被这么一拦，也不好再去掐人，因此只瞪了一眼那女子，就亲热地拉着王含光往房里走，一边走一边大声说："娘子下午听说你回来了就盼着你呢，又不敢早早去唤你，怕打扰你休息……"

一行人进了门，往后院的房里走去，王含光一进门，就看到个勉力坐在床榻上病歪歪的中年妇人。她虽然样貌并不美丽，却一身端庄气度，看着就让人觉得舒心亲切。

这会儿看到王含光进来，她带着病容的脸上露出笑意来，一迭声唤着："可是含光来了？哎呀，果然是无事了，果然是无事了……"说着，她眼里的泪水一串串掉下来，没一会儿就泣不成声。

"叔母你别担心，我这不没事吗？"王含光赶紧安慰自己的叔母，一旁的陈婆子让人拿了药丸给她服下，折腾了好一会儿，叔母才恢复了平静。

"叔母，你这身体怎的还没好，甚至、甚至还又严重了几分？"王含光有些诧异，他前去赴任之前，大夫还说叔母是偶感风寒，几帖药下去已经好了许多，怎么过了快一月，叔母的病反而更严重了？

“还不是后院那个狐媚子，”叔母没说话，陈婆子却忍不住了，她咬牙切齿地说，“真不知阿郎是看上她哪里，一个嫁过马夫、生过孩子的半老徐娘，偏阿郎这一年跟被迷了心窍一样，竟是越来越宝贝她，梨香苑的一应用度如今比主院还奢靡。最近娘子生病，阿郎竟被撺掇着要把掌家大权也交给她，眼见着这是要宠妾灭妻……”

“陈妈妈！”王含光听得一愣一愣的，叔母韩敏喘过气来，赶紧打断陈婆子的话，严肃地说，“这话哪里能跟含光说，我看你是越老越糊涂了！”

“可是，大郎是您和阿郎唯一的儿子，也是含光郎君的堂兄弟啊！”陈婆子一咬牙，直接跪下，眼中带泪地哭诉，“娘子您受委屈忍得，老奴却不敢再忍了。老奴看着您和大郎长大，只要您二人平安，老奴便是即刻死了眼睛也闭得紧紧的……您容得下梨香苑那位，人家却容不得您和大郎。如今大郎和娘子都卧病在床，阿郎若再如此下去，真把掌家大权要过去，您和大郎还不知道要受什么样的磋磨……”

“等等、等等！”王含光听到这里，又是糊涂又是震惊，“大郎又是怎么回事？我上次见到长恩兄弟的时候，他不是还好好的吗，还说改日去我那儿踏青喝酒呢。今日一天没见到，我还以为他出了门，他却是生病了吗？”

陈婆子的眼泪一颗颗流出来，她已经是年纪能做祖母的人，王含光想搀扶起她，可陈婆子却老泪纵横，磕头说：“老奴不打紧。娘子不让老奴说，老奴却不能不说……大郎被那贱人污蔑欺辱庶母，如今对外说是身体抱恙，实际上是阿郎把大郎给关起来了啊！”

“什么？”王含光这回是真的惊了，他连声问，“长恩弟弟轻薄庶母？不可能，我方才见了妙姨娘一眼，她年纪足以做长恩弟弟的母亲，长恩弟弟怎会轻薄于她？”

“郎君看得通透，大家也都看得明白……可是唯有阿郎像是被灌了迷魂汤一般，竟是当了真。”陈婆子眼里含着泪水，惨声说，“如今大郎已被关了大半个月，一应吃食都是送到门口，里面也没个小厮仆从，竟像是被圈着的牲畜一般……阿郎糊涂啊！”

“陈妈妈！”王含光的叔母低斥一声。

王含光心中震惊，他怎么也不肯相信这事。

陈婆子对韩敏告罪一声，却还是继续说道：“今日老奴拼着性命不要，也想请郎君救一救娘子，救一救你长恩弟弟……”

“这、这……”王含光不敢接话，毕竟这是他叔叔的家事，而且他真的不明白，自家叔叔据说从小就是个聪明人，被祖母带在身边教养，性子虽不说杀伐果断，也绝对不是个糊涂人，怎会只听一个妾室的一面之词，就囚困自己唯一的嫡子？

要么就是叔叔真的糊涂了，要么就是叔母的奶娘为了长恩，没有把话说全。

“长恩弟弟轻薄庶母可有人证物证，可有被人当堂抓住？”王含光追问。

“你长恩弟弟不争气，与妙姨娘发生争吵，被你叔叔当场抓住，但就只是如此，绝无龌龊之事。你叔父进去时，两人衣冠整齐，只是在争吵。”陈婆子还没说话，榻上的韩敏便轻声开口，她脸色疲惫地看着王含光说，“含光，长恩虽生得比你晚，与你没什么交情，但是叔母自小待你如何你应当清楚，叔母可是个狭隘不容人、不辨是非的人？”

“自然不是。”王含光赶紧回答。

“那么，叔母想求你一件事情。”韩敏疲惫地说，王含光刚想说话，她就制止了他，直接继续说道，“你跟你叔叔说说。如今我们谁说话都抵不上妙姨娘的一个字，我唯有求你了……妙姨娘容不下你长恩弟弟，假以时日，这家里也容不下我了，不如就让你叔叔把我送回老宅，这地方、这些家产，我们都不要了，我只盼、只盼你长恩弟弟平安……”她说着，眼泪唰地流下来，神情之中尽是绝望。

“哪里就到这个地步了。”王含光大惊，叔叔再怎么宠爱妾室，也不至于把主母嫡子逼到如此地步吧？

“小郎君有所不知，这主院看着光鲜，如今却一日不如一日。”陈婆子擦了擦眼泪，轻轻给韩敏掖了掖被子，然后才说，“若是真的把掌家权交给妙姨娘，只怕娘子和大郎会被她活活折磨死。”

王含光真是不敢相信，尤其他进门时才听到陈婆子大骂妙姨娘，怎么看都是正院的人比较凶狠……

陈婆子泪眼婆娑，身后的大丫鬟捧香听了许久，终于忍不住了，她一步上前，蹲下身回话，说：“郎君，陈妈妈性子耿直，妙姨娘挑衅她总是上当，也因此惹得主人不喜，觉得主院这边气焰嚣张。其实妙姨娘都是软刀子功夫，我们每回吃亏都是有口难言。您若是不信，明日可以打探一下少主人如今是什么处境，您就知道娘子为何要回乡保命了……”

话说到这份儿上，王含光只能点头，认真地说：“我明日就去打探一下，若是真的如你们所说……叔母，我定不会袖手旁观，纵然是得罪叔叔，我也一定把消息带给祖母，让她老人家为你主持公道！”

这话一说，韩敏顿时泪如雨下，抱着他大哭一场，只叹自己走到绝路，好歹还有这个侄儿。

王含光本是路过，却没想到还没启程回京报告古太原人魔杀人事件，身上又多了帮叔母调查叔叔宠妾灭妻、谋害嫡子之事的任务。

王含光一个头两个大，第二日起床就赶紧跟袁天罡和李乘风告罪。家丑不可外扬，他没说是为了这后宅不宁的事，只是说有些事情耽搁，又奉上白银百两，让两人先在梅山镇逛逛。

梅山镇依山傍水，山顶还有引凤亭，在亭中温酒观山最是雅致。王含光让管家带着二人去山顶看风景，一再嘱咐照顾好他们，又一再吩咐让管家带上上好酒菜，务必让他们二人尽兴，这才又与李乘风二人告罪许久，折返回去。

而他身后，李乘风看着他，忍不住奇怪地说："这胖子怎么看上去怪里怪气的？"

"哦？你发现了什么？"袁天罡抬眉，似有些好奇地问他。

"嗯，他身上有一丝淡淡的桃花香。"李乘风闻了闻，然后又说，"应当是我闻错了，这王胖子怎会用这么甜软的熏香。"

袁天罡愣了一下，他看着李乘风的脸，眼里闪过一丝淡淡的悲伤。

"走吧！"李乘风却没注意到，他一甩大马尾，转身意气风发地招呼袁天罡，"好久没喝酒了，今日我们痛饮一番！"说着，他拉起走得慢吞吞的袁天罡，把人夹在腋下，一把丢上马车。

马车嗒嗒地一路离开王家，而王含光入了后院，直往堂弟所在的院子走去。

4

"郎君。"堂弟的院子门口站着两个下仆，皆是粗壮结实的样貌，与一般下人不同，显见是看家护院的家丁。

"我去看看长恩弟弟。"王含光对他们点点头，抬步就往里面走，两个家丁到底不敢拦亲戚家的公子，只能眼睁睁看着他走了进去。

一进门，王含光就吓了一跳。

上次来的时候还是寒冬时节，满园虽然都是枯枝，但打理得井井有条，雪也扫得干净，进门更是窗明几净，屋内的三个炭盆烧得旺旺的，不但不冷，反而热得往来婢子都脸带红晕。

如今还未足一月，这地方就截然不同了。因时间不太久，院子倒不至于破败，但是也十分萧条，有种人烟凋敝的凄凉感。一路走进树木发了嫩芽却没有一丝热闹气的院子，掀开门帘进了正门，里面也冷冰冰的——春日还不算特别暖，一般都会备个炭盆放在角落，这房间里却没有，且所有东西都被随意地放着。

就在王含光四处打量的时候，房间里面传来走动的声音，他转头就看到后面的内室里绕出来一个年轻男子，不，准确来说，是个少年。

他身量较高，王含光上次见他时，他还和自己一样，都是皮肉丰腴的样子，最是养尊处优不过，这回再次见到，却是认真看了好几眼才敢相认。

王含光看他披着个半新不旧的袄子，一脸憔悴抑郁之态，人也瘦了几圈，脸色焦黄，看上去一脸孤苦，顿时心中一软，喊道："长恩，你、你这是怎么回事啊？"

两兄弟虽不是特别熟悉，长这么大也就见过三四面，但到底是血浓于水，见上个月还开怀大笑，说要带他游遍附近山川的弟弟，如今一副蔫巴的样子，看上去竟然脱了形，王含光忍不住眼圈一红，对叔叔也有了怨念。

好歹也是嫡亲儿子，怎么会不分青红皂白就这么对他？王含光是不太相信自己堂弟会轻薄一个可以做他母亲的女人的，况且他堂弟房里已有两个通房丫头，俱是年貌相当、水葱一般漂亮的丫鬟。不过到底是别人的家事，他也不敢断定，只是看着堂弟这样，心中不免难过。

"含光哥！"王长恩看到他，眼睛亮了一下，然后苦笑道，"这……让含光哥见笑了。含光哥你平安无事，我却连奉茶道贺都做不到……"

"这都什么时候了，你还和我说这些。"王含光今日不去招待救命恩人，而是来后院见堂弟，可不是为了听他客气，于是赶紧打断他的话，说，"你老实告诉我，这一切到底是怎么回事？我问了叔母，她只说你是与那姨娘吵闹，才被叔叔误会……"

可若真只是吵闹，怎么会让叔叔如此震怒，这样狠心对待自己的嫡子？叔母身为母亲，有些话王含光在叔母口中肯定是问不出来的，他特地来见王长恩，也是想彻底弄清楚当时到底发生了什么，让王长恩为亲生父亲厌弃。

"我说了你也不会相信。"王长恩苦笑，显然他不是第一次被问到这个问题，他一脸颓败，说，"我只能说……那妙姨娘来势汹汹，目的……估计就是为了取我的性命。"

王含光看他的样子，心中一跳，轻声说："你老实告诉我，那个妙姨娘的来历是否有什么不对？她可不只是想取你的命，昨天叔母告诉我，她正磨着叔叔要管家之权。若是叔母失了管家之权，我又离开此地，只怕你们母子身在后宅，就真的身不由己了。"

这话让王长恩吓了一跳，他脱口而出："什么？她要管家之权？"

见王含光点头，王长恩身上那股颓唐之气一褪，他深吸一口气，半晌才说："她、她女儿……乃是因我而死。"

本来见到王长恩一开始的反应，王含光就觉得不对。毕竟王长恩作为嫡长子，从小前呼后拥地长大，性格也不算柔弱，可是他说起妙姨娘竟有些躲躲闪闪。王含光还以为他真的轻薄过庶母，心中正紧张，却没想到，这堂弟居然说出了更为可怕的事情。

“什么？”王含光差点儿跳起来，他看着自己的堂弟，他不过是个少年人，手上居然沾染了人命？

王含光心中有些异样，正不知如何是好的时候，王长恩赶紧说话了，他说：“含光哥，你别误会，我说她女儿因我而死，却不是我真的干了什么，这、这也是件糊涂事……”

王长恩不敢耽搁，飞快地把事情说了一遍，王含光这才明白了妙姨娘为何对叔母一脉如此有敌意，为何叔母身边的奶娘、女婢都言之凿凿地说妙姨娘绝对是想对他们下手，原来，也是他们自己早先就欠下了一笔糊涂账……

妙姨娘的女儿自小就在王家当差，小时候在常姨娘院子里面当使唤丫头，因样貌长得可爱讨喜，常姨娘打算过阵子把她送到二娘房内当个三等丫头。结果这丫头后来长大一些，有次贪玩，在廊下偷偷听王长恩念书，还有模有样地学嘴，把王长恩及一干丫头逗得笑得揉肚子。王长恩当时不过七岁，这小丫头比他还大一些，但处事天真烂漫，极为讨喜。 王长恩与她对答，问她诗句意思，又被她的胡乱解释逗得笑了，继而解释大半天，颇有些好为人师的满足感，于是干脆找父亲讨了个恩典，把她要了过来，说是教她念书。

听儿子这么说，做父亲的只觉得是稚子行为，好笑又有趣，自然就满足了自小疼爱的儿子的要求，偶尔还与他一起考校学问，小丫头的童言童语，每每惹得大家欢笑不已。

再长大一些，王长恩给她取了个新名字叫墨香，并提拔成了大丫鬟。墨香自小学了几个字，又会些诗书，出落得与一般婢女分外不同。大家都说她与庶出小娘子们站在一块儿，倒显得墨香更落落大方，更像个大家闺秀。

说这话有低等小丫鬟巴结她的意思，也有墨香当时得了王长恩青睐的原因在。

他们自小一起长大，一起学诗书礼仪，王长恩每每亲自给她解释诗书雅句，待墨香自然与待一般婢女仆役不同。墨香在他房里，可以说是与半个女主人无异。

待到两人都长大，日日相对，自然情愫暗生。

那天，王长恩笑着问她：“彼狡童兮，不与我言兮。维子之故，使我不能餐兮……墨香，你知道这句话的意思吗？”

这是当年尚是孩童时，王长恩问墨香的话，当时不到十岁的墨香回答：“就是你和小伙伴玩，他很狡猾，偷了你的饭，害你没饭吃的意思！”

当年那个梳着童髻的小姑娘一脸天真，逗得一屋子丫鬟婆子笑得打跌。今日已长成气度娴雅的大姑娘的墨香却是懂这句诗的，她脸上飞起红晕，像是天际初白的一抹红。

“我娘说，不许我做通房丫头。”墨香羞得脸通红，她微微蹙眉，轻声忧伤地说，“其实、其实我娘在给我议亲……”

王长恩当时是第一次知道这事，顿时有些生气，他拉着墨香的手，一迭声质问：“墨香，难道你不喜欢我，想要嫁给别人吗？”

两人每日待在一起，虽然没表白，但是各房的人都早已把墨香看成了大郎房里的人，就连王长恩和墨香自己也是这么想的，也就墨香的娘还犹自不肯承认。因此听到王长恩这么说，墨香赶紧摇头。

王长恩看着眼前一脸羞红的少女，不禁心襟动摇，伸手就摘掉了墨香头上的朱钗，墨香鸦青色的头发垂下来，带着浓郁桂花头油的香味。

那天王长恩一遍遍地对墨香起誓，他抱着墨香，认真地说：“我一定不会让你当通房丫头，我一定给你名分！”

他当时说这话的时候是真心实意的，恨不得发下天打雷劈的誓言。

开始也过了一段蜜里调油的时光，第二日他也确实找了父母，说要给墨香一个名分，只是父亲不置可否，母亲让他先等等……

等着等着，母亲就又从房里赐了两个通房丫头下来，俱是温柔甜腻的性子。王长恩除了读书，其他时候难免分身乏术，墨香还是当着她的大丫鬟……

一切都没变，只是当日的真心实意、当日互诉衷情的感动，就像是一块香酥软嫩的肉，待那甜蜜的味道被咀嚼透了，只剩下塞牙齿的肉渣，也就变得食之无味、弃之可惜。

翻年的时候，王长恩开始议亲，墨香发了几次脾气。王长恩自小和她一起长大，到底待她与一般人不同，细细安慰了几次。

到了后来，看了与他议亲的女子的画像，王长恩在父母的招呼之下，与对方在节前见了一面之后，不免就对自己过几年大婚的事有了期待。

那姑娘是母亲娘家那边的嫡姑娘，自小娇养长大，性格明丽开朗，不但熟读诗书，且精通骑射。王长恩回梅山镇之后与她常年通信，只觉那姑娘性子见识都与一般出身的女孩不同，顿时一门心思放了进去，连几个通房丫头都顾不上了。

就是这时候，母亲提出了要把墨香配人。

“我当时很犹豫……”王长恩说到这里，脸色发白，他喃喃地说，“只是那边来信，说是不把家中清理干净，这门亲事万万不成……”

王含光听到这里，也就明白了。

世家女儿娇贵，联姻之前，通房丫头素来是不许留在房内的，不管是发卖还是配人，反正肯定不能留下来膈应新进门的媳妇。一来是为了防止庶长子出生，毕竟长子嫡孙，这长子素来是继承家业的第一选择，就算不继承家业，庶长子分走的家产也比一般庶子多；二来是为了防止通房丫头仗势欺负新进门的主母，甚至毒害主母，谋夺家业。

王含光不知如何说，半晌，叹了口气说：“这墨香气性如此大，就这么自戕了？”

王长恩闭目点头，脸上一派惨痛。

他沉默半晌，语带泪意地说：“墨香知道我答应把她配人，当夜来质问我，第二天一早……”他说到这里，涕泪交流，半晌才模糊地挤出一句话，“她当时肚子里还有孩子……”

“你说什么？”王含光气得拍案而起，大声怒斥，“你、你、你这混蛋！你糊涂、糊涂啊！”

5

虽说世家通婚，素来是不许庶长子出生在嫡子前，但是如王长恩这种不小心真的有了孩子的，那能怎么办，难道看着孩子去死吗？

法理之外无外乎人情，一般这种时候都会把那通房丫头接走，生了孩子之后把孩子在庄子上养大，待到大一些就给些钱，让他们带着母亲自立门户。这种事确实会让亲家不满，疼爱女儿的有可能还会悔婚、换个联姻对象，但这也是没办法的办法。

“叔母平日怎么教你的，叔叔也是……你要纳妾，大可在成婚后纳妾，你要找通房丫头，也可以等媳妇进门了再找，你、你……”王含光自己已经算是个不着四六的，但是他没想到，叔叔一家更是行事混账。

一般大家族，尤其他们这种传承多年的，都有自己的一套规矩。在读书期间，严明一些的家族连婢女都不会放入郎君房内。

王含光的亲爹和两个哥哥都是如此。他爹因是嫡长子，自小被祖父带在身边亲自教导，别说婢女，连伺候的小厮都只有两个，衣食住行都是自己打理。祖父说这是必须学会的东西，毕竟若是真遇到战乱或是危机，连活都活不下去，何谈翻身？

他们王家传承千年，也曾遭遇战火，却一直传承下来，靠的就是居安思危的态度。男儿在世，要读书还是要习武都行，但在成婚之前，却不可陷入脂粉堆，分了心之后，就再也读不进书了。

这话王含光往日就是听听，他是幺子，素来混账爱玩不着四六，虽然在女色方面开窍迟，但是偶尔也觉得自家哥哥有些可怜。这会儿眼见着堂弟闹到如此地步竟都是因为女色一事，王含光顿时暗暗心惊，这才明白老爷子往日虽管得严厉了些，却也帮他们避过了不少惨事。

只是虽然心中如此想，王含光却也不能斥责自己的叔叔，只能恨恨地对堂弟说："你要是在老宅，祖父非扒你一层皮不可！"说完还不解恨，又是怒骂，"你既是收了墨香，怎么就这么蠢笨，连她有了身孕也不知道？就算没有身孕，都是你的人了，你却把她就这么赶出去配小厮，她怎么活？她要不愿配小厮，你怎可勉强？把人送去庄子上，再好好和你媳妇解释，日后再带回来也就是……"

时日长了，该怎么办，自然各人有各人的办法，怎么也比闹出人命强。

"可是我娘说，这原本不算什么事，许多人家都是这么做的……"王长恩懊悔不已，此刻喃喃地说，"我哪知道墨香如此刚烈……"

"许多人家是这么做的，那都是什么人家？你看哪家闹出这等丑事，你看哪家闹出人命了？"王含光恨铁不成钢，他恨不得狠狠甩这堂弟几耳光，然后在他耳边怒吼让他清醒一点儿。

许多人家是这么做，但人家再怎么样也不会闹出人命来。人家大多会给通房丫头发厚厚的赏钱，然后让她们择了愿意的人嫁，虽不算什么体面事情，但到底不会闹得如此难堪。

王长恩还在成长期，身边就不该放婢女，放了婢女也应好好教导，就算有这心思，也不该在没成婚的时候把持不住……讲一千遍一万遍，王长恩这事还真是咎由自取！

王含光想到这里，又看看堂弟那苦瓜脸，只能叹了口气，说："我回京之后，自会向祖父祖母禀明此事，具体怎么处理，就看他们二老的意思，我却帮不上你和叔母了……"

"含光哥！"王长恩听到他如此说，顿时急了，他一把抓住王含光的衣摆，认真地说，"若是她只是找我，我甘愿认罚，可是妙姨娘她来历不明，我怕她是连父亲也不打算放过啊！"

"你这话又是什么意思？"王含光被他的一惊一乍弄得疲惫不堪，甚至有些怒意，"那妙姨娘明明是家生子，哪里来历不明了？"

"妙姨娘……她是妖怪！"王长恩左顾右盼，却说出了一句石破天惊的话，他微微发抖，轻声说，“我娘也不信我……但是含光哥，你信我，妙姨娘她真的是妖怪！”

这话放在一个月前，王含光绝对大笑三声然后起身走人，回去之后还会当成笑话讲给自己的狐朋狗友听。可是现在的王含光听到这话却脸色一凝，反倒坐下来认真问：“你有什么证据？”

王长恩得感谢古太原城那场万魂齐聚，那个画面给了王含光这个纨绔子弟深深的洗礼，因此才让他在母亲都说他糊涂的时候，找到了愿意听他认真说这事的人。

“是真的。”见自己的堂兄愿意听，王长恩顿时一喜，显见也是被这事吓坏了，这时候赶紧说道，“妙姨娘比我娘还大几岁，我爹也不是没见过美人，她又是家生子，如果她当时真的如此美貌，怎么也得嫁个管事，怎会嫁给马房的马夫？含光哥，你不觉得这事很蹊跷吗？”

“那我怎么知道！”男子素来不太管后宅之事，王含光是真不知道。

但是王长恩显然在后宅混得较多，他见王含光不理解，就直接说：“这样跟你说吧，我听下人悄悄议论，说是当年……妙姨娘年轻的时候，好像不长这样。”

“居移气，养移体，这样貌变化也是正常之事。”王含光还以为他有什么大料，结果竟是如此不着边的事，顿时眉头皱起，想着往年见堂弟的时候，似乎没这么神神道道啊……

“不是。”王长恩见堂兄似乎不太明白后宅这些事，也不再从头铺垫，直接说道，“不说这个，就说那天我被说轻薄妙姨娘的事。明明是她进门冷斥我，我爹进门的时候原本根本不信她的说辞，但是我亲眼看到妙姨娘身上突然涌出浓香，之后我爹就跟失了魂一样，突然神色大变，直接就翻脸怒斥我……”

“你说什么？”王含光只觉得自己在听天书，要不是古太原万魂齐聚之事还在他脑海里未曾退去，他这会儿大概会觉得堂弟疯了。

两人正一个焦急一个思索的时候，门外突然传来一声柔媚滑腻的轻笑。王含光与堂弟一同转头，竟看到妙姨娘不知何时已经站在了门外。

她脚步袅娜，慢慢走进来，简单的绿绸缎裙子将她的腰肢勒紧，整个人走起路来摇曳生姿。她还是细眉细眼，只是此刻脸色冷厉，身上有着少女远不及的成熟媚态。

“你你你……你怎么会来这里？”这可是堂弟独居之所，还是叔叔严令不许任何人探望的地方，就连堂弟的母亲都进不来，一个姨娘怎么能如此悄然地长驱直入？

王含光看着她一路走进来，不知为何，有点儿毛骨悚然。

妙姨娘没有说话，她脸上的笑容带着三分狠厉，一挥手之间，门窗顿时“砰砰砰”连声自动关起来。这绝不是普通人能做到的事情，王含光吓得不行，只觉得有些尿急！

他虽是天不怕地不怕的纨绔，可是经历过古太原与尸体睡过一场之事后，他王含光也有怕的东西了，那就是这些神神怪怪的事情！

可是此刻王长恩正被禁足，宽阔的院子里没有任何下人，他们就算在此大吼估计也没人能听到。

妙姨娘要干什么？看这架势，怎么看都不像是好事！

难道才离开尸体堆，却要在自家叔叔的后宅殒命？

王含光不由得咽了口口水，一边紧盯着那越看越诡异的妙姨娘，一边和堂弟往后退，直到退到墙角，再无退路。

看着眼前表情狰狞的妙姨娘，王含光大叫一声，抱头蹲下，心中大喊："道士、仙长，你们还在爬山吗？能不能先来救命啊？"

"喂喂，不是说爬山吗？"在城门口转了一圈的李乘风茫然地问袁天罡，"怎么还没出城就要回去了？"

"本就不打算爬山。"袁天罡笑着说，"回去救王胖子的小命。"

"啥？"李乘风愣然一瞬，看着这神神道道的道士，眉头一皱，说，"你又瞒了我什么事？这回是大蛇还是人魔？"

"是新的品种……特别稀罕……"袁天罡眼睛亮亮的，闪烁着狂热和欣喜，"等会儿你可不许随意吓它！"

李乘风沉默一瞬，转身解下自己的长剑，抱在胸口。

第八章 媚骨②

1

袁天罡和李乘风回王宅的时候，下人们都十分诧异，老管家更是有些惶恐地一路跟着道歉："可是我等招呼不周，二位高人怎的还没出发就又回转？"

"不是，引凤亭在下也很期待，只是王兄此刻正等我们解难，我们还是得先帮帮他。"袁天罡笑眯眯地回话，脚下却一步也没停，一路往后宅走去。

老管家有些着急，为着后宅女子的清誉，后宅素来不许外男入内，此时怎能凭借袁天罡一句话就随意入内？老管家伸手想拦，就听"唰"的一声，旁边伸出一柄长剑来。一身黑衣游侠打扮的李乘风脸色不太好看，他冷声说："不想你家主人的侄儿死在你们家，就快些带我们进去。"

"什么？"老管家顿时着急了，一迭声地说，"含光郎君今日留在家中与大郎说话，好端端的，怎会与性命扯上什么关系？"

李乘风虽然面色凶恶，看上去吓人，但说到担心道士口中那"稀罕玩意儿"伤人，一贯急公好义的他可能比袁天罡还着急许多。偏偏老管家夹缠不清，还怀疑他们俩心怀不轨，李乘风被他念叨得有些烦躁。

旁边笑眯眯往前走的袁天罡突然脸色一肃，说：“糟了，符纸燃了，这家伙怎么动手这么快？”说完，他又对李乘风说：“快，右前方的院子，赶紧……啊！”

那句“赶紧带我过去”还没说完就化成一声尖叫，原来李乘风瞬间领悟了他的意思，一把捞起他，直接拔地而起，在房顶上几个起落，一瞬间就落到了袁天罡方才说的位置。

袁天罡顾不得告诫他下次不要这么迅速，刚一站稳就直接甩起拂尘。“唰”的一声，拂尘脱手而出，刚才还紧闭的大门像是纸糊的一般，瞬间“啪”的一声爆开，而后噼啪之声连续响起，方才还万籁俱寂的屋子里面猛地传出惨叫声：“救命啊！”

是王含光的声音！

李乘风直接冲了进去，进门之后，就看到绿衣女人长长的黑发如同丝萝一般缠住了两个人。两人都只剩下脑袋露在外面，一个不认识，大概是王家的大郎，另一个白面馒头一般的，正是王含光。

看到李乘风进门，王含光眼中顿时爆出巨大的惊喜，他涕泪长流，哭喊着大吼：“救命啊李少侠！有妖怪啊！”

李乘风转头，见那绿衣长发女人立于原地，身段婀娜，只长长黑发如同有生命一般蜿蜒出去，爬满整个屋子，顿时有点儿发毛。他唰地抽出剑，准备直接冲上去砍掉那些头发，却听到好不容易慢吞吞跑进来的体虚道士大喊道：“不许伤她！”

李乘风动作一顿，茫然地转头看袁天罡，不敢相信自己听到的内容：“什么意思？她在杀人！”

“我知道，你先别伤害她！”袁天罡气喘吁吁地拍着胸口——刚才为了阻止李乘风，他真的是用尽全力地奔跑。此刻，他完全无视整个身体都被裹住、正呜呜哭着求救的王含光，转头用迷醉的眼光看着那绿衣女人，一出口就是感慨：“你真美……”

“呜呜呜呜……”王含光的口鼻都被丝丝缕缕的黑发穿了进去，已经快说不出话，听到他信赖的道长居然感慨这妖孽很美，还不许李少侠救他，顿时嗷嗷大哭起来，觉得今日只怕要殒命了。

袁天罡的感慨引起了那绿衣女人，也就是妙姨娘的注意，她转头，冷淡地看着袁天罡，半晌才说话：“你也是来救这两个无耻之徒的吗？”

“正是，不过在下……”袁天罡迷醉地看着她，解释的话刚开了个头，就见妙姨娘眼中闪过厉色，黑色头发顿时如蛇一般，直接往李乘风和袁天罡冲过来！

李乘风一跃来到袁天罡身边，挥动长剑直接一劈。那黑发在触及剑气的那一瞬间发出“吱吱”的声音，绿衣女人也被震得往后一退，发出惨叫！

“哎哎哎，你别动手，它不是善于战斗的类型！”倒是一旁被救下的袁天罡急得跳脚，他一把推开李乘风，着急地上前想扶住妙姨娘：“你没事吧？那家伙太粗鲁了，我代他跟你道歉……”

“喂喂，那边的王胖子要被她勒死了！你这道士难道不先关心下要被勒死的人吗？”李乘风看不下去了。不过他也发现这个女人除了十分魅惑之外，实力非常弱，和他们之前遇到的东西不是一个等级的，顿时放松下来，把剑收了起来，嘴里却不忘提醒袁天罡：“道长，你可记得你下山是为了斩妖除魔，而不是为了怜香惜玉？”

“啊！对哦！”进门根本没朝王含光两兄弟看的袁天罡，似乎终于想起了这房内还有两个受害者。不过对于李乘风的调侃，袁天罡十分不认同，他认真地说：“和怜香惜玉没有关系，如果是我猜测的那东西……它非常珍贵，你可不能粗手粗脚随便伤害它！”

王含光嘴里鼻孔里都是毛发，只觉得自己马上要升天，此刻见这救人的人终于想起了自己，顿时激动得呜呜叫。他此时不能出声，要是能说话，王含光只想大喊“不管是什么总之你们等会儿再说，先救人啊”！

好在即便王含光无法出声，袁天罡也知道这两个人顶不住了，他转身看着形如艳鬼的妙姨娘，放缓了声音，仿佛哄劝一般地开口道：“你能不能不要对他们下杀手？另一个我不知道，但右边那个小胖子是无辜的。”他语调轻柔，仿佛在哄骗无知少女的风流公子。

回复袁天罡的是一声冷笑。

下一秒，王含光只觉得身上的头发瞬间暴起，就在他马上要厥过去的时候，终于听到袁道长叹了口气，然后轻声念了句什么。

他看不到，但旁边随时准备救人的李乘风却看到了——在紧急关头，袁天罡从怀里掏出一张黄符，又急又快地念了一句：“破邪！”

黄符暴起的瞬间，袁天罡一把拉开发出惨叫的妙姨娘，飞快地点了她一下，低喝：“卫神！”一道明光没入妙姨娘眉心，惨叫声戛然而止。

李乘风看得皱眉，这道士之前说“不许伤她”不是开玩笑的，他竟真的对妙姨娘十分温柔，之前舍不得下手，此时不得不下手，还记得把伤害减到最小。

到底是什么稀罕的来历，竟然让这对梵天大蛇都不假辞色的道士一再破例？李乘风忍不住猜测起来。不过虽说了解道士大约是见猎心喜，但是见这妙姨娘一再动手出杀招，李乘风忍不住露出厌恶之色，催促道：“这东西既然如此凶悍，干脆先杀了再说！”

李乘风素来是快意恩仇的性子，见袁天罡还想再劝妙姨娘，直接道：“道士，你不会是靠嘴皮子斩妖除魔的吧？”李乘风的想法极其简单，既然嘴巴说没效果，那就干脆直接动手，先打服了再说，如果实在打不服，就直接动手杀了！

袁天罡不赞同李乘风这暴力手法，但是看妙姨娘一脸凶横，忍不住叹了口气：“是的，司天监以斩妖除魔为己任，传承千年……所以你如果真的要在我面前杀人的话，再不舍我也得把你毁掉……你得到奇遇，却无故杀人，不怕永不超生吗？”

王含光直咳嗽，那种头发卡在喉咙的感觉真是太可怕了，他半晌都没回过神来。旁边的堂弟王长恩却突然喃喃地说：“妙姨娘、妙姨娘真的是妖怪……”

随着他的话，妙姨娘原本犹豫的表情一凝，然后变成了深深的怨恨。

她看着王长恩，恨恨地说：“他该杀！”

她语调婉转柔媚，听得人骨头酥了半边，即便在场的人都看到了她刚才杀人时的可怖之态，也瞬间起了怜意，竟觉得她委顿在地的样子十分可怜。

“为什么他该杀？”袁天罡苦口婆心，竟顺着她的话问了起来。

“他强迫了自己的妹妹，让他妹妹怀了孩儿，还害死了她，此等人伦不分的畜生，怎么不该杀？”妙姨娘开口，却说出了让所有人都震惊的惨事。

“什么？我没有！”看到满屋人都向自己望过来，王长恩赶紧大声反驳。他可不敢承认这种事情，何况他确实没干过这种事。他一个大少爷，什么女子得不到，怎会对自己的妹妹下手？王长恩赶紧辩驳：“这妖孽在骗人，我和几个庶妹连见面都十分少，绝对清清白白，你休要血口喷人！”

“怎么，你害得我那可怜的墨香怀着孩儿上吊，却连承认都不敢承认吗？”妙姨娘的话如五雷轰顶一般，连王含光都吓呆了，所有人都从这简短的对话中猜到了最可怕的事情，但是没人敢说话。

“墨香是因我而死，是我负了她……可是、可是墨香和我妹妹有什么关系，她是你和刘马夫的女儿……”王长恩磕磕绊绊地说，说到这里才找出一点儿底气来，他看着妙姨娘，却看到她脸上露出冷笑。

她看着王长恩，一脸怨毒地说：“怎么不可能……你没想过，你怎么对待墨香，你父亲也会怎么对自己的通房丫头吗？”

王含光听不下去了，他觉得这一切简直太荒唐了，他叔叔家怎么会发生这么可怕的事情？作为王家人，王含光想要维护住自己家的尊严，他上前一步，想要阻止妙姨娘说下去，但是妙姨娘却直接说了下去：“我当年就是你父亲的通房丫头，怀着孩子被你娘赐给了马夫，墨香就是你爹的亲生女儿！”

“不可能！”王长恩觉得自己要崩溃了，墨香是他的妹妹？天啊，他居然和自己的妹妹在一起？王长恩大声说：“不可能，如果墨香是我爹的女儿，他怎么会答应让墨香当我的侍女，他怎么会知道墨香和我的事之后没想着阻止？”

“因为你们父子一样薄幸啊。”妙姨娘冷笑着说，“他那么多庶子庶女，只怕早就忘记了自己还有个女儿吧？”

妙姨娘的话像是重锤，直接砸在了所有人的心中。如果妙姨娘所说属实，那王含光的叔叔家就是出了惊天丑事啊。

妙姨娘显然忍耐了许久。她打不过眼前的道士，那个背剑的游侠一身正气，她也无法近身，既然无法报仇，干脆一股脑把忍耐许久的事情都给倒了出来。

原来墨香之事竟不是王家大宅之中的第一起丑事。

十几年前，王含光的叔叔还在老宅的时候，就已经有另外一出悲剧上演过了。

不过那一次，主角不是墨香，而是妙姨娘。

2

王含光的叔叔叫王守则，他虽然是与嫡子一般被养大，但到底是庶出，未来肯定要分家别立，因此虽享受嫡子待遇，但教养到底不如嫡子那般严格。

王守则也是个贪玩的主，小时候还能勉强跟着大哥一起念书，待到长大之后，大哥上的课越来越多，性子越来越沉稳，他却沉迷于山水之乐，整日地游山玩水不着家。

当时老太爷见这个孩子越来越野，怕他在外被人带坏了性子，就命老夫人赶紧给他寻一门亲事。原想着早些找个贤惠妻子能规劝一下，等有了孩子之后也能及早收心，却没想到，热爱出门游玩的王守则却在老夫人还在相看的时候悄悄开了窍，竟然和老夫人房里的二等丫头有了首尾。

那丫头就是妙娘。

妙娘当时还是个花骨朵一般的少女。虽然论美貌远不敌跟在老夫人身边、被调教得如大家闺秀的那几个大丫鬟，但她是家生子，又惯会讨巧卖乖，就连老夫人无聊的时候都爱听她说话，还说这孩子天生讨人喜欢，不许人拘束了她的性子。

这样一个开朗活泼、和周围端庄稳当气氛格格不入的女孩，在情窦初开的王守则眼里是极其迷人的，他很快就一头栽了进去，疯了一样在家里各种地方堵着妙娘。

王守则这个高高在上的少爷会念书又风度翩翩，哄起人来让人恨不得被溺死，与周围那群泥腿子小厮完全不同，这让正是少女怀春年纪的妙娘怎能抵挡？

于是天真的妙娘很快和王守则互诉情衷。王守则指天发誓，一定会给妙娘名分。妙娘当时想，她不敢奢望别的，只希望能有个姨娘名分，能跟在二郎身边，她就知足了。妙娘带着这样的希冀，每天和二郎耳鬓厮磨，过了一段蜜里调油的时光。然而没等王守则鼓足勇气禀明父母，就得到了父母为他定下亲事的消息。

王守则第一次去见未来夫人时，是先安慰了害怕哭泣的妙娘之后才出发的。当时王守则在想什么呢，是不耐烦，还是和她一样心中惴惴不安？开始妙娘还琢磨过，但是后来就都不在意了。

反正事实是王守则和那位小娘子见过之后，很快定了婚期。因那小娘子的长辈身体不好，双方长辈想他们尽早成亲，于是婚期就定在三个月之后。

据说新嫁娘出生之日起就开始攒嫁妆，带的陪嫁价值千金；据说新娘家聘请了全城的绣娘绣嫁衣，以至于小户人家都买不到新衣了……那些传言或真或假，但归根到底都诉说了一件事情——新嫁娘身份尊贵，哪里是她一个世代为奴的家生子可以匹敌的？

可妙娘到这个时候都还有期盼。

王守则也是如此，他一再保证，等到新嫁娘进了门，定把她要过去，给她个名分。

可惜，等到新嫁娘进了门，妙娘等了又等，等到的却是下人们笑着传二郎和夫人鹣鲽情深，是恐惧地发现自己有了身孕。

还梳着未出阁女儿的头发，却已经珠胎暗结，这天大的丑事无法掩盖，妙娘只得战战兢兢去找王守则。彼时王守则新婚燕尔，正是新鲜的时候，见妙娘来找，脸上就带了三分不满，只觉得妙娘实在是太过心急，结果得知妙娘有了身孕，顿时也吓傻了。

两人商议良久，惶急又不知所措。

后来的事情就由不得妙娘了。过了几天，妙娘就被老夫人叫了过去。老夫人慈爱地摸了摸她的脑袋，说二夫人刚嫁过来，二房人手不足，把她赐给了二房。

虽然不是当姨娘，到底也到了二郎身边，妙娘以为这都是二郎的意思，顿时欣喜若狂地拜别了老夫人，收拾东西进了房。她以为熬一熬就能得个名分，却没想到，就在她服侍了两个多月二夫人，快要显怀的时候，被赐给了一个跛脚的、娶不到老婆的马夫。

这事是二夫人出面办的，但是她刚刚嫁进门，哪里就能拿捏得住所有人？她敢这么做，必然是得了王守则的同意。

这个年纪的妙姨娘想得明白的事情，当年那个还天真单纯的妙娘却想不明白。或许不是想不明白，只是心中痴念无法断绝罢了。

妙娘哭着说要找王守则。二夫人叹了口气，命人找了二郎来。王守则办了狠毒的事情，却看着妙娘叹气说：“你不要怪我……”

王守则其实不敢说出他的荒唐事。老太爷不是个和善性子，虽然因为王守则的亲娘早逝，老太爷对他不免宠爱了一些，不如对待要继承家业的老大那么严苛，但若是知道王守则干出了这样的事情，只怕就算为了给亲家交代，也免不了一顿好打。原本亲近的时候都没逼着王守则说出来的话，到了没了新鲜劲儿，有了新人进门，他又哪里肯为了妙娘这个奴婢再冒风险？

王守则让妙娘不要恨他。他对她如此凉薄，冷眼把她推入地狱，却装着身不由己的样子，让妙娘不要恨他。

妙娘不明白，她哭着离开了。她恨过二夫人，也恨过老夫人和老太爷。嫁人的时候，她被母亲戳着额头骂，问她到底是哪里招了二夫人厌弃，她这么标致的人，那么多小厮和管家可以选，哪怕是庄子上的管事也可以，怎么也不会被配给一个马夫啊！

妙娘不敢说。夜深人静的时候，她哭着想二郎，直到成婚的当天，她都以为二郎会回心转意，会来救她。

但是她到底没等到那一天。

最终她穿着嫁衣，嫁给了一个一身马粪臭味的跛脚男人。那男人沉默寡言，总是和马匹打交道，身上带着一股常年挥之不去的臭味。

和牲畜打交道的下人通常都娶不着老婆，就算真娶到了，多半也是身残手跛的。刘马夫娶了二等丫头，还是那么个标致水灵的姑娘，大家都悄悄地说刘马夫怕不是撞了大运。有些嘴碎的婆子还说，这妙娘怕不是想爬床，被二夫人厌弃了。

妙娘顶着风言风语，在马夫那破烂的小房子里住了下来。家生子是奴仆，嫁了人还是得当值，嫁人之后的妙娘被发配到了洗衣房，再也不是当年那个比一般小户人家的小娘子都矜贵的二等丫头了。

结婚大半年，妙娘都拿着剪刀不敢睡觉。她想，如果那个臭烘烘的马夫敢扑上来，她舍了命不要，也要和他拼了。可那马夫没做过任何事情，反而还给她架了新的床铺，又隔了门帘，过年的时候得了赏钱，还会拎一些酒肉回来。

他们不像是夫妻，像是搭伙活在一个屋檐下而已。

直到女儿出生，开始牙牙学语，马夫才吭哧吭哧地说：“我、我配不上你……大丫就是我亲女儿……你放心……”

妙娘这才渐渐明白，这老实男人知道一切，但他没想过其他。也许是太寂寞了吧，能有个人一起过日子，能有个小家伙叫爹，他已经满足了。

日子一天天过去，慢慢地，妙娘认命了。她把月钱存起来，把往年当丫鬟时候得的首饰都收捡起来，胭脂水粉也不再用，当年那个花苞一般鲜活的女孩慢慢变成了满脸风霜的马夫媳妇。妙娘和马夫慢慢成了真正的夫妻。

女儿慢慢长大，除了他们跟着二郎搬家之后她竟然因缘际会进了她哥哥的房里当丫鬟这事让妙娘不安之外，其他的妙娘已经不指望了。

马夫还是臭烘烘的，就算总是洗，也脱不掉那股味道，但他老实可靠，平日多得了一个钱也是揣回家悄悄塞给她。妙娘被二郎浮华轻慢的爱折腾过后，马夫这带着温度的憨厚让她觉得更安全。他们互相搀扶，一起给墨香存嫁妆，偶尔还讨论起哪家的小子配得上墨香……不怎么说话的两人只有说到这里，才会露出期待的笑容。

他们都是奴仆，没有自由，没有大富大贵；他们每天早早起床工作，一个一身牲畜的臭味，一个洗衣洗到满手都是破口；他们总是低头在大宅的角落行走，就怕遇到的贵人被他们沧桑的脸吓到……虽然如此，他们还有最后一个卑微的梦，那就是一家人平安，哪怕世代为奴，如蝼蚁一般活着。

可是这个朴素甚至卑微的梦，最终随着墨香的死彻底破碎。

3

大丫鬟每月才能回家一趟，墨香每次回来，除了休息吃饭，其他时间妙娘都用来叮嘱她一定要守住，要注意和大郎的距离。她念得频繁，让墨香都觉得啰唆。

可怜天下父母心，妙娘每日提心吊胆，就怕墨香和大郎弄出什么丑事。她几次欲言又止，想把当年的事情告诉墨香，可是她不敢说，墨香毕竟和她不一样。妙娘是家生子，自小被教导着如何当下人，可墨香自小就被带着学诗书，心气比一般娘子还高。

妙娘担心如果让墨香知道自己的身世，她可能这辈子都没办法心平气和地生活了，说不定还会做出什么不理智的事情，到时候反而累及性命。因此妙娘和马夫商议了许久，到底都不敢把当年的事情告诉心高气傲的墨香。

可是妙娘没想到墨香到底没忍住诱惑，轻信了大郎的保证，很快就与他坠入爱河，失去了理智。

“王长恩该死，他和他爹一样，都不是好东西……”说到这里的时候，妙姨娘已经满眼都是泪水。

说实话，看到如此妖媚迷人的女人流泪，任何男人都会忍不住内心愧疚，更何况她说出的陈年往事如此可怖，令人根本不敢细思这些年这个女人守着这个秘密，到底承受了多大的痛苦。

不提袁天罡，就连对妖魔鬼怪极为提防反感的李乘风，此刻脸上都露出了一丝迟疑。事情一下子陷入了僵局，袁天罡长叹一口气，轻声说："你、你不能杀人，你可以报官，或是想别的办法……"说到一半，却还是没了声息。

妙姨娘是家生子，性命都在主人的一念之间。仆人告主，就算是有道理也会被打五十大板，那板子下去，健壮男人都会被活活打死。告官就是自寻死路。因此袁天罡才会没办法说下去，妙姨娘根本不能告官，她只是个下人，哪里能寻到公道。

"我可以替你报官。我乃陇西李氏，若你所说皆是实话，我可以替你递帖子求回公道，让他们付出代价，你大可不必杀人……"李乘风突然说。

妙姨娘听到李乘风的话，冷笑一声，脸上还带着眼泪，眼里却满是怒火："那有什么用？墨香已经死了！何况他们害死了我的墨香不说，连刘大也没放过！"

刘大就是那个马夫。这个为奴一生的男人沉默寡言，总是臭烘烘的，他活得压抑卑微，在马房工作的奴仆之中算是干活最多、赏钱最少的人。这个一直逆来顺受的男人在得知墨香上吊之后，红着眼睛憋了半天，只说了句"我要给墨香讨个公道"，然后他第一次进了正房求见，要给墨香讨个说法。

下人死了，想讨个说法简直是痴人说梦。妙姨娘心中怨恨，本想跟着一起去，但为了给墨香收尸耽误了一会儿。然后她就听到有人说刘大顶撞主人，在台阶前跌死了。

一夜之间，女儿和男人都死了。父母早已经离开，也没有兄弟姐妹，妙姨娘半生忍耐，才发现她什么都没留住。

"我原先以为我忍下来，日子总能过下去……可是墨香做了什么？她是被王长恩那个贱种天天缠着，以为那贱种是真心对她，才……"妙姨娘似哭似笑，声如夜莺泣血，她狠狠地瞪着发抖的王长恩，眼里的泪一串串往下掉，"刘大又做了什么？他一辈子都没进过一次内院，他不就想问清楚墨香为什么死了，怀的是谁的孩儿？结果呢？他一辈子给王家当牛做马，过得比畜生还不如，却这么随随便便就被你们给杀了！"

说到这里，妙姨娘冷笑一声，她满脸眼泪，表情却破釜沉舟一般坚定。她对袁天罡和李乘风说："我什么都没有了，就剩下一条贱命。告官不说别的，只要他们否认，我连证据都没有，下人们哪里敢替我作证……你说我不能杀人，那为什么他们就能杀人？为什么他们杀人却不用付出一点儿代价？只是因为我们是奴仆，只是因为我是家生子，所以他王长恩可以欺辱亲妹还安然无恙，而刘大只是问墨香为什么死就直接被他们杀了？”

“我没有杀人，我没有……”王长恩不过是个未及冠的年轻人，他被妙姨娘接二连三的话给惊得六神无主，只能一遍遍地重复，说他没有杀人。

“你当然不用自己动手，但墨香是被你逼死的！而刘大为什么会死，还不是你爹娘为了帮你遮羞所致！”妙姨娘恨恨地说。

“你说什么？”两人正在争辩，门口却传来诧异的问话。所有人一抬头才发现，管家带着王含光的叔叔和叔母，正一起走进门来。

王守则没听到别的，但显然听到了王长恩欺辱亲妹那一段，他不可思议地看着妙姨娘，厉声问：“你说的是什么？再说一遍！”

“说一万遍也不要紧，墨香是你的亲生女儿！你儿子欺辱亲妹，逼死了怀了他孩儿的墨香！”妙姨娘显然痛快至极，她满脸泪水，大声狂笑着说，“王守则，你看看你当宝贝养出来的到底是个什么畜生！”

“不可能，墨香是我的女儿？”王守则显然不敢相信，他看着妙姨娘，半晌突然喃喃地说，“妙姨娘，马夫……不对，不对……”

“他怎么会不记得自己的通房丫头？”一旁的李乘风都忍不住为王守则的薄情震惊。

袁天罡叹了口气，说：“她身上有东西，能让人产生虚假的记忆和幻觉。”

李乘风这才发现这场景十分怪异——王守则看着妙姨娘竟是一副痛悔难过的样子，他上前想扶起一脸仇恨的妙姨娘，而他身后的管家和王夫人看着妙姨娘，俱是一脸惊艳的表情，只不过王夫人脸上含着淡淡的妒意，好像刚才的丑事还不如妙姨娘啼哭更让人注意。

李乘风悚然而惊，疑惑地说：“她身上到底是什么，竟有如此魅惑人心的效果？”

这个千娇百媚的女人国色天香，只怕选入宫中都能成为一宫主位，但她显然原本不长这样。按照袁天罡的意思，这妙姨娘身上显然有什么特别的东西。

“很像我看到的记载里的朝颜花珠。但是现在看看似乎又不像，这东西似乎更霸道一些……”袁天罡显然也正在疑惑，不过他倒是没耽误，从袖子里摸出一张黄符，并指翻飞，几个手势之间，黄符竟然无火自燃。与此同时，一股如同草木的清香之气荡漾开来。李乘风离得最近，只觉得从方才开始就有点儿委顿的精神突然一震。

几乎是一息之间，王守则、王夫人以及一干神魂颠倒的下人都目光一清。王守则顿住了要去扶妙姨娘的手，似乎才反应过来一样，诧异至极地再次重复道：“是你！”

他如遭五雷轰顶一般地看着地上的妙姨娘。她还是千娇百媚，虽然委顿在地，却妩媚天成，让人怜惜得恨不得抱起来细细安慰，可是王守则却不再如同失心疯一般被美色所迷，反而一副第一次见到妙姨娘的样子，神色中带着警惕和提防。

“是啊，我是妙娘，墨香是你的女儿，你的贱种儿子勾搭他亲妹妹！”妙姨娘冷笑着大声回答。

王守则脸色一沉，还没说话，就被旁边已恢复神智的王夫人拉了拉衣服，这才顺着夫人的眼神看过去，发现袁天罡和李乘风正一脸好奇地看着他们。

王守则脸色一沉，直接说：“来人，先把两位贵客带回沉香苑，好生照顾。”

家丑不可外扬，他不打算让袁天罡和李乘风二人继续看下去了。袁天罡还没说话，一旁的王含光就开口了：“叔叔，不能让仙长离开，这妙姨娘……”

王含光话还没说完就被他叔叔打断了，王守则挥手，直接说：“含光，你也回去，叔叔心中有数。”

看着围上来请他们的家丁，李乘风想要反抗，但王含光和袁天罡已经被推着往外走了。袁天罡本想开口留下，就听王守则一脸严肃地说：“道长，这是王家的家务事，无论发生何事，王某人都希望道长能让我们自己解决。”

“你确定？”袁天罡面色不定，看着王守则说，“这东西十分凶狠，我们要是离开，你们可能有性命之危。”

听袁天罡如此说，王守则面露犹豫，他看看袁天罡三人，又看看房内委顿在地、一脸无害的妙姨娘，显然不太相信。此时一直害怕的王长恩赶出来，低声对王守则说了几句。王守则点点头，轻声说：“那烦请道长在此地看着点儿。”

此时他们已经在二门外，在这个地方看着点儿，也就真只能看着了。袁天罡还没来得及说话，王家父子二人就点点头，回转身往内室走去。

一旁的李乘风突然说：“他们不想让我们听到那些私事。”说着，他看了一眼站在一旁一脸焦急的王含光，突然说，“这胖子的叔母在说，‘这妙姨娘和墨香一样，都留不得，我早说了，偏偏你们都不听’。”

“你说什么？”王含光今日已经受到了无数冲击，此刻还是大为震动，他不肯相信，想追问李乘风怎么知道的。

那边的妙姨娘也听到了他们一家三口的话，突然抬头看着王守则，诧异至极地问：“你什么意思，墨香不是自杀？”

王守则回了些什么，但二门外的他们听不到，正焦急，李乘风突然又说话了：“王守则正在说，‘还不是你一直瞒着这些事情，害得丑事发生，我才没了办法’……听这口气，你叔叔和叔母似乎都知道，就你那个傻兄弟现在还不敢相信……”

李乘风说得十分肯定，与房内众人的表情也都合得上。据说内家功夫练得好的人耳聪目明，但是如李乘风这般的，别说袁天罡，就连还算见多识广的王含光也是第一次见。

只是此刻王含光没心情感慨李乘风少侠的功夫，他正因这话惊恐的时候，忽然看到被攻击之后一直萎靡的妙姨娘瞪大眼睛，大吼出声，她声音快要撕破，犹如杜鹃啼血："王守则，是你杀了墨香？你杀了你的亲生女儿？"

大约是被妙姨娘突然的怒意给惊到了，王守则被她吼得退了一步。他说了几句话，李乘风这回没说给袁天罡他们听，反而皱眉露出一脸毫不掩饰的嫌弃，显然王守则说的并不是什么有担当的好话。

听王夫人和王长恩又说了几句，李乘风突然冷笑一声，说："他们在说，妙姨娘弄出丑事，先把她杀了，然后让我们闭嘴，不能有损王家声誉。"说着，李乘风瞄了一眼王含光，里面的意思十分明显——王家家风令人怀疑。

王含光还没顾得上解释什么，里面的妙姨娘似乎被他们的话气疯了，她突然啼哭着大喊："你的儿子是人，你们王家人是人，但墨香不是人，刘大不是人，我不是人吗？当初不是墨香要勾着你那贱种，当初也不是我先勾搭你！王守则，你们王家欺人太甚！"

说话间，妙姨娘突然昂首，长发唰地如丝般竖起，直接向王守则一家冲了过去。

王守则几人进门时见妙姨娘受创，十分羸弱，因此毫无防备，唯有王长恩反应快一些，却也没躲过多少。他们的身体像是一团豆腐一般被扎得千疮百孔，几乎是一瞬间，三人就变成了血人。

"住手！"袁天罡大喊一声，率先跑了过去。李乘风眼见着屋内三人凶多吉少，看了妙姨娘一眼，反手握着剑柄冷声说："收手！"

妙姨娘已经是强弩之末，这最后一击显然耗尽了她的心血，不用李乘风再说，她头上的发丝就已经萎靡下来，慢慢消失。妙姨娘吐了一口血，冷冷看着冲进来的三人，还没说话，瞬间又呕出一口血来。

她看着满身是血的王长恩，见他还在喘气，竟喘着气趴在地上，慢慢往王长恩的方向爬去。王长恩惊恐地发出微弱呢喃："含光哥，救我……"

王含光今日虽然被叔叔一家人吓得不行，此刻看到王长恩血肉模糊地求救，顿时心中一软，看着袁天罡说："仙长，求求你救救他吧！"

袁天罡却根本没关注地上死的人，反而往妙姨娘那里跑过去，他一把抱住妙姨娘，一迭声说："快快快，把朝颜花珠吐出来，吐出来，我还能救你！"

妙姨娘看着他，半晌说道："道长，你之前阻止我杀人，但是你能阻止这些高高在上的人杀人吗？”

袁天罡顺着她的眼神，看到血肉模糊、一脸惊恐的王长恩，顿时一愣。

“你说我不该杀人，你能劝他们不杀人吗？”妙姨娘又说。

袁天罡心乱如麻，一时之间竟然不知如何回答。

妙姨娘长笑一声，冷冰冰地说：“道长，你能决定谁该杀、谁不该杀吗？”说完，她看着袁天罡，竟然就这么睁着眼睛断了气。

死不瞑目。

袁天罡抱着妙姨娘，一时之间竟然痴了。

李乘风走过来，一把拉起袁天罡，看着他认真地说：“你别被她绕进去了。世间公义自有论断，她或许含冤，但不代表如她这般才是对的。”

袁天罡愣怔了一会儿，突然说：“我原本以为她只是后宅争宠……”他之前还一脸稀奇和兴奋，此时听完了那些艰辛痛苦的往事，对朝颜花珠的好奇已经完全消失。

袁天罡的表情慢慢变成淡淡的悲悯，他叹了口气，说：“她说得对，这事情本就是她和王家人的因果，我不该参与。”说完，他摇摇头，起身往外面走去。

李乘风看了一眼满地的血、大呼小叫的管家、痛苦呻吟的王长恩，还有惊恐担忧的王胖子，也摇摇头，往外走去。

4

是夜，袁天罡摆了米饭和清水，设了个小小的祭坛，焚符之后，青烟卷起，半晌之后他才慢慢展眉。

“别想太多，明日就离开这里吧。”李乘风抱着剑对袁天罡说。

原本他们就不该留下来。这后宅之事，凡是牵扯到阴私的，绝对都最难判定，所谓清官难断家务事，这件事上，王守则一家绝对不算无辜，但是让他们坐视人被杀，他们也做不到。怎么做，似乎都是错的。

袁天罡叹了口气，点点头，难得的一副愁苦模样。显然这是他下山历练以来最为难受的一天，他也不想再在此地耽搁了。

两人达成共识，打算回房休憩，明天一早就出发。这时候王含光推开门，走进来小心翼翼地说：“那个……仙长、少侠，今儿谢谢你们。”

“不用谢我们。你叔叔家中内帷不修，今日没了妙姨娘，隔日也有其他祸事。”袁天罡看着王含光，摇摇头，直接转身进屋了。

王含光白胖的脸一红，可怜巴巴地看着李乘风。

李乘风看了他一眼，说："明日我们就启程，你好好照顾你那个堂弟，替他办好丧事吧。"说完也甩门进房。

王含光讪讪地站了一会儿，也不叫奴婢服侍，进了自己的房间睡下了。

三人一夜无梦，第二天起床之后，只觉天地之间一片安静，平日服侍他们的小厮和下仆此刻都不在，还在疑惑的时候，隔壁突然传来了王含光的声音："你说什么？"

袁天罡和李乘风被那声音震得顿了一下，还没明白到底是什么事让他一惊一乍的，就见王含光跑了过来，气喘吁吁地推开房门，一脸惊恐地说："那个……仙长、少侠，出事了！下人方才来报，说我叔叔的两个妾室、叔母陪嫁的那群人，还有大管家，他们昨夜突然都死了……"

"什么？"王含光的话让袁天罡和李乘风都极为吃惊。

李乘风说："你是不是说错了，昨天受伤的只有你堂弟……"

"不是，我堂弟那边我昨天一直守着，他还在，只是后宅死了一半的人……"王含光眼中含着惊恐，显然一大早被吓得有些糊涂。

袁天罡和李乘风对视一眼，都在对方眼里看到了震惊。

"带路！"李乘风说完，和袁天罡一起往后宅走去。

后宅死气沉沉的，前几天还一脸笑意、规规矩矩的下人们现在都一脸惊恐地聚在一起窃窃私语，看到王含光带人过来，才赶紧分开行礼。

王含光现在没时间搭理这些下人，直接先往叔母所在的宅子而去。昨天王长恩受伤之后，连夜请了全镇的大夫吊命，忙了一夜，后半夜下人们才睡下，哪里晓得早上一起来，这两个主院竟是没有一个活口！

袁天罡三人进了主院，看了一圈死去的下人。陈婆子前几天还活蹦乱跳的，今日一看，竟是全身雪白、身上全是密密麻麻的小洞。

李乘风上前看了看，低声对袁天罡说："他们全身血液都被吸干了，一滴不剩。"

袁天罡点点头，他一个个查探，脸色越来越难看，良久他皱眉，疑惑地说："这、这不对啊！"

"怎么了？"李乘风第一次看到道士如此愕然，他一般都是一副知道事情但是神神秘秘的样子，这倒是他第一次如此失态。李乘风顿时有些紧张，忍不住捏了捏手，好歹控制住了抱剑的冲动。

“寄生、嗜血、媚而食怨……妙姨娘的尸体在哪里？”袁天罡转头问王含光。

王含光看向一旁的二管家，二管家赶紧说：“妙姨娘的尸体停在后院的偏院里，还没下葬。”

如今主人家就剩大郎一个，还在昏迷，主事的就是王含光，下人不敢擅自决策，所以如今还在停灵之中。

“赶紧带路！”看到袁天罡的神色，王含光催促二管家。一行人直接出门去了后院，棺木还没钉上，下人大着胆子掀开棺盖，二管家顿时惊愕地脱口而出：“这不是妙姨娘啊！不对，这不是人啊！”

袁天罡和李乘风挪过去一看，李乘风也愕然，说：“这、这是什么东西？”

棺木里面躺着一块破破烂烂、腐烂程度极高的皮肉，软塌塌的，全无骨骼，只能大致看得出是个人的形状，看上去像是被人抽走骨头的皮肉破袋子。

“这才是真正的妙姨娘。”袁天罡沉声说，“你看这华发，还有这手上的粗茧……妙姨娘一直就是这个样子，里面的东西已经逃了！”

妙姨娘自己都说过，她原本姿色只算清秀，当年与王守则相恋，也是因为两人性格相投。如果妙姨娘生来如此国色天香，王守则即使是贪图美色，也不会如此简单就抛弃怀着孩儿的她。

袁天罡原本以为是朝颜花珠出世，这后宅妇人得了奇遇，不知轻重地拿来争宠。他觉得稀罕，但也没太当一回事，因为与悍烈的梵天大蛇和弑杀屠城的人魔比起来，朝颜花珠其实不过是一种毒草罢了。

千万朵朝颜花才会孕育出一颗花珠，有拇指大小，于月夜开放， 灼灼有光。那花珠可从花朵之中轻易取出，莹润有光泽，如同夜明珠，嗅之令人迷醉且口干舌燥，诱人吞服。

吞下去的时候会心神迷醉，只觉得熏熏然、陶陶然，之后会令人脱胎换骨，不但会变得容颜秀美、皮肉白皙，身上更是有淡香环绕，且力气会变大，体质差的人也能健步如飞，若是本身身体健康的人，甚至还能获得一些超凡的本事。

所以吃下朝颜花珠的人，都以为自己吃下了什么大补灵物，甚至以为自己已经超凡脱俗。但其实朝颜花珠有毒，这些表现恰恰是中毒的表现。

这种情况会持续三年，三年后，中毒越发深，身上的花香也愈发浓郁，虽花香记载各异，但是这时候已经药石无灵。

中毒之人在毒素累积到爆发点时会全身僵硬，而后口不能言，但是意识却十分清醒，然后就会被迫感觉到朝颜花珠缓慢发芽、破腹而出。它以人为养料扎根，最后结出朝颜果实来。但是直到那时候，人依然不会死，准确来说，也算是某种程度上的长生——朝颜花珠的生长期足以到千年，人与这花珠共生之下，千年之中会一直清醒地活着，有一切感觉，但是连眨眼都做不到。

朝颜花珠确实是稀罕灵物，在会用的人手里培育起来是非常有用的东西，因此袁天罡才想弄回去，反正留在不懂的人身上也是祸害。

但是他没想到另外一种可能。

他看着妙姨娘的尸体，半晌才哑声说："看来，是我小看了妙姨娘复仇的决心。"

"那、那怎么办？"王含光惴惴不安地问，他很怕这位仙长拂袖而去。

"附耳过来。"袁天罡低声说了一会儿，然后拍了拍王含光的肩膀，脸色严肃地说，"如果她收手，那此事也无从追究，但是若她还想回来……"他没有继续说下去，但脸上的表情说明了一切。

5

今夜，王宅分外安静。

一弯残月挂在空中，树木拉长的影子投在窗栏上，曲曲折折，像是某种鬼怪一般。

王家的下人都不再在外面行走，而是关门闭户。忽然其中一扇门打开，房间里的人疑惑地问："翠翠，道长说了，今夜不许外出行走，你这是去哪儿？"

那叫翠翠的姑娘是个二等丫头，也是王长恩的两个通房丫头之一。她对同伴们一笑，眼波流转，轻声说："我去给大郎侍疾啊。"

同伴还要说话，有机警的拉住了她的手。

翠翠一笑，看了众人一眼，一摇三摆地出了门。她原本只算是清秀，但是此刻走路一摇三摆的，满身媚态，像是没长骨头一般。

"怎么了，翠翠这么出去很危险啊！"身后，那刚才被阻拦的丫鬟焦急地说。

拉住她的机警丫鬟轻声说："我看她不对劲，方才她走路的样子太像妙姨娘了……"

听她这么一说，旁边的人想了一下，顿时脸色就惨白起来。胆子小的人甚至吓得发抖，众人都抱在了一起。

翠翠一步一扭、慢慢悠悠地走过阴森森的花园，一路走到了王长恩所在的院子，用曼妙妩媚的声音轻笑着说："大郎，你在房里吗？"

门内传来王含光的声音，有些外强中干："你是谁？"

翠翠一笑，上前轻轻推门，本来插着的门闩竟一推之下断成两半，"啪嗒"一声掉在地上。翠翠推开门，就看到房里灯火通明，门厅里坐着几个人——一身道袍的袁天罡，一身劲装、背剑的李乘风，还有就是死死粘着二人、说什么都不肯躲在一边的王含光。

"我是大郎的通房丫头翠翠啊。"翠翠一笑，竟然对王含光抛了个媚眼。

王含光无福消受，事实上他觉得这一番事下来，只怕短时间之内都很难消受美色了。他脸色难看，往李乘风二人身后躲，竟是吓得一句话都不敢说。

倒是袁天罡看着翠翠，冷下脸来，说："你今夜前来，所为何事？"

"受人之托。"翠翠看着袁天罡，媚笑着回答，声音又软又甜，像要滴出蜜来，"前来取王家没死之人的性命。"

"你知道我们在这里还敢来？"袁天罡不明白眼前这东西到底哪里来的自信。

"你知道我是什么吗？"翠翠眨眨眼睛，见袁天罡冷着脸不出声，她笑嘻嘻地说，"你不知道对吧？提示你，反正我不是朝颜花珠……"

她嘲讽地一笑，故意激怒袁天罡："而且我也不是可怜的妙娘。"

她说着，一路往李乘风隐隐把守住的内室门口走去。李乘风反手拔剑，翠翠却全然不惧，竟然直接向着李乘风走去。

李乘风做不到主动向一个手无寸铁的弱女子出手，何况翠翠怎么看都是个正常人。李乘风只踌躇一瞬，翠翠却突然轻笑一声，整个人向他撞过去！李乘风反应极快，纵身往身边一跳，反手用剑背拍过去，翠翠一闪，已经进了房内。

"你傻啊！跟你说了拦住她啊！"袁天罡被李乘风气得跳脚。

李乘风尴尬地低声回："她是个姑娘。"

"是，是个妖怪姑娘！你之前那么疾恶如仇，敢情是因为人家不是漂亮姑娘啊！"袁天罡气狠狠地说着，三人往内室而去。

翠翠进了内室，发现床上的被子里居然塞着几个大瓷枕做出人的样子，顿时大声说："居然骗我？"她转头看了一眼李乘风三人，跺跺脚，竟然直接破窗而出。

"追！"袁天罡着急地喊。李乘风一手捞起他。

旁边的王含光大喊："带上我！"

李乘风仓促间提起王含光的衣领，往翠翠离开的方向急奔！翠翠形如鬼魅，李乘风身法运到极致也只能勉力跟上。

王长恩疗伤所住的院子很快被翠翠发现，她一路跃下去进了房门。李乘风等人赶到的时候，就看到翠翠的头发正扎在王长恩的身上，原本昏迷着还有一口气的王长恩，只几个呼吸之间就被吸干了血，直接断了气。

翠翠舔舔嘴唇，笑眯眯地看着不远处哭泣的小姑娘和抱着小姑娘的妇人，说："接下来就是你们了……"

言谈之间，竟然是要灭王家满门。

那边瑟瑟发抖地抱着的是王守则之前的妾室和他的庶女。这姨娘据说最为不受宠爱，住得最为偏僻，因此昨夜正院被屠尽之时，唯有这娘俩因住得远，逃过一劫。

"围住她！"袁天罡动了真怒，对李乘风喊了一声。李乘风眼见女子谈笑之间夺了王长恩性命，又往王守则的妾室和庶女身边冲，一身煞气，显然与刚才还有一丝人气的样子不一样，顿时不再犹豫，挥剑往翠翠身上砍去。

翠翠身法如同鬼魅，唰地就避过了李乘风。眼见着她向那女孩冲过去，李乘风眼眸一厉，竟挥剑斩下了翠翠的头颅！鲜血如同剑雨一般落下。李乘风自游历天下以来，不是第一次杀人，但是之前所杀的都是豪强土匪，他的剑第一次饮下一个少女的血。

就算知道这少女已经不是人，但到底只是鬼魅一些，大致还是个人样，李乘风忍不住心中一阵懊悔。但他还没来得及反应，就听到袁天罡大声说："小心！"

李乘风失神之间，反应慢了一拍，然后就看到翠翠的胸口有什么东西鼓动，而后向他直扑过来！李乘风胸口一痛，低头一看，竟然看到胸口卡了一块如玉一般的骨头。那骨头扎穿了皮肉，咬在他的胸骨之上，竟然还在扭动，想要吃下他的肋骨。

李乘风发出痛呼，这不是错觉，这诡异的骨头真的在咬他的骨头！

袁天罡咬破食指，急急画符，口中低喝："驱邪卫真，破！"

符成之后，那扭动的骨头才停止了动作，像是僵死一般一动不动，袁天罡用力一拔，把那段骨头拔出来。那骨头如同白玉，看上去像是半截蝴蝶翅膀，在袁天罡手中兀自扭动，像是要随时暴起一般。

李乘风用布勒紧他破了个洞的胸口，疑惑地问："这到底是个什么东西？"

"你没事吧？"袁天罡倒是急了，他扒开李乘风受伤的血窟窿，一边看一边说，"媚骨最为霸道，吃人骨速度极快……咦，你没事？"

袁天罡愣了一瞬，笑了下，说："估计是我们反应得快。"

所有人都松了口气，以为终于解决了这邪门的事情。

袁天罡拿着那块骨头踱步几下，突然反身用还有血迹的食指点在一旁吓得脸色惨白的庶出小娘子额头上。他连点几下，并指如飞，口中低喝："律令玄武，护我真神！"

突然，庶出小娘子身边有金色细芒闪过，她一动不动，脸色更为惨白，竟然隐隐发出青光。

"丽娘，你、你把丽娘怎么了？"旁边的周姨娘吓了一跳，想要去抱住自己的女儿，却发现女儿全身僵硬、脸色发青，细看之下，只觉得女儿形貌竟与平日大不相同，心中顿时惶急。

"夫人请节哀，你女儿昨日就已经被害了。"袁天罡对周姨娘说着，眼睛却看着丽娘，厉声说："你就是之前寄生在妙姨娘身上的东西吧？妙姨娘只怕已经死了一年多了，你和这家人有什么仇怨，竟然连一个小姑娘都不放过？"

"才没有，妙姨娘明明是昨天被你所杀，关我什么事？"那被抓住的"丽娘"开口，语调轻浮曼妙，显然不是丽娘平日说话的语调。

"昨天那个妙姨娘就是你，不，准确来说，我们见到的妙姨娘，从头到尾都是你！"袁天罡看着"丽娘"，绷紧着脸，说，"我昨天看到妙姨娘的尸首才发现，她身上全是尸斑，身体软如蛇鳗，骨头都被你吃光了——寄生、嗜血、媚而食怨，寄生的宿主全身骨骼包括牙齿都被吃光……你是媚骨！"

"丽娘"原本毫不在意的表情凝固了一瞬，让人很容易看明白，袁天罡猜对了。

她愣了一下才冷冷地说："这么多年，第一次有人道破我的身份。"

"从丽娘的身体里出来，我可以饶你不死。"袁天罡冷冷地说。如果说对于妙姨娘，袁天罡还有怜悯，对于这谈笑之间杀人的妖物，他可没有任何怜悯之心。

"饶我不死？"听到袁天罡的话，"丽娘"发出嘲讽的笑声，她擦了擦眼角，说，"小家伙，你逗得我眼泪都要笑出来了……饶我不死，我倒是想死呢，你能不能成全我啊？"

袁天罡脸色一凝，显然被她戳到了痛处。

他所学知识都是自记载而来。媚骨极为罕见，司天监的记载只短短几句，许多关键之处还都看不清楚或是干脆缺了一片，这才导致袁天罡在妙姨娘死后，才发现这一切不是妙姨娘自己的复仇，而是媚骨感受到了妙姨娘死前的怨气而来，弄出来了这些腥风血雨。

媚骨听上去绮丽，外表看上去也十分美丽，因为是含冤而死的美人蝴蝶骨所化，有人甚至会把它当作白玉蝴蝶收藏。但其实媚骨性子极其凶悍，虽正面攻击力不强，但是行踪鬼魅。因为食怨，所以媚骨多出现在含恨之人死去的地方，而一旦出现，不吃掉千百人它绝不会饱足。

所以无论有多少借口，媚骨所做的一切都不只是为了妙姨娘复仇这么简单。袁天罡发现报仇的人竟不是妙姨娘时就已经明白，今日必须要阻止它，否则它还会继续杀下去。

但问题是，因为记载残破，他确实不知道怎么杀死这两块骨头。

不过袁天罡倒是知道一些别的。他看着“丽娘”，嘲讽地说：“你不过是两块死人身上的骨头而已，你所有东西——记忆、感情，甚至是仇恨和天赋，都是别人的。你以为你活着，甚至以为你自己就是当年那个人，所以你才一直徘徊寄生，无法安宁……”

“闭嘴！”“丽娘”被惹怒了，大吼着想要冲过来。

袁天罡见她发怒，心中一喜，继续说：“你以为你是你的主人吗？你不过是她留下来的残肢，看你的样子，最多得了你原身的三分风流吧？能化出媚骨，你原本的主人一定是倾国绝色，可看看你……”袁天罡做出一副嫌弃的样子。媚骨出世，必定是有倾国绝色含冤颠沛而死。沾了原主的记忆，媚骨凶悍而且善于魅惑，最恨被人鄙薄外貌。

果然，媚骨听了袁天罡的话十分恼恨。

袁天罡继续说：“看看你，只能在这个院子里，周旋在山野小镇之中……你有什么怨恨，有什么仇恨，都只让人觉得可笑，替你原主人不值罢了。”说着，袁天罡摇头，显然十分看不上媚骨的作为。

“什么主人？你根本不明白，我就是她，我就是苏曼！”自称苏曼的媚骨恨恨地看着袁天罡，怒声说，“你根本不明白我经历了什么！你觉得妙姨娘可怜？那你知不知道，天下间有多少比妙姨娘还可怜的女人？”

“我是不知道。但是我知道你杀死的很多人都是无辜的！”袁天罡继续激怒苏曼。

苏曼也如他所愿地进了圈套，她冷笑着说：“很多人是无辜的？谁有我无辜？我生下来就没有选择，是家生奴仆，被主人看上当了小妾，也没有人问我的意见。被主母磋磨，主人却说磋磨可以，但不可太过……我不是人吗？凭什么我就可以被磋磨，凭什么我就可以被人罚跪在地上，凭什么我就要被人扒掉裤子天天毒打，凭什么逼着我和恋人分开，反而还说我是狐媚子？”

她显然怨怒了几百年，说起这些的时候脸色扭曲变幻，若是她口中那些人还在世，只怕她能当场吃了他们的血肉。她还在暴怒，声音怨毒地说：“凭什么到了打仗的时候，就是我被丢下来给人糟蹋？好不容易被将军看上，好不容易遇到那个毒妇和那个男人，竟还有人劝我救下他们！”

苏曼口中的故事，比起妙姨娘的惨剧来说，更为恶心人。

简单几句话就能让人明白，为什么苏曼会寄生在妙姨娘的身上。她和妙姨娘一样出身低微，乃是家奴，只是和妙姨娘不一样的是，苏曼大约是天生绝色，长得曼媚惑人，于是在长大后被主人看上，纳入房中，从此与自己的爱人分离。

她虽然比妙姨娘多了个妾室的名分，却过得生不如死。夫人善妒，找到机会就要扒掉她的裤子在光天化日之下毒打她。苏曼难以忍耐，告知主人，主人却说主母管理妾室乃是天经地义，须得忍耐。

主母狠毒，主人也最多规劝“打可以打，只是别打出人命”，苏曼日日忍耐，所有人都可怜她的遭遇。最终战火四起，主人一家带着她逃命，半途她被主母设计绊住，被乱军给抓住。

那是一段黑暗绝望的日子，直到被一位将军看中，苏曼才熬了过来。将军出身草莽，不讲究许多，他对苏曼十分喜爱，让她掌握家中所有事物，待如主母。就在苏曼站稳脚跟之后，遇到了被人当街叫卖的仆妇，也就是当年的主母。

苏曼买下了主母，如当年主母待她一般对待主母，每日也扒了裤子毒打，日日罚跪。有恩报恩、有仇报仇，可竟然有人在知道了当年的事情后劝她大度，说主母出身高贵，而她奴仆出身，怎可如此对待昔日贵人？

苏曼不搭理，名声日坏，直至后来将军战死，原本的主母与主人一夕之间化为恶鬼，他们生生烧死苏曼，霸占了将军所有家产。

苏曼其实只报了当年主母毒打侮辱之仇。在乱世之中，她买了原本的主人夫妻二人，算是给了他们安身立命之所，可是最终却害得将军的产业为仇人所占。她被焚烧而死，竟然还有酸儒写赋庆贺“毒妇果得业报”！不但如此，他们还将之编成故事，传给孩童，让她死后都被千万人唾骂。

苏曼死后不得安寝，尸骨化生，就算是为了不让仇敌占了唯一对她好的将军的产业，她也不能安宁，就算在地狱，也要爬出来为自己报仇！

“你已经为自己报仇了吧？”袁天罡看着她，问道。

“当然！”苏曼脸露得意，狰狞地笑着说，“我吃光了他们的骨头，让他们瘫软在地上，活生生惨叫了十多天才断气……”

“然后呢？”袁天罡看她愣住，慢慢地说，“然后你活了许多年，你不是苏曼，你只是苏曼的一对骨头，你要吃人骨、喝人血，要寄生在人的身上才能感受到自己是个人……你杀了多少人，几十个还是几百个？”

“关你什么……啊。”苏曼厉声反问，就在她被袁天罡的话引开注意力的瞬间，忽然发出了惨叫。

原来袁天罡竟然在这一瞬间，直接拔下头上的八卦簪，扎入了丽娘的肋骨处。那发簪看上去是木头，可是扎进去的瞬间却仿佛什么神兵利器一般，直接没入了比金玉还坚固的骨头里面。

“快！”袁天罡对身后的李乘风喊。

李乘风早有准备，赶紧上前握住袁天罡的手用力一拉，直接在丽娘的肋骨处拉出一道长长的口子，透过血肉，可以看到那玉色的骨头长在丽娘的身体里。

袁天罡摸出一张黄符，李乘风用力一拉，直接活生生拉出这截骨头。

“丽娘”发出尖叫，下一刻，整个人如同一块软烂皮肉，随着那块被拉出的骨头定型成半片蝴蝶骨，“丽娘”彻底失去生机，像是烂口袋一般委顿在地。

袁天罡用符纸包住血迹斑斑的骨头，飞快地将之全部裹上黄符，这才敢从缝隙里抽出自己的发簪。

他用红绳将那两块凑起来、如同残翼蝴蝶一般的玉色骨头系好，又用血在上面画好符咒，这才喘了一口气，直接栽了下去。

“仙长、仙长！”王含光左顾右盼，不知道这一切结束了没有。

李乘风一把接住袁天罡，对王含光说：“可以了，别鬼吼鬼叫了！”

一室被叮嘱的人这才喘过气来。只周姨娘抱住自己的女儿，发出心酸的哭泣声。

一旁的二管家悄然走过去，躬身恭敬地扶起她，安慰说：“夫人，您节哀，如今家中就剩下您了……”

周姨娘愣了半晌，看看自己怀里的女儿，又看看床上彻底没了气息的王长恩，眼里都是泪水，却尽力端庄地拿了帕子出来，擦着眼角，轻声说：“这么一大家子，我心里不忍啊……”

李乘风看了她一眼，心中长叹，反手扛起袁天罡，率先离开这里。

王含光左看右看，见这房间内的人竟都去安慰周姨娘，没人搭理他，顿时喊着“等等我”，一路跟着李乘风的身影往外而去。

6

“近日多谢二位了。”几天之后，力竭的袁天罡终于休息好，几人在王家门口告别。

当日来的时候还十分热闹，如今走的时候，满屋都是白纸灯笼和白色挽联。当日迎接他们的人，如今都已经不在，送他们的是一身端庄黑锦缎的周姨娘。

曾不受宠、住在偏僻小院熬日子的周姨娘没了自己的女儿，失去了所有陪伴她半生的人，但是她看上去过得还算不错，憔悴苍老的脸经过几日，竟还多了几丝端庄威严来。

她此刻带着慈爱的笑容看着王含光，头上银镶玉的首饰虽然色调简单，却压制不住的华丽富贵，她轻声吩咐："管家，把礼物送上来。"

如今二管家顶了大管家的缺，他让人端了财物上前，金饼子和银子灿然发光，闪得人眼睛疼。

王含光和李乘风都算是在富贵乡长大，倒是没什么表情，而袁天罡突然一笑，说："有备好的马车已经十分感谢，其他的却不敢多受，告辞。"说完，袁天罡一扬鞭，赶着马车率先启程。

王含光与周姨娘无话可说，拱手也和李乘风一起告辞。走到一半，王含光才闷闷地说："周姨娘怎么一点儿也不上心……还、还那副打扮？"

李乘风没出声，袁天罡突然笑了，说："什么打扮？"

"虽然没出格，可也就只是将将没出格，一点儿也不像个伤心人。"王含光嘟嘟囔囔地说着，胖脸上有股郁闷。

"她为什么要伤心？"袁天罡直接说，"她一个下人姨娘，如今主人们都死了，她成了主人、成了贵人，高兴还来不及，为什么要伤心？"

"我叔叔是她……"是她的夫君？是她的主人？她不过一个姨娘、一个妾，可以随意被发卖或是配给下人，就算生了孩子站稳脚跟，也是战战兢兢……这些话不需要任何人说出口，大家都知道。

因此王含光开了个头，就说不下去了。他看着笑眯眯的道士，觉得这道士脸上竟似乎是嘲笑和揶揄，顿时尴尬了一瞬，忍不住辩解说："我也不是说周姨娘一定要多伤心，只是、只是……"

"只是你觉得凉薄？"一旁的李乘风突然插话，冷冰冰地说，"我却不觉得。你叔叔行事无德，周姨娘母女住的那小院，据说是在马房附近，每日恶臭不已……如此你若是还要求周姨娘伤心痛苦，那你也与苏曼当年所遇的酸儒名士无甚不同。"

王含光胖脸火辣辣的，顿时有些蔫了。

倒是一旁的袁天罡好奇地看着李乘风，笑着说："你竟是这样想的，我还以为……"

"还以为什么？"李乘风看着袁天罡，语带嘲讽地问，"以为我也跟这胖子一般想不明白？"

"倒也不是，只是我以为李少侠快意恩仇，看不上那周姨娘的做派……"袁天罡慢悠悠地说。

“我虽出身李氏，但也不认可那套主辱臣死、夫死妻随的酸儒想法，王守则如此待人，必然也会有人如此待他。”李乘风看了一眼还在闷闷不乐的王含光，说，“何况他那样内帷不修的人，还有个侄子真心为他难过，已经算他走了大运。”

这话说得简单，却不失一派开阔心胸。

袁天罡看了看李乘风，突然笑了，他转头对还在难受的王含光说：“听到李少侠说了吗？人生在世，以恩报恩，以牙还牙……你叔叔对你好，你为他难过是应该的；但你若是还一直纠结着周姨娘为何不难过，可就有些慷他人之慨，让人鄙薄了……”

这话说完，一直闷闷不乐的王含光愣了一下，慢慢露出若有所思的模样。

王含光这边还需要一些时间想通，旁边骑马的李乘风看了一眼袁天罡放在马车抽屉里的东西，忍不住问：“那东西你打算怎么办？”

袁天罡看着马车柜子里放着的、用黄符红绳束缚好的蝴蝶骨，懒洋洋地说：“送回司天监奇珍阁。”

“司天监那个破地方还有奇珍阁？”李乘风没说话，倒是一时想不明白的王含光被他们的对话打了个岔，好奇地插话。

“是的，不但有奇珍阁，而且里面的奇珍都是历朝历代司天监人搜集而来的，自上古到如今……非常多，非常复杂，天下间奇怪的东西，奇珍阁应有尽有……”袁天罡用说故事的语气对王含光说。

“真的啊……”王含光不但没有向往，仔细思考一下，反而瑟瑟发抖。

李乘风骑着马，看一眼躺着的袁天罡，不知道为什么，总觉得袁天罡的态度十分奇怪。他不紧不慢地和王含光东扯西扯，看上去毫无章法，但是李乘风总觉得他每一步都似乎有什么预知一般。

不过就算感觉这道士怪怪的，李乘风还是得认命把他和王含光送回京城复命——毕竟又是太原古城人魔，又是媚骨附身，王含光短短半月两次走在生死边缘，吓得犹如惊弓之鸟，就算有要送媚骨回司天监的袁仙长相伴，依然不肯放走李少侠这个身手不凡的护身符。

马车继续向前，天空之中突然传来鹰啸，并一路俯冲而下。

路途漫漫，袁天罡已经睡着了，王含光看到一只猛禽冲下来直向李乘风扑去，吓得差点儿大吼出声，却见到那猎鹰停在李乘风的肩膀处。

利爪把李乘风肩膀处的衣服直接划破，李乘风却一脸惊喜，任猎鹰用头蹭他，语调带着笑意："小黑，你怎么来了？"

那猎鹰似乎听得懂他的话，伸出了脚。王含光这才看到，那脚上挂着小小竹筒，这猎鹰居然被如鸽子一般使用，是来当信使的！

不愧是一身凶悍之气的李少侠，信使都这么凶猛！王含光正感慨着，就看到李少侠脸上的笑容渐渐消失。

李乘风转头，对王含光说："就此别过。我家中有急事，必须先回家一趟！"

王含光目瞪口呆，伸手想阻止李乘风，就听到一直闭目睡着的袁天罡轻声说："一起啊，一起！"

所有人都以为他睡着了，此刻突然说话，也不知是不是梦话。

李乘风皱眉："你没睡着？"

袁天罡半睁开眼睛，眯眼盯着李乘风，半晌才说："被你吵醒了。"

"你要和我一起回家？"李乘风愈发觉得袁天罡不对劲了，他皱眉仔细观察袁天罡，但是这道士却一脸坦荡地回看他。

"对啊，我算到你有一劫，必须得带着我和这富贵闲人，"袁天罡指指一旁茫然无助的王含光，笑着说，"才能解开。"

看他似笑非笑的样子，李乘风一时之间竟不知这人说的是真话还是假话。

只是不知为什么，李乘风心中忽然涌起一抹不祥的预感。

"行。"李乘风不再考虑，一点头，一夹马腹，忍不住加快了速度。

注：苏曼的故事部分取材于《阅微草堂笔记》。

第九章 画皮①

“又死人了！”满山桃花尽谢，才不过拇指大小的青桃翠绿地挂在枝头，看上去像是一颗颗漂亮的翡翠珠子。

只是如此美景之中，却传出一声凄厉的惨叫声，打破了这世外桃源一般的美景。更让人疑惑的是，在这声惨叫之后，村子里没有人出门，反而有几个在门口喂鸡的妇人脸色大变，牵着孩儿就进了屋，“砰”地关上了大门。

只有最高的几栋青砖屋里走出来了一群德高望重的老人，匆匆往发出惨叫的村民屋里走去。

1

“这一路走来怎么越来越偏僻？李少侠，你家所在之地到底离这里还有多远啊？”青山翠绿之中，当先走着个一身黑衣的背剑游侠，他背上背着个昏昏沉沉的道袍青年，而此刻出声的，是跟在他们身后、满身大汗的白胖公子。

正是李乘风、袁天罡和王含光三人。

李乘风收到家中传信后，三人商量好，决定先陪李乘风回家一趟，再一起进京禀明人魔事件。只是桃村十分偏僻，官道不至，三人前两天弃了马车骑马走小道，王含光的大腿都磨破皮了不说，身体本就羸弱的袁天罡更是在颠簸之下变得昏昏沉沉，又吐又喘。不得已，最后这半日路程，他们只能把几匹马放着，苦哈哈地用两条腿走。

“还有大半日路程，快些的话，子时能到我家。”李乘风回答。与说话如漏气风箱的王含光不同，背着人的李乘风面色丝毫未变，显然这一路走来的辛苦对他并无影响。

王含光听到李少侠如此冷酷的回答，简直要哭了。他原本是最爱在山中踏青的——带着家丁仆从，邀请三两个好友，一路走入山中，再来几首自我感觉十分良好的酸诗，真的是风流潇洒、超凡脱俗。

可这会儿王含光却一丝也没感觉到踏青的美好，他呼哧呼哧走着，只觉得像是上刑一般。天色渐暗，王含光觉得全身的皮肉都已经麻木，除了疼再也没有别的感觉。

此刻，李乘风脚步不停，红剑穗随之在前面飘摇，王含光正觉得绝望，前方的李乘风却突然停下了脚步，似乎看到了什么令他游移不定的东西。

王含光走上前一看，才发现这深山之中竟有座农家小院立在路旁，他疑惑地问李乘风：“李少侠，这山中怎会有独门独户的人家？”

李乘风皱着眉，显然也十分不解，他对王含光说：“不知道，我离家的时候，这地方虽有栋供猎户偶尔过夜的旧房子，平日却无人居住。桃村外面几座大山连绵，山中有猛虎野猪，这样独门独户地住在山中并不保险……”

人都要结伴而居，才能守望相助，山中猛兽众多，除了结伴的青壮猎户敢偶尔为了方便在这山中住一宿，其他老弱妇孺就是白日里都不太敢进入深山。

看眼前这农家小院，三间土坯屋虽简单，却收拾得利利索索的，外间小院用篱笆隔着，里面还种着青翠的青菜，就知道这绝对不是暂时歇脚之处，而是久居之所。

“山中独门独户的人家，点着油灯……我在话本里见过这样的场面，我们、我们不会又遇到那种东西了吧？”一旁的王含光愣了一下，突然就惊恐起来。

李乘风看他一眼，这白面馒头一样养尊处优的胖子还真有些邪性，从遇到他开始，这一路就没消停过，在这地方遇到什么奇奇怪怪的东西还真说不定……出发前还是坚信世上绝无神鬼之事的李少侠，看着面前的土坯屋，心里忍不住也有了些怀疑。

尤其是背上的道士睡得死沉，这会儿绝对指望不上。

不需要说话，王含光光看李乘风的眼神，就明白李乘风大约是如何想的，顿时更加惊恐。

就在这时，门“吱呀”一声打开，带着清脆暖意的女声传了出来：“知道了，阿婆，我把白日晾的衣服收好，咱们就睡下……”

王含光几乎是在门打开的瞬间一个箭步躲在了李乘风身后，根本没认真听说那话的是什么人。李乘风听到那声音却突然一愣，往那走出门的小姑娘看去。

今夜是个满月，月辉照耀在大地上，此刻能让人很清楚地看到，这质朴的小院里正站着个俏生生的少女——她穿着最简单的棉布裙子，头发上扎着蓝棉布条，看上去十分破旧，却因此更突出了她那张秀美动人的脸来。

李乘风一路走来，见识过蛇身人面的冶艳蛇女，见识过人魔都一生倾心的端庄闺秀，也见识过媚骨无双的后宅国色，可看到面前这个质朴自然的小姑娘，仍让人看一眼就觉得心头发软，就仿佛一阵清新的风吹过枝头白芍药，颤巍巍的，生怕被吹掉一片花瓣。

“秀秀，你怎么在这里？”他一扬眉，诧异地脱口而出。

“乘风哥哥！”惊疑不定地看向这边的小姑娘顿时露出了惊喜的神色，从小院里面跑出来，激动地说，“乘风哥哥，你怎么回家了？”说完似乎觉得不好意思，又说，“乘风哥哥你好久都没回来了，我好想你……”

“你怎么在这里？叶婆婆也在？”李乘风十分疑惑。

叶秀秀咬唇，眼圈一瞬间发红，却没有说话。倒是门内的人听到动静，从房里走了出来，那是个拄着拐杖的阿婆，她佝偻着背，头发发白，倒是不显得萎靡。这会儿她走出来，歪着头看向一边，皱眉喊：“秀秀，你在外面干什么呢？”

“是乘风哥哥回来了，我在与他说话呢！”叶秀秀高声回答，这才不好意思地说：“乘风哥哥，这儿离村子还有一段路呢，要不你今夜先在我家休息，明早再回家？”

“李少侠，没问题的话，咱们今天就在这儿休息一下吧！”躲在后面的王含光听到“休息”二字，也顾不得害怕了，伸头建议道。“没问题”这三个字王含光说得很重，他被那些神神怪怪的事给弄怕了。

李乘风看了一眼叶秀秀，低声问：“行，你先告诉我，你怎的和叶婆婆单独搬到这山中？你们两个老的老弱的弱，叶婆婆眼睛还看不见，村里人怎会看着你们如此胡闹？”说着，一行人就进了院子。

院子里的叶婆婆听到李乘风的声音很是惊喜，只是听到李乘风的话，脸顿时垮了下来，她恨恨地杵了下拐杖，说：“他们怎么看我们胡闹？就是他们把我们赶出来的！”

这话一说，李乘风顿时愣了一下，连缩手缩脚的王含光都惊了。李乘风神色一肃，问：“叶婆婆，此话怎讲？”

“你不知道，前段时间村里出了邪门事，接连死了几个人，其他人请了个神婆，说是山神发怒，让人贡个闺女上山，才能让山神爷爷息怒……这村里都是姓李的人家，独我叶婆子是外姓人，他们竟逼我把秀秀送上山去。我这辈子就秀秀一个孩子，虽不是亲生，但是比亲生的还亲。我瞎老婆子没多少年好活，他们要动秀秀，我就是死也不会同意！”叶婆婆怒声说，显然是对这事积怒已久。

桃村李姓一支虽与李乘风家不相近，但说起来也是同宗，叶婆婆遇到这事，虽与他本人没干系，但说起来仍是有所牵连。李乘风听说叶婆婆因为极力抵抗这事，与大家闹翻，被赶了出来，竟只能在山中寻了这个小屋，拿出仅有的体己修缮后住下，心中顿时极为尴尬，他连声说：“叶婆婆，我明日回家就跟爷爷说这件事。您放心，一定还您公道！”

叶婆婆叹了口气，颤颤巍巍地摸索着，握住李乘风的手拍了拍他：“好孩子，你别担心，这事情与你家却无关系。其实要不是你爷爷和你爹为我做主，只怕我还没办法把秀秀带出来……只是你这回回去要小心为上，我老婆子虽然又老又瞎，但是我看得明白，那些人都被迷了心智了！”

“我知道，叶婆婆。”李乘风轻声回答，心中却只觉得老人可能是这回受了罪有些风声鹤唳，他不是闺中少女，又身怀武功，有什么可担心的？不过老人叮嘱也是好意，李乘风赶紧应下。

说了一会儿话，见老人家有些疲累，几人就走了出来。秀秀在他们陪叶婆婆说话的时候，就已经给他们准备好了被褥，李乘风把袁天罡放在床上盖好被子，觉得一阵松快。

一路上劳顿无比，山中又没办法梳洗，但如今到底是能躺在个舒服的被窝里休息，王含光脱了衣服，一边龇牙咧嘴地低头吹自己磨破的大腿根，一边问与一脸娇羞的叶秀秀说了几句话就回来了的李乘风：“少侠，你怎么不和秀秀姑娘多聊会儿天？”

“为什么？”李乘风茫然地看着他。

王含光脸上的肉抖了一下，他看着李乘风，认真地说：“李少侠，你不会看不出吧？你真的没看出来？”他夸张地小声叫，“秀秀姑娘眼睛盯着你，仿佛生了钩子一般……我今天算是知道什么叫媚眼抛给瞎子看了。”

“不要瞎说，”李乘风皱眉想了下，说，“我和秀秀也算是一块长大的。秀秀和我堂姐关系亲密，待我自然亲近些。”

王含光显然不相信，但是他也不再继续跟李乘风聊这个，而是说：“好吧好吧，不聊这个。少侠，刚才他们说拿女孩祭祀山神……你打算怎么办啊？”

“先看看是大家以讹传讹，还是真的有什么妖邪。若是妖邪害了性命，当然杀之。”李乘风淡淡地说，方才与叶婆婆他们说话的时候，他就已经下定了决心。

王含光顿了下，显然没想到李乘风回答得如此斩钉截铁，半晌，他蔫蔫地、心有余悸地说，“山神……应该很难杀吧……”

“我游走江湖这几年，见过好几次这样的事情，也救过几个差点儿被淹死或是喂了野兽的小姑娘。”李乘风神色淡淡，简单地用几句话带过，“不过是神婆装神弄鬼谋财害命罢了。”

王含光看向在被褥里面睡得香甜的袁天罡，干笑一声：“万一这回是真的呢？袁仙长怀里这会儿还装着那什么媚骨呢……”虽然还没到桃村，他这会儿已经开始有些害怕桃村死人、山神发怒的事情了。

“若是发怒就杀人，要用人命才能平息愤怒，也当不起‘山神’二字，不过邪佞罢了！”李乘风抱剑躺下，利落地说，“既是邪魅，亦当杀之！”他声音并不高，却带着断金碎玉的勇悍之气。

王含光看着他抱着剑躺下，几息之间，呼吸就变得均匀悠长，显然已经睡着了。他又看了看外面惨白的月亮，一会儿被李乘风的话激得豪情万丈，一会儿又十分焦虑，半晌才掏出贴身戴着的一个玉葫芦，轻声说：“祖父、爹娘，还有王家的列祖列宗，千万保佑我安全回京！我回去一定好好听话，为王家一支开枝散叶、增添香火！”

他还是十分害怕桃村之事有什么变动，但无论王含光怎么想，都无法改变接下来的行程。第二天一早，几人告别了苦苦留人的叶秀秀，又苦哈哈地踏上了行程。

叶秀秀一直看着他们，她温柔的眼睛里面是满满的悲伤，直到李乘风他们的身影完全消失，她还站在那里，一动不动。

就在叶秀秀呆愣愣地看着李乘风他们离去的方向时，山中突然有红衣女人赤足踏出，她一身烈火一般的胡姬服饰，雪白的胳膊和腰露在外面，腰上挂着两柄圆弧形状的弯刀。

若是姿色稍微差一点儿的女子如此打扮，只怕会被衣服衬托得无所遁形，反而暴露其短；若是美貌却无英气，只怕也会显得俗艳，反而落于下乘。这女子高鼻深目，眼睛极其有神，顾盼之间光彩夺目，额前鲜红的宝石随着她的走动摆动，愈发显得她美艳利落、不可直视。

她赤着脚，光裸的小腿上红纱摆荡，直接走到昨夜李乘风三人休憩的房子前。

叶秀秀几乎瞬间就发现了她，顿时面容如霜似雪。

“秀秀，怎么了？”门里传来叶婆婆的询问。

“没事，门口有兔子，我看看能不能逮一只回来。”叶秀秀面无表情，声音带笑地朝里面回话。随着叶婆婆叮嘱“小心点儿”的念叨，她回院子掩上门，又慢慢从小院走出来，看向这古怪的女人，戒备地问：“你是什么人，到底想干什么？”

“我本来只是跟着那小道士……”红衣女人上下打量叶秀秀，然后嗅了嗅，才说，“这么浓重的血煞之气，你到底吃了多少人？”

叶秀秀脸色一变，冷冷地看着红衣女人，低声说：“你是什么人？再在这里胡咧咧，信不信我让你再也走不出这里！”

“哦？我倒是想试试！”红衣女人握住弯刀柄，脸上露出嗜血的笑容。

2

从山顶往下看，众山环抱之中有一大块平原，泉水从山上往下流，把平原分成两半。山下除了青绿的田地，就是高高矮矮的房屋，远远能看到人在田地之中走动，或是在房屋门口喂鸡晾衣。水边有村妇拧着衣服，还有稚儿在一旁嬉戏……

好一幅桃源一般令人宁静的画面。

李乘风远远看着他长大的地方，眼神幽深，离家这么久，再加上最近变故频发，这回回家，他竟然有种恍如隔世的感觉。

“哇……这桃村真美！”王含光目瞪口呆，感慨说，“青桃润晨露，早荷染朝阳；陇间躬耕客，不思繁华乡……我原本没想过那是何等景色。若是如此乡村，只怕我也不会再思念繁华之地了。”

听到王含光如此称赞自己的家乡，李乘风脸上有了些笑模样，只是他脸色还是严肃，对背上的袁天罡说：“道士，你看看，我家这地方……没问题吧？”

昨日虽然说得杀气腾腾，但是李乘风不算是个纯粹莽夫，他看向袁天罡。袁天罡这会儿脸色依然十分难看，但好歹不像昨天那般昏睡着，此刻虽伏在李乘风背上一副奄奄一息的样子，但好歹还是有力气回话。

袁天罡也听叶秀秀和叶婆婆说过村中死人、神婆说是山神之怒的事，这会儿听到李乘风的问题，他认真往下看，半晌才轻声说：“山里没有古怪……”

袁天罡这话说明这山神之说是胡编乱造，别说是李乘风，昨夜开始就有些焦虑害怕的王含光也大大松了口气。三人不再停留，一路下山，往村中而去。

袁天罡面色严肃地看着那山中村庄，半晌，他疲惫地叹口气，闭眼趴下。

李乘风背了个人，依然步履如飞，把跟着的王含光给折腾得气喘吁吁。

好容易下了山，渐渐开始有大片的桃林，此刻青桃翠绿，挂在枝头犹如翡翠。穿过这大半片山的桃林，就开始有了旱田和菜地，也开始看到一些在地里面忙碌的人。

“虎叔！”李乘风远远看到菜地里正在摘菜的男人，欣喜地招呼着。

那地里穿着粗布衣服的男人皮肤黑黄，满脸褶子，看上去倒是高大，他听到李乘风的声音，似乎极为不信，站起来半晌也没回个话。

李乘风打完招呼，又直接对不远处的女人招呼：“来婶！”

他这一路兴致勃勃地打着招呼，倒是一旁的王含光看了一会儿，突然小声说：“那个啥，少侠，你在家乡是不是不受欢迎啊？”

“怎么可能！”李乘风很有底气地反驳，“我自小在桃村长大，这些叔婶们看着我长大，对我一直很好。我虽然比不过我弟弟，但是绝对不至于惹人嫌……”

“你还有个弟弟？”背上的袁天罡突然说话了。

他一路都没出声，李乘风以为他还在睡觉，这会儿听到袁天罡的话也没多想，只说：“对啊，我有个弟弟，怎么了？”

袁天罡皱眉，半晌又问：“是你的亲弟弟？”

“是啊。我父亲未曾纳妾，也无通房。”李乘风说着，对家里人也极为思念，忍不住加快了脚步。

袁天罡突然说：“奇了怪了……”

“什么意思？”李乘风一边走一边问。这道士一向神神秘秘的，如今说这么意有所指的话，难道他弟弟有什么不对劲不成？

“不是……算了……”袁天罡摇摇头，又不说话了。

李乘风最受不了这道士神神道道的样子，尤其对他每次这说话说一半藏一半的习惯最为痛恨，不过这会儿他急着回家，也懒得跟这道士继续说，所以也不再追问，而是加快了脚步。

“仙长，你这是什么意思，是不是李少侠这弟弟来路不对劲啊？”李乘风不追究，一旁在频遇怪事之后成为袁仙长拥趸的王含光，却忍不住在旁边追问起来。

不过这话问的，几乎就是问李乘风父亲是不是头顶上帽子颜色不对劲了。李乘风听得额头青筋乱跳，正要驻足教训这胖子，却没想到前方有人过来，大声向他们招呼：“乘风兄弟，你回来啦？”

定睛一看，是个一身短打的粗壮汉子，他矮小精悍，皮肤晒得油亮，一看就是个好庄稼把式。这会儿他脸上带着笑容，看上去质朴无比，让人觉得心情极好。

“长春！”这显然是李乘风的熟人，他上前豪迈地与对方互捶一拳，继而朗声大笑。

长春又说：“赶紧的，先去我家，今儿正好是我儿子的生日，咱们好好喝一顿！”

“不了，长久不曾归家，今日先回家拜见父母，过几日咱们再聚！”李乘风赶紧推辞。可是他这话一说，长春的脸色却瞬间就沉下来，一脸十分为难的样子。

李乘风疑惑地问：“怎么了？”

“乘风兄弟，咱们一起长大，亲如兄弟，我实在是不知如何对你开口……”长春踌躇着，他看着李乘风疑惑的表情，半晌才说，“最近山神发怒，咱们村里出了大事了……”

李乘风还未说话，突然就听到凄厉的哭叫声从跨河的桥那头传来。一行人闻声转过头，就看到不远处竟纠纠缠缠地来了一大群人。

“桃花，桃花……村长，你行行好，别带走我家桃花，我就桃花这一个女儿啊……”妇人号啕大哭的声音破空而来，夹杂着小姑娘惶恐、哭着喊阿娘的声音。

“怎么回事？”李乘风问身边的长春，突然想到了之前秀秀说的话，顿时一转脚步，直接往那吵闹的地方而去。

“英娘，你不是还有二宝那个儿子吗？你不为村子想，也为你家二宝想想。再说你男人已经收了全村凑的二十两银子，你要还在这里纠缠，就把那二十两银子先还回来！我们要带桃花去梳洗了，今儿可是她嫁给山神爷爷的大日子！”说话的是个满脸皱纹的男人，看上去五六十岁。李乘风认得他，是桃村的村长，叫李德宝，今年四十三岁，只是农人日晒雨淋，一般都显老。

此刻他满脸肃穆，训斥着面前哭叫的女人。他身后的几个年轻后生，抓着一个看上去不过十五六岁的姑娘。她一脸泪水，眼睛红肿如桃，听到村长的话，再看到自家阿娘为难的样子，哭喊声顿时低了下来，显然已经知道自己的命运。

这群人都是李乘风熟悉的人，李乘风只打量了一眼就没再看，而是看向旁边那个穿黑褂盘头的老妪。那老妇矮小，面容古怪阴鸷，其他村人看着这一幕都面露不忍，只这老妇一脸不耐，反而催促：“快些，梳妆打扮可要不少时间。误了吉时，山神爷爷降罪下来，我可帮不了你们！”

李乘风看他们要走，赶紧上前，打开了又要拉扯李桃花的人，大声说：“德宝叔，英婶子，你们这是在闹什么呢？”

一群人这才看向他们，都是面色一变。英婶子看到李乘风，顿时大哭着喊：“小风啊，你可回来了！这群丧了良心的，他们又在杀人啊！他们杀一个还不够……唔唔唔……”

“乘风哥哥！”哭泣的桃花面色一喜，哭喊着李乘风的名字，也被人按得更紧。

李德宝大吼着：“还不把她带回去！”在英婶子被捂嘴拉走之后，他先是大笑两声，然后上前拍了拍李乘风的肩膀，声音洪亮地说："小风，你回来了！"

"是，德宝叔！"李乘风笑着点头，却还是继续追问，"德宝叔，长松，你们这是干啥呢，抓着桃花干什么啊？什么山神？"

被唤为长松的正是抓着桃花不放的汉子之一，他听到李乘风的问话，冷冷看了他一眼，大声说："干什么？救大家的命！你才回来什么都不知道，别在这里添乱！"

李乘风愣了下，倒是李德宝看看李乘风身后的王含光，又看看李乘风，制止了长松继续往下说，他叹了口气道："小风你别生长松的气。你刚回来不知道，咱们村里出了人命，大家都着急上火……常婆说是进山的人不恭敬，咱们那边山上的山神爷爷遭了冒犯，才闹得全村不宁……我们也不想的，但是村里死了几十口人了……再说桃花这回去要是被山神爷爷看上，不但能庇佑村里，也是差不多是做了神仙了……"

李乘风素来最恨这些事情，但村长到底是看着自己长大的长辈，一起的那些汉子也是和自己一起长大的，他倒是没说别的，只看着李德宝说："德宝叔，这山上根本没有山神。你说村里出了人命，怎的不报官来查，非要请这装神弄鬼的神婆来害人？"

这话说得极为不客气，旁边的神婆气得跳脚，大声威胁："黄口小儿，你也不打听打听，我常婆在这十里八村到底镇了多少妖邪！今日你居然如此侮辱我，我这就走，你们自己去跟山神爷爷请罪吧！"说罢，常婆作势转身要走，吓得一旁的李德宝连声告罪，让人请常婆留下。

李乘风不耐烦与这神婆争论，直接说："德宝叔，你别信这妖婆。我背上这位道长乃是圣人所设司天监少监，到底有无山神，让他出来评评理！"还在休憩的袁天罡被李乘风放了下来，半喘着气歪靠在李乘风身上。

看着李乘风求助的眼神，袁天罡打起精神来，环顾一圈，然后对村长说："村长，这位神婆可是在你们面前让山神降灵过？"

看村长的面色，显然是被他说中了，袁天罡又继续说："可是她表现得与平日完全不同，不开口亦能出声？"

袁天罡又连说几项，句句都说的不差，别提村长他们，就连那常婆都脸色大变。而被抓住的桃花则是眼含期待祈求地看着他，知道今日她到底能不能活下去，就看这位道长本事如何了。

袁天罡说完这些话又喘了好几口气，神婆见状，讥讽说："你从哪里找来这个病歪歪的病秧子，竟在我这关公面前耍大刀？我呸，他有本事给我露一手，我常婆才算是服了他，不然，让这道士给我跪下道歉！"

“也是，乘风你才回来，你不知道发生了什么，可别耽搁了大事！”一旁抓着桃花的长松不耐烦地再次开口。

李乘风还没说话，倒是袁天罡气刚巧喘匀了，他摇摇头，不搭理那臭着脸的长松，而是看着常婆说：“你在此地居然没有一丝不适，恰好说明你毫无本事，纯属招摇撞骗……看好了！”

袁天罡说罢突然闭嘴，神色一肃，看上去与之前判若两人。他大袖一甩，几张黄纸朱符从袖子中飘出来，竟然围绕他和李乘风绕成一圈，停在半空之中！不止如此，袁天罡和李乘风明明都闭着嘴，半空中却突然炸出一道神秘仿如亘古神灵的声音：“人类……汝等招我何事？”

这声音威严无匹，竟像是有什么实质性的威压一般，让所有人都双膝发软，不由得咚咚咚地跪倒在地，连方才还耀武扬威的常婆都瑟瑟发抖地跪在地上，甚至有人不自觉已经满脸泪水……

李乘风惊异地看着袁天罡，轻声说：“这又是哪一招？”

原本只是让这道士露一手，结果这道士直接让一村老弱青壮全部跪下了。不过李乘风虽然惊讶，也知道这样反而大大节省了和这老婆子磨叽的时间，他上前扶起李德宝，说：“德宝叔你看，与司天监的道长比起来，这神婆不过是个骗子罢了！”

跪在地上的众人听到李乘风的话，久久才回过神来。李德宝站起来激动地说：“道长，你、你说的是真的？这常婆是骗子？”

袁天罡点头，疲惫地靠着李乘风，显然已经快要喘不过气。

村民们方才见此还觉得这道士体弱多病，此刻却觉得深藏不露，李德宝身后的汉子问：“村长，那山神还……”

还要不要祭祀呢？

“祭祀、祭祀个屁啊！”李德宝转身给了这傻大个一个栗暴，然后说，“都说了是骗子，还不让她还钱然后把她赶出去！”说完，李德宝让人带着桃花回去找英婶子拿钱，自己又看向李乘风，带着祈求地说：“小风，那你能不能劳烦道长替我们看看，我这也是急了……村里连着死人，不是触怒山神的话又是怎么回事？你不晓得，最近这一个多月都死了五六十个人了，现在村里人都吓得不行，好些媳妇子都回娘家了！”

李乘风闻言看向袁天罡，袁天罡疲惫地摇摇头，整个人昏昏沉沉的，显然刚才露一手让他的精力快被榨干了。李乘风赶紧扶住他，然后让王含光帮忙扶着再次把他背起来。

看李德宝那急切的眼神，李乘风摇头，只得说：“德宝叔，你先别急，也别做糊涂事，我先带道长回去休憩一下，明日我们一起查查这一切到底是怎么回事。”

说完他转身就走，他们身后的李德宝大喊：“哎，小风、小风！”

李乘风茫然回头，却看到李德宝一脸纠结，看上去仿佛憋着什么又不知如何是好的样子。半晌，李德宝才开了个头：“小风，你最近在外面，有没有跟家里……”

“乘风兄弟，这是怎么了，怎么一直在这儿说话？”不远处等待的长春走了过来，疑惑地问。

李德宝的眼睛快要凸出来，颤颤巍巍地看着李乘风说：“你你你……你跟……”

“怎么了？”李乘风急着回家，对村长笑了笑，说，“德宝叔，没事，长春刚才邀我去他家……我不去啊，我得先回家。”后面这句，却是对长春说的。说完，李乘风背着袁天罡转身往家里走去。

王含光反应慢一拍，所以他看到李德宝和他身后的族老青壮都是一脸惊恐的表情，竟像是看到了什么恐怖奇观一般。

王含光有些纳闷，但是李乘风归家心切已经上了桥，便也不再细想，而是赶紧加快了脚步追上去。

3

河水分开左右，几人跨过拱形石桥，所见的景象与方才的矮屋风貌顿时截然不同。西面这一块地方虽比东侧小许多，但是一跨过来就是平坦大道，且外面木植良多，田地郁郁葱葱。

离家越来越近，李乘风才发现自己原来这么想家。

一直跟上来的长春脸色却越来越难看，终于，他忍不住说：“乘风兄弟，你……你先停下！”

冷不丁被他这么一喊，李乘风吓了一跳，他停下来茫然地问：“怎么了，长春……你怎么脸色这么难看？”

王含光很想说，这位长春兄弟一路脸色都很难看，而且不只是长春脸色难看，刚才村长他们还像白日见鬼一般看着他们离开的身影，他们走了老远，李德宝他们的嘴都还没合上……没想到李乘风这个粗神经现在才注意到。

长春看着他，也不回答他的问题，而是说：“乘风兄弟，你、你先站稳……我跟你说……”

看到李乘风露出不耐的表情，长春深吸一口气，鼓足勇气把憋了一路的话给说了出来："这山神爷爷降罪、出了人命的，其中就有你家！"

李乘风顿时大惊失色，他手一松，背上昏昏沉沉的袁天罡顿时滑倒在地，发出呻吟声。王含光赶紧上前扶住袁天罡。李乘风却顾不得其他，连声问："是谁？我家谁去世了？"

"到底是谁？"李乘风看长春不语，揪起他的衣领催他回答，下一刻却突然甩开长春，猛地长啸一声，提身往家的方向而去。

那黑衣身影如一道光电，唰唰几下，就去得远了。

"袁仙长，你没事吧？"王含光扶着袁天罡，见他点头，顿时轻声尴尬地说，"这可怎么办，我们这回上门，人家家中却出了这样的事情……"

将心比心，若是他王含光回家，听说家中有人出事，只怕也没有心情招待亲朋。

不过袁天罡没回应他的话，而是看着长春，突然发问："你、你为何还在此处？"

长春愣了一下，王含光也摸不清楚这袁仙长到底在说什么。袁天罡喘着气说："你可是还有什么心愿未了？为何迟迟不离去？"

这话说得有几分瘆人，王含光一开始还没反应过来，半晌突然看向长春，一张白胖的脸瞬间巨变，简直可以说是脸色发青。他颤颤巍巍地说："他、这长春……他没有影子……"

奇怪，方才明明并行走了一路，为何到现在才发现这件事情？

方才村长支支吾吾的，大约就是想跟李乘风说他家中的事情，却在看到长春之后惊得说不出一个字。刚才王含光还觉得他们大惊小怪的表情仿若白日见鬼，却没想到他们真的是白日见鬼！

原本懵懂的长春听到王含光的话，愕然地看了看自己，见地上果然没有影子，顿时大惊失色，七窍瞬间流出刺目的鲜血！

他突然焦急地大喊起来："小春儿、我的小春儿！"他大喊大叫之余四顾盼看，似乎在寻找叫小春儿的人。

袁天罡咳喘着，示意王含光扶着他走近突然发疯的长春。王含光抖抖索索地把他扶过去，就见袁天罡突然伸手，轻轻点在长春的额头上。

长春的哭号猛地停住，方才茫然的表情一收，眼神变得清明。他看着袁天罡，焦急地说："道长、高人，求求你，若是看到我的儿子小春儿，带他离开桃村，哪怕是当个乞儿也好……离开这里……还有，告诉乘风兄弟，千万小心山上……"话未说完，他神色一变，竟直接化为飞灰，彻底消失在这天地之间。

短短时间发生的一切让王含光无所适从，他看向疲惫的袁天罡，低声问："袁仙长……咱们该怎么办？"

这长春话没说完，小心山上……问题是这村子群山环绕，到底要怎么小心啊？还有，为何他竟是祈求他们带走自己的儿子，宁可儿子当乞儿也不愿儿子留在家里？

袁天罡极目四顾，突然问了王含光一个风马牛不相及的问题："王郎君，你看这山谷有什么感觉？"

"仙长唤我含光就是，也可以叫我的小名三郎。"王含光可不敢担仙师这句"郎君"，他说完，随着袁天罡的话极目四顾。山峦秀美，环抱着这处山谷，仿佛游龙抱珠，让人感慨天地造物之奇。

"这……"王含光看了看，突然说，"我怎么觉得方才那山谷闪了一下光？"

"是什么样子的光？"袁天罡看着他继续追问。

"像是银色的光。"王含光又看一眼，眼泪直接流了下来。他闭上眼睛，只觉得眼睛生疼，他心中着急，问袁天罡，"不是，仙长，这山不山的一会儿再说。这长春消失了，咱们现在要怎么办？"

"先走进去，看看李家到底是谁出了事。"袁天罡顺水推舟，不再说刚才的话题。

王含光虽然胖，但是养尊处优，肯定是背不动袁天罡的，因此他们俩只能互相搀扶着，慢慢悠悠地往李家大宅方向走。

还没走到边，就远远听到了一声激怒的长号，那声音犹如负伤野兽，王含光大惊失色，脱口而出："是李少侠的声音！"

袁天罡当然也听出来了，他脸色肃穆，喘气催促："快、快些……"

不待他催促，王含光就已经搀扶着他加快了速度。

两人一路走到大路尽头，就看到一片黑漆漆的断壁残垣——大门洞开，砖瓦破败，里面一地焦黑，这盘踞半个山谷、至少七八进、十几个院落的深宅大院，竟烧得仿佛一个个黑窟窿……

大宅深处传来李乘风嘶吼哭喊的声音，他一声声唤着："父亲！祖父！婶娘！忘忧！"

可惜，他喊了几十个名字，却自始至终没有一个声音回答他。

李家主人加下仆一两百人，竟似乎是……没有一个活口。

走入那烧得黑洞洞的屋子，还可以看到烧得焦黑的残缺印记……

李乘风的声音已经越来越嘶哑，可是他还在喊。虽然他可能已经知道，再也不会有熟悉的应答声了。

王含光扶着袁天罡，一路往李乘风声音所在走去，他这会儿也说不准到底是他扶着袁天罡，还是袁天罡支撑着他不软倒在地……王含光从小到大，从未见过如斯可怖的景象。

先前在古太原，他虽然见到万魂齐聚，可那到底都还是人的模样，而如今走几步路就可以见到焦烂，偶尔不小心踩下去发出焦枯咔嚓声……这黑洞一般破败的房子如此阴森，像是盘旋在周围不肯散去的冤魂。再一想到这里面死去的还是自己一路结伴之人的家人，就更为滋味难明。

他们一路走入最大的院落，这院落也被烧成了断壁残垣，连院内的灌木树丛都被烧得七零八落，李乘风就站在一棵被熏得焦黑的梧桐树下。那梧桐树显然已经被烧死了，一半烧得如同黑炭，树枝上的梧桐花也七零八落的，一身黑衣的李乘风垂头站在树下，仿佛迷路不知如何回家的动物。

“道士……”李乘风听到身后的脚步声，突然哑声问，“你看得到我的家人吗？他们在这里吗？”

曾掷地有声地说“天下绝无妖孽鬼魅”的少年游侠，此刻血红着眼睛，双手握拳。他转身死死地看着袁天罡，像是溺水之人想要攀附浮木一般，语气里带着不自觉的哀求：“道士……你看得到他们吗？”

袁天罡看他一眼，缓缓推开搀扶着他的王含光上前一步，然后拉起李乘风的手，掰开他因握得太紧已经掐得出血的手心。袁天罡拿出符纸，修长食指挑起李乘风掌心的血抹在符纸之上，接着并指连声低语：“八风引领，亲血指路，黄泉九幽，皆请来赴——降魂！”

厉喝之下，袁天罡手指一抖，符纸悬空而起，绕着众人飞舞一圈，之后突然无风自燃，烧尽之后，符灰直接落地。

李乘风带着期盼看向周围，却没有发现一丝动静。

袁天罡皱眉，再次拿出符纸重复了一遍刚才的动作，风过，周围除了焦臭味道，再无其他反应。

“他们都不在。”袁天罡看着李乘风说道。

“怎么可能！”李乘风怒极，“怎么可能，我没回来，我爹和我祖父怎么舍得离开……还有我弟弟忘忧，他今年才十二岁……你再试试，算我求你……再试试吧……”

李乘风声音发抖，这样一个悍勇男人此刻却似乎快要哭了。

可是他连说了一大堆，眼前这道士都只是一脸悲伤地看着他。李乘风真的不明白，他看着袁天罡说："道士，你再试试。你是不是弄错了，怎会一个人都没有……不可能的，不可能的……"

一旁的王含光看不下去了，他忍不住说："对啊，袁仙长，刚才那长春的魂都出现了，还在光天化日之下走动，这李家这么多人，怎么会一个魂都没有？"

民间传说和话本故事里面都提到过，这种含怨横死的人最是会停留世间不肯离去，所以有些屋子会因此变成不适合人居住之所，这李家大宅这么多人，怎么会招不来一个人？

袁天罡听到王含光的话，又见李乘风虎目含泪，叹了口气，说："我再试试，先把你父母的生辰八字告诉我，我一个个试试……"

符纸燃了熄、熄了又燃，可李乘风知道的所有生辰八字全部试过，都没有任何响动。

几人正陷入沉默，突然听到不远处传来破空之声，霎时间就来到了面前。白日阴云之下，一身胡姬红衣的女人站在烧得破烂的房顶墙壁上，额间的红宝石还在晃动，她的眼睛颜色极浅，高鼻阔目，立于这一地黑焦色之中红得刺目。

她低头看院子里面的人，突然皱眉说："那穿道袍的小家伙，刚才是你用请魂咒吗？"

袁天罡看她腰上两把弯刀，还没说话，一旁的李乘风却已经狂怒，大喝一声："是你！是不是你害了我全家？"

几乎是怒喝之声响起的同时，李乘风一跺脚，直如一柄破空利剑，往那红衣女人杀去。王含光和袁天罡目力不行，只能听到瞬间响起的刀剑交击之声！

红衣女人的身手居然不弱于李乘风，一黑一红两道身影如电一般交错，间或还能听到两人对话的声音。

"喂喂，停下，你先停手！"

"你这驱蛇妖女，我今日就杀了你，祭奠我李家两百多人的性命！"

刀剑交击声不绝于耳，王含光看得心惊肉跳，而一旁的袁天罡也是如此。这纯粹的武者之间的搏斗，他们根本插不上手也插不进嘴。

红衣女人的两柄弯刀使得极好，挥舞起来犹如两柄满月一般，在阳光下泛出点点寒光。李乘风盛怒之下，剑气呼啸，破空而来。两人一时之间根本分不出高下，直到过了一盏茶工夫，那红衣女突然交叉双刀，格挡住李乘风的长剑，然后交叉成十字一绞——也不知她那两柄弯刀到底是什么材质所制，竟直接把李乘风的长剑当场砍为两段！

这可是砍在梵天大蛇身上都未曾断掉的剑，可见也绝非凡俗兵刃，此刻居然直接断作两截！

李乘风杀红了眼，虽然宝剑断掉却依然不肯放弃，竟然挥舞着断剑继续搏杀。可红衣女却唰唰唰连退几步，直接跳到了对面的断壁之上，大声吼道：“我是这小道士的同僚，我乃司天监少司命！”

“什么？”袁天罡惊得脱口而出，而李乘风愣在了那里！

4

“事情就是这样。”三人花了好一会儿，才弄清前因后果。

这来历古怪的红衣女确实是之前那驱蛇女人没错，但她当日可不是为了救那杀人噬心的大蛇。那白蛇看似都一样，可梵天大蛇口中的半残孙儿还有个孩子，它被保护得极好，且实实在在未曾沾染人命，它甚至开灵窍还不久，还仿如稚童。红衣女当日赶到的时候只知道山中垮塌，机缘巧合救下了懵懵懂懂被父母从山中赶出来，正急得摇头摆尾想要再回去却再也找不到回家之路的白蛇。

“当日我远远看到你们，本以为是道门出来历练的小道士，于是就没上前搭话，只带着小白离开……”自称千红的红衣女说道，“我知道你们跟了我一段时间，然后就再也没见你们。我一路前来，是因为看这山中剑风刮骨，想来看看到底是何人留下这些剑意，却没想到被我发现了大事！”

“什么事？”李乘风声音粗哑。千红说的话没有大纰漏，那条缩小的小白蛇也怯怯地从她衣服里伸出头。袁天罡看了一眼，点头说“确无杀戮之气”，可是李乘风此刻根本不是这样几句话就能说服的。

“我看到这大宅之中的人到底是为什么而死。”千红看了李乘风一眼，然后又说，“不过我来得太迟，只来得及送他们离开。”

“你说什么？”李乘风瞪大眼睛，声音发颤。

“就是你想的那样。你父亲跟我说，如果见到你就转告你，离开桃村，永远不要再回来。”千红说。

这句话和长春不久前说的一模一样！王含光看看袁天罡，他正皱着眉，显然也在想这件事情。

“你有什么证据？”李乘风努力遏制自己，让自己不要太轻易相信这来历不明的女人。

千红的回应是直接指着院子里那棵梧桐树，说：“世人都以为你母亲葬于山上的祖坟之中，只有你祖父、父亲，还有你们兄弟二人知道，你母亲就葬在这棵梧桐树下！”

此话一出，李乘风面色大变，显然千红说对了！难怪李乘风绕了几圈，最后一直站在这棵梧桐树下，久久不愿离去。

王含光不解地低声问袁天罡：“仙长，为何不让李少侠的母亲入祖坟啊？”

袁天罡没出声，千红却看了王含光一眼，意有所指地说：“当然是害怕被人挖出来，发现什么惊天大秘密，对吧？”

李乘风面色极为难看：“我怎么知道你是不是从哪里知道了这个消息，来诓我的？”

“我还知道你们家的人到底是谁杀的。”千红又说，“司天监超脱世间，除非牵扯到异族，本不该管人间之事……若不是方才这小道士用了那么多请魂符，我本来不打算现身。”

“所以我家人是被人所杀？”李乘风敏锐地发现了千红的未尽之意。

千红看他一眼，点头，额前的红宝石晃动，衬得她艳丽夺目，只是她气质利落嚣张，不敢让人轻慢。

“是谁？”李乘风声音发紧，握紧了手中的断剑。

这会儿只要一听到具体的名字，只怕他会直接提剑去杀人。

一旁的袁天罡突然插话，说：“且慢，千红姑娘，你说你是司天监之人……可是我自小在司天监长大，司天监里的人加上我只有八个……我可没看到过你。”

他安抚地看看李乘风，让他不要被这女人挑唆，到时候若是杀错人，只怕依李乘风这样的性格，会背负一辈子的内疚。

李乘风被这一阻拦，也清醒了一点儿，再看看面前这似笑非笑的红衣女人，顿时惊出一身冷汗。他差点儿就急怒攻心，就这么直接提剑去杀人！这女人的来历还没弄清楚，谁知道她说的话是真的，还是想借刀杀人？

“谁跟你说，你长大的地方是唯一的司天监？”千红一笑，艳丽无比，仿佛百万红花于烈日之下绽放。她睥睨众人，从怀中掏出一支八卦金簪来，然后妩媚一笑，直接将之插在如鸦一般乌青的高髻之中。

那八卦金簪乃是步摇样式，做镂空楼台状，中间的八卦随着走动竟会翻转滚动，可谓精致绝伦。

见袁天罡看着她，千红说：“司天监记载之中，你可见过此物？”

“见过……此乃司天监印信之一，是前朝司命大人所戴五行八卦簪。”袁天罡面沉如水，问道，“你到底是谁，为何有前朝司命信物？”

“我乃司天监真正传承之人，现如今的少司命！”千红说完，看着他们冷哼一声说，“也罢，既然你们不信我，那我也不稀罕帮你们！我提醒你，长安司天监一脉传承已断多年，这小子再厉害也不如我，何况他和你命星纠缠，再好的本事也是抓瞎，我倒要看看你们能不能在我之前找出真相！”说完，千红赤着脚几个翻飞跑远了。李乘风才一个愣神，竟已经追之不及。

“什么意思？”王含光在一旁惶然地说，“她不是说知道李少侠家人到底是为谁所害，为什么又要说找出什么真相？”

按道理来说，不是直接找到杀人之人就可以吗？为什么这个红衣女人却似乎还在寻找什么？

“桃村最近只出了一件事情，就是所谓山神降罚的事。要找到凶手，只需要查清楚桃村最近发生的事情就行了。”李乘风眼圈发红，慢慢地说。

他把断剑反手插入剑鞘之中，整个人如同绷紧的利刃一般：“你们能出去等我吗？我想在这儿站一会儿。”

两人当然不会打扰他在此地缅怀亲人，尤其李乘风这种强悍性子，只怕也不愿在人前显露他的脆弱和痛苦，他们答应一声，转身搀扶着出去了。

李乘风在大宅里待了一个下午，袁天罡和王含光就在外面等着。他们听到里面传来压抑的哭声，先头极其细弱，后面越来越大声，像是对着族群尸身哭号的孤狼一般。

袁天罡闭着眼睛，而王含光听着一路走来如同战神的李少侠号哭，只稍微想了下若是他自己回家看到这种情景，就不敢再想下去。

下午的时候，李家这破烂大宅一点点来了许多人。

先是方才遇到他们的村长李德宝，后来又来了许多妇孺。他们都听到了李乘风的哭声，纷纷长叹。村长干脆赶大家离开，又对王含光说：“这位郎君，你是小风的朋友，麻烦你照看着点儿小风，这孩子是个苦命人……等会儿夜了，你们记得拉他来村中，来我家休息，就是最大的那栋青瓦屋，你们来的路上应当见过。”

“行，你们快去忙吧，我们在这儿陪着他。”王含光回了他们。

天色渐暗，李乘风的哭声渐渐小了下来，但一直没有出来。

直到天黑下来，远远地又走过来一个身影。那身影走近了，他们才发现是白日差点儿被拉去祭祀山神的桃花她娘，那个被李乘风叫英婶的妇人。

她走近了，就看到白日见到的金冠胖公子和那一身道袍、神秘莫测的道长一坐一站，待在残瓦断砖下，看上去平白让人觉得瘆得慌。

王含光先看到了英娘，他站了起来，疑惑地看着她。村中人白日都来过，却没见到这位婶子，这天黑了她又过来干什么？

英婶子踌躇一下，脸色闪过一丝坚定，她走了过来，远远地轻声说："小风可在里面？我有重要的事情要告诉他！"

"英婶子，你要说什么？"王含光还没说话，从断壁里突然传出李乘风的声音。他自黑暗之中走出来，袖子和衣摆上都是泥巴，也不知道方才到底干了什么。只是与白日大哭时的情绪不一样，此刻李乘风虽然眼睛红肿，但是除了表情太过狠厉之外还算平静。

"小风，"英婶子看到李乘风，泪水瞬间就下来了，她讷讷地说，"小风，婶子都不知道怎么跟你说……"

"婶子，你先别说别的，你告诉我，我家还有村里……到底是发生了什么事？"李乘风再怎么竭力忍耐，语调之中仍然泄露出了一丝狠厉仇恨之意。

"哎，这也是我来找你的原因。你家这事，婶子也不知道具体是怎么回事，只能把婶子知道的全部告诉你……"英婶子流着泪说，"都是那个作死的李长春……"

5

变故还得从三个月前说起。

那天据说是李长春进山，结果发现山中有孩童嬉戏的声音，他怕是村里淘气的孩子自己进山玩，就忙忙赶过去，却看到几个穿大红兜肚的孩子围着个前朝贵妇打扮的华服丽人玩耍嬉戏。

那华服丽人头戴大帷帽，看不清样貌，可一身白娟纱的裙子在阳光下闪着点点金芒，华丽得让人难以直视。她脚边的两个孩童嬉笑着围着她追逐玩耍。李长春怎么看都觉得这女人孩子他似乎都没在村中见过——他当时不知道那女人乃是前朝装扮，到底是农人，哪有那么好的见识。

不过虽然不认识，李长春却是个热心肠的人，他怕惊吓到女眷也不过去，只远远地招呼说："夫人，你们要是路过，就别在这山中待太久了，前几日还听到过虎叫呢！"

只是李长春一句话说完，那正在嬉笑打闹的母子三人顿时脸色一变，那贵妇抱起那两个孩儿就直直往山中跑去。

李长春原本是好心，哪里晓得居然把人家吓到了。他看那女人去的方向不是下山的方向，便咬咬牙追了上去，一边追一边喊话，解释自己不是有意的，让她们别往深林里去。

可那贵妇吓得不行，根本不听李长春的话。她看上去娇娇怯怯的，但是李长春追了半晌愣是没追到她。那贵妇看甩不掉他，一咬牙直接下了山，往桃村而去！

“也是长春倒霉。他后来也说，那女人抱着两个孩儿居然还能跑那么快，怎么也不像是普通人，但是他当时没多想，生怕他们出事，就一路跟着……他看到那女人下了山，直接穿过你家的围墙，吓得大惊失色，回来跟你父亲说了这件事情。你父亲让家人搜查了一遍，却完全没发现那女人和孩子……”英婶子说起这事，还是一副心有余悸的样子，显然到现在想到那个画面都十分害怕。她顿了下，然后看看李乘风，咽了口吐沫，又说：“当时有人就猜，是不是你阿娘的魂魄。她当年在的时候也是高挑样子，据说嫁妆里就有那在太阳下闪光的白娟纱……”

英婶子说到这里的时候，李乘风脸色极为难看，几乎让英婶子说不下去。幸好英婶子接着又说：“不过你父亲也开库房查过你母亲陪嫁的东西，那白娟纱根本没动过，所以那女人和那两个孩子的事也就让大家讨论了一阵……只是没想到，接着长春就出事了……”

李长春发现了这事，可李乘风的父亲又是开库查了嫁妆又是私下搜人，都没有收获。大家便都说李长春怕是进山被山里的什么精怪戏弄了。连李长春自己都怀疑，当天看到的一切到底是真实的还是他产生了幻觉。总之大家都把这事当成了传奇故事，偶尔还拿来给小孩子说。只是没想到，没多久李长春就死在了家里。

“你说什么？长春死了？我进村的时候才见到他！”李乘风这会儿太过惊讶，脱口质问，又突然想起来，刚才与千红说话的时候，王含光似乎也说过“长春的魂魄”，顿时才反应过来。

“你在村中见到他？那也正常，我们都见过。”没想到英婶子却不惊讶，叹了口气，说，“你听我慢慢说，我会说到这个的。”

李长春若只是病死或是其他的也就算了，偏偏李长春死的时候，竟是七窍流血，仿佛中毒一般，他在夜里高声惨叫之后才断了气。

这事让村里人心惶惶，都不明白到底是怎么了。衙门来了人也查过，李长春根本没中毒，只是不知道为什么死状如此凄惨。桃村有李家坐镇，衙门也不敢随便了事，只是无论怎么下工夫，却是真的毫无线索。

等到衙门中人离开，更可怕的事情发生了——当日抬李长春下葬的四个抬棺后生，有两个居然回家之后也开始不对劲起来。

就这样，每隔几天，桃村就会突然出现死人。大家也渐渐发现，中招的人总在送葬队伍之中，于是再次出现死人之后，除了家中亲人，其他人竟然连过去帮忙也不去了。

但就是如此，死人的势头也没停下来。而李乘风家，千防万防还是这样出了事。

“你家也是这样……村子里家家都有交情，长春和你一起长大，他出了那么大的事情，当时你父亲就曾上门，还是他给了二十两银子才把长春葬了……”英婶子话未说尽，众人就懂了。

既然这来历不明的怪病总会在死后传给来办葬礼的人，那么李家出事的根源，大概就归于这里了。

“你说我家里人都是感染这病死的？”李乘风说，“不可能，桃村还有那么多人都没事，怎么就我家一个人都没活下来？”

“对啊，而且李兄家中还被大火烧过。就算是染上怪病而死，怎会家也被烧了？”一旁的王含光听到这里，也表示这里确实不对劲。

“哎，本来就你爹回去之后发了病……但是那段时间停灵的时候摆了灵堂……”英婶子的声音低下来，显然也十分难受，她说，“这大宅里面病传得快，据说几个服侍你爹的婢子先后暴毙，宅子里面停了好几具尸体，衙门的人都不敢进来看，只说大概是灵堂失火，等到发现的时候已经来不及了……到最后还是村长强征了村人来，前后花了一旬多日子，才把你家的人全部葬下。”

李乘风听到这里，只低声说：“村里人替我家人收尸，这恩德乘风必会永远记在心中，不敢忘记。”

“你这孩子，谁让你记这个！”英婶子叹气说，“你这孩子……哎，这里不能住人，你要不带着你的朋友去我家歇息吧。”许是觉得气氛太深沉，英婶子说完这些，干脆邀请他们去家里休憩，显然这是她天黑前来的主要原因。

李乘风看看昏沉的袁天罡，看看疲惫还在强撑的王含光，又转头深深地看一眼自己长大的宅院，半晌点了点头。

见李乘风已经决定，王含光也就不说下午村长李德宝来邀的事了。

英婶子家是十分普通常见的农家小院，院子里面打扫得干净整齐，一行人进了院子，就看到个六七岁的小男孩正一脸馋涎欲滴地在灶房门口舔手指。

“二宝，你姐姐桃花呢？”英婶子对着小男孩说话。

从灶房走出来个少女，赫然就是白天差点儿被祭神的桃花，白日红肿的眼睛消了些肿，这才看清楚原来也是个样貌秀气的女孩。桃花看到他们一行人，眼睛亮了一下，随即又有些不好意思地招呼："乘风哥哥，还有这位道长，谢谢你们白日的救命之恩……"说着她深深地行了个礼，脸上还带着绯红。

她瞥了李乘风一眼，然后说："阿娘，你快带他们进屋，我端菜……"

英婶子带他们往正门走，进去之后就见里面已经摆了桌椅，虽然十分简陋，但是这会儿连王含光都不会挑剔。几人刚坐下，桃花就端了托盘进来。

"都是炒好了一直放在灶上的，这会儿还是热乎的……这鸡汤我炖了一下午，你们都尝尝……"桃花一边摆菜一边说，言语之间对几人亲热非常。她偶尔会拿水汪汪的大眼睛看着李乘风，却不是别的，而是发自内心的担忧和关切，只让人感觉这女孩质朴温柔。

李乘风却一无所觉，只看着面前的碗筷。突闻噩耗，他哪里吃得下东西。

饭菜上齐，几人不再说话，尤其是王含光，从早上在叶秀秀家吃了碗米粥一直饿到现在，虽然心中也是难受，但这老母鸡炖的鸡汤一上来，看着那浓浓的润黄色，闻到那股浓香味儿，他瞬间感觉饿得肚子生疼，肠子都要搅在一起了。

他直接鸡汤泡饭吃了两碗，李乘风却没怎么吃，直到看到英婶子放碗才问："英婶子，白日你说村长他们杀那么多人还不满意是什么意思，德宝叔怎会那么糊涂，怎么想到给山神祭祀？"

英婶子也吃得不多，听到李乘风的问话，她叹了口气，说："哪里是他们想到的，是村子里一直连着死人，你家那事出了之后，村子里面又连着出了几家和你家一样的惨事，都是本来只有一个人死，却在守灵时候失火……要说一次两次还可以说是巧合，但这种情况发生了六七次，村中几户人家断了根，偏衙门每次都查不出什么，所以村长才叫人请了人来看，就请来了那常婆。"

李乘风他们家素来不信这些乡野异人，所以李乘风当然也不认识常婆，但是认真说起来，这常婆在乡村之中十分有名望。她不但能与神灵沟通，还能让死者附身，与家人见面聊天，据说所说种种与生者十分相似。不但如此，她还能说出一些他人绝不知道的私密之事。

常婆被桃村请过来看了一圈之后就说，乃是李长春进山冒犯了山神，惊了山神家眷，才被山神诅咒，若是不想办法让山神爷爷息怒，只怕一两年里就是灭村之祸。

这话说得如此严重，大家都吓得不行，当即就问该如何让山神爷爷息怒。常婆当即就提出要给山神爷爷献上一位新娘，祈求他老人家收回对桃村的诅咒。

"除非是后娘后爹，不然谁舍得把自己的亲生女儿丢在山上。"英婶子叹了口气，说，“开始常婆和村长还骗大家，说是抬去山上，若是山神爷爷没看中，第二天再接回来，但是五两银子照样归那女孩家。李大力当时信了，把自家二丫给送了上去……”

夜里正是猛兽活跃捕猎的时候，大半夜把一个娇弱的小娘子独自留在山中，还能有什么好下场？

果然，英婶子说：“第二天就看到那常婆指的地方好大一摊血。常婆可恨，偏说二丫不争气，惹了山神爷爷不喜，让再选新的新娘……”

死人之后，稍微疼爱女儿一点儿的人家肯定再也不会那么简单松口，可是财帛动人心，村里凑了几次钱，到底也找到了几个不把女儿当回事的人家，次次都是送的纤瘦窈窕的女孩——知道性命保不住还愿意为了钱财把女儿送上山去的人家，平日当然也舍不得让女儿吃饱，因此那些送上山的小娘子大多纤细瘦弱。

桃村众山环抱、得天独厚，虽不富裕，但维持生计不难，如今天下已经安稳一些日子了，尤其是高宗退位后圣人即位，越发是风调雨顺，除了极少人家，哪有吃不饱的？

常婆抓住这点不放，非说得送个丰腴白皙的才能入了山神爷爷的眼，前头就打上了叶秀秀的主意。叶婆婆早年是外嫁过来的，可惜夫婿过世的早，她未曾改嫁，就守着房屋和几亩田地过活，后来在山边捡了个女婴就是叶秀秀。两人虽然不是亲母女，但多年相依为命情分深厚，明知道一去凶多吉少、十死无生，叶婆婆怎么会舍得把一手养大的女儿送出去？村中的人再三逼迫，弄得双方都急了眼，眼见着叶秀秀就要被人带走，却又发生了件怪事。

“你爹当时突然现身怒斥众人，说你德宝叔糊涂，把大家给镇住了，才让叶秀秀有机会带着叶婆婆连夜搬走……后来村长也不敢派人去寻。”英婶子语出惊人。

“什么？”李乘风惊愕至极，“这时候不是说……”

不是说家里人早已经出事了吗？那他爹突然出现又是怎么回事？

英婶子一脸镇定地点头，说：“不过就那一回，倒是长春后来又出现了几次，也是光天化日之下在村中行走，和你爹那时候一样……大家都看到过，明明已经死了的人，明明亲眼见着埋了的人，竟然就在阳光下行走，也不说话，见了人也跟没见到一样……前几日刘大昌家的人还看到他在地里干活……可是他都死了一个多月了！”

这整个桃村活人死人青天白日一起行走，衙门的人知道了这可怕的事情，谁还敢再来桃村，怕不是嫌命长了？正是因为如此，村长他们才愈发焦急，明知道害了那些丫头的性命也顾不得了，不送人只怕全村都要交代了，于是纷纷凑钱给桃花那个滥赌鬼爹，想要快些给山神送个满意的新娘上去。

英婶子说到这里恨得不行。桃花他爹拿了那二十两就没再回家，村里人既然把桃花送回来，钱肯定是要她们母女慢慢还的，不过那些琐事就不是李乘风他们能管的了。

说了一会儿话，桃花又烧了水，三人稍微擦洗后就准备歇下。

白日昏沉沉的袁天罡擦了脸，似乎稍微清醒了些。而李乘风没有在床榻上休息，而是从窗中越出，几个起落直接跳上了这院子之中的桃树枝上，打横抱剑躺了下来。他显然无心休息，抱着断剑看着天际那残缺的月，也不知在想什么。

“仙长，怎么办啊，李少侠这不休息……”王含光有些担忧，看着窗外那树上的人对袁天罡说。

“没事。”袁天罡说，“你先休息。”说完，袁天罡站起来往窗外爬。

“仙长，你这是……”王含光看他笨拙的动作，十分不解。

袁天罡咳嗽一下，说：“你托下我，我出去跟他说句话。”

王含光恍然大悟，吭哧吭哧地托着袁天罡越过窗栏，好不容易才帮着袁天罡爬过成人腰高的窗栏，到了院子里面。

袁天罡仰头说了什么，王含光就看到树上的李乘风一个激灵坐起来，似乎极为激动，然后很快扛着袁天罡越窗而入，一把把他丢在床上，然后冷冷地对王含光说：“睡觉！”

王含光十分好奇袁天罡到底与李乘风说了什么。

面对他疑惑的眼神，袁天罡没有说话。

一夜好眠，第二天，王含光突然听到一声刺耳的女孩尖叫之声。

“啊！死人了！”声音极近，似乎就在附近。

随着这一声惨叫，村中响起了连续的“砰砰砰”关门声，唯有村长还有几个族老家中陆续走出人来，急匆匆地往声音来处赶。所有人都反应极快，竟是熟门熟路的样子。

李乘风与袁天罡他们这会儿已经赶到了喊叫的地方——尖叫的人就在这房子的另一厢房之中。

三人推门而入，就看到尖叫的英婶子满脸泪水，正惊恐地看着床榻上躺着的小姑娘。

昨夜还在炖鸡肉、面带笑容的小姑娘，今日竟已经变成了冰冷的尸体，而且七窍流血、死不瞑目！

所有人都呆立当地，虽然之前听了许多关于山神诅咒而生怪病的事，但是此刻见到才知道这情景有多么可怕！

袁天罡突然疑惑地往前走了几步，伸手摸到了桃花的脸上。

“你干什么？”虽然知道这道长大约没什么恶意，但是英婶子怎能眼睁睁看着女儿被个外男如此对待，她本就难过愤怒，此刻差点儿要对袁天罡发火。

袁天罡却突然招手对李乘风说：“你过来！”

李乘风上前，袁天罡并指低喝“律令真元——破”，同时伸指一点，所触及之处竟似乎刺破了什么。下一刻，让人惊愕的事情发生了。桃花的脸居然龟裂开来，片片斑驳之下，露出了让英婶子差点儿厥过去的一幕——桃花的脸皮居然不翼而飞！

幻象碎去后，若不是桃花这一身打扮，只怕任何人都认不出这具尸体的身份。更令人生疑的是，桃花昨夜还活着，但尸体腐化程度十分不对劲，味道很大，房中人纷纷掩鼻……无论怎么看，桃花都不像是昨天半夜才死！

“这、这是怎么回事？”英婶子看得目瞪口呆。

袁天罡沉声说：“英婶子，你确定这是桃花姑娘吗？”

英婶子看了许久，含泪说：“确实是我的桃花啊！她耳后那颗红痣都在，绝不可能出错，可是、可是她昨天不都还好好的吗？”

“昨天我见过李长春的魂，昨夜的桃花绝不是魂魄。”袁天罡看着李乘风，说，“这桃村有东西！”

李乘风眼神一厉，低声说：“不管是什么，看样子，这一切都是它搞的鬼是吧？”

“就算不全是，也与它绝对脱不了干系。”袁天罡点头。

李乘风脸上顿时涌起了希望和狠厉。杀亲之仇，他与这不知什么的东西不死不休！

与此同时，村长李德宝带着李氏族老来敲门，也不进来，只是站在门口焦急地大喊：“英婶子，你家是谁出事了？”

画皮②

第十章

1

“让他们都进来吧。”袁天罡对房里的人说。

这会儿英婶子站都站不住，李乘风一脸杀气腾腾，而袁天罡稍微动了动就气喘吁吁，于是王含光环视一圈，自觉地出了门。

村长李德宝等人十分紧张，大约是怕那山神诅咒的病症传染，他们并不打算进门。

王含光出了门笑着一拱手，先说道：“各位族老、德宝叔，本来还想特地去请你们，没想到你们已来了。大家快些移步屋内，我们发现了桃村连日死亡事件的幕后凶手！”

他虽然文不成武不就，斩妖除魔更是完全不懂，但是王含光能在千年传承世家里成为最受宠的孩子，一副好口才还是有的。简单一句话把所有人都震住了。

有按捺不住的年轻一辈的人发问：“什么意思？仵作不是说这是急病吗，不是说是山神爷爷的诅咒吗？”

“非也……这是妖邪作乱！此刻咱们当朝司天监的少监大人正在里面检查，你们无须害怕，这绝不是会传染的恶疾，这是妖邪害人！”

时下以丰腴白皙为美，王含光皮肤白皙，腮边两团肉，头戴鎏金冠，一身贵气，怎么看都很有说服力。因此本来有些不想进门的族老们互相看了看，就见村长李德宝深吸一口气，一脸壮烈地往里面走了几步。

没办法，他作为村长，既然已经有了线索，再怎么不愿意也必须走在前面。

只要有人动摇就好再劝，王含光一路解释，没几步就把人都带到了出事的桃花房里。

众人看到躺在床上的腐烂尸体都十分惊愕，李德宝更是没了悲壮，几步走到了床边细细检查，然后才愕然地说："怎么回事？英娘，看这打扮……这是你家桃花？"

看到英婶子哭着点头，李德宝顿时更加惊恐："好好的人怎会没了皮肉？"

"只怕不只是桃花如此……你们村之前死的人，若是不出意外，可能都和桃花姑娘一样。"袁天罡轻声说，"嗜人面皮，则可幻化为那皮囊主人的样貌……这等妖物极其罕见，我才想起来似乎曾在司天监手札之中见过，前辈曾为它命名，是为画皮。"

"只是奇怪的是，画皮多数性格胆怯，虽爱出现在人间，却很少杀人，取幻化所用面皮也多数是掘墓食死人之面……"袁天罡沉吟一下，十分不解。

"先查一下之前死的人是不是都是这样。如果都没了面皮，那就不用想了，只要找出这画皮就是！"李乘风冷冷地说。

村长点头，不过有些为难地说："只是开棺到底打扰死者，不知道长有几分把握？"

"德宝叔，事急从权，这时候不是讲究那些的时候，只管先开个最近死的人的棺材就是。"袁天罡还没回话，李乘风就直接对有些犹豫的李德宝说道。

李德宝虽然点头，却苦着脸，显然怕若袁天罡说的不对，到时候被那些遗孤遗孀们在面前哭。世人都说入土为安，入了土再开棺可以说是极其不敬。

袁天罡见他如此，开口说："村长，你有你的顾虑我能理解，但是我想告诉你，这画皮吃了人的脸皮之后，就可以化成受害之人的样貌在村中行走，它们天生擅长隐匿，连我都很难发现……也就是说，就算你的媳妇、儿女被那画皮害了，每天在你身边来去，你都不会知道，直到它腻味了，打算换个身份，你还会被它的幻术所迷，以为亲人才离世。你的亲人明明已经蒙冤而死许久，你却很可能一生也不会察觉真相……"

他说的是实话，今日能发现桃花不对劲也是凑巧。厢房窗户透光，照在桃花脸上微微透光，袁天罡离得近，觉得不对劲便上前摸了一下，发觉触感与见到的东西似乎不同，才试了试破解幻术的小招，这才误打误撞揭开了真相一角。

这话说得李德宝的脸色变了又变，身后跟来的族老脸色也变了，他们之中有老人也有壮年人，还有护着爷爷父亲前来的大小伙子，他们都有家有业，上有长辈下有儿女，只要一想到哪天自己的亲人被害，自己非但不知道，还亲亲热热地与杀人凶手相处，就觉得亲人地下有知能气得发狂。顿时大家都神色躁动起来，李德宝见此也不再犹豫，狠狠地说："行！那就先开棺！"说完，一行人就出了门，往田地里走去。

村户之间隔得不远，英婶子家中发生的事情邻居早已经悄悄听到，在听说不是病也不是山神爷爷降罪，而竟是有妖怪作乱的时候，邻居早已经打开了门。村长带着他们往半山坡墓地而去的时候，村里面的人一个传一个，顿时都出门往这墓地而来。

"这一片都是才开出来的新墓。"之前大家都以为是会传染的病，当然不会把这些横死之人葬在桃村世代祖坟之中，而是直接开辟了这半山当作新墓。

新墓数目之多令人惊愕。

桃村人口并不多，除去李乘风家，全村加起来也不过两百多人。而眼前这新墓要是每个墓穴都埋了人，只怕桃村每家都死了一两个人。毕竟李乘风的家人都葬在祖父迁居之后早已经划好的地方，这新墓里的可都是村中的人！

"这、怎么会死了这么多人……"袁天罡的眉头皱得越发紧，他斜靠在李乘风身边，轻声在李乘风的耳边说，"太古怪了。画皮作恶就已经非常奇怪，更别提短短时间竟一口气害死这么多人。通常来说它们其实很弱，杀这么多人对它们来说简直难如登天……"

他的话没说完，那头村长已经让人挖坟开棺。

旁边有那家幸存的人，是两个惶恐的孩子，看样子都不到十岁，据说家里还有个瞎眼奶奶，腿脚不便。此刻两兄弟互相抱着，惊恐地看着这一切。

土坟浅，不过一个多时辰就已经起了棺，撬开棺材上的封棺钉挪开一看，这下葬了七八天的人竟还是七窍流血、瞪大眼睛的样子，皮肉丝毫未腐！

"怎会如此？"众人顿时惊哗起来。

袁天罡上前，把对桃花尸体所做的事情重复了一遍，众人就看到那棺木之中的人皮肉龟裂、片片破碎。那两兄弟到底是父子连心，哭着想要上前阻止，可大人都知道此事非同小可，立刻便有人拦住了他们。

这一天连着起了五六座坟，无一例外，全是没了面皮，而且在幻象破碎之后，尸体的腐烂程度似乎都比他们死的时日要长许多。

所有人都沉默了。

良久，李德宝一抹脸，突然直接双膝一软，跪在了袁天罡面前："道长，求求你救救我们桃村的人！"见袁天罡不说话，李德宝急了，给李乘风使眼色："小风，快帮我劝劝道长，咱桃村不能再死人了啊！"

李乘风搀扶着耗损得厉害、唇色都发白了的袁天罡，正准备接话，就见山下远远跑来个半大小子，一边跑一边大声喊：“村长、村长！出大事了！”

众人回头，就看到个黑泥鳅一般的小家伙跑过来。到了面前，众人才看清楚这孩子的样貌——头发乱糟糟地披着，衣服也是乱糟糟的，一身污泥，鼻子下还挂着两条鼻涕。

小家伙站定，见大家都看着他，一时紧张，用力一吸把鼻涕给吸了回去，下一刻鼻涕马上又掉了出来，险险悬在上唇上，眼见着要进嘴。

王含光看得额角一跳一跳的，不过乡下孩子都是这么长大，村里的大人们也没觉得什么，只看着小孩问：“小春儿，你怎么一惊一乍的？”

“怎么，这娃娃是小春儿？”王含光一愣。旁人都不懂他这话是什么意思，唯有和他一起见过长春的袁天罡才明白，他也半眯着眼睛打量这叫小春儿的孩子。

小春儿有些害怕，吸了吸颤颤巍巍的鼻涕，局促地用黑不溜秋满是泥巴的赤脚在地上蹭了蹭，才说：“村里来了个漂亮的红衣大姐姐，伯娘让我叫大家回去，那大姐姐说抓到妖怪了！”

“什么？”他们才发现村中有妖邪、村人之死另有古怪，竟已经有高人找到了那背后的古怪！众人顿时都急了，连村长李德宝也站了起来，好歹还记得跟袁天罡打招呼：“道长，不如我们先去村里看看？”

“行。”听那小孩的话，袁天罡三人便想起昨天夜里突然出现、自称司天监少司命的神秘女子。村中出现了红衣女人，还说抓到了妖孽，听起来怎么都像放言要在他们之前找到真相的千红。

一行人结伴下山，到了村中门口，就听到村里正闹成一团。

此时是傍晚时分，正是吃饭的时候，村里却一片鸡飞狗跳，夹杂着女人惊慌的尖叫声，闹得人额角发疼。

“哎呀呀，小心，那画皮现在换了身份了！到底是谁？你们小心身边的人！”一道熟悉的声音传过来，只见一堆衣服朴素的村民之中，一身胡姬红衣的女人腰挎两柄弯刀，左顾右盼之间，额角红色水滴形状的宝石左右跳动，衬得她琥珀一般的眼睛顾盼流光。

她说得紧张，可透过那遮脸的半张薄薄红纱，李乘风分明看到了她嘴角噙着的一抹嘲笑，她像是拿这些害怕的妇人孩子取乐一般。

“你这是在干什么？”见叔伯娘们吓得人人自危，还有小孩被吓得放声大哭，李乘风上前，压抑着怒意问。

“找画皮啊！”千红转头回了一句，然后突然说，“画皮又换身份了！到底是谁又遇害了呢？”

说话之间，人群之中“咚”的一声，竟真倒下了一个女人。那女人身材粗壮，挽着简单的妇人髻，此刻倒在地上，赫然也是七窍流血。

“律令真元——破！”千红上前并指结印，与袁天罡今日做的动作竟是一模一样。

众人就看到倒下的女人脸上片片龟裂，露出烂了的血肉，也是没了面皮。

“画皮就在你们之中……”千红抬起眼睛环视着周围的人，唇角微勾。

别说这些妇人，连才下山的男人们也被她的话给吓得不敢挪动。

“这、这姑娘还真用的和你一样的手法呢，仙长！”王含光悄悄在身后跟袁天罡说。

袁天罡显然也惊了一下，他原本不怎么信这千红的话，可她虽然行止奇怪、样貌打扮也异于常人，此刻的手法和结印之法又确确实实是司天监一脉的功夫！

无论袁天罡怎么惊愕，这会儿也没工夫给他细想，因为千红竟转头看着他们，笑眯眯地说：“小道士，你可分辨得出来，这些人之中到底谁是画皮？”

袁天罡喘着气，一时没有出声。

2

“这、这到底是怎么回事？那妖怪为何会出现在我们村中？”袁天罡没说话，一旁的族老们却急了，纷纷大声质问起来。

千红看他们一眼，突然笑嘻嘻地对着人群说：“是啊，你为什么要来这个村子，还一直不肯收手，在司天监眼皮子下居然还要继续杀人？”

千红所看向的地方，所有人都一脸惊恐。她伸出染红的指甲，纤长手指指着其中一个惊恐的、被一个粗壮妇人牵着的小男孩。

众人顺着她指着的方向看过去顿时都愣住了，村长李德宝更是惊愕地说：“这位……女侠，你莫不是弄错了？”不怪众人神色古怪，只因千红居然指着一个才十多岁的孩童，那孩童束发，穿着蓝布衣，看上去秀秀气气，是山中孩童少有的整洁干净。

“不可能！”李德宝惊愕之后上前一步，隐隐挡在那孩子前方，看似是在对千红说话，却又十分大声，像是想说服周围的人，“女侠，你大约是哪里弄错了，这是我孩儿李书，他是陪他阿娘出来找我们的，绝不会是什么画皮……”

“书儿，别怕！”一旁的女人也一把抱住吓得脸色发白的李书，一迭声对千红说：“你别瞎说，这几天我一直跟我儿在一起，绝不可能有什么画皮替了他！”

千红想要说话，那李书却眨巴着眼睛，似乎有点儿害怕地往阿娘身上靠了靠，懵懵懂懂地说："这位姐姐，我就是我啊，没有什么东西替代我！"

千红一笑，耸耸肩说："随便你们，反正我已经指出来了，你们不信，等它玩腻了离开，就能证明我说的是对的……"

只是如果到那个时候，画皮又换了身份，还不知道又有谁会受害。

言下之意不需要多说，村人就已经全懂了。所有人脸色一变，当场就有人站出来说："村长，你可不能袒护画皮！"

"对！你送我家二丫上山被野兽吃，我李大力为了村里人都忍了……怎么，今儿轮到你儿子，你就舍不得让仙姑证明一下？"

"方才这仙姑就说准了，她一指，李二媳妇就直接倒了，仙姑不会骗人！"

众人吵成一团，有人气势汹汹靠过来，竟是见千红不动手，他们就要自己动手了结了一脸害怕的李书！

"都住手！"李德宝突然大声吼道。他到底是村长，这时候猛地一发火，众人惊得停了下来。李德宝恨恨地看着千红，怒声说："不可能！村中一直只死了大人，我儿才十二岁，怎么会被那画皮盯上……你到底是什么人，是收了谁的好处来陷害我家书儿？"

从进村，李德宝就一直带着忧虑，但是显见是个好脾气的，甚至有时候特别好说话，并不是特别威严、令人害怕的人。可是人都有自己的逆鳞，李书是他唯一的儿子，是他家的独苗，纵是李德宝再好的脾气，也不会容忍千红此时对李书的指控。

李德宝满脸寒霜地看着所有人，大声说："我不知道这女人到底是怎么来的，又是为什么要对我李德宝唯一的独子动手……但是我告诉你们，这回和小风一起回来的就有朝廷里专门管这些事的道长！有什么事情，咱们都等道长吩咐！"说完，李德宝竟是转头祈求地看着李乘风和袁天罡。他不想相信千红的话，也不敢相信，他带着祈求，希望袁天罡能驳斥千红的话，希望知道他的儿子还活着。

千红听李德宝这么说，竟然也不出声，只是带着笑意看着袁天罡，一脸挑衅的表情。

他们隔得远一些，只觉得这道士看上去脸色难看，而被他靠着的李乘风却非常清楚，这道士喘气越来越轻、脸如金纸，竟是分不出力气来说话了。李乘风心中暗惊，一把揽住他，说："先把人都带着，去德宝叔家！"说罢，他率先扛着袁天罡往村长家走去。

"我、我不行了，这里、这里有东西，煞气太重……"袁天罡挣扎着说，"你让王、王含光……带你上山……去西边山上……那里有东西……"说完，袁天罡竟是一口气没接上，直接厥了过去。

到了村长家，见道长昏倒了，众人按捺不住只想杀人，解决这个村子的心腹大患。李德宝怎么可能答应，一屋子人吵得一塌糊涂。

李乘风和王含光在客房里面面相觑，王含光看着昏睡之中脸色越来越惨白、额头竟然已经流汗的道长，一脸的欲哭无泪："不是，李兄、李少侠，仙长真没跟我说过山上有什么……哦，对了！他是说山上有东西！"

王含光想到之前看到李长春消失时，袁天罡让他看这环抱山谷的地势之事，忙详细地一一跟李乘风说。李乘风思考了一下，说："等等，这么说来……道士进了山谷就不舒服，不是路上颠着了，而是一开始就是山里有什么东西对他影响颇大，对不对？"

王含光想了一下，说："好像是这样。"

"那他怎么不说！"李乘风皱眉，也不知道山上到底是什么，竟然让这道士站都站不稳。可他一直不说还不算，今日还一直强撑着连连施法，直到撑不下去才昏迷了过去。

"袁仙长虽然不说，但是他估计是想帮你。"王含光想了下，叹了口气，说，"李少侠，你这两天晚上根本没睡，眼下都是乌青，别说仙长，我也很担心你的身体……若是你家人在世，想必也希望你能照顾好自己……"说到这里，王含光叹了口气，说是如此说，可是阖家灭门之痛又怎是一日两日能忘却的？别说李乘风这个悍勇的人会这么点灯熬油一般寻找凶手，就是他这养尊处优的王郎君遇到这种事，只怕也会赌上性命找到背后之人，然后以牙还牙以血还血！

李乘风闻言，眼神黯淡了一下，他看着床榻上的袁天罡，又看看叹息的王含光，突然说："多谢。"

这几日他被仇恨和五内俱焚一般的痛苦所淹没，没想到只是临时结伴而行的道士竟强打着精神在帮他，就连只是在路上被他们连续救了两次的王胖子，此刻都是真真切切在替他焦心。

不得不说，在这种烈日焚心一般的时刻，意识到还有两个朋友在身边、还有人在关心自己，确实让李乘风瞬间好过了许多。他揉揉额角，让自己一直充满了回忆和痛苦的脑子清醒清醒，这才说道："我要上山。"

这山上的东西既然对道士影响如此之大，只怕不是什么好东西，他必须要过去解决掉那东西，才能让这道士醒过来，才能继续追查那杀人妖物！

王含光看了李乘风一眼，又看看床榻上的袁天罡，咬咬牙说："李兄，我、我陪你去，只是、只是……"他苦着脸，怯怯地说，"只是你可要保护好我，我还是有些怕……"

李乘风嘴角一松，拍了拍王含光的肩膀，说："放心！"

既然已经商定，两人打算即刻出门上山。

"走窗户吧？"见李乘风把断剑捆好背在背上，就打算打开门往院子去，王含光赶紧偷偷地提醒。

面对李乘风疑惑的眼神，王含光想了下，说："不知道你有没有在叔伯婶吵架的时候刚巧打算出去玩的经验？"

看李乘风的眼神，显然他没有这样的经验。王含光一脸心有戚戚的表情，说："那你最好还是听我的。信我，咱们这一出去，别说上山，只怕连院子都出不去。"

李乘风想了下，还是决定听这胖子的话，不为别的，而是他突然想起袁天罡执意要和他一起回桃村时，说这胖子天生富贵双全的福命，定要带着他，就连在昏迷过去之前，他都特地叮嘱上山要带着这胖子……

虽然和道士结伴而行不过短短几个月，但是李乘风渐渐发觉，这道士从不会做无意义的事情。上山还不知会遇到什么，王胖子又文不成武不就的，可道士既然执意让他带着王胖子，那就一定有他自己的用意。

这会儿既然被钦定富贵双全命的王含光选了走窗户，李乘风也不多想，直接钻窗而出。他转身还打算帮这胖公子爬窗的时候才愕然发现，这胖子的动作一点儿都没被那一身丰腴的肥肉给挡住，只是几个借力就悄无声息地落了地。

面对李少侠惊叹的眼神，王含光咳嗽一声，谦虚地说："熟能生巧，熟能生巧。"

显见是以前在家时偷溜玩耍练出来的技术。

两人翻窗没有惊动任何人，李乘风提着王胖子运起轻身的功夫，耳边风声一响，就直接到了村长家围墙外面。村中的人这会儿大多都在村长家的院子里看热闹，李乘风看向西边，那地方黑漆漆的，看不出具体是什么样子。

就在这时候，王含光突然说："哎？那是什么东西？"

李乘风转头顺着王含光的视线看过去，却什么都没看到，他正茫然的时候，就听王含光奇怪地说："李兄，咱们要不要追上去看看，我怎么看到刚才有个女人在咱们身后翻墙出来……大晚上戴着个帷帽不说，还带着两个孩子夜里进山啊？"

听到此话，李乘风顿时想起了什么，他眉头一皱，问道："你说什么？带着两个孩子的女人？"

"是啊，她穿的那衣裙行动之间有金色流光，像是前朝的金纱布，我见我娘穿过……"说到这里，王含光突然转头，愕然地对李乘风说，"这布匹只有江南杜家能做。

杜家创出来这金纱布之后，因被人觊觎方子，只做了一批白绢金纱布就被贪赃枉法的县令给下狱拷打，可杜家人性情坚傲，宁死不愿意供出配方，最后竟被拷打致死，金纱布于是从此失传……因只有那一批白绢，所以世人也称其为白绢纱。”

“我娘嫁妆里的那种白绢纱？”李乘风听到这里，确认道。他刚才听到王含光说带着孩子戴着帷帽的女人，就想到了英婶子说的、长春在山里看到的那个戴着帷帽带着孩子的女人。英婶子之前也说过，那女人穿着的是他娘嫁妆里有的白绢纱。

李乘风的娘亲早逝，不过与出生就没了娘的弟弟李忘忧比起来，他好歹还记得娘亲的样子，还有少时和娘亲相处的细节。李乘风不记得娘亲的娘家和来历，祖父和父亲也似乎从未跟他说过娘亲娘家的事情，但是在李乘风的记忆之中，娘亲绝对是大家闺秀出身，嫁妆极为丰厚。不过娘亲平日为人处世十分低调，并不喜爱奢华，往年虽也定时制衣，却都是一般的绫罗绸缎，虽然对一般农人来说珠光宝气的，但是以他家的底蕴来说，已经是俭省到了极致。不但穿着如此，娘亲戴的首饰换来换去也总是那些制式，没有太过奢华。

那白绢纱裙，娘亲只穿过一次。那次是她带着李乘风去附近的城中游湖踏青，因是要见家中一位世交，才好好打扮了一次。

也就是那一次，桃村的人就说了十几年。村里的人哪里见过走一步路，那金色阳光就如同波浪一般荡漾的裙子？哪里见过整套的镶着珠玉的金钗首饰？

从那之后，村人说起什么裙子漂亮富贵，就总爱拿李乘风娘亲的那白绢纱裙打比方。也是因此，之前英婶子说起那贵妇穿着白绢纱裙，李乘风才没当回事，毕竟自小到大，村人见了好料子就拿白绢纱打比方，李乘风还以为长春看到的那诡秘妇人是穿了金线绣的白裙。

可如果出身世家的王含光也这么说，那这事就十分奇怪了。

“我小时候听我爹娘说起，这白绢纱工艺极其复杂，杜家有独特的烧金纺纱的秘技，才能让那白绢纱看不出任何针脚和金线，只会在日光下显出不凡之处……杜家人研制出来之后，一共只做出了二十多匹，除了被抄家灭族之前他们烧毁的，当时第一批、也是仅存于世的那一批，绝不超过十匹。我娘那儿也是因缘巧合才得了三匹不到，你家也有……这桃村怎会还有其他人能穿这白绢纱？”

李乘风对王含光说：“走，我们跟上去！”

王含光点头，农人没见识，觉得这白绢纱大约是有钱就能买到的东西，可是但凡有底蕴的世家子弟，一眼就知道东西来自何处，到底有什么不同。

这女子不但行踪诡秘，身上的衣着来历也让人生疑。

两人拿定主意，往那女人消失的地方追去，而他们身后，院子里面吵得沸反盈天。

李德宝的媳妇插着肥壮的腰，像是一尊铁塔一般堵在儿子面前，大喊着对看戏的千红痛骂："你这妖妇，我看你就是想害人。你是不是收了我嫂子还是我妯娌的好处，想弄死我李家这棵独苗苗？我告诉你们，生不出儿子是你们的事，但是你们要是把主意打在我的书儿身上，看我不活撕了你们！"

她这一番话看似是骂千红，其实一句句都恨不得砸在妯娌的脸上，旁边那干瘦黑皮女人叉腰和她大声对骂起来，显见两家因为李德宝的媳妇生了李家这单传独苗，而其他兄弟两家连连生下女儿，早已经有了许多摩擦，这会儿恨不得把三百年前的积怨都拿出来说，一时闹得不可开交。

千红原本精悍无匹，可是这群妇人吵架实在粗俗新鲜，一群人把她围在中间，她竟然一时没发现李乘风等人的动静。

就这样，李乘风和王含光二人直接往西边山上而去。

月黑风高，那月光照在大地上，远远就可以看到那女人一身柔白金色光团、一左一右牵着两个孩子，直往山上而去。

"原来这白绢纱在月下竟是如此柔美，和白天的端庄华丽全不一样，杜家这绢纱真是巧夺天工……可惜了……"王含光被李乘风提着衣领，还忍不住感慨道。

"先别感慨那衣服，你看她走路的姿势。"李乘风冷冷地提醒他。

王含光这才认真看，看了一会儿，差点儿流出冷汗来，他瞠目结舌地说："她没有脚！"

"不是没有脚。你看她裙子在动，飘一下就是几步远，而且步子之快，我得用轻功才能赶上。你再看看那两个孩儿……"李乘风示意王含光继续看。

那两个小童白白胖胖，藕节似的小短腿一动一动，看上去憨态可掬，可是仔细看就会发现那两个小童的速度完全不逊色于那个女人。

"他们不是人。"李乘风轻声下定论。

不需他说，王含光也这么觉得，他顿时害怕地反手抓住李乘风，一副下定决心要和李乘风黏在一起的坚定表情。

他们跟着跟着，已经上了山。桃村四周的山都郁郁葱葱，高耸险峻，山壁上隐约可见灰绿色的嶙峋石块，看上去仿佛清癯老者一般。那女人牵着两个孩儿上了山，三人越走越偏，竟慢慢到达了山顶最南的一处悬崖，然后在王含光惊愕的眼神中，站在那悬崖处纵身一跃！

3

李乘风反手一捂，及时阻止了王含光的惊叫！

王含光本以为会看到母子三人摔下悬崖变成肉酱的场景，结果定睛一看，那母子三人竟是一跃之下跳了几丈之远，稳稳地落在了不远处的一座小小的、笔直的孤峰上。

王含光惊魂未定，定睛一看才发现这山顶之下全是密密麻麻的绝壁，都如同毛笔一般插在山谷之中。谷底都是林木，这些绝刃孤山像是被插在地上的木桩一样，都不过几丈大小，三三两两地散落一地。

那神秘女人牵着两个孩儿竟是连续不断地几次跳跃，而后落在了山中最高最大的那座孤峰上。

那山峰扁扁的，从王含光和李乘风站的方位来看，像是个贝壳边一般极为锋利窄小，不过这只是视线错觉，实际上那山峰应该挺大的，因为那个女人牵着两个孩儿站在上面绰绰有余。不但如此，山峰上还有一棵半大的树占了大半地方，它如此孤绝地独自生长在孤峰上，愈发显得遗世独立。

他们在那山峰上就不动了，那妇人亲昵地摸摸两个懵懂稚儿，然后盘腿坐下来，似乎在等待什么。没多久，王含光和李乘风就看到了惊人的一幕——天上的月华像是被凝实成细细的白线，直直从天际坠落，与此同时，那母子三人坐的孤峰里突然冲天而起一股极为霸道的银色华光，天地、山峰与月华的光辉剧烈地冲撞在一起，而后变成耀眼的光团。

那女人和两个孩儿就站在光团之中，看不清神色。

“李兄……这、这山里面肯定有异宝啊！”李乘风正紧张地细看这母子三人到底是什么东西、在干什么，耳边突然传来激动喘气的声音，把正紧张的李乘风吓得全身一紧。他掏掏耳朵，皱眉示意王含光继续说。

王含光怕他不信，抬起白胖到微有肉窝的手，伸出中间三根手指指天发誓：“我说的绝对是真的啊！李少侠，我看的话本故事里面，那些妖精鬼怪要修炼，肯定都要找什么洞天福地或是有天材地宝的地方。你看，那女的绝对不是人对吧，这么大的架势，他们绝对是来这个地方修炼啊！吸取日月精华什么的，话本故事里都这么写！”

李乘风在乡间长大，不爱念书，虽然出外闯荡江湖时听过某些地方的传说，但在遇到道士之前他是绝不相信这些以讹传讹的无稽之谈的，因此对于王含光所说话本故事里面的记载，还真是第一次听说。

他本想说话，可是王含光太过激动，一时忘形，声音稍微高了些。下一刻他们就突然看到那个戴着帷帽的女人和那两个孩子从光团里钻出来，女人的脸被挡着看不到，两个孩子却是一脸惊恐，纷纷往女人怀里钻。

女人抱住两个孩子，往他们这里看来。王含光和李乘风趴在地上，那女人坐看左看，似乎没发现他们。二人松了口气，微微抬头，就看到那女人抱着两个孩子匆匆返回，竟似乎是打算提前下山了。

“她好像不凶！”王含光愣了下，似乎是想到李长春追了这女人一路的事，顿时大大地松了口气，然后问道，“我们跟着？”

李乘风这会儿看着那还在冒着淡淡银色光芒的山峰，突然低声说：“你跟着那女人……我去看看那里是什么东西。”

“什么？”王含光顿时怕了，疯狂摇头，连声说，“李少侠、李兄，别这样，万一那女人真的对我做什么，我毫无自保能力啊……”

“停！”眼见着他一开口就不会停，李乘风赶紧喊他，王含光愣了下，就听到李乘风说，“快问快答，不许想。你觉得跟着她危险吗？”

王含光愣一下，直觉摇头。

“你觉得我有必要看看那里到底是怎么回事吗？”李乘风指着华光开始变小的山峰。

王含光没有思考，直觉点头。

“那好，咱们分头行动。”李乘风一锤定音。

“不是，李兄……”王含光还想挣扎，可是李乘风一把拍到他的肩膀上，严肃地说：“王胖子，你知道吗，我认识那个道士以来，和他一起见过十二个头的大蛇，曾被几千几万条蛇围攻；曾经进入过几十年前的古太原，见过满山满谷的死人……还有你家那妙姨娘，道士没见过她，只看到你叔叔，就说你叔叔有桃花煞，掐准了时间去后院救你……”

王含光呆愣愣的，不明白李乘风为什么挑这个时候说起前些日子的事情。

“我说那么多是想告诉你，那道士做任何事情都是有原因的。虽然我可能不懂，但是他绝对是有什么依据。”李乘风对着王含光掷地有声地说，“他让我相信你的直觉，他说你是我的福将，我信他，也信你！”

王含光张大了嘴看着他。他生于绫罗锦绣之中，长于脂膏茱萸之内，享受过泼天富贵，见识过旷世奇珍，但是从小到大，或许有很多人爱他，有很多人照顾他、保护他，却真的从未有一个人在这种关系到全家人命的关键时刻对他说一句“我信你”。

这句话太重了，尤其是对于一个男人来说。

也许这世界上所有不肯长大、不愿意长大的男人，都在等待这句话、这一个瞬间、这么一个人对他说“交给你了，我信你”！

这一瞬间，王含光看着他无比崇敬的李少侠，看着他转身往悬崖处奔去，然后纵身一跃，奔赴那光芒愈发微弱的山峰之处，他猛地吸了一口气，拖动一身丰腴肥肉，豪情万丈地往那帷帽女人下山的地方跑去！

4

李乘风转头，见王含光那微胖的身影消失在山中，终于松了一口气，自言自语道：“父亲这一套还真是管用。”

小时候父亲总是用这一套忽悠他，后来又用这一套忽悠弟弟忘忧，没想到他如今照搬照用，拿来激励王含光那小胖子也如此有奇效……李乘风的嘴角露出一丝淡淡的微笑，旋即又垂下来，变成深深的伤痛。

他吐出一口气，不敢再放任自己沉浸在失亲的痛苦之中。突然，他神色一变。方才他远远看着这山峰还不觉得，这一落地，李乘风就有了一丝玄之又玄的感觉。

光芒已经消失了，可李乘风这时候却一点儿也不急着离开，他冥冥之中觉得这里有什么东西，而且是什么他应该很在意的东西……

李乘风仔细听，觉得自己好像听到了心跳的声音。

李乘风皱眉，再次凝神仔细地听。没错！虽然微弱，但是他确实是听到了什么声音，像是呼吸，像是心跳，一下一下，时断时续，但绝不是他的错觉！

立于深夜山峰之中，李乘风闭目认真听着，然后慢慢地，只觉得这天地之间的一切都离他远了，他好像是站在这山峰之中，却又好像是立在整个天地之间，他听不到任何声音，那些夜里的虫鸣嘶叫，那些角落蛇鼠爬过的嘶嘶低语都消失了，唯有那声音“砰砰砰”地响着……

李乘风吐纳呼吸，心跳声渐渐和这道声音合二为一，与此同时，他听到了模模糊糊的声音，似乎是什么口齿不清的低语，又像是什么笑声。

没一会儿，那声音越来越清晰，竟是一串女子的笑声。李乘风心神一震，顿时睁开了眼睛！那道声音太熟悉了！竟像是他已经逝去十二年的母亲！

李乘风心神巨震，四下看看才知道这大约是幻觉，他慢慢冷静下来，逼迫自己再次闭上眼睛，仔细聆听那道声音。然后他再次听到了心跳的声音，只是这一回在笑声、说话声响起之前，李乘风终于听到了那心跳声的源头。

他睁开眼睛，脸色难看地看着脚下的山峰。那山峰里，“砰砰砰”的心跳声稳定而和煦，像是这山峰在沉睡，随时都能发出呼吸一般！

李乘风惊愕至极，这山峰竟然是活的吗？

“哎呀，居然不上当。不过既然被你发现了……”就在李乘风惊愕万分的时候，耳边突然响起一个女孩的声音，不是母亲的声音，而是个陌生的、娇滴滴的女孩声音。她嘻嘻笑着，语调带着调皮，但是说出的话语却十分阴森狠毒：“算你倒霉，那我就只能受累顺便杀了你了！受死吧！”

话落，李乘风就愕然发现一柄寒气四溢的长剑直接破空而来，直取他面门！

只一瞬，李乘风就知道这长剑绝对是不世出的神兵利刃，因为长剑还没到面前，李乘风就脚尖一点，直接往后狂退几丈，差点儿掉下悬崖，但饶是他反应如此之快，脸上仍是被剑风划出一道狭长的血丝，鬓角的一束长发也被截为两段。

李乘风眼神一厉，但同时也产生了极大的兴趣，他抬头看去，那握着长剑的主人竟是一个看上去不过十三四岁的少女！

看到李乘风皱眉，那少女似乎极其不高兴，嘟着嘴说：“什么意思，你那是什么眼神？嫌弃我年纪小吗？”说完，她似乎更生气了，举起长剑恨恨地说，“你知道之前那些看不起我的人的下场吗？我要把你砍为两段！就跟干将一样！让你断成几块！”说完，她小脸一寒，挥剑直接攻过来。

李乘风仓促之间，挥舞着只有半截的剑格挡。少女看到这半截短剑，顿时发出了铃铛一般的笑声：“你竟然拿着残剑和我金玲对敌！太好笑了！”

这少女看上去十分娇小，性子喜怒不定，但是她手上这柄剑确实是旷世奇宝。她剑术远远不敌李乘风，却靠着这柄神兵利器逼得李乘风腾挪跳跃、不敢试其锋芒！

只不过几个来回，李乘风手中的残剑就已经再次被削掉一截。落在地上的已经有三截断剑，显然这自称金玲的少女留了力，似乎打算就这么戏耍李乘风一番，再取他性命。

李乘风的额角已经有了汗水，他一边拖延时间，一边观察金玲的动作。仔细一观察，他就觉得十分奇怪，这少女攻击的动作虽不是特别厉害，但是功夫扎实。李乘风觉得自己方才有几次差点儿被砍下一截皮肉，甚至可能断手断脚，但是几次他都险险躲过。如今虽然身上有十几道剑气所伤的伤口，血流如注，但他好歹还全须全尾。

李乘风且战且退，忽然发现这叫金玲的少女站在这孤峰顶上唯一的这棵树下，虽看上去一直在主动攻击，但其实一直隐隐守住了这棵树所在的方位，倒像是有什么忌讳一般。

眼见着退无可退，体力不支，李乘风一咬牙，直接一甩手中只剩下几寸长的剑直往金玲面门而去！

“你拿这剑柄当沙包和我玩吗？”金玲大笑嘲讽他，一挥剑就直接把李乘风那剑柄砍为两段！

李乘风等的就是这一刻。趁着金玲砍断剑柄的那一刻，他猛地矮身，贴在地上一个借力，直直从金玲身下游过，瞬间就到了金玲的身后，也就是那棵树下！

“你！”金玲气急，转身就想杀他。

可李乘风已看到了金玲一直守着的是什么东西——这人迹不至、唯有飞鸟才能到达的绝壁孤峰之上，竟有一座小小坟堆，上面还有半块残石。

“剑冢？”那块残石被当中劈为两半，有一半已经遗失，因此不知另一半是不是刻了这剑冢的名称。但是这些都不是最主要的，重要的是在写着剑冢的石头之上，插着柄锈迹斑斑、唯有一小截露在外面的朽坏残剑。

“不许动！”金玲大急，从背后举剑杀过来。

眼见着剑风到了身后，衣服都已经被剑气割开，李乘风心中一动，中邪一般并不躲避，反而直接握住了那柄锈迹斑斑的锈剑！

“哇，我不许你碰我，不许碰我！”金玲在李乘风握住那锈剑的同时小嘴一扁，直接大哭起来！

不过她哭是哭，恼怒之下却动作更快了，眼见着就要一剑洞穿李乘风的肺腑，天地之间突然响起了虎啸龙吟之声。那声音威严浑厚，仿若神灵降世。下一刻，华光大起！

银色的风刃瞬间拔地而起，李乘风身在飓风之中，身上的衣服瞬间就被那刮骨刀一般的风刃割得七零八碎，换作其他人只怕马上就会吓得丢掉手上的东西赶紧先逃命了，但是李乘风却咬牙紧紧抓住了剑柄——他有预感，不松开剑柄可能是他唯一的生路！

可话是这样说，这剑柄却不是好握的，李乘风只觉得一时像是寒风刮骨，一时像是握着一块烧热的烙铁，一时又像是被人抽筋扒皮……其中滋味，不可名状。

但好在没多久，李乘风快要心神恍惚的时候，突然感觉到了手下松动，他惊喜莫名，握着剑柄直接用力一拔……

李乘风身在其中，并不能发现自己在做多么惊天动地的事情，但若是有人此刻在一旁围观，只怕会怀疑自己看到了神迹。只见在孤峰之顶，一道看似渺小的身影立于孤峰之上，他手握着锈剑用力往上拔。随着他拔起的动作，那柄残锈的剑露出了它的真面目——锈迹唰唰唰直接剥落，整座山峰摇晃动荡、山石剥落，似乎山峰之内的精魂被抽出来了一般，随着长剑现世，整座山峰轰然垮塌！

就像是山川在为这惊世奇兵重现天日而助威一般，随着这柄长剑被抽出，山川之中发出轰鸣之声，西面山峰之上那最大的一座山峰也突然同时发出轰鸣。“哗啦啦”，仿佛共工怒撞不周山，又仿佛有个看不见的巨人挥剑，西山的那座山峰有一半直接垮塌，大地被山峰的死亡砸出怒吼，远处村庄响起了尖叫和狗叫鸡鸣。

这些事，刚拔出剑的李乘风根本不知道，他全身都是血水，七窍隐隐快要流出血来。他目眦欲裂，咬紧牙关，脸颊上的肌肉绷紧，像是忍受着极大的痛苦！

只有他听得到，脑海之中那自称金玲的女孩正一边哭一边大喊：“放开我，放开我！我不要你做我的主人！”与此同时，他手中的长剑无风自动，发出嗡鸣之声，甚至颤动不停，似要从李乘风的手中挣脱逃走！

李乘风知道这是最重要的时刻，他如果没办法驯服这柄剑，等着他的就是被这凶兵反杀！因此他什么都不管，只是咬牙死撑，努力与这凶兵对峙！

另一边，跟踪那帷帽女人的王含光发现，这女人竟然仓促惊惶之中直接进了村子！

要知道在传奇话本故事之中，妖怪一般都住在人迹罕至的地方，平日躲着人都来不及，怎么会住在人聚集的村庄之中！

王含光正疑惑，远远就听到村人吵架的声音，他神色一变，只见那帷帽女人竟是牵着两个孩子直直走入了村长李德宝的家！

忽然，天摇地动，山川倾倒，等一切都平静下来，袁天罡猛地睁开了眼睛。

5

袁天罡打开门，就看到院子里面乌压压地趴了一地人，他们都抱团躲在一起，吓得仿佛鹌鹑一样。

唯有千红站在院子里，远远看着西山山峦倒塌的地方。她皱着眉，听到开门声，语带妒忌地说：“是你指点他去的吧？”

“我不知道你在说什么。”袁天罡淡淡地说。

“别装傻，这山谷之中的剑气都快凝成实质了，稍微有点儿天分的人都能感觉到。看你这样子天生五灵俱开，只怕你一进来就发现这村子不对劲了吧？”千红悻悻地说，“不用如此提防，既是你先发现的，我再怎么眼热这武器也不会干杀人越货的事，你大可放心。再说我只是见猎心喜，真用起来，剑远不如我这弯刀。”千红自豪地拍拍腰上的弯刀，显然对自己的兵刃十分满意。

“我真的不知道你在说什么。”袁天罡摇头，再次重复。

千红嘲讽地看他一眼，突然脸色一变，下一刻，他们就听到李德宝媳妇的哭喊：“书儿，你怎么了，你这是怎么了？”

刚一阵地动山摇平静下来，李德宝的媳妇才发现儿子没说话，她以为孩子是吓得狠了，低头一看，顿时吓得差点儿魂飞魄散。众人也看到了，李德宝媳妇捧着的孩子的脸，赫然是七窍流血、痛苦扭曲的模样。

“我早说了，他早被画皮杀死了。”千红冷冰冰地说。

“那画皮为什么要杀书儿？它有本事来找我啊！它是不是还在这里？”李德宝的媳妇抱着儿子瞪大眼睛，脸上的横肉都抖起来，她疯了一般，用仇恨的眼神环视四周，又哭又喊：“你有本事来找我啊，看我不跟你拼了！藏头露尾算什么好汉！”

“为什么？”千红听着李德宝媳妇的话，突然摇头笑了下，“喂，小道士，你知道是为什么吗？”后面这句却是问袁天罡的了。

袁天罡愣了一下，说：“这个我还真不知道。”

“你先前不知道……没了五行杀阵，那凶兵估计也认主了，这会儿没了遮挡，你应该能看得出来……这些人为什么会被找上吧？”千红慢条斯理地说道。这画皮一直埋伏在周围，她却一点儿也不担心的样子。

“看得出来。”袁天罡看着这一院子的人，轻声说，“但我不明白，他们不过山野村民，怎么会身上都带着杀过人的冤孽血煞之气。”

“提醒你，你算不出，最大的可能是什么？”千红笑了。

袁天罡脸色一变，显然想到了什么可怕之事。

他们俩一来一往打哑谜，李德宝却站不住了，他苦苦哀求：“道长、仙姑！求求你们，快把那画皮抓起来吧，它在我们村作孽了几个月，杀了几百口人啊！道长，光是小风家就是两百多人，一个未曾剩下啊！求求你们快收了这妖孽吧！”

王含光悄悄地从大门口走进来。

众人都看着袁天罡和李乘风，未曾发现他的动作。但是千红看到了，她笑眯眯地喊王含光：“哎，那个小胖子，对，就是你，你跟大家说说，你方才是追着什么来的？”

“啊？我、我就是夜里睡不着，出来走走、出来走走！”王含光吓了一跳，幸好他以前偷溜玩耍回来也总是被发现，因此反应极快。

他心里也苦，没了李乘风，他又不会轻功，村长李德宝家可不是篱笆墙，而是实实在在的高墙，除了浑水摸鱼从大门进来，他哪里又有别的办法！偏偏这胡姬不知为什么跟他们杠上了，他一进来就被逮个正着。

“不对，你是追着什么东西进来的吧？比如说……穿着白绢纱裙、带着两个娃娃的女人？”千红笑看着王含光，把王含光吓得腿一软，差点儿没站住。

“仙姑，这、这是在说什么啊？先把这画皮妖怪的事情给解决了，再说那什么女人的事情吧！”李德宝瞠目结舌，赶紧说道。

“你说呢？”千红看向站在厢房门口的袁天罡。

袁天罡思考了一下，突然对着人群之中一个一脸害怕地蹲在地上的小姑娘说：“你说呢？这位画皮……姑娘？”

他语调轻柔，却不啻一个惊雷砸在了院子里。方才与这姑娘一起蹲着的同伴顿时如潮水一般往旁边退去，很快这姑娘就被独自隔了开来，她不知所措地看着众人，讷讷地说：“不是、我不是……”

“姑娘，你不必再装。在下只是奇怪，依古籍记载，画皮性格温和，虽有戏弄人之事，却从未杀过人……你为什么要一而再再而三地大开杀戒，甚至杀了快三百人还不知足，竟还不肯放过这些村民？”袁天罡是真的不明白。他自信司天监的古卷不会出错，画皮性格温和无害，偶尔会调皮、捉弄人，只比一些胆小避人的动物妖怪稍高一等，可这画皮所作所为，实在是太过有违天性。

那画皮见袁天罡和千红都笃定地看着她，显见是十分确定她的身份，想着反正已经没有办法伪装，也不再装出一副害怕的样子了。她脸色一变，冷冷地说道：“我可没那么大的能耐，我不过杀了十几个人而已。”她看着蹲在地上、一脸愤怒地看着她的村民们，突然惨笑一声，幽幽地说，“至于剩下的那两百多条人命，尤其是乘风哥哥家两百零三口人到底是怎么死的……你们为何不问问这院子里的人呢？”

“你说什么！”

“你这妖孽，还想妖言惑众！”

“道长，杀了她！”

“仙姑，快杀了这个妖怪！免得它再杀人！”

……

院子里的人顿时都脸色大变，目露凶光，纷纷大喊起来，甚至还有年轻汉子直接冲过来，想直接动手杀了这画皮！

一时吵闹得一塌糊涂。

“我妖言惑众？你们敢让他们搜一搜你们的房子吗？村长，你房里的衣柜底层还放着乘风哥哥阿娘的白绢纱裙，还有两个配套的金镶海珠的戒指！你原本说那东西扎眼不想要，是你媳妇东施效颦，妒恨乘风哥哥的阿娘多年，一定要收起来日日摩挲！她要不是自己穿不下，前不久生辰时还想穿那条裙子，我可有说错？”那画皮厉声说起来，又指向其他村人，“还有你，李松贵，你家里放着乘风哥哥爹爹的清辉松墨砚，你说要等你儿子大了，给他念书用。我呸！就凭你们也配！还有你，你家放着乘风哥哥嫂嫂的陪嫁玉镯，你家放着乘风哥哥堂姐的双鱼白玉佩……”那画皮一个个说着，简直如数家珍，随口说出的东西俱是珍贵之物。

她还没停下来，指了一堆年纪大的人后，又直接朝年轻人怒目而视：“还有你，李长松，虽然长大后你们没在一起玩闹，但是乘风哥哥自小和你还有长春哥哥亲厚，乘风哥哥的爹爹也高看你一眼，特地让你和乘风哥哥一起学武，可你呢？你带头拿着火把去乘风哥哥家，你是第一个点火的人！”

“你闭嘴！”李长松一身细布短打，肌肉结实，显然是个练家子，他此刻脸带愤怒，但隐隐又有一丝乖戾。

他身后被点到的还有几个女孩：“海棠、山丹，你们和乘风哥哥的大堂姐一起长大，但你们和桃花一样狠毒，嘴里说着喜欢乘风哥哥想要嫁给他，可明知道那天晚上你们爹娘干了什么却根本不管，第二日还特地结伴去寻金银，生怕自家少拿了一分……休想抵赖，海棠，你脑袋上戴着的那支银钗子，你怕是忘记了，那还是梦楠姐姐当年在婶娘死后守孝时戴的！”

被她点到的几个小娘子一脸惊恐，那叫海棠的小娘子更是马上取下了头上的银钗！

这一下，所有人都知道这画皮所说，估计八九不离十！

“不愧是妖孽，真是颠倒黑白。没错，当日我们是去了小风家……”村长李德宝突然说道。

“当家的！”

“德宝叔！”

众人都叫他。

李德宝却一挥手，说：“但是你说的什么我们害了小风家人的性命，我们可不认！”看着愣了一下的画皮，李德宝眼神锐利，口齿是见到他以来最为流畅的一次，一瞬间甚至不像个老实巴交、大半生务农的男人了。他说：“道长、仙姑，这事情你们应当有所耳闻，是，我们当时是去了小风家，但是不是因为别的，是因为长春说他看到了个女人，就是那个穿着白绢纱的女人，她从山上进了李家大宅，然后就消失了！当日小风他爹搜查了下没查出来，这事就算了，可是后来那女人又在后山出现过一次，我们都看到了。那女人的穿着打扮实在不像是一般人，我们就想帮小风他爹在宅子里寻一下，小风他爹不同意……后来这画皮就出来杀人，再后来的事情你们都知道了……我李德宝所说的话句句属实，村里人都可以为我作证，只希望道长和仙姑不要相信她，快些杀了这画皮才是！”

“放屁！你真是满口谎话，难怪把乘风哥哥的祖父都骗了！当年可是乘风哥哥的祖父扶持了你这个没了爹娘、远了八百里的族亲当村长，要不是乘风哥哥的祖父，你这会儿还想住瓦房，住你的猪栏吧！你这人品，合该一辈子住猪栏才是！”那画皮被气得全身微颤，恶狠狠地盯着李德宝，像是要挖他的皮肉吃一般恨恨地说，“你们当夜举着火把去，若只是搜查，为什么全村的青壮年都去了？你说乘风哥哥的爹爹不同意，怎么不继续说下去？怎么不继续说你们堵上门去，故意借着李家可能有妖怪的由头，想去大宅里面捞东西，结果与乘风哥哥的爹爹起了争执，你们推他害他被撞死，后来干脆冲进去一个个屋点火，活活烧死了李家人，还把乘风哥哥家的库房洗劫一空？这些事你怎么不敢说？”

她一字字一句句可谓是泣血之语，院子里面的人脸色都难看得厉害，他们看着这画皮，竟是一时之间安静了。

“我杀了你这妖言惑众的妖怪！”李长松脸色铁青，上前就想动手。村里其他人也为他叫好助威。

就在这时，门口传来沉重的脚步声音，打破了院落内的喧闹，众人都惊得停住了动作。

“她说的是真的吗？”李乘风自黑暗之中走出来，他满身都是血迹，披散着头发，身上的衣服已经破碎，除了腰上围着的一圈布片整个人毫无遮挡，露出虬结健壮的肌肉。他手中握着一柄仿佛月光凝聚而成的剑，那剑不似凡铁，像是在流动的月华一般，莹润发出微光。

李乘风握着这柄剑，看向那画皮，问：“你说的是真的？”

他的声音不大，但是寒气四溢。

院子里面的人都脸色大变，私下传递眼神，可是他们还没来得及说话，就看到那画皮眼中莹莹掉出眼泪，她站在院子里，说：“我说的是真的，乘风哥哥，因为那天晚上，我亲眼看到了一切……”

“我凭什么相信你？”李乘风看着画皮，沉声继续发问。

接下来，众人就看到了令人极为惊异的一幕——那画皮脸上的五官竟然开始慢慢扭曲，几次隐隐换了面容，最后定格成一个清丽无双的少女。

竟然是他们回桃村前一晚，给他们铺过被子的叶秀秀！

此刻，叶秀秀看着李乘风大哭了起来，她一边哭泣一边说：“乘风哥哥，对不起。我对不起你，也对不起李伯伯和爷爷……我想救他们，可是我冲不进去，我除了会变样子，其他什么都不会……对不起，乘风哥哥……”

叶秀秀哭得伤心极了，院子里面的村人也惊愕万分，他们没想到叶秀秀就是画皮。

事已至此，已经无须多说，李乘风沉默了一会儿，环视周围一圈，突然问：“为什么？”

村人鸦雀无声。

“我家自二十年前隐居桃村，就开始铺桥修路、聘请秀才为孩童开蒙、买下祭田充入公账、让族中孤寡每月定量领取钱粮免于饥苦流离。祖父曾说要老吾老以及人之老、幼吾幼以及人之幼，桃村皆是族人，应当代代守望相助……”李乘风一句句说着，咬着牙，眼里的泪水一颗颗滴下来。除了初听到噩耗的时候，这还是他第一次流泪，他握着剑，努力让自己从胸腔深处发出问题来，他几乎是一字一句地问：“为什么，我家做得还不够吗？还不够对得起你们吗？为什么你们能忍心杀了他们？我弟弟忘忧才十二岁，他和你儿子一样大！”

李乘风怒目圆睁，他看着李德宝，厉声喝问：“他从小叫你叔叔，他相信你们，喜欢你们……”李乘风说的是李忘忧，但何尝不是说他的其他堂姐妹和堂兄弟，这里多少小辈是和他们一起长大的，他们怎么忍心，怎么下得了手！

李乘风长啸一声，猛地拔剑。那剑邪气四溢，一瞬间已经乘虚而入，让李乘风入了心魔！

袁天罡面色大变，大声厉喝：“李乘风，不可！”

李乘风抬起剑，对准了院子里的所有人！

画皮③
第十一章

1

“杀了他们，杀了这些忘恩负义的人！”金玲的声音从剑里面传出来，没了初见的清脆，反而带着蛊惑人心的诱惑。

袁天罡厉喝一声，发现李乘风居然毫无反应，他眉头一皱，直接甩袖，挥符直取李乘风！那长长的朱笔黄符如同有生命一般，飞过去直接唰唰唰卷住了长剑的剑柄，李乘风眉间煞气一松，却依然死死盯着这院子里面的人，他握紧了剑，显然正在天人交战。

眼见着时间一分一秒过去，李乘风脸上的杀气更浓了一些，而袁天罡连连往他身上招呼黄符，却越来越困不住李乘风。李德宝见势不妙，赶紧说：“小风，你别被这妖怪迷了，她肯定是吃了秀秀，假装成秀秀来骗我们啊！不信你搜我家，你若是搜出你娘的陪嫁，不用你说，德宝叔自己割了自己脖子！”

李德宝这话说得敞亮，李乘风顿时神色一愣，似乎被打动了。千红笑而不语，反倒是袁天罡有些将信将疑——他和李乘风命星纠缠，因此算不出一切有关李乘风的事情。这些村人冤孽之气虽重，嫌疑极大，但是也不一定就真的是因为杀李乘风家人所致，袁天罡虽然心中十分不信李德宝的话，但是这人既然不死心，刚好也需要时间劝李乘风，于是袁天罡点点头说：“李乘风，既然如此，我们先搜查再说，怎么样？”

见李乘风还在犹豫，袁天罡使了个眼色，之前被听到的一切给惊得半天没动作的王含光顿时心领神会。

王含光只是看李乘风身上散发的淡淡煞气和鲜红的眼睛，就知道他这会儿不太对劲。李乘风是个快意恩仇的性子，却不会如此刻这般不分青红皂白直接对全场下手，再加上他那中邪般的表情，以及道长那凝重甚至有些惊慌的神色，王含光知道再这么放任下去肯定不是什么好事。何况李乘风拿的剑还在嗡鸣，像是因要饮血而兴奋，怎么看都像是传说之中的凶悍物件，一般这种邪性东西要是人压不住，保不准就会变成丧失心智的杀人恶魔。

看李乘风这样子，此刻若是不分散他的注意，他怕是会出手把这些害人的人全杀了。杀了这些人也就算了，毕竟王含光听着都想杀了这些人，但是所谓抓贼抓赃，既然他们还否认，那就找到证据让他们心服口服，所以必须找办法让李乘风冷静下来再做打算，以免他在事情没有全部查清楚之前动手，伤及无辜。

王含光小心地从身后靠近犹豫的李乘风。他不敢直接在身后偷袭，而是直接说："李兄，我想到了！"

李乘风早知道他在背后鬼鬼祟祟，这时候听到他的声音，微微转头看着他，等他说话。王含光这才看到李乘风的表情有多邪性——他眼睛血红，牙关咬得太紧，脸颊两边绷紧的肌肉都现了出来。更为可怖的是，那剑在他手中嗡鸣，身上的伤口竟也随着嗡鸣声音溅出血液，如红线一般往剑身而去……

"那剑在喝你的血！"王含光大惊失色，对李乘风大声说。

可李乘风却完全不在意的样子，皱眉说："你要说什么？"似乎在说，再不说他这辈子都不用说话了。

王含光咽了咽口水，他不敢耽误，直接说："村长他们不是说那个穿白绢纱的女人出现好几次，总在你家吗？我方才跟着那女人下山，发现他进了村长家！"

李乘风愣了下，模模糊糊想起之前他好像是安排这胖子下山跟踪那神秘女人，这会儿听到王含光的话，他皱眉说："那件事情以后再说。"

"不是！不是啊！"王含光支支吾吾的，突然睁大眼睛，灵光一闪，"不是，李兄，我想到了！"他一跺脚，伸出白胖的手从脖子里掏出一块长命锁来，那长命锁金灿灿的，上面镶嵌着璎珞，一看就是长期佩戴的贴身物件。

就在大家都不明白，王含光这时候拿个孩子戴的长命锁出来到底是什么意思的时候，王含光焦急地说："我刚才突然想到个事，我小时候撞过脏东西，我娘给我戴这个长命锁的时候曾说过一个传说！"

王含光确实是突然想起来的，他刚才琢磨要怎么转移李乘风的注意，才说起那个神神秘秘、总是出现但不知道是什么东西的女人，本来只打算拖延，却突然仿佛福至心灵一般，有种拨开迷雾得见青天的感觉。王含光思路一畅，连珠炮似的说："我娘说，金玉之物戴得时间久了，就会替主人招福挡灾，是因为这些东西乃是天地之精华，生来与凡物不同……"见李乘风一脸不耐烦，王含光赶紧大声说，"李兄，你想想，那女人之前为什么出现在你家，之后又出现在村长家？方才秀秀姑娘说，村长家里收了你家的什么？"

听到这话，袁天罡突然想到了什么。

王含光更是口中不停，接着说："我之前一直没想到。白绢纱乃是杜家用独特融金手法纺制出来的，虽通体雪白，但在阳光下却能闪耀金色光芒，白绢纱虽然是布，但是本质来说，它里面纺了无数金丝——它里面大半是金子！"

"你这后生神神道道到底在说什么？我老汉怎么听不懂！"李德宝咬牙打断了王含光的话，说，"你说那劳什子白绢纱，我是见小风他娘穿过，村里人也都见过，但你说我家有什么白绢纱，我怎么没见过？何况白绢纱与那妖怪女人有什么关系？"

"关系十分大，因为那女人就是白绢纱之灵。"袁天罡似乎明白了王含光说的是什么意思，他长叹了口气，一甩拂尘，看着王含光，说，"惭愧，我不知这白绢纱的奥秘，一直没往这方面想过，如果照你说的这纱布里含了许多金子，那我也许知道这到底是什么东西了——此魅灵一般的东西，应当是流金。"

"流金？"李乘风听着这东西似乎和他家干系极大，顿时也认真听起来，可流金之说他却是第一次听到，顿时十分迷惑。

"是流金。王公子的娘亲说的是对的，金玉之物乃是天地灵气所聚，所以世人才会追捧金玉，甚至制成首饰贴身佩戴。若是命格不稳的小儿，也总要戴着金玉长命锁镇着，以期借着这些东西的灵气逢凶化吉，度过灾厄……世有变幻，人也有许多考虑，有些小户人家会把突然获得的金银收起来埋在地里，大户人家则会把金银收捡起来放在库房……"袁天罡慢慢说着，虽看似在对众人解释，其实是看着李乘风，"地底或是库房深处僻静幽暗、罕有人气，这闲置的金玉不免就会生出异象来——或是有人见华服披金妇人行于道路，或是有人见银白马匹奔跑跳跃，或是有人见金色大鱼在空中游荡……凡此异象出现之处，只需要多多挖掘寻找，总能找到存世许久的金银。此种异象被称为流金，意思就是流动的金银化为异象，为人们感知。流金乃是天地灵物所聚的一道气，胆小无害，若是本体被找出暴晒几日，异象就会消失。"

"对对对，就是这个意思！我娘说她小时候，家里的库房总有个披着汉制绣金斗篷的女人哭，后来翻检库房，又晒了许久那些闲置的金钗玉镯，那女人就消失了……"王含光疯狂点头，“只是流金多是披着金色或是银色，听说过的人一眼就可以看出来它们是什么，偏你家这个白绢纱太过罕见，我也是这会儿才想到！”

王含光找到真相，说得高兴，村里人却是眼神阴鸷，左顾右盼。

李长松按捺不住，似乎有些跃跃欲试，却被李德宝一把按住。老一些的人都是如此，虽然警惕，却没有大动作。李乘风自小就在同龄人之中罕有敌手，如今手上还拿着那柄不知道是什么东西做的剑就更是可怕；那道士倒是文文弱弱，看上去一根手指都能戳死，但他旁边那红衣女人一身胡姬打扮，腰上两把弯刀却看上去一点儿也不好惹；至于那王家小郎君非富即贵，除非万不得已，尽量还是不能留下太多把柄……

村人都在打眉眼官司，而李乘风则问王含光：“你的意思是……因为我娘留下的嫁妆、因为我爹想留着我娘的东西当作念想，我家才被村里人找到借口打上门去……甚至活活烧死灭门？”他似乎难以置信，却又隐隐明白……这一切说起来虽然荒谬，只是流金异象，却给了早就妒恨他们富贵的村人一个借口，给了他们出手的理由，释放了村人心中的野兽。虽然看村人的表现，再看叶秀秀的笃定，事情大概真是如此，可李乘风眼里都是泪水，显然无法承受这个真相。

“不是的，乘风哥哥！”叶秀秀大哭着说，“乘风哥哥，不是你们家的错，是他们贪婪！他们拿着你们给的粮食、吃着你们买的肉、穿着你家每年给族里分的布，却在那天晚上和叶伯伯吵架，说凭什么你们家吃细粮给大家吃粗粮，凭什么每家买的肉那么少，一个月也就分一两次……他们也不看看，没资助的其他村过的是什么日子，前几年还饿死过人！爷爷和伯伯照顾着的桃村一个人都没饿死，大家每年还都有新衣穿……这些人都丧了良心了！都是喂不饱的畜生！不，畜生都比他们好，那天晚上大黄和大灰都带着它们的崽和这些人拼了命！不信你看，他们有些人腿上还有狗咬的伤口！”

叶秀秀一边哭一边指着这些人痛斥。她说到大黄大灰，李乘风脑海里就浮现出家里那两条大狗来。那是从小抱到家里养大看门的狗，都养得膘肥体壮，素来最喜欢趴在大门内和看门的小子们玩耍。李乘风离家三年，这两条大狗已经开始老了，可还是记得他，每回他回来总有几日跟前跟后，睡着都要趴在他的院子门口，生怕他又跑了……李乘风心中痛到极致，竟似乎什么感觉都没有了。

叶秀秀脸上带泪，恨恨地指着那李长松说：“尤其是李长松，是他打死的大灰。但是他右手也被大灰咬了一口，肯定还没好全！”

顺着叶秀秀指的方向，李长松黑着脸把右手往身后缩了缩，然后又直接伸出来，说：“这妖孽真是临死都不忘挑拨离间，我这手可是好得很！”他伸手做了几个动作，看上去顺畅自然，似乎真的没受伤，但他一直没挽起袖子。

叶秀秀想争辩，村长李德宝却说话了，他叹了口气，哀伤地说："小风，我知道你此刻心中肯定有芥蒂，毕竟你家出事，我们赶去时火势已经太大，根本救援不及。没照顾好你家的人是我们的错，德宝叔心里知道，村里对不住你家。只是这妖怪说的话，德宝叔却不敢承认，我们再怎么也不敢杀人啊！我还是那句话，小风你只管搜，要是在我家找到你家的任何东西，德宝叔任你处置！"

"行啊，找就找！"王含光赶紧开口，然后对李乘风说："李兄，我看到那女人是从西边消失的，我们从西边找！"

李乘风意动，终于放下了剑。

袁天罡松了口气，看了千红一眼，说："我和你们一起搜，千红姑娘，麻烦你在这里照顾秀秀姑娘……"他用的是"照顾秀秀姑娘"这个说法，信谁不信谁已经十分明显。

村长李德宝却恍若未闻，直接站起来，坦荡地准备开门给他们翻找东西。若真是他带着人杀了照拂一族的恩人，面对挑衅还如此镇定，那此人心智就极为可怕了，若不是生于乡间，只怕此人的成就绝不会只是个村长而已。

李德宝不知道旁边众人对他的看法，他看上去十分笃定，似乎认定他们绝对找不到任何东西，带着他们往最近的房门处走去。就在此时，袁天罡慢慢走到李乘风旁边，对王含光使了个眼色，然后喘了一口，说："李乘风，扶一下我。"

李乘风习惯性地伸手扶住他，袁天罡顺手一个借力，直接接过了李乘风手中的剑，入手瞬间，那剑仿佛活了要咬人的蛇一样。只是金玲还没发威，袁天罡就把她往地上一丢，剑瞬间震动，竟是要跳起来。王含光一脚重重踩下去，那扎实的体重愣是把这把神兵给踩回去一截！这一瞬间已经够了，袁天罡忙从怀里掏出捆住媚骨的红绳来，唰唰唰几下，把媚骨和这剑绑在了一起！

金玲的身影在成结的瞬间消失，杀气腾腾的李乘风瞬间眼神清明！

"这……"李乘风愕然地看着袁天罡。

袁天罡点点头，说："没有大事，只是你此刻心神激荡，这把剑太凶，你还未彻底驯服她之前，还是先小心为上。"

李乘风背后起了一层细汗，他知道袁天罡是为了他好，也不敢托大，点点头，任袁天罡让王含光把剑呼哧呼哧地捆在背上。他看着他们二人，忍不住说："多谢。"

这几天他都不知道怎么过的，幸好这看上去奇奇怪怪的道士意外地十分靠谱，而这娇生惯养的王含光，居然也帮他良多。

李乘风来不及感慨，李德宝已经打开了面前的房门，他打起精神，直接进了房间。

没了金玲蛊惑，李乘风依然想杀人、想报仇，却也知道自己不能真的动手直接诛杀这桃村全村人，毕竟就算是大部分人参与了这场谋杀，也肯定有无辜之人，他必须先找到证据，弄清楚哪些人是凶手，然后……多的是比死更可怕的报复手法。

村长家的房子是青砖瓦房，十分宽敞，估计是为了以后儿子娶妻所用，只一家三口人却修得十分气派，好好收拾一下，估计就是十口人也住得下。进了院子就是三间大瓦房，都是日常起居的地方，东边是待客的房子，西边却好像是用来当了库房。三人在正院以及东院翻找了一遍，叶秀秀所说的衣橱也特地翻检过，确实没看到白娟纱和金戒指，别说戒指，连一点点金子的影子都没发现，只一点儿碎银，看上去非常符合村人的身份。

到了西厢，这里的东西更是特别杂乱，一时之间，别无所获。

“怎么样，道长，那画皮肯定是吃了秀秀姑娘，特地挑拨里间的吧？”李德宝见他们一无所获，又已经到了深夜，赶紧说道。

说来说去，村人此刻最为忌惮的不是李乘风，而是院子里面那画皮。毕竟那画皮吃了村中无数人，这几个月闹得人心惶惶，李德宝一直忍耐辩驳，未尝不是因为希望这事顺利过去，然后依仗袁天罡和千红姑娘杀了那画皮，了结这心腹大患。

袁天罡寻了一会儿就已经不耐，此刻听到李德宝看似憨直、实则暗含得意的话，他皱眉，直接说：“你们都让开！”

李乘风和王含光一愣之下被他推开，然后就见袁天罡从怀里掏出符纸来叠了几下，然后吹了一口气。众人目瞪口呆地看到那叠成块状的符纸，瞬间变成了一只雪白雪白的小鼠，它眼睛红彤彤地看着袁天罡，“吱吱”叫了一声，然后乖巧地趴在袁天罡的手里。

“把这房子里的金子找出来！”袁天罡对那老鼠说。这老鼠居然像是听懂了一样，竟然乖巧地点头，待袁天罡把它放在地上，小鼠就“吱吱”叫着往放得乱七八糟的杂物里钻了进去。小鼠翻来覆去，却一无所获，李德宝露出一丝得意的笑容，却突然看到小鼠突然艰难地溜过门槛，往外而去！

三人都惊了一下，对视一眼，向小鼠追了过去。李德宝脸色一变，也跟了上去，只见小鼠在院子里转了几个圈圈，最终停在放着大水缸的院门角落，然后“吱吱”叫着，用粉色的小爪扒了几下地上的泥巴。它回头看了看袁天罡，然后唰地化为符灰。

“这地方的土十分浮，像是不久前挖动过……这下面有东西！”不用袁天罡说，小鼠如此灵性，大家都看出来了。

李乘风心中的苦痛正无处发泄，一脚踢过去，水缸便飞出一截碎成粉末，镇住了院中所有人！他转手拿起旁边的农具。这地方确实前不久才匆匆被挖开过，虽然外面填了煤灰渣滓，但是挖动的时候感觉十分松动，只稍微几下，就碰到了沉闷的声音。

李乘风扒开泥土，看到了熟悉的图案——一条酣睡的小蛇弯成团状，四爪抱着一个古朴的“李”字，古拙之中带着一丝有趣，虽然庄重，但不会显得太过肃穆。

“这是我家的家徽。”李乘风的眼泪一滴滴滴在泥土之中那露出一截的箱笼上，他疯狂地拨开剩下的泥土，把这箱子的盖子撬开。

满地的金银珠光宝气，在黑夜的荧光之中刺得人眼睛生疼。

随意堆放的金砖、拇指大的珍珠、成双成对的玉环金钗……这箱子并不小，里面更是塞得满满当当，只这一个箱子就能随意买个大庄子，让人当一辈子的富家翁了。

李乘风稍微拨动两下，就看到一截似乎是被仓促塞进去的布料，莹白的，在月光之下，闪着淡淡的银色辉光，就像不久前他们尾随上山的那帷帽女子穿着的裙子……李乘风扯着那一截白色的布料一点点往外扯，最终扯出了一整条白绢纱长披裙来。

“这是我娘的衣服……”李乘风的泪水止都止不住，他紧紧地抱住长裙。这铁骨铮铮的汉子，这一瞬间竟哭得话都说不全了。

无须多说，一切已经水落石出。

“我们一起上，不能让他活着离开这里！”李乘风伤痛难耐，身后却突然响起了李长松的声音，他大吼着冲了过来。

王含光拉着袁道长连退几步，十分有经验地躲在了角落，避开了发疯冲过来的村民。

李乘风正无处发泄，李长松才一过来，他直接就握拳迎击。拳风呼啸，李长松和他对击一拳，竟直接吐血飞了出去，一时没了气，直接晕了过去。其他人吓了一跳，想要往后退，可此刻哪里还有退的地方！

“爹！娘！忘忧！”李乘风长啸，像是想要喊回已经逝去的灵魂。拳风发出呼啸，李乘风披头散发，疯狂地打倒院子里站着的人……

直到最后一个村民被打断，他听到袁天罡喊：“可以了。”李乘风顿了一下，袁天罡又说，“李乘风，你可以停了！”

李乘风愣了一下，环视四周，才发现此刻院落之中就他站着，袁天罡和王含光躲在廊下柱子后面，千红已经上了房顶，此刻正兴味盎然地看着这院落之中发生的一切……在他周围，村中青壮倒了一地，有些七窍流血，有些奄奄一息……更多的妇孺老幼则缩在角落，脸上带着害怕，也带着无法掩饰的怨毒。

“乘风哥哥，”叶秀秀看他那样子，哭得根本停不下来，“乘风哥哥，你别打了，你的手流血了……乘风哥哥，我带你去拿伯伯的砚台和婶婶陪嫁的玉环，还有忘忧弟弟、泊松哥哥他们的东西好不好？”

李乘风这才恍惚之间唤回了神智，他看着叶秀秀，直到叶秀秀走过来牵住他的手往外走，才浑浑噩噩地点了点头。

“那这些人怎么办？都杀了？”千红唰地从房顶跃下，见李乘风被叶秀秀牵走，她忍不住开口说道，一句话差点儿没把地上瑟缩的人吓死。

“你不是仙姑吗？为什么包庇那个妖怪？”院子里响起了孩子气愤的声音。

定睛一看，说话的竟然是个才七八岁的小男孩，他一脸不服输地看过来，竟然是觉得他们不公平，不惩罚妖怪，却要杀他们。

千红突然一笑，对那小孩说：“谁跟你说仙姑就要斩妖除魔的？”

“难道不是吗？我娘说常婆婆就是保护我们的仙人，你不是为了保护我们才来这里的吗？”小男孩难以置信地说。

千红看小男孩一眼，又看着袁天罡，笑着说：“那我很认真地回答你，我从不是为了这个……不过你可以问问你这个大哥哥，长安司天监的信条是什么呢？”

“斩妖除魔，保卫人间！”袁天罡沉沉地说，回视千红，“但我认为，人间不只是人类的人间，这天地万物都是人间的主人！”

千红一愣，看着袁天罡，竟然半晌没说话。

她突然想到几日之前在山中遇到那画皮，那叫叶秀秀的姑娘死守着大门，最终跪下呕血哭着说：“我就只有最后一个心愿……求求您，到时候我会结束这一切……”

那叫叶秀秀的姑娘，也有一双清澈如水的眼睛。

明明身上血气冲天，可是她的眼睛竟然干干净净。

2

一行人沉默地走在村子中，李乘风一直没有说话。

他一向只觉得自己家中不缺银钱，却没确切感受过家中底蕴，没想到第一次知道家中底蕴如此深厚，却是在家人全部离世之后。

李乘风沉默地一路走过来，才发现他家虽然只是隐居乡村，只是陇西李氏分支，名声不显，但其实内财颇丰，尤其是他娘的许多陪嫁，村人没有见识，根本不识其珍贵之处。

王含光又从柜子里翻出一包东西的时候，忍不住跺着脚叹气，大声骂：“这些缺德傻货，这他娘的是宫中每年都才八两的银针！这香味这色泽，估计还是春泉山顶上那棵八百年老树的新芽！他们竟用油纸裹着放在一边，香味都散了……这玉盒怕是你家爱茶的人特地拿来保存茶叶的，结果竟被他们拿来放珍珠……我王含光活了二十多年，第一次见到这么蠢毒俱全的人！”

“祖父爱茶，这怕是他老人家的私藏。”李乘风看王含光捶胸顿足，脸上一笑，眼中却瞬间含泪。

他忍不住又想起小时候，他淘气地钻到祖父书房乱翻，也曾打翻过祖父放茶的博物柜，那上面五盒茶叶倾倒在地上，还被他泼了墨……祖父当时气得差点儿厥过去，扬言要找到他把他屁股打肿，至少让他三个月不能下地，让他好好长个记性。后来还是娘亲不知道托了什么关系又弄来四两好茶，才救下了小李乘风的屁股。不过也是因此，爷爷后来再也不让他进书房了，防他比防贼还厉害。

“这是梦楠姐姐最喜欢的金镯……她当年说嫁人也要戴着的……”叶秀秀哭着从柜子深处寻到了一对又粗又重的赤金镯子，这镯子用料十分足，看着得有半斤重了。

“倒是像二堂姐的性子。”李乘风眼里流泪，嘴角带笑，他回忆当年，轻声说，“那时候是几个姐妹一起打的这镯子，大家都嫌弃粗笨、戴着太扎眼，偏二堂姐一眼看上这花样，非闹着要这个……堂姐堂妹们拿到的当日就都收了起来，只二堂姐日日戴着……祖父还笑她，说全家就属她最财迷，最晓得实惠，自小就会给自己攒嫁妆……”说着，李乘风眼睛又红了，他使劲揉了揉眼角，可也止不住泪水。

叶秀秀的眼泪也一滴一滴滴在那镯子上，她轻声说：“是啊，梦楠姐姐自小就会计算、会管理账目。她小时候还叫我写自己的名字，总带我去找你……”

“秀秀姑娘，我有个疑问，”说到这里，捡抄也已经结束，几人坐在这最后一户人家的屋里，袁天罡问起来，“听起来，你许多年前就在桃村了？”

叶秀秀看他点点头，大大方方地说：“道长，您别听村长他们那些丧良心的人的话，我就是叶秀秀，十八年前我就被奶奶收养了……那时候我不知道自己的身世，只当自己是个普通人，还是乘风哥哥离开之后没多久，我才知道我不是人……”

叶秀秀低声说着，却说出了一桩令人恶心的事情。

她自小就和李家的二姑娘李梦楠关系十分好，算是手帕交的闺中密友。李梦楠出身乡村，又和叶秀秀这样的村中女孩是闺中密友，因此虽然家中不差银钱，却自小知道银钱可贵。两人互相体谅补足，这感情十多年愈发良好。

叶秀秀喜欢李乘风，是桃村人尽皆知的事情。李梦楠不忍心见手帕交单相思，就总带着她在李乘风面前转悠，想促成他们这一对，以后好友成了弟妹，那才是亲上加亲。

其实两个小姑娘倒是没想太多，只是一个情窦初开，一个想朋友和喜欢的人有个好结果，但是在有心人眼里就不是这么简单了。

李乘风三年前离家游历没几天，叶秀秀就在村中被李长松堵住，差点儿被轻薄。

“你不就是看李乘风家有钱吗？”当时的李长松恨恨地说着，一脸愤恨猥琐，“老子今天就办了你，看你还每天鼻孔看人不！都是村里长大的，凭什么看不起我？”

叶秀秀指天发誓，她根本没有看不起李长松的意思。李长松小时候曾与李乘风一起习武，叶秀秀和李梦楠两人虽总爱往那边跑，但都是远远偷看，话都没和李长松搭过，怎么就看不起他了？

显然是李长松自己妒恨李乘风不知多久了。李长松自小和李乘风一起习武，虽比不过李乘风，心中也有侠客之梦，当然也想如李乘风这般游历天下，可是他年纪大一些就被父母强制下地，不许他练武耽误干活，怎么可能会让他拿钱出去游历？

他原本还能忍耐，到了李乘风离开却已经忍无可忍，心中妒恨到了极点，他不敢找李家人，就拿叶秀秀出气。两人推打之下，叶秀秀被推在河里，差点儿被淹死。垂死之际她才突然多了一些陌生的记忆，也是那些记忆让她学会了保命的方法，最终挣扎上了岸。

上岸之后的叶秀秀怕得不行，也不敢跟叶婆婆说，只自己忍着，不敢让任何人知道。

好在李长松见差点儿闹出人命，也不敢再来寻她。时日久了，叶秀秀虽然战战兢兢，但也慢慢想开了，她想，既然如此，大不了就这么糊糊涂涂地过吧，不嫁人便是。毕竟画皮虽然能千变万化，却要吃死人面皮，叶秀秀想想就恶心，从未动过这般心思。

直到流金现世，然后李长春被杀。

在村人口中，李长春的死似乎是秀秀所为，但是在秀秀口中，却又是另外一个故事……

李长春发现流金之事本是意外，但是他接着就愕然地发现，村长和族老一个个过来找他，言辞之间竟是暗示他说那妖怪藏在李家大宅，竟是想给李家栽赃个豢养妖邪的名声。

李长春只剩下个老父，早年进山打猎还瘸了条腿，他能长大，可以说大多都是李乘风家的功劳。他又自小和李乘风性格相投，虽地位相距大，但平日两人都不太在意这些，相处如同兄弟。兄弟在外，李长春怎么可能对他的家人下手！

一开始村人说得隐晦，李长春听不懂，待流金再次出现的时候，村长和族老们已经悄悄拉拢了大部分村民，直接威胁要他选边站。李长春抵死不从，当夜村长就带了青壮年点着火把去了李家大宅。后来闹出大事，他们杀红了眼，干脆一不做二不休，把几个与李家关系极为亲近的人家也直接点火烧了！

叶秀秀家也是其中一户！

“我听到动静虽早，但是没什么本事，救不出梦楠和爷爷伯伯，也没找到忘忧。接着我就看到我家也起了火光，我跑回来一看，他们把九叔一家都打杀了，还在放火，准备连我家一起烧了……后来我看隔壁被他们打死的九叔样子与李伯伯相近，我就、我就……我也是被逼的没办法。”叶秀秀说到这里，捂住胸口，显然十分不舒服，但她还是坚持说完，“我就趁着火势还没彻底起来，溜进去……强逼自己吃了九叔的脸，化成他的模样，装作李伯伯呵斥他们……”

李乘风的父亲到底积威多年，这群人又做贼心虚，慌张之下，总算停住了杀人放火之事，逃得干净。也是因此，叶秀秀才能带着慌慌张张、不知道发生什么事的叶婆婆连夜逃走，去了山中居住。

叶秀秀辗转难寐，尤其是悄悄回村、看到往日挤对她、说她癞蛤蟆想吃天鹅肉的海棠桃花几人，居然在村里公然戴着好友李梦楠的金钗首饰，还矫揉造作地嘲笑李梦楠的往日举止，更是生气。然后，她听到了更可怕的事情。原来村里的人居然打算凑在一起寻些毒药，等她不知情的乘风哥哥回了村子，就直接找机会毒杀他！从此他们就能毫无顾忌地分了李家所有财物，个个都能一跃成为富家翁！更聪明的人已经打算收拾包裹去其他地方投奔亲戚，去一个没有熟人的地方，好好享受这些财富和舒适生活……

叶秀秀哪里能忍！于是她当时心中一横，直接动了手！

“你既然已知道自己的来历，可知道杀了活人你会有什么下场？”袁天罡听得一声长叹，李乘风更是第一次认真打量这女孩，内疚地说：“秀秀，你、你怎么这么傻……”

“我不是为了你，乘风哥哥。”叶秀秀眼里滴了泪，笑着说，“我是为了梦楠姐姐和忘忧弟弟，为了照顾我们的爷爷和伯伯……梦楠姐姐对我那么好，忘忧弟弟总爱缠着我玩，他们就像是我的亲姐姐、亲弟弟……爷爷聘请夫子教我们学字，让我们懂道理；伯伯在婆婆生病、在我害怕的时候带来大夫，还抱着我安慰我，说婆婆会平安……”

叶秀秀的眼泪止也止不住，她擦着脸，哽咽地说：“我知道我不该走入邪路，所以、所以我一直等着乘风哥哥回来。我告诉自己，等乘风哥哥回来，把一切告诉他，我就该受到惩罚了……”秀秀的眼泪如小河一般，把巴掌大的脸打得湿漉漉的。

千红眯了眯眼睛，袁天罡也是面色一变，然后他们就见叶秀秀脸上的面皮开始一张张出现，又一张张崩裂……

李乘风看不懂她在干什么，但是他知道这不对劲，他大声说：“秀秀，你在干什么？你别干傻事，叶婆婆还等着你回去呐！”

“帮我照顾婆婆……”叶秀秀脸上那些熟悉的脸孔一张张出现，然后又一次次四分五裂，最后变成清丽的女孩的脸，她端坐在那里，努力笑着说，“乘风哥哥，你要好好活下去，为了李伯伯，为了忘忧，为了梦楠姐姐，为了长春哥哥……还有，我、我……”

她揪紧了自己的衣摆，脸庞带着一丝浅淡红晕，她想要说什么，可她已经没有更多的时间了……她似乎感觉到了，也不再说话，只是弯弯眉眼，对李乘风露出最后一个温柔清丽的笑容来。

最后一张面孔崩散，叶秀秀的身形委顿，衣饰哗啦啦散了一地，那清丽的少女留下最后一瞬间的美丽，然后幻梦般消失，仿佛夏夜一场幻觉。

“秀秀！”李乘风痛苦至极，他才知道这女孩为他做了如此多的事情。他一直把她当作妹妹，可是全村的人只剩下这么一个娇怯怯的女孩站出来，为他赔上了性命。

李乘风单膝跪地，一时心痛如绞，除了喊出她的名字，竟再也说不出任何话来。

他喊着这个自小看着长大、当作妹妹的女孩的名字，声音破碎颤抖，无以为继。因为李乘风知道，这可怜可爱的姑娘和他的家人一样，都再也不会回答他了……

他们都消失了。

永远不会再回来。

温柔的叶秀秀彻底消失在天地之间，而村长李德宝的大宅里，那些一手造出这些恶业的人还沉浸在幻想之中。他们以为自己能逃走，大声喧闹着，甚至争抢李德宝藏起来的钱财，怒斥李德宝一个人偷偷多拿了许多他们不知道的珍宝。

李乘风红着眼睛从地上捡起叶秀秀留下的一条蓝色发带——那是叶秀秀唯一的首饰。这个朴素的姑娘在乡间长大，哪怕后来见过了无数珍宝，到死却只戴着这条棉蓝布发带当作唯一的首饰。

李乘风把那蓝发带小心地捆在左手腕上，慢慢站起来，把手指放在口中，发出长长的呼哨声。天际之上，猎鹰小黑盘旋而来，发出清脆的鸣叫。李乘风卷起在这户人家临时写好的一封简短书信，给小黑捆好。小黑蹭了蹭李乘风，展翅没入黑暗。

信是寄给一位住在桃村不远处的老大人的，那位老大人是李乘风祖父的世交，多年前李乘风的娘特地穿了白绢纱裙拜会的就是这户人家。小黑的速度极快，老大人当夜就知道了老友全家被灭门，凶手居然还是常年被资助的族人，顿时震怒！

老大人虽然已经退位，但是有学生在这一带做官，学生被他一顿训之后，才发现他管辖区域内竟然出了如此可怕凶残之事！第二天傍晚，穿着官袍的兵丁就乌压压来了一大群，都是些陌生面孔。

那个从轿子里走出来的就是那位老大人的学生，也是管理这一带的周刺史。他一下轿子就直接对李乘风说："贤侄……是我之错，在我治下竟有县丞收受贿赂，导致桃村恶民久久未曾得到惩处，我愧对李伯……"

原来这么久查不出东西，里面还有贿赂这事。李乘风不知心中如何想，面上却没说什么，只是带着兵丁一路往李德宝的家去。

村人被锁在院子里，还被贴上了迷踪符，他们不知道无论自己怎么折腾，都根本无法翻过高墙，还兀自为了李乘风等人的离开而窃喜，打算带着财宝离开。这么想的人太多了，他们凑在一起，一天过去了还打得如火如荼，在门外都能听到他们厮打争吵的声音。

"滚开！这些金子是老子的！"

"你才给我滚开，李老六，老子忍你很久了！"

"海棠你这贱人，放开我的金簪！"

"我呸，我先拿到就是我的！"

大门打开，李乘风往里面看，屋里面所有人都纠缠在一起，要么扭打，要么在一旁助威。李德宝的媳妇抓着那大箱子不肯动，身上几个带泥的鞋脚印，旁边几个粗壮女人正一起厮打她。还有人咬下了另一个人的耳朵，还有男人正在角落小便，院子里一股恶臭气味，显然为了不错过钱财，这些人都不肯离开院子去茅房方便……

听到大门打开的声音，他们惊喜地看过来，甚至想跟衙役诉苦，却发现穿着官服的竟是陌生人，而那些兵丁衙役也是陌生脸孔，这才从惊喜慢慢变成了惊吓。

枷锁上身的时候，这些人大哭起来，还有人当场吓得尿了。女人们号哭着互相推诿，那些刚才还争着李乘风阿娘的嫁妆的小娘子们发出尖叫，不肯让兵丁上前……可这些都是徒劳的，最终他们都被戴上了枷锁。他们一个个被从李乘风的面前拉过去，像是被人捆着牵着的牲畜一般。

看到他们恐惧到畏缩，却在经过他身边的时候习惯性想要向他这个被害人求助，李乘风心中虽然苦痛，却突然一瞬间放下了许多。

他转头对袁天罡说："多谢你当日阻止我。"

他的剑杀人，但是斩杀这些如阴沟老鼠的人远不如让这些人受到审判，让他们被人唾弃、惶惶不可终日地害怕、互相对骂、攻击，最后在菜市口被砍头让他觉得痛快。

那才是他的父亲、祖父愿意看到的结局。

“谢什么，杀那些人不过脏了自己的手。”袁天罡看了他一眼，笑了一下。

尾声

“小春儿，你以后要好好念书、好好习武，好好照顾叶婆婆，知道吗？”一座青砖宅院外，一行人站在马车边，李乘风单膝跪地，平视焕然一新的小春儿，对他说道。

“嗯，我知道，我要和我爹一样，当个顶天立地的男人！”小春儿不过还是个孩子，却一副发誓认真要做大男人的样子，有些让人发笑，可他的眼神非常认真，带着孩童特有的真挚。

“对，你爹长春是个顶天立地、值得结交的真汉子！你不能给你爹丢脸！”李乘风摸了摸他扎好的发髻，说，“好好照顾叶婆婆，照顾你爷爷，我会让小黑定时传信，你学了写字，就把近况写了告诉我，不许偷懒，知道吗？”

“嗯！我会照顾好叶婆婆……乘风哥……”小春儿踮起脚，示意李乘风弯下腰来，他轻声在李乘风的耳边说，“那天晚上我迷迷糊糊做梦，我知道了一个大秘密……”

小孩的眼睛亮晶晶的，他轻声说：“我睁开眼睛，是秀秀姐姐抱着我，她好厉害，能变身呢！不过她到底去哪里了，什么时候回来啊？”

李乘风眼睛一红，竟然不知道如何回答，他叹了口气，默默地摸了摸小春儿的脑袋，又看向一旁拄着拐杖的叶婆婆。

“叶婆婆，你为什么一直不问我？”那天晚上叶秀秀说出一切，他们找出村人行凶的证据，李乘风处理好了仇人，也安排好了恩人——他买了田地，留下庄子和钱财，又从别的庄子里调了几个忠心耿耿的老人过来，让他们教导小春儿，照顾长春的爹和秀秀的娘。

想到死后魂魄托孤的长春还有叶秀秀，李乘风才会觉得好过一些。只是他不明白，为什么叶婆婆一直沉默。从山上被接下来住进新房子，叶秀秀再也没出现过，她却没问。

见李乘风终于问起，叶婆婆沉默了一会儿，说：“我那傻姑娘从小就傻，我劝了她好几回，我知道她听不进去……不过没关系，老婆子骄傲，比起村里那些端起碗吃饭、放下碗骂娘、不知感恩的畜生，我有这么个忠直丫头，我老婆子这辈子知足了。”

叶婆婆声音发抖，轻声说：“只是我没来得及跟那胡思乱想的傻丫头说一句，告诉她不管她是什么，是人不是人，她永远永远都是我老婆子最骄傲的女儿……”

叶婆婆哽咽地说完，不想让众人看到她的眼泪，转身拄着拐杖急匆匆进门了。

几人站在原地，一时竟都痴了。

原来……瞎了眼睛、一直沉默的叶婆婆，竟然是全部知道的！

告别叶婆婆，一行人沉默地上了山，看着山上那两百多座坟墓，李乘风蹲下来，抚摸着刻着“李忘忧”的石碑，突然说：“我弟弟忘忧其实很懂事。”

他轻声说着，像是怕吓到自己的弟弟一般，语气温柔又轻缓：“他生下来就没阿娘，小时候我曾经不敢靠近他，看到他我就想到我娘……我知道忘忧是无辜的，可是我总是过不了自己这关……”

墓碑是连夜赶工出来的新碑，上面刻的字还是新的，李乘风慢慢地抚摸“李忘忧”这三个字，声音微微颤抖：“我该多陪陪他们的……”

纵然千言万语，一时又哪能说尽一个人的遗憾？

李乘风说着，把纸元宝和黄纸都放在火里，看着火焰舔舐，他一时没说话，气氛仿佛凝结下来。

“小道士，你不知道吧？”一旁的千红突然打破了沉默，她对身边的袁天罡说，“画皮这东西，最初的时候是没有形态的。”

袁天罡不明白千红在说什么，一脸茫然地看着她。

千红一拂头发，嘴里发出嘶嘶的声音，她怀里伸出小白懒洋洋的头来，千红把它揪出来放在地上，一边催促它快变大，一边跟袁天罡说：“意思就是，叶婆婆捡到秀秀的时候，她那会儿估计还是一团肉团似的东西，她怕是一直都知道自己捡的不是人！”

所以叶婆婆才会一直眼明心亮，明白女儿在做什么，她无法阻止，劝不了那孩子，但也以她为骄傲。

方才还在说李忘忧，千红突然又说起叶秀秀，袁天罡虽不太明白，却还是接话：“我只知道，画皮的第一张脸是它遇到的第一个人类心中的样子。”

画皮素来性情柔和，虽偶尔爱恶作剧吓人，但从来不凶恶。

“所谓画虎画皮难画骨，知人知面不知心……这桃村的恶人受尽李家人的恩惠，最终却做出如此可怖之事，连画皮都因他们而变为凶鬼，真是咎由自取。要我说，直接杀了、让他们永世不得超生才是正事，你们啊……太软弱。”千红摇摇头，拍拍不情不愿变大的小白就打算离开，言辞之间煞气四泄，显然是看不上袁天罡的温暾手段。

“没有审问，又怎能知道谁是主犯、谁是帮凶，谁又只是被携裹着不敢说话呢？”袁天罡皱眉看着千红，说，“这村中确实有一大半人都是凶手，但当日院落之中也有不敢说话、没有受用钱财的人！”

村子很小，但也是人间百态的缩影，有人知道当夜发生了什么，他们不是英雄，不敢站出来，甚至收了村长们给的钱财，却一直放在那里不敢花用，他们是懦弱……但是也是他们，看到李乘风和王含光夜晚翻墙没有说话；看到英婶子带着李乘风等人回家说话没有通风报信……

也有如英婶子这样，并不住在村中心，还真以为村中的事情如村长所说的人！当时因为山神新娘之事，她恨上了村长李德宝，却没想过那夜的真相竟如此可怖。她家也就桃花被姐妹拉着去捡过东西，桃花只是隐隐觉得不对劲，却被见到的银叉所迷，压根儿没追究，她没想到她那滥赌爹从隔壁村赌档出来，直接反手就把她给卖了。

村中那几家把女儿卖了当山神新娘的人，都是没参与、没分到钱的，所以他们才会为了十两二十两不顾女儿的性命。

他们糊涂甚至贪财，不算是真正的好人，但他们到底不是杀害李乘风家人的人……若是李乘风当日入魔，真的屠村，甚至如千红所说让人直接魂飞魄散……那手段未免太过。

只是千红不以为然，她轻笑一声，打算离开。

“这地方恶人很多，但也是这桃村的叶婆婆，让秀秀姑娘有了那么漂亮的一张脸。”袁天罡看着千红，知道她听不进去，却还是说道。

千红此人不但能力十分令他忌惮，性情也十分古怪。要说她残暴，她似乎又有恻隐之心，要说她温和，却又偶有这种狠辣之语。

袁天罡正隐隐和千红对峙，李乘风听着他们的对话，看着面前弟弟的墓碑，原本迷茫的眼神却一点点坚定下来，他点点头，突然说：“对，世人千百，性情不一。村长族老行恶，我就要让他们得到报应。而长春兄弟宁死不肯站出来害我家，秀秀为我而死，还有九叔、长宁、春娘，他们都未曾同流合污，甚至也全家被害死，我便要好好安置照顾他们仅存的亲人。大丈夫行于世，岂能因为世有恶人就不敢为善！”说完这段话，李乘风只觉胸中恶气一吐而尽，天地一片开阔。他深深地看了一眼刻着“弟 李忘忧”的墓碑，然后站起来，转身看向山脚下的桃村。这里还是十分美丽，如世外桃源，那些丑陋的事情过去，桃村还是个安宁祥和的地方。

当日回村中赈济族人的祖父在想什么呢？

拿出钱财赈济族人的父亲，真的就没看出来这些人眼底的贪婪吗？

李乘风觉得，家人应当是知道的。

只是家人依然还是做了那些看似很傻的事情，甚至因此招来杀身之祸……

李乘风觉得，他们哪怕知道会有祸事，也许会多加堤防，也许会换个更好的办法，但他们一定仍会站出来，帮助那些孤寡的老人孩子。

大丈夫行于世，有所为有所不为。

人行于世，也当有明知不可为却依然一往无前的豪情！

这才不枉来人世这一遭！

“李兄说得对！”王含光听着，也觉得胸中涌起一股豪情，他大吼着，“有本事再来啊，什么妖魔鬼怪我王含光都不怕了！”

前路漫漫，京城还很远，他们要启程了。

李乘风深深看了一眼自己长大的家乡，深深地看了眼竖起新碑的家族坟墓，然后转身离开。

经过这一切，他已经无家可归，也不敢留在桃村这个伤心地，于是干脆答应这回帮了大忙的王含光小胖子，送他们回京。

那自称千红的女人骑蛇而去，临走前笑着说：“那咱们京中再见！”

她竟然也打算去京城！

不等他们讨论出千红到底是什么来历、打算做什么，王含光就在路过城镇的时候，收到了王家的回信。

“我爹让我速速回京，京中异变，圣人遇到大事了！”王含光吓得脸色惨白。

前不久还发豪言壮语，让妖魔鬼怪再来的王含光，此刻吓得脸无人色，抖抖索索地说：“他、他说……圣人被龙王索命了！”

“什么？”袁天罡和李乘风俱吓了一大跳，抢过信来看。

“魏相梦中监斩龙子，陛下应龙王之托失信，如今正被龙王誓言报复！”短短几句，却令众人面面相觑，都看到了对方眼中的难以置信！

桃村后山的那几百个坟墓前，纸钱的灰烬还没彻底消失，突然从地底深处传来动静。

过了一阵，一只纤细雪白的孩子手伸了出来，直直穿破才修缮过的坟墓，直指天空！

“哥哥、爹爹、爷爷……”地底传来男孩彷徨的哭声，“你们在哪里啊……”

番外·司天监的秘密

司天监的秘密

「一」

“司天监自上古传承，追溯最早可至黄帝年间。自战国以来，一脉相承，为皇家供奉，秦时到达繁荣时期，仅少监、少司命就各有三千，上奉帝王之命采纳吉时，下行走天下斩杀魑魅魍魉、护卫人间……”留着长髯的老者跪坐在廊下，他一身老色的道袍制式，头上挽着简单的髻，看上去一派清癯的世外高人形象。

他面前睁着圆滚滚大眼睛的小童，正是八岁的袁天罡。他听着师父说司天监的辉煌，眨巴着大眼睛，脆生生地发问：“师父，既然司天监这么厉害，现在怎么变成这样了？”

顺着小袁天罡的眼神往四周看，师徒俩跪坐的地方还算好，至少房顶的屋檐还是全乎的，可稍微把视线拉远一点儿，就会看到满地的野草、破烂的房屋，廊下的木板甚至还有破洞……偏偏从远处走来的几个吟哦的老人却一点儿也不在意的样子，他们熟练地避过廊下的“陷阱”，走到了他们面前。

他们笑嘻嘻地说：“老何，你还在给咱们豆团讲传说话本呐？”

“豆团”是袁天罡的乳名，他如今已经八岁，听到爷爷们还在叫他的乳名，顿时气鼓鼓地看了爷爷们一眼，然后认真地说：“才不是传说话本，这里面写的都是真的！”

“豆团说的是，你们别逗他了！”老何给大家使了个眼色，然后转头哄小小的袁天罡：“豆团，昨儿买的烧鸡，何爷爷特地给你留了个鸡腿！”

“真的吗？”小袁天罡顿时瞪大眼睛，眼里亮闪闪的，简直要发出光来！

看司天监这连门上的横匾都快腐烂的样子，就知道被分派到这儿当值的爷爷们俸禄堪忧。不管司天监在记载中如何自吹自擂，总之今朝的两任圣人都不信这些玄之又玄的事情，就连公主皇子出生时都不让他们测八字，更别提让他们测算天气啥的了。

这地方原本就没人，只是按照制式应该存在，如今又没了圣人关注，有些关系、懂眼色的人纵然是被分了来，熬几年也就千方百计地调走了。最后被调到这地方来还十多年不动的，也就只剩下何然、尤少君等人，都是些不上不下、坐冷板凳的高手。

不过虽然清苦些，却也没了那些烦心事。尤其是前些年圣人杀兄登位，不知多少人被牵扯进来，有些人更是合家就这么交代了……唯有司天监，愣是被人给忘在角落，一直风平浪静，这帮心性单纯的书生更是被养得愈发沉迷诗书。

没错，这帮人都是寒窗苦读十几年的书生，是正儿八经的寒门一派，等混出头已经上了年纪，所以有这个官职，不仅能留在长安，还能每天看书，他们已经十分满意。尤其是这几个老人，或是耽误了娶妻，或是家人出事无意续娶，或是孩子早已在老家成家不肯来长安……总之，这司天监的七个少监全是孤老。幸亏不知当日是谁把小豆团丢在了司天监门口，误打误撞被他们收养，这司天监才有了一丝活泼的气氛。

小袁天罡知道他们又要“之乎者也”地聊天了，因为他看到赵伯伯从怀里小心地掏出了一本新书，显见这群书痴是不打算吃午饭了。他知道管不了这帮老小孩，于是一副少年老成的样子摇摇头叹气，然后转身迈着小短腿一路往厨房奔去。

因为清贫，烧鸡腿这种对一般孩子来说都算难得的东西，对在司天监长大的小袁天罡来说更是想想都要流口水的美味。他不免心急，迈着小短腿往厨房跑，一时没注意脚下，眼见着要摔倒在一个破洞里。突然，地上出现了一个柔软的东西垫了一下，把小小的袁天罡给弹了起来，让他摔在一边，躲过了锋利的木刺边缘。

“谢谢你，阿大！”小袁天罡吓了一跳，站起来拍拍自己的蓝布道袍，又蹲下用小手摸索着伸下去，拍了拍躲在黑暗里的东西。里面似乎有什么回应，袁天罡发出一阵清脆的笑声。他和这洞里面的东西玩耍了好一会儿，突然又想起来他的鸡腿，忙说道：“阿大，我要去吃饭饭，不和你玩了！”说完，他拍拍那黑洞里的东西，起身又跑了起来。

到了厨房门口，小袁天罡突然寒毛一炸，他瞪大眼睛，圆圆的眼睛里透出绝望和不可思议，他一把推开厨房的门，顿时露出了晴天霹雳一般的表情！

「二」

“你……你又来偷我的吃的！我的鸡腿！”小袁天罡的眼泪唰地就流下来了。

他一脸控诉地望着的地方，正蹲着一直碧绿眼睛的白猫，它的脚边丢着一只鸡腿骨，而它正惬意地舔着自己胸口的白毛毛。

它看一眼袁天罡，露出人性化的嘲笑表情，然后“喵”了一声，甩甩尾巴转身离开。

“哇……”小袁天罡再也忍不住，大声哭了起来，“我的鸡腿……”

他一年到头吃荤腥的日子有限，往日被偷了馒头饼子就算了，如今竟然连烧鸡腿都被偷走了！小袁天罡太伤心了，他忍了几次没忍住，干脆一屁股坐在地上大声哭了起来。

那白猫开始还得意，看到小袁天罡哭得打嗝，顿时露出了着急的表情。它有些焦急地在灶头走来走去，半晌才“喵”了一声，然后破窗而出。

小袁天罡看那贼猫跑了，顿时更为绝望，哭得上气不接下气。

待那群爱书成痴的少监们想起来吃晚饭，才发现小豆团已经不知什么时候回了房间，正睡得香甜，只是眼睛周围微微发红，嘴角垂着，显见这孩子睡着前不太快活。

“哎呀，我们聊得太高兴，把豆团都忘记了……”

“是啊，看这孩子嘴巴嘟的，都能挂油壶了！”

“豆团识字，我看我们干脆给豆团些书，让他自己慢慢看，不懂就问我们好了！”

大家讨论得热火朝天，最后这个提议得到了一致认同。主要是大家都知道自己的性格，他们这群老头子在带孩子这件事上还真是没那么细心，既然这孩子喜欢看司天监那些手札记载，干脆就整理出来给他，让他自己慢慢看，不然这司天监内又没玩伴，一个孩子孤零零的，也确实可怜了些。

小袁天罡睡到半夜突然听到敲门的声音，他茫然地揉揉眼睛，就听到门口有个小女孩轻声说：“豆团、豆团你这个大蠢蛋睡着了吗？”

小袁天罡茫然了一瞬，下意识地回答：“没有啊！”

“那你快开门！”门口那女孩哼了一声，娇蛮地说。

小袁天罡也不怕，他下地推开门，就看到门口站着一个穿着白色齐胸襦裙的女孩，她猫儿眼巴掌脸，挽着双髻，髻上扎着两个粉色的小花团，看上去玉雪塑成一般。

“白天吃了你的鸡腿，谁知你哭得那么伤心，真是小气！”这姑娘眨巴眨巴大眼睛，一脸嫌弃地说，“我现在带你去集市，买十个还你！哼！”

“什么？鸡腿？”小袁天罡别的没听着，只听到了“鸡腿”二字，顿时开心地笑了起来，连连点头。

“真是没出息，听到鸡腿就这样！真不知道鸡腿有什么稀罕的，我每天都吃！”小姑娘一脸的嫌弃，伸手说道，“拉住我！”

刚想争辩鸡腿很好吃很珍贵的小袁天罡，不自觉就伸出了手，放在女孩雪白的手掌心里。他被牵着往前走了几步，只觉得与往日行走在司天监内的路线有些不一样。他还没说话，就见小姑娘突然甩了甩袖子，手中出现了一个鹅卵大的萤黄色东西。她把手掌摊开，那东西就浮起来，自顾自往前飘去。那萤黄色光芒照亮的地方，居然出现了一条鹅卵石铺成的小道。

干净整洁……司天监根本没有这样的小道！小袁天罡脑袋里的“鸡腿”稍微退了下，他突然觉得不对劲起来，有些害怕地说：“我、我不去吃鸡腿了……”

“废话，都快到了！”小姑娘转头，骄傲地说，“不许不去，你白天哭成那样，人家还以为我偷了你多少东西呢！哼！”

听她再次这么说，小袁天罡看看她雪白的皮肤、碧绿的眼睛，猛地反应过来：“偷吃……你是那只白猫？”这样诡异的眼睛，和那只白猫一模一样！

小姑娘鄙视地看他：“你刚才就光想到鸡腿了是吧？”

小袁天罡羞愧地低头，然后闻到了一股勾人心魄的鲜香。

“陶叔的烤鸡腿特别特别贵！”白猫小姑娘看一眼小袁天罡，说，“可别说我占了你的便宜！”

小袁天罡根本不知道她在说什么，口水已经要流到嘴角了。

「三」

四面八方都是萤黄色的暖光，被称为陶叔的男人的档口上也挂着一团。

男人十分普通，笑起来有些憨厚，看上去像是乡下务农的汉子。不过他有一双一点儿也不粗糙的手，仔细看，陶叔的手居然特别细腻，动作也十分迅捷。

白猫姑娘显然也十分喜欢这家的烤鸡腿，喊陶叔烤十个鸡腿之后，就和小袁天罡一起眼巴巴地盯着，一边盯一边说：“陶叔家的鸡腿特别好吃，豆团，你吃完会感激我的！”

那确实是。多年后，袁天罡回忆起那个鸡腿的味道，口水还会溢满口腔。

当夜，他和白猫姑娘一起吃了十二个烤鸡腿。吃完之后，小袁天罡很不好意思，从怀里掏出铜板想要给陶叔，那是他努力攒了好久的私房钱。

可是陶叔却愣了下，然后笑着摆摆手。

“你的钱不行！”白猫姑娘摆手让他收起来，然后从怀里小心地掏出几颗流光溢彩的小珠子来，心疼地说，“为了请你吃这一顿，我半年的零花钱都在这儿了。”

“下次再来啊，碧儿！”陶叔看着两个小孩爽朗一笑，显然对他们的捧场十分高兴。

之后，碧儿又带着小袁天罡逛了一圈。这集市挺热闹的，但也不是特别大，里面有不少稀奇的东西，可是两个孩子手上都没钱，只能眼巴巴地逛了一会儿，碧儿这才把小袁天罡送了回去。

“我以后有好吃的，也给你！”小袁天罡回到房间门口，对碧儿不好意思地说。他知道今天自己吃得太多了，但是那鸡腿不但美味，吃到肚子里，四肢百骸还都暖暖的，天生体寒的小袁天罡无法抗拒那种全身温热的感觉。

“好，不过豆团你要记住，绝对、绝对不要对任何人说起我，知道吗？”骄傲的碧儿点点头，显然也想继续混吃混喝，不过还是严肃地叮嘱袁天罡。

“没有原因……反正你让任何人知道，我就再也没办法偷溜出来找你玩啦，知道吗？”碧儿不许小袁天罡发问，只严肃地叮嘱他。

小袁天罡懵懂地点头，虽然不明白，却还是认真地记下了。

从那之后，白猫碧儿就愈发出现得频繁。不但如此，随着小袁天罡慢慢长大，他开始看到更多东西。不，更准确地来说，其实是小小的袁天罡终于开始慢慢发现，他看到的世界，从一开始就和别人不同。

比如从小爷爷们就感慨这里太冷清，没有人和豆团一起玩。

比如爷爷们一直说，司天监记载的一切都是夸大的假象。

但小豆团从小到大，在司天监看到过很多很多人——他们有些是行色匆匆迁移的家族，有些是嬉戏踏春的少女，有些是从天际降落、拼杀到一身血腥的年轻男人……

小时候的豆团会发抖害怕，会哭泣着找爷爷们。可那些人明明就在院落中拼杀，爷爷们却抱着说不清楚的小袁天罡安抚他，他们一脸疑惑地看着院子，根本没发现任何不对。

那些曾疑惑的事情，在这个过程之中慢慢都得到了解答。

小袁天罡开始明白，他或许和一般人不同。

待惶恐和害怕消退，小袁天罡才愈发坚信，司天监所有的记载传承都是真实的！那些上古的凶兽，那些浩劫和英雄，他们都是真实存在的“往事”，而不是传说。

和儿时看到司天监内存在的那些惊鸿一瞥的生物，那些躲在角落和他玩耍、来历不明的小动物和样貌奇怪的团子，因而无缘无故地坚信传奇的存在不一样，这时他深刻地认知到了世界之下，掩藏着的“另一个世界”。他开始和爷爷们一样沉迷看书，沉迷整理司天监的传说。整理得多了，小袁天罡发现所有的资料在关键时刻都有断代，那些主要的书籍和记录都在关键地方缺少了一本或是几本，似乎是有什么人或是什么力量淹没了那些关键时刻，那些断代和战乱之中到底有什么样的秘密呢？

目前的小豆团对此一无所知，但是他总觉得，他会有彻底知道的那一天。

他热切地期待着。

大唐司天监

The Director Of Astronomy In Tang Dynasty

作者
萧十一狼

封面绘图
古戈力

彩色插图&内文插图
古戈力

封面设计
杨小娟

内文版式
严岩

图片总监
杨小娟

特约编辑
徐慧

责任发行
周冬梅

出版社
中国致公出版社

总出品
湖北知音动漫有限公司

制作出品
知音动漫图书•小说绘

知音漫客 小说绘

图书在版编目（CIP）数据

大唐司天监 / 萧十一狼著. -- 北京 : 中国致公出版社, 2018(2020.06重印)
ISBN 978-7-5145-1339-4

Ⅰ. ①大… Ⅱ. ①萧… Ⅲ. ①长篇小说－中国－当代 Ⅳ. ①I247.5
中国版本图书馆CIP数据核字(2018)第206752号

大唐司天监/ 萧十一狼 著

出　版	中国致公出版社 （北京市海淀区翠微路2号院科贸楼）
出　品	湖北知音动漫有限公司 （武汉市东湖路169号）
发　行	中国致公出版社
作品企划	知音动漫图书 · 小说绘
责任编辑	孙兴冉
特约编辑	徐慧
装帧设计	杨小娟 严岩
印　刷	湖北中印南方印刷有限公司
版　次	2018年9月第1版
印　次	2020年6月第2次印刷
开　本	710mm×1120mm　1/16
印　张	16.5
字　数	200千字
I S B N	978-7-5145-1339-4
定　价	38.00元